凤凰记

李照红 著

学苑出版社

图书在版编目（CIP）数据

凤凰记 / 李照红著 . — 北京：学苑出版社，2022.12
ISBN 978-7-5077-6586-1

Ⅰ.①凤… Ⅱ.①李… Ⅲ.①长篇小说—中国—当代 Ⅳ.① I247.5

中国版本图书馆 CIP 数据核字（2023）第 001573 号

责任编辑：任彦霞
出版发行：学苑出版社
社　　址：北京市丰台区南方庄 2 号院 1 号楼
邮政编码：100079
网　　址：www.book001.com
电子信箱：xueyuanpress@163.com
联系电话：010-67601101（营销部）、010-67603091（总编室）
印　刷　厂：北京兰星球彩色印刷有限公司
开本尺寸：710 mm × 1000 mm　1/16
印　　张：25.25
字　　数：276 千字
版　　次：2022 年 12 月第 1 版
印　　次：2022 年 12 月第 1 次印刷
定　　价：78.00 元

目 录

第一章　凤凰村 …… 001

第二章　凤凰山 …… 095

第三章　凤凰桥 …… 239

后　记 ………… 395

第一章

凤凰村

从前,有个村庄叫凤凰村,一百多户人家,多姓氏的村子,姓李的、姓赵的、姓丰的、姓吴的、姓王的、姓周的……村庄周围小河环绕,树木成荫。村民住房傍水而建,枕河而居,土墙草盖,土路相连,家家户户是水乡人家。村外是农田,农作物有水稻、小麦、棉花。村民种田为生,日出而作,日落而息,耕耘、播种、收获,过着平平淡淡、安安稳稳的生活。就在这个平凡的村庄里,人们传说着百鸟之王——凤凰鸟的故事。

凤凰村的西边有个倒沟塘,面积三千多亩。塘东边,河道沟汊,连着村庄。塘西边,堆围相隔着一条大河,名叫冈沟河。倒沟塘里塘水清澈,晴天在阳光照射下,星星点点,波光粼粼。塘中有五百多亩芦苇荡,长势茂盛,鸟儿在芦苇丛中筑巢繁育后代。到了晚上,上下飞舞,叽叽喳喳,像是跳舞唱歌。塘周围浅水处,长着荸荠、慈姑、藕;深水处,长着菱角、鸡头。塘中鱼虾成群,有青鱼、鲢鱼、鲫鱼,还有昂刺、黄鳝、泥鳅、白条、虎头鲨鱼、螃蟹、虾、白螺蛳、河蚌等水产品。

| 凤凰记 |

倒沟塘的春、夏、秋、冬，景色秀丽，物产丰富，真是一塘荷藕一塘景，一塘碧水一塘鲜。

凤凰村虽然地处水乡，但人多地少。中华人民共和国成立初期，村民过着吃不饱、穿不暖的日子，全村人均一亩多田，家家户户有田种，每年夏秋两季收获五六百斤粮食，交完国家公粮后，余下的是口粮，只够糊口，日子过得紧紧巴巴。遇上年景不好，粮食歉收，三春头上青黄不接的时候，家中断粮，忍饥挨饿，靠吃野菜、榆树叶充饥。田里麦子还没有成熟，只好把麦穗摘回来，揉出青麦粒子，炒熟磨成润珍①煮粥，揉成饭团吃，用来救救急，挨过饥荒。村民的零用钱，靠养三四只芦花鸡，鸡生蛋，用蛋换油盐酱醋，针头线脑。炖个鸡蛋咸②、烧个鸡蛋瘪子茶是招待家中上等来客的，过年过节才能吃上一次肉，平时吃的是自家腌制的萝卜干子、咸菜。夏秋两季，家家户户种菜种瓜，下饭菜是胡椒角子炒韭菜，南瓜汤。村民穿着补丁摞补丁的衣服，过着贫苦的日子。

凤凰村是个宁静的村庄，村民吃的是河水。河水、塘水，水清清，草茂茂。水中的鱼虾成群，村里无论大人还是小孩，捞鱼摸虾是行家里手，闲时拿着脚盆到塘里河里捞捞摸摸，回家清清洗洗，炒一盆螺蛳，煮一碗小杂鱼，喝三碗大米糁子粥，把肚皮撑得鼓鼓的。小鱼小虾是下饭的冤家，一家人常常用来打打牙祭，解解馋。

凤凰村里有一群淳朴美丽、天真烂漫的孩子，十多个男孩，十多个女孩，他们是新中国的第一代人，将经历岁月的磨炼，见证村庄的变化和新中国的发展，一年四季快快乐乐地生活着，村庄里留下了这群孩子的笑声，也留下了他们成长的足迹。

---

①② 方言。

第一章 凤凰村

村东头住着一户姓李的人家,有兄妹三人,哥哥李忠国,姐姐李忠秀,弟弟李忠新。父亲因病早逝,哥哥李忠国参军尽义务,李忠新和母亲、奶奶、姐姐相依为命,母亲还秀珍是个朴实勤劳的农村妇女,耕种四亩多田,肩负着养育儿女的担子,一年到头,在田间辛勤地劳作,维持一家人的生活。日子过得虽苦些,但家庭和睦,虽苦犹甜。

村北边住着一户姓赵的人家,家有兄弟两人,哥哥赵洪才,弟弟赵洪前,父母健在,劳动力强,田种得好,粮食收的比别人家多,是个一日三餐无忧的家庭。

倒沟塘旁边住着一户姓丰的人家,儿子丰田是个独子,父亲丰青是凤凰村村主任,母亲夏素凤是个精明能干的家庭妇女。在倒沟塘里有十八亩藕田,三十多亩菱角、鸡头。每年中秋月明时,月光下供奉鸡头、菱角、藕,拜月谢神庆丰收,全家共饮团圆酒,是个吃不愁、穿不愁的人家。

村西头住着一户姓吴的人家,儿子吴江是家中的独子,父母亲是老实巴交的庄稼人,三亩薄田,勉强糊口,紧紧巴巴地过日子。

李忠新、赵洪才、丰田、吴江是村庄上的孩子王。李忠新为人稳重,头脑聪明,遇事听他的,自然是大哥大。赵洪才做事大胆,有魄力,敢说敢为,自称是个狂人。丰田为人直爽,心直口快,说话信口开河,自称是个粗人。吴江为人忠厚老实,说老实话,做老实事,是个本分厚道之人。

四人以兄弟相称,大哥李忠新,二弟赵洪才,三弟丰田,四弟吴江。他们常常带领村庄上的一群孩子,男男女女,前呼后拥,呼风唤雨,变着法,掀着浪,春夏秋冬活跃在村庄和田野上。

| 凤凰记 |

　　凤凰村是个美丽的村庄，村庄四季分明，有万物复苏的春天，百花争艳的夏天，绚丽多彩的秋天，大雪纷飞的冬天，美得像一幅多彩的画，像一首婉转的歌，是村庄孩子们童年的乐园，成长的摇篮。

　　凤凰村的春天，春风春雨，给村庄带来了一片葱绿，生机盎然。春风吹醒了村头的老槐树，吐出绿叶吐出絮。环绕村庄小河边的杨柳，绿星星挂满枝头，纤细柔软的柳枝，像姑娘的刘海一样，整齐地垂挂着，随风摇曳。布谷鸟、喜鹊在枝头上跳跃，春燕在绿色田野上飞来飞去，不时飞进村庄平常人家，成双成对地绕转画梁，叼泥筑巢，生儿育女。家家户户门前的桃树露出粉红色的花蕾，鲜艳夺目，把村庄打扮得分外妖娆。一夜春雨，小河边、田埂旁的油菜花盛开，满眼金黄，把春色带到人们的脸上。蜜蜂在菜花丛中飞舞，哼着曲儿采蜜。一片片田野里的麦苗，在春风吹拂，春雨滋润下茁壮成长，掀起层层绿色的波浪，给种田的人们带来丰收的希望。在这春光明媚的日子里，乐坏了村里的一群孩子，李忠新、赵洪才、丰田、吴江带领村里二十多个孩子前呼后拥，有的拎着篮子，有的拿着小铲子，迎着和煦的春风，带着美好的心情去踏青，一起唱起春天的歌，"打了春，赤脚奔，挑荠菜，拔茅针"。突然，听到天空中"呃""哎"的雁叫声，一起一落，声声和鸣。大家一起驻足向天看，听雁声，看阵形，只见一群大雁，一会儿排成个"一"字，一会儿排成个"人"字，变换阵形，只眨眼的工夫，雁阵路过头顶，至少变换了两次阵形。雁来声至，雁去声停，相互招呼，声声传情，渐行渐远，慢慢向北飞去，不一会儿消失在天际之间。

　　看过雁阵之后，李忠新又带领大家来到倒沟塘边，只见一团团、一簇簇黑黝黝的蝌蚪，摇着小尾巴，相互拥挤在一起。水塘里

第一章　凤凰村

菱角幼苗叶子忽隐忽现，芦苇荡里的芦苇雨后春笋般地长出绿叶，拔节成长，各种鸟儿在芦苇荡中展开美丽的翅膀飞来飞去，寻找适合筑巢的地方。

天气一天天热起来，凤凰村的春天离去，多风多雨的夏天来到，田里的麦子成熟了，麦子是村里夏季主要的农作物，品种有小麦、元麦、大麦。成熟的麦子金黄一片，风吹麦浪滚滚，给人们带来丰收的喜悦。李忠新带领伙伴们走在成熟麦田的墒沟里，麦芒抚摸着一个个脸庞，觉得痒痒的。看着村里的大人们抢在天晴时间收麦，收完麦子，接着耕田、施肥、插秧、栽棉花。盛夏到了，烈日当空，耀眼的太阳像一团火，烤得河水直冒热气，小河上的桥板烫脚，李忠新和伙伴们在河边捉蜻蜓，抓蝴蝶，钉知了，人人玩得满头大汗。

"下河洗澡去"，丰田说着脱掉裤衩，跑到小河桥板上跳下去，把平静的水面砸开一个坑，溅起一串水花。接着李忠新、赵洪才、吴江也跟着跳下去，七八个男孩在河中玩"老鸦拿鱼"的游戏，"加油！加油！"岸上、河里流淌着欢乐的笑声。大家玩累了，在河边采河蚌，在桥桩旁摸虎头鲨鱼，在柴沟里抓柴虾，一条条甩上岸来，王兰、周秀芳一群女孩子抢着收进篮子里，一会儿就摸了十多只河蚌，斤把杂鱼。李忠新说，"送给王兰吧"。男孩们从河里爬上岸，脚上沾着泥巴，没法穿裤衩，丰田说，"没事的，屌子没毛，通庄摇"。七八个男孩，拿着衣服，光着屁股，大摇大摆地向自己家走去，女孩们看到了一个个掩面而笑。

凤凰村的秋天是收获的季节，大人们忙于秋收秋种，李忠新和伙伴们忙于欣赏秋天的景色，品尝秋天的果实。看七月的巧云，秋天常常是晴空万里，天格外的高，格外的蓝，远远望去天连着地,地连着天。天上朵朵白云像水洗过似的,轻轻地飘浮着,天边的云,千姿百态,变幻无常,一会儿像远处的山,一会儿像腾飞的龙,仔细看又像一幅幅美丽的图画,充满诗情画意。凤凰村的一片稻田在秋风吹拂下,稻谷一天天成熟了,远远望去金灿灿、黄澄澄的,阵阵秋风吹来,掀起层层稻浪,飘来淡淡的稻香,又是一年丰收在望。村里有一片棉花田,种植从育苗、栽培、除草、剪枝到施肥、治虫,经过精耕细管。到了天高云淡的深秋,棉花在田野里盛开,看过去白茫茫一片,像天上一朵朵洁白的云彩,浮现在棉花的枝蔓上,飘散在广阔的田野里,等待着棉姑娘们来采摘。

凤凰村的秋天,百花齐放,暗香飘动。大叶子栀子花,小叶子栀子花,开着白色的花,香气袭人。田埂边、河道旁、门前地,生长着豇豆、扁豆、大衣袖、南瓜、冬瓜,每天早上开着鲜艳的花,红的、白的、紫的、黄的……一小撮一小撮地盛开着。南瓜、黄瓜,愿开一朵花就开一朵花,愿结一个瓜就结一个瓜。拾边地上,一排排玉米,腰间鼓鼓的,吐出黄黄的穗。豆角架上,挂着一串串长长的豆角,像飘起的彩带相互缠绕。一个个丝瓜挂在架上摇来晃去。门前地上,青青的青菜,红红的辣椒,紫紫的茄子,满园开花,满园结果。李忠新母亲喜欢在门前地里种黄瓜和白萝卜。在地里埋下黄瓜种子,几天后冒出绿绿的芽,又过几天伸出长长的藤,细细的瓜藤慢慢往架子上爬,不到一个月爬满架子,接着开出黄黄的花,花谢了,结出一个个长长嫩嫩的瓜。把成熟的瓜摘下来,洗干净,切成片片,用盐一拌,拍几个大蒜瓣子放进去,成为一碗鲜嫩的瓜咸[①],一家人吃得有滋有味。

[①] 方言。

第一章　凤凰村

　　花生结果了，豆角饱满了，玉米成熟了……在这果实累累的秋天里，乐坏了凤凰村的孩子们，李忠新带领二十多个伙伴来到倒沟塘边，利用挑猪草的小铲子，在塘边挖开一个长长的沟洞，沟洞上用树枝担起来，铺上一层泥土。摘来饱满的硬豇豆、青黄豆，挖来花生、山芋，掰来玉米棒子放在泥土上面，在洞里用干柴烧，把洞上的东西烧塌下来，在火炭里再烤一会儿。东西熟了，李忠新一声令下，大家一哄而上，有的拿一个，有的抓一把，掸掸尘土吃起来，又香又甜又有味。直到热灰里的东西挑尽吃光，大家动手把挖开的泥土填上，好像什么事情都没有发生一样。庄上的大人看到了，自家的小孩也在里面，摇摇头，笑笑而已。吃过烧烤，大家嘴上、脸上黑不溜秋的，互相看着笑着，男孩子脱去衣服，跳进倒沟塘里戏水追逐，痛痛快快地洗了个澡。

　　吃过晚饭，王兰和一群小姑娘们把门口长的凤仙花花瓣摘下来，在碗里捣烂，拌些明矾。晚上，用凤仙花叶汁和麻叶把指甲包起来，过一夜取下麻叶，指甲染成了红色。早上，王兰走到李忠新面前，低着头，刘海整齐地挂在额前，伸出红红指甲的双手问："好看吗？"李忠新抬头望望王兰，顺口说："手好看，人也好看。"

　　"真是的，哪有你这样说话的。"王兰说着，扭头回家了。

　　秋收秋种结束，一阵阵的西北风向凤凰村刮来，天气一天比一天冷，预示着冬天就要来临了。庄上大人们说："第一场风暴莫理它，第二场风暴莫怕它，第三场风暴来了，寒风刺骨，人冷得抖哈哈。"这才真正到了天寒地冻的时节。这时候，村民在河里罱河泥，然后挑到田里盖在刚刚出土的麦苗上，保护又青又嫩的麦苗度过九九严寒。新罱的河泥上岸，过了一夜上面爬满螺蛳，李忠新喊来王兰，一块儿在河泥上面拾螺蛳，一次能拾五六斤，两人的手和脚冻得通红通红的，不停地用嘴哈气在手上取暖。他们把拾来的螺蛳拿回家洗洗干净，又在水里养几日，剪掉尾巴，放点豆瓣酱炒炒，一家人吃碗炒螺蛳，又鲜又解馋。

冬天，李忠新喜欢吃白萝卜和母亲腌的萝卜干子，俗话说，"冬吃萝卜夏吃姜，少请医生开药方"。每年霜降过后，李忠新的母亲从地里拔回萝卜洗干净后，先切一块萝卜心子递给李忠新，萝卜心子吃在嘴里，水灵灵甜丝丝的。然后，母亲还秀珍用刀滚动切萝卜，刀刀见皮。萝卜切好后，用少量盐浸泡一夜，第二天捞出来均匀地摊在席子上，在太阳下晒几个日头，当萝卜脱水后，由白色变成金黄色，就可以入罐封存。把准备好的八角、茴香、糖、黄酒、盐、辣椒，一起入锅，用小火慢慢熬成卤汁，等卤汁冷却后，和萝卜均匀搅拌，再入罐封存起来。两个月后取出萝卜干子，吃在嘴里满嘴香，清脆爽口，生津通气，一口粥一块萝卜干子，一家人吃得津津有味。萝卜、萝卜缨子都能腌咸，庄户人家腌上一缸，揉揉搓搓倒倒缸，能吃上一年。

不久，第三次风暴来了，数九寒冬，冰天雪地。清晨，李忠新还躺在被窝内，听到母亲走在户外的雪地上，发出"咯吱""咯吱"的声音。他掀掉暖暖的被窝，穿起衣服，走到户外，迎着呼呼的北风，看到屋顶白了，草堆白了，树上白了，地上白了，冰封大地，白茫茫的一片。李忠新招呼赵洪才、丰田、吴江、王兰、周秀芳、祥妹等伙伴们，来到雪地上堆雪人、打雪仗、溜冰。这时，河面结成厚厚的冰，吴江从家里搬来一张长凳子，仰面放在冰面上，坐上两个人，前面人拉，后面人推，凳子在冰面上飞快地滑行着。

第一章　凤凰村

十多个男孩女孩一边玩着，一边唱着冬至歌："一九二九不出手，三九四九冰上走，五九和六九，河边插杨柳，七九河冰开，八九燕子来，九九加一九，耕牛遍地走。"大家唱着、笑着，嘴里呼出团团热气，脸和手冻得通红通红的，毫不在乎。直到家人呼喊着他们的名字，一个个才拖着湿漉漉的双脚回到家里。

冬天的凤凰村是闲季，太阳出来了，人们在朝阳的墙根下晒太阳。奶奶、媳妇、姑娘们纳鞋底。李忠新和小伙伴们用烘笼子取暖，在烘笼子里用玉米炸米花。老人盼种田，孩子盼过年。一年中，最热闹的是过年，腊月二十四夜，李忠新的母亲还秀珍开始糊面做饼，天天有饼吃。年三十晚上，桌上有五六个菜一个汤，一家人高高兴兴围坐在一起，吃着丰盛的年夜饭。其中，有李忠新最喜欢吃的，母亲精心做的慈姑红烧肉。中医认为，慈姑性甘平，生津润肺，补中益气。李忠新母亲做的慈姑红烧肉肉菜分明，白色的慈姑，酱红色的肉。大年三十晚上，李忠新母亲把这碗菜叫作"弯弯顺"。大年初一的早上最热闹，家家吃汤圆，开门放鞭炮，相互祝福。李忠新带着伙伴们挨家挨户拜年，在门口喊"恭喜发财""爷爷奶奶长命百岁"。主人给他们发葵花籽、花生、糖果。拜过年后，到打谷广场上看文娱演出。广场上人山人海，锣鼓喧天，歌声阵阵。节目一个接着一个，有唱歌的、撑旱船的、打腰鼓的、打莲湘的……特别好看的是舞长龙，一条长长的五彩龙来到广场上，十多个年轻的人抬举着龙，拿龙球的是个老者，精神抖擞，手舞龙球，引导长龙在广场上转几圈，清出一块场地，然后引领整条长龙在场上摆出各种图案，五角星、一朵花……然后舞起龙来，舞着、舞着，拿龙球的老者突然把竹竿往地上一敲，拿龙头的人立即将龙头

| 凤凰记 |

向后旋转一圈，后面舞龙的人一个个从龙身上跃过，长龙在地上滚动一圈，老者龙球棍在地上连敲三下，龙头向后翻转三次，舞龙的人在龙身上飞跃三回，长龙在地上连续翻滚，好壮观、好威风，舞龙的人个个是好身手，本领高超。一场精彩的舞龙表演结束，赢得广场上围观人群热烈的掌声。过年十分热闹，家家户户贴春联，鞭炮声声辞旧岁，歌声阵阵迎新年。

李忠新和伙伴们最喜欢的是夏日的傍晚，劳累一天的大人们吃过晚饭后，把家里高高低低的凳子搬到打谷场上，围坐在一起，一边纳凉，一边拉家常。二十多个男孩女孩在打谷场上嬉闹追逐。一会儿捉萤火虫，看到萤火虫在空中打着灯笼，一闪一闪盘旋发光，大家去捉住它，放在手心玩。一会儿玩斗鸡，斗鸡时，一般分为两个组，每组五人，李忠新、赵洪才各带了一个组，个对个比赛。斗鸡是男孩玩的游戏，女孩在一旁呐喊，加油助威。斗鸡人的姿势是单腿独立，一腿挂起，自膝盖弯曲成三角形，脚担在另一条着地的腿上，膝盖成尖角，作为进攻另一方的武器，着地的腿冲锋用，另一条形成尖角的腿进攻对方，把对方的腿斗着地算赢。两个组常常斗得难解难分，决胜局把大人们的眼光也吸引住了，一起为胜者鼓掌。大家玩累了，一起围在李奶奶身旁，听她讲故事。

李奶奶是李忠新的奶奶，七十多岁，身子板硬朗，是一个和蔼可亲的老人，人缘好，说话斯文，她好像上知天文地理，下知鸡毛蒜皮，满肚子文采似的。故事讲得有头有尾，令人惊奇、迷茫、信服。

凤凰村的夏天，夜晚常常是静悄悄的，人们在晒谷场上纳凉，习习凉风吹来，天上的星星眨着眼睛，明亮的月亮一会儿露出脸，

第一章　凤凰村

一会儿又被丝丝白云遮挡。李奶奶手拿着蒲扇，轻轻地摇着，慢条斯理地说："乖乖们，你们出生在一个好时代，一个人人平等的时代，天地祥和，国泰民安。政府号召水利化，水乡实现河网化，家家有房住有地种，旱涝保收，安安稳稳地过日子。不像我们在旧社会，生活在兵荒马乱、旱涝灾害连年发生的年代，人们衣不遮体，食不果腹，常靠野菜、茅草根度饥荒。那时候，我们村庄常常炊烟断，多少人眼泪汪汪，背井离乡，携老扶幼去逃荒，过着黄连树下吃苦瓜，苦上加苦的日子。"

"奶奶，少说过去的苦，听了叫人心里酸，说说有趣的事好吗？"王兰说。

"好吧，不倒苦水，说说村里发生的事吧。"李奶奶摇着蒲扇说。

"好！"大家异口同声地说。

"你们知道凤凰村的来历吗？"李奶奶问。

"不知道。"大家回答。

"好，我来说给你们听听。"李奶奶开始讲凤凰村发生的故事。

"从前，我们这个村叫芦子荡，一九四九年之前不是闹旱灾，就是闹水灾。有一年，天阴沉沉的，不停地下雨。下呀，下呀，老天爷像闭上眼睛似的，连续下了十几天的瓢泼大雨，沟满塘平，河水慢慢地漫上农田，慢慢地漫上堆围，老天爷仍然不睁眼，风越刮越大，雨越下越猛……终于有一天，堆围决口了，洪水咆哮而下，冲毁农田和村庄。村民有的爬上船，有的爬上树，有的爬上屋顶，有的抓一块木板随波逐流，不知道淹死了多少人。洪水退后，堆围决口的地方，冲出三千多亩的大塘。"

"是村子西边长芦苇的倒沟塘吗？"李忠新问。

"正是。"李奶奶回答。

"为什么叫凤凰村呢?"赵洪才问。

李奶奶又慢慢说起凤凰村的故事。

一九四九年之前,我们这个村常常是水淹的地方。一九四九年之后,人们响应政府的号召,兴修水利,村里男女老少齐上阵,挑河挖沟,把村里的田地切成豆腐块似的,横是河,竖是沟,沟沟河河是人们用锹挖肩挑出来的。国家又在入海口和河上游修了拦水闸。当河水大了,海口开闸放水,当河水小了,上游开闸补水。旧社会凤凰村三年两头荒旱水涝,新社会风调雨顺,庄稼连年获得好收成。倒沟塘的水,平静干净,塘中鸡头、菱角、藕、芦苇生长茂盛,七八月份,荷花盛开,风景秀丽。深秋,倒沟塘边沉甸甸的稻谷金黄一片,散发着阵阵稻花香,凤凰村成了鱼米之乡。倒沟塘中,鱼虾成群,野鸭、天鹅在水中游荡觅食。芦苇荡中,各种鸟儿白天在天空中飞翔,夜晚在芦苇荡中栖息,优美的环境,丰富的资源,百鸟翔集,有凤来仪,终于引来了百鸟之王——凤凰鸟落户。一天下午,彩虹染红了西边半边天,突然从五色彩云中,飞出一队凤凰鸟,一只、二只、三只……只见一群凤凰鸟,穿过天上的彩云,向倒沟塘芦苇荡俯冲下来,刚要落下,忽然又拉起,掠过水面,溅起一串串水花。突然,倒沟塘水面上,芦苇丛中,无数只翅膀,拍起千层细浪,上千只鸟儿飞向天空,围在凤凰鸟周围,在倒沟塘上空盘旋三周,欢呼声响彻云霄,迎着夕阳的余晖,凤凰鸟和众鸟一起飘落在芦苇荡中。

"百鸟朝凤!"人们欢呼,村里人一起向倒沟塘跑去。

倒沟塘芦苇荡里像往常一样,好像什么事情都没有发生过似的。几个胆大的青年到芦苇荡中找了一圈，没有找到凤凰鸟，塘边微风习习，塘中芦苇摇摆，耳边听到的是鸟叫蛙鸣。

一群凤凰鸟落在倒沟塘，村里人议论纷纷。老人们说："凤凰鸟是个吉祥鸟，一队凤凰鸟飞来，更是个吉兆。或许有贵人出现，不如把村名芦子荡改成凤凰村吧。"

说来也巧，自从芦子荡改名凤凰村后，年年风调雨顺，村里人丁兴旺，日子过得一年比一年好。

"后来又看到凤凰鸟了吗？"李忠新问。

"凤凰鸟吗？或许来到人间了。"李奶奶边说边摇着蒲扇，眼望着繁星密布的天空。故事讲完了，夜已深，天已凉。听故事的孩子们带着满脑子悬念和疑问，无声地散去，慢慢地走回家，躺在床上想着想着睡着了。那些夏日，人欢乐，心安好，岁月好过。

第二天，劳累一天的大人们又到打谷场上纳凉，李奶奶又被孩子们围住。李奶奶说："今天猜谜语，好不好？"

"好！"大家异口同声地说。

"麻屋子，红帐子，里面睡个白胖子。"

"花生。"李奶奶刚说出口，大家把谜底说了出来。

"我也请大家猜个谜语。"丰田说。

"尖底子，平盖子，里面藏碗小菜子。"

"螺蛳。"吴江不等丰田说完，猜出谜底。

"我也说一个。"吴江说。

"红公鸡，绿尾巴，一头钻到地底下。"

"红萝卜。"赵洪才猜出谜底说，"我也出一个。"

"外婆屋后有个碗，下雨下不满。"

"鸟窝。"赵洪才刚说完,就有人猜出谜底。

"我再出一个谜语。"李奶奶说。

"千条线,万条线,掉进河里看不见。"大家你看看我,我看看你,猜不出来。李忠新想想说:"我知道。"

"什么?快说。"大家催着。

"雨。"李忠新说。

"对,聪明的孩子。现在我给你们讲个狐狸精闹鬼的故事,好吗?"

"好。"赵洪才说。

"不好,过去我听了鬼故事,夜里睡觉做噩梦,走路觉得后面有踏踏的脚步声,好像有鬼跟着似的,急得跑不动,跳不高,吓得惊叫起来。妈妈跑过来抱住我,哄我不怕,我在妈妈怀里才睡着觉呢!"王兰说。

"胆小鬼,有我在这里,你怕什么呢?"李忠新说。

"人家怕鬼嘛。"王兰委屈地说。

"好,不说鬼故事,说说当地发生的事好吗?"李奶奶说。

"好!"大家回答。

"你们知道村东头有个徐公堤吗?"李奶奶问。

"知道,现在建成公路了。"赵洪才说。

"你们知道通往红马镇的河边上有座化龙庵吗?"

"知道,去玩过,庵内供奉着菩萨。"丰田说。

"你们知道红马镇北边河口有个军臣港吗?"李奶奶问。

"知道,在那里洗过澡,水很深的。"吴江说。

"知道这三处地方的来历吗?"李奶奶问。

"不知道。"大家一起回答。

第一章　凤凰村

"我来说给你们听听。"李奶奶边说边摇着蒲扇，慢慢讲起三处地方的故事。

离我们这里五里多路，有个红马镇，镇上有个姓徐的人家，生个儿子叫徐达达，从小聪明伶俐，爱读诗书，写一手好字，满肚子文采，十八岁成为秀才。然而进京赶考，屡试不中。但他不灰心，熟读诗书多默念，钻研含义刻心田，勤练文思上笔尖。三十六岁那年，又进京赶考，一举成名。皇上阅卷，看他三篇文章做得好，文理清晰，字迹端正。于是龙颜大悦，御笔探花，官封五品，封为皇子皇孙夫子。

"探花是什么，夫子又是什么？"王兰问。

"探花是当年中皇榜的第三名，夫子是皇子皇孙学校的老师。"李奶奶说。

徐达达进了皇子皇孙学堂中讲学，他是最年轻的老师，上课时，写在黑板上的字工整秀气，像书法一样。讲学通俗易懂，说事新鲜有趣。不像老夫子上课时，摇头晃脑，之乎者也，令人昏昏欲睡。徐达达精心讲学，皇子皇孙肯听肯学。年终，皇上检查皇子皇孙学业，果有长进，龙颜大悦，夸徐达达教学有方，赏银五百两。

一晃五年时间过去了，徐达达一心一意辅导皇子皇孙们的学业，深得皇上欢心。一日，徐达达收到家乡紧急传书，报家乡洪水泛滥，淹没农田，冲毁房屋，灾情严重，乡民流离失所。

第二天早朝，徐达达奏明家乡灾情。正逢县官、州官也送上奏折。皇上立批，国库拨银五十万两，委任徐达达为赈灾钦差大臣，前往灾区放粮、根治水患。

徐达达肩负圣命，日夜兼程，赶赴家乡灾区，县官跪迎。徐达达递上皇上赈灾银票，立命开仓放粮，救济灾民。

　　徐达达来到家乡镇上，看到房屋被洪水冲毁，满街泥泞，乡民身居草棚泪汪汪，衣不蔽体腹饥寒，心生怜悯，立命家仆拿出积蓄，沾亲的每户五两纹银，乡邻每户三两纹银，分发乡民，暂渡难关。

　　徐大人回县衙和县官商议救灾和根治水患的措施，决定用救灾银修一条防洪长堤，防止洪水再次泛滥，拨救灾款购买种子，分发灾民恢复生产。县官陪同徐大人到灾区视察，看到灾民住在临时搭的棚子里，救济粮已经发到灾民手中，灾民生活安定下来，徐大人回京复命。

　　徐大人回京后，官府组织民众在洪水泛滥的方向，修了一百多里的防洪堤，命名为徐公堤。

　　修堤动用救灾银三十万两，放粮用银十万两，余银十万两。县官想到徐大人回乡赈灾，给乡邻灾民散了私银，心想朝中有人好做官，今后仕途靠徐大人关照。于是，一面上书朝廷奏明救灾情况，一面将救灾余银十万两银票转交给徐大人的管家。

　　第二年春天，春光明媚，百花盛开，皇上兴起，要到民间微服私访。朝廷准备舟船，安排随行人员。皇上突然想到徐大学士家乡去年遭遇水灾，决定到灾区看看老百姓的生活状况，传旨徐大人随行私访。

　　徐达达接旨大吃一惊，想到县官送他的十万两银票，心惊肉跳，害怕起来，立派家人快马传书县官，想方设法挡驾皇上到他家乡红马镇上私访。

　　县官接到传书，抓破头皮也想不出挡驾皇上私访的办法。师爷出主意说："在龙舟途经红马镇河口不远处，修建一座庙宇，起名'化龙庵',奏明皇上不宜前行,龙舟在河口停驾观望,然后移驾县衙。"

"办法是好,皇上知道怎么办?"县官说。

"天高皇帝远,皇上哪能想到这个层面上。"师爷说。

"那就这么办吧。"县官说。

细算皇上到达红马镇还有一月有余的时间,立即动工修建庙宇,庙宇建成后,起名"化龙庵"。

皇上微服私访,一路体察民情,走乡村、逛集市、游山玩水。一天,官船终于停在离徐达达家乡十里处的河口。县官在河口迎驾。皇上从官船走上堆围,众官跪迎,县官奏道:"这是徐大人的家乡,脚下这条长堤是赈灾银修的防洪堤。"

"众卿家平身。"皇上说着放眼望去,一条长堤望不到边,田野里麦苗青青,长势茂盛。堆围两旁菜花盛开,金黄一片;河边一排排柳树吐出嫩芽,枝条整齐地摇摆;棵棵桃树开着粉红色桃花,鲜艳夺目。阳春三月,春回大地,百草排芽,百花盛开,锦绣河山,景色秀丽。皇上望着人间美景,龙颜大悦,立命起驾徐大学士家乡红马镇。

县官跪奏道:"从这里看去,就是徐大人家乡红马镇,前面河道水浅,河旁又有庙宇,有碍龙体,不宜前行。"

"大胆!什么庙宇敢挡驾皇上?"太监喝道。

县官跪奏道:"河道旁有座庙宇叫'化龙庵',过路道士起的名,皇上巡视只宜到此。"

又奏道:"皇上眼下看的就是徐大学士家乡风光,下官斗胆奏请皇上移驾县衙,府上虽没有山珍海味供奉,但按徐大学士吩咐,

| 凤凰记 |

准备了一些当地的土特产,供皇上品尝,先到下官府上小息几日,再议行程。"

"客随主便吧。"皇上说着一挥手,移驾县衙,徐大人惊出一身冷汗。

皇上一行安排在县官府上,晚上歌舞升平,为皇上接风洗尘,晚宴上,献上一碗又一碗令皇上拍案叫绝的人间美味。

第一道菜是清炒白螺蛳。宫女用针挑上一羹匙,皇上细细品尝,一个劲地赞鲜。

第二道菜是闸蟹。虽不在季节,壳内没有蟹黄,但有蟹膏蟹肉,皇上吃几羹匙,更是赞不绝口。

第三道菜是河虾。虾肉味鲜,用酱油蘸一蘸,吃在嘴里鲜嫩可口,皇上吃得更开心。

第四道菜是车轮饼和一碗昂刺鱼汤。车轮饼是当地的特产,特点是松、软、香。昂刺鱼汤用倒沟塘产的昂刺鱼五六条,破肚洗干净,把水爽干,而后放锅里,加上适量的水,用当地小磨豆油一两,放上葱姜,在铁锅里细火焖上半小时,一锅浓稠、乳白色的昂刺鱼汤出来了。皇上吃块车轮饼,喝口昂刺鱼汤,连连赞叹,饼是天下第一饼,汤是天下第一汤。

最后主食上的是一碗用当地大米和大麦糁子细熬的粥,倒沟塘虎头鲨鱼和当地雪里蕻煮的咸。皇上吃粥爽口,虎头鲨鱼咸[①]又鲜又香,皇上吃得舒心。问:"这是什么特产?"

县官奏道:"皇上品尝的是家乡产的龙须粥,倒沟塘产的虎头鲨鱼咸。"

---

① 方言。

"大胆，这么好的美味为什么不供奉皇室？"皇上怒道。

皇上发怒，众官吓得魂不附体，齐刷刷地下跪。徐大人奏道："皇上用的膳是下官家乡土生土长的土特产，京城远在千里之外，难以保鲜运达，若是皇上喜爱，多住几日，品尝下官家乡土特产，体察下官家乡民情。"

"准奏，众卿家平身。"皇上转怒为喜说。

皇上借宿县府，吃着乡村美食，白天观看乡村鱼塘取鱼，油菜花春色；晚上参加乡村赛歌、赛诗、灯谜会，悠然自得，流连忘返。一日京城急报，军情紧急，皇上一行人，匆匆启程回京，徐大人终于松了一口气。

从此，皇上停靠官船与众臣相会的地方叫军臣港，通往徐大人家乡红马镇河边多了一座"化龙庵"，徐达达赈灾银修的防洪堤叫徐公堤。

"后来呢？"李忠新问。

"后来嘛，徐大人贪污赈灾银东窗事发，罢官回乡。"李奶奶说。

李奶奶告诉大家，又过几年，老皇上驾崩，新皇上登基，原县官离任，新县官到任，审计库银账册时，发现赈灾银十万两送了徐大人。新县官给新皇送上奏折。新皇阅后，龙颜大怒，依法应将徐达达推出午门外斩首，幸而徐达达是新皇的老师，顾及师生情面，摘去徐达达花冠顶戴，革职为民，抄没家财充公，逐出京城。

徐达达回到家乡，病恨交加，穷愁潦倒，不久离开人世。

"可惜贪心惹祸，自毁名声前程。"李忠新说。

"是呀，贪心人人都有，不是什么都能贪的，人要控制自己的贪欲，不要伸手拿不属于自己的东西，做人要做明白人。"李奶奶

| 凤凰记 |

告诫说。

  秋天，学校新学期开学，村部通知适龄儿童都要上学。男孩李忠新、赵洪才、丰田、吴江，女孩王兰、周秀芳、兰粉子、祥妹等入学读书。李忠新等十多个新入学的儿童住在前庄，而学校在后庄，前庄到后庄有两里多路。上学的路上要过两座小桥，一部洋车，一部风车。河上小桥是用木板搭的，又窄又摇，人走在桥上面，晃上晃下，是晃晃子桥。洋车、风车是用来车水灌溉农田的。有风时，把篷布挂起来，风吹车转，通过沸板和槽桶把水从河里提上来，再通过水渠灌溉农田。洋车有六个叶子，面朝风向，在空中旋转。风车有十二个叶子，固定自转，两部车都占着上学的路，风起车转时，过路的人要抓住机会，巧妙地通过。小学生上学，在车转时，必须由大人带着才能过去。

  李忠新和王兰家是邻居，两人从小在一起。王兰生来胆小，天黑了不敢一个人走路。晚上妈妈叫她到邻居家借东西，也不敢去，怕遇到鬼。上学要过两座小桥、两部水车是王兰担心的事，下雨、下雪天上学更感到害怕。

  上学前一天，王兰找到李忠新说："大哥哥，上学求你带我去吧，我一个人是上不成学的。"

  "为什么？"李忠新问。

  "路上有小桥、水车呢，车转时，我可没胆子过去。"王兰说。

  "放心，我带你。"李忠新说。

  "谢谢啦。"王兰高兴地说。

  秋收秋种的农忙季节，凤凰村早晨四点多钟，一声高亢的鸡叫声传出，人们纷纷起床走向田野，开始一天的劳作。鸡叫三遍，

第一章 凤凰村

天边刚露出一丝光亮,李忠新母亲还秀珍准备好早饭,喊李忠新起床,就着咸菜萝卜干子,喝完两碗大米糁子粥,就匆匆叫上邻居王兰,两人背着书包,踏着路上带露珠的小草,迎着早晨柔和的阳光,高高兴兴地来到学校。不一会儿,校园内传来朗朗的读书声。读书嘛,一日之计在于晨。

每天上学路上,李忠新走在前面,王兰走在后面,跨过河上两座小桥,巧妙通过两部水车。有时过桥时,李忠新走在前面稍快些,桥板晃悠起来,王兰在后边吓得蹲下身来,求饶说:"好人,好人,桥板晃得厉害,掉下河去学就上不成了。"李忠新回头看看,笑着说:"不要怕,莫心焦,我来搀你过小桥。"

王兰家有四口人。父亲王如昌,人厚道勤快,头脑有些古板,平时爱占点小便宜。母亲唐洪英为人热情,遇事想得开。弟弟王大宝才学步走路。

李忠新常喊王兰为兰子,王兰生得干净文静,做事也很文静,好像谁也改变不了她骨子里那股文静之气,像娘胎里带来似的。脸长长的,一边扎着一根小辫子,短短的刘海齐齐整整地挂在额前,双眼皮,一双眼睛水灵灵的,睫毛又长又卷。遇到高兴的事,睁着又黑又亮的大眼睛,有时随着一阵银铃般的笑声,脸上显出两个小酒窝,看上去叫人心里甜甜的。碰到难为情的事,她的脸颊会涌起轻云般的绯红,是一个干净、清爽、漂亮的小姑娘。

李忠新和王兰一起上学,放学回家到王兰家一起做作业,做完作业,两人一起看屋梁上的燕子。

春风送暖,燕子归来。一对燕子带着它们剪刀似的尾巴,用优美的身姿,从王兰家的屋梁上飞出去,冲向天空飞向远方,一会儿飞过田野，又飞回到梁上，给梁上燕子窝内雏燕喂食。两只燕子成双成对，来来往往，叽叽喳喳，绕转梁上。

王兰家屋梁上的燕窝内有五只小燕子，时常发出呢喃的叫声，在巢穴里探头探脑，四处张望，张开鹅黄色的小嘴叫着。不一会儿，大燕子飞回来，落在巢沿，身子斜贴在窝外，吐出口中的虫食，喂给小燕嘴里后，又飞出屋外。两只燕子进进出出，挨个喂食。

王兰告诉李忠新，她家屋梁上每年都有一对燕子飞回来筑巢，先在梁上叽叽喳喳几天，像是商量着什么，接着，两只燕子一会儿飞出去，一会儿又飞回来，衔泥衔草筑好巢，下蛋孵出小燕，喂食一个多月，大燕子带着小燕子飞出屋外，停在门前的树枝上，叽叽喳喳几天，像是告别主人似的，然后飞走。第二年又飞回来，两只燕子可好啦，相依相偎，相宿相飞，形影不离。

"我们大了，也像这对燕子，双宿双飞多好呀。"李忠新说。

"胡说，人怎能像燕子呢？"王兰笑着说。

李忠新感觉比喻不当，收起课本，告辞回家，等王兰回过神来，看到李忠新走了。

第二天上学路上，王兰问李忠新："你昨天说燕子的话是什么意思？"

"随口说说的，没有意思呀。"李忠新说。

王兰点点头，没有说话。

冬天来临，数九寒天，冰天雪地。通往学校的路上，有一段水田结上了厚厚的冰，在太阳光照射下，闪闪发光，冰上能走行人，李忠新拉着王兰的手，在水田冰面上一路滑行，很快到了学校。

花开花落，岁月匆匆，转眼间小学四年的学习生活结束了。

再读书要到三里开外的高小。快开学时，王兰告诉李忠新说："爸爸妈妈不让我上学了，要我在家做家务，带弟弟。"说完话，王兰心里很难过。李忠新听了说不出话来，心里若有所失似的。

学校开学后，李忠新走到王兰家门口看看，心里闷闷的，慢慢走到村庄小河桥上时，遇到赵洪才、丰田、吴江，心里又高兴起来，四人有说有笑地朝学校走去。

放寒假，李忠新到王兰家玩，看到王兰家门口有个趟网子。他对王兰说："河里有老鸦拿鱼的声音，我们跟着去趟鱼好吗？"王兰点点头。于是，李忠新扛起趟网子，王兰拿着篮子跟在后边。

趟网子，口宽一米多，有一个很深的网兜。网连在一根竹竿上，竹竿固定在一根长篙的头上，两根边网绳绑在长竹篙上，成为趟网子。趟鱼时，趟网子在河边贴着水里的泥下网，由浅入深，向河里深处推去，推到篙梢，迅速收回，洗去泥浆，网里有鱼、虾、螺蛳等。特别是老鸦拿鱼的时候，趟鱼收获更多。

老鸦又叫鱼鹰，学名鸬鹚，一般三四十只为一队。五条小船跟着。渔民对鱼鹰进行了特殊的训练，能听懂人的口令，与渔民默契配合捕鱼。

每次捕鱼，渔民为了不让鱼鹰将鱼吞进肚里，用绳子扎住鱼鹰的嗓子，留着鱼囊。然后渔民用小船载着鱼鹰，行到捕鱼的河面上，竹篙在船舷上一敲，嘴里发出"哦""哦"的叫声，用脚敲打船上一块活动的船板，站在船边架子上的鱼鹰，"扑通""扑通"跳下河去，钻进水里捉鱼。鱼鹰入水后，不一会儿浮出水面，渔民看到鱼鹰喉囊里鼓鼓的，用竹篙将鱼鹰挑上船头，抓住脖子，把吞进喉囊里的鱼挤出来。有时，有五六斤的大鱼，几只鱼鹰把鱼咬住，

| 凤凰记 |

渔民用网兜把鱼捞上船来。

鱼鹰在河里一闹,小鱼会钻到河边的水草里,李忠新和王兰跟在鱼鹰捕鱼的船后边,看到河水有水草,一网趟下去,然后拉上来,洗净泥浆,倒在河边地上,看到有鲫鱼、鳑鲏鱼、罗锅鱼、虎头鲨鱼、昂刺鱼、虾等。王兰拨开水草,将杂鱼一条一条拾进篮子里。李忠新看到河边有一处浓密的水草,对准水草,用劲趟一网,拉上来洗干净一看,网里有两条斤把重的河鲫鱼跳着、蹦着,王兰高兴地把河鲫鱼抓进篮子里,顾不得两只手冻得通红通红的。跟着鱼鹰趟了一个多小时,篮子里有四五斤杂鱼,李忠新把大的鱼挑给王兰,留下两斤小鱼,拿回家交给母亲收拾干净,晚上一碗红烧小杂鱼放在桌上,一家人吃得又鲜又解馋。

凤凰村村民平时的生活过得平平淡淡,不讲究吃穿,填饱肚皮,有衣服穿就是好日子。然而,闲时到塘里、河里捞鱼摸虾、尝尝河鲜是常有的事。秋天,田里的稻子黄了,人们把稻田的水放干,田里的各种鱼会游到田边灌溉用的水渠里。星期天,李忠新把门口挡蚊子的柴帘子拿下来,用两片毛竹圈成一大一小的圆圈,堵住小的一头,做成鱼捣篓,和王兰一起到水渠里捕鱼。

李忠新把捣篓扛到田边水渠,放到水渠里按到水底下,王兰走到离捣篓二三十米的地方,用装有木棍的木榔头捣在水里,把鱼往捣篓方向赶,到达捣篓口时,李忠新用力把捣篓提出水面,捣篓里有泥鳅、黄鳝、鲫鱼等各种杂鱼,甚至能捕到条把黑鱼,下午三个多小时,就能捕到七八斤杂鱼,足够两家吃的。

秋天,李忠新放学回家路过晚稻田时,看到田埂边有螃蟹爬过的脚印,他到晚稻田里寻找蟹洞掏蟹,有时候能掏到十多只软壳螃蟹，留一半家里吃，送一半给王兰家。

秋凉时，收完田里的稻子，上水沤田，水田墒沟里有不少泥鳅鱼。李忠新、王兰两人到倒沟塘里割来芦苇，切成二尺左右一根，每根芦柴下端扣上线，把竹扫把的竹尖剪下来，扣在线上当鱼钩，从菜地里挖来蚯蚓，装在竹尖上当鱼饵，晚上到水田里顺着风一根一根栽在墒沟里。第二天，天蒙蒙亮起床，带着水桶到田里收鱼，线上有鱼轻轻往桶里一甩，活蹦乱跳的鳅鱼进了水桶，一次能收获四五斤鳅鱼。秋后，李忠新、王兰到长慈姑、荸荠的田里趟风虾子，一次能趟十多斤，回家挑去杂草，在锅里放点酱油炒炒，通红通红的，一餐饭吃上一碗，鲜味直往人心里钻。

在假日里，李忠新和王兰不是一块儿捞鱼摸虾，就是一起到堆围上割草。两家都饲养着一头小水牛，经常割草给牛吃。有一天，吃过中饭后，王兰喊李忠新到倒沟塘堆围旁割牛草。王兰肩背网包，手拿镰刀，走到李忠新门口，看到李忠新在家里招招手，李忠新会意，拿起网包和镰刀，顺便走到门口黄瓜架上，摘一条黄瓜交给王兰，王兰到田边淌水的缺口里洗洗瓜，一撅两半，一半递给李忠新，另一半自己拿着吃，黄瓜吃在嘴里，鲜嫩可口，清凉解渴。到了倒沟塘边，两人边割草边拉家常。不一会儿，网包满了，差纳围的长草。王兰看到堆围和塘边接壤处有片好草。她刚下刀，这时突然窜出一条蛇来，吓得王兰"哎呀"叫出声来。李忠新跑过来问："刀割手啦？"

"晦气，谁割手了，你看，前面有好草，刚准备割草突然窜出一条蛇来，吓死我啦。"王兰说。

"水蛇，没有毒的，怕什么？我来割草，你纳围好吗？"李忠新说。

王兰点了点头。

李忠新用镰刀在草丛中赶了赶,没有发现蛇,于是就大把大把地割起草来,不一会儿,网包的草围纳得高高的,满满的。两人坐在塘边休息。倒沟塘塘水水波荡漾,芦花怒放,天空中鸟儿飞翔,水中鱼儿游来游去,野鸭栽着氽子觅食,碧绿的荷叶成片,鲜艳的荷花盛开。李忠新看到眼前的美景,仿佛置身仙境,高兴地对王兰说:"我们到芦苇荡柴沟里掏鸟蛋,摸鱼虾好吗?"

"没那个胆子。"王兰说。

"怕什么?"李忠新说。

"有蛇呢。"王兰说。

"有蛇,我来赶,你拿着草帽跟着我收鱼虾,今天摸的鱼虾、掏的鸟蛋,全部归你。"李忠新说。

王兰看看李忠新,点了点头。

李忠新、王兰一前一后走进芦苇荡里,水面刚淹到膝盖,李忠新拨开芦苇,抬头一看,一个圆圆的鸟窝挂在芦苇上面,他拉下芦苇,从鸟窝内掏出六个五颜六色带花纹的小鸟蛋。王兰拿过一个看后说:"小巧玲珑,好看好玩,麻雀蛋似的。"这时一对黄鹂鸟掠过头顶,拍着翅膀飞来飞去,叽叽喳喳地不停叫唤。李忠新说:"这是黄鹂做好窝下的蛋。看它们多漂亮、多恩爱,还是把蛋放回去吧。"李忠新说着,把鸟蛋放进窝内,松开芦苇,两只黄鹂鸟跳上窝,发出"叽叽""叽叽"的声音,好像说:"谢谢,谢谢。"

李忠新下到柴沟里摸鱼,王兰手托草帽,站在柴沟边膝盖深的水中跟着。李忠新一会儿摸一把螺蛳,一会儿抓一只柴虾,一会儿捉一条鲫鱼……放进王兰的草帽里,鱼虾出水,在草帽里活蹦乱跳,王兰招架不住。于是,李忠新到塘边摘来一张荷叶,盖在草帽上,鱼虾跳不出来了。

两人在芦苇荡中越走越远,水越来越深。王兰说:"水淹到裤头了,上岸吧。"

"我记得前面芦苇荡中,有个大水塘,塘中间有野鸭窝,可能还有野鸭蛋,我们去看看吧。"李忠新说。

李忠新在柴沟里继续向前摸鱼,没摸多远,果然看到芦苇荡中有个大水塘,塘中间几处有一小撮儿芦苇,几只白鹭看见有人来了,展翅飞向天空。十几只野鸭悠闲自得地在塘中游来游去觅食。

李忠新对王兰说:"你在这里站好,我到塘中芦苇处看看有没有野鸭蛋。"

"小心。"王兰叮嘱说。

"知道。"李忠新一边说着,一边张开双臂向塘中芦苇处游去,在芦苇处有几处野鸭窝,其中两个窝中各有六只带花纹的蛋,李忠新在两个窝中看了看,又游回王兰的身边说:"两个窝中有十二只野鸭蛋。"

"为什么不拿回来?"王兰问。

"留着孵小鸭吧,明年会有更多的野鸭。"李忠新说。

王兰看看李忠新说:"你心肠真好。"

"是吗?我心好,你心好,两颗心好在一起了。"李忠新说。

王兰听了笑笑,没有说话。

李忠新继续回到柴沟里摸鱼,一条深水沟挡住了王兰的去路。王兰说:"裤头湿了,上岸吧。"

"前面沟里还有鱼虾摸呢，我抱你过沟。"李忠新说着，到王兰面前伸出双手，王兰一手搂住李忠新颈项，一手把草帽抱在怀里，李忠新抱着她向沟对面走去，一个踉跄，两个人都跌在了水中，李忠新赶紧站稳，抱起王兰，王兰死死抱住草帽，鱼、虾险些落到水里。

王兰站到沟对面，抱怨说："叫你回去，你不听，这下倒好，衣服全湿了，上岸吧。"

"反正湿了，摸到边吧。"李忠新说。

王兰不吭声，站在齐腰深的水中，接过李忠新摸到的鱼、虾、螺蛳，然后小心翼翼地放进草帽，盖上荷叶，草帽里鱼虾满了，岸边到了。

两人走出芦苇荡，爬上岸边，王兰放下草帽对李忠新说："旁边去，我要方便。"

李忠新走开去，向远处望着。不一会儿，王兰脸色铁青地走过来，对李忠新说："下身疼，好像有东西咬的。"

"我看看。"李忠新说。

"给你看？不好，不行！"王兰说着扭过头去。

"没关系的，这里没有人，也许是蛇咬的，快给我看看。"李忠新说。

王兰吓得不敢出声，不敢动，满脸绯红起来。李忠新走到王兰身边，拉下她的短裤，看到一条蚂蟥叮在腿裆处，吸满了一肚子血。李忠新用手把蚂蟥拉下来，甩在地上，用脚踩死，又在前后仔细找了一遍，给王兰拉上短裤，说："蚂蟥一条，小事一桩。"

王兰冷下脸说："这是小事吗？叫我跟着你去摸鱼，都是你害的，我今后如何做人，你怎么说，怎么说？"王兰说着，手捂住脸蹲下身来。

"哎，这算什么事噢，值得担心吗？"李忠新说。

"你说说，你想想，这是什么事？你们男孩子的嘴不稳，说漏嘴，别人知道了，那还得了，怪你，怪你，就怪你。"王兰流着眼泪说。

"好啦，说不上嘴的事儿，伤心难过成这个样子，怪我不好，今天的事我不在别人面前说，行了吧。"李忠新蹲下身来，拉着王兰的手说。

"要是说呢？"王兰哭着逼问李忠新。

李忠新急得头顶上青筋爆起来，站起身，举着手，发誓说："如果我李忠新今后在别人面前说起今天的事，眼睛瞎掉，头遭雷打，死无……"王兰站起身来，捂住李忠新的嘴说："不说就是了，谁叫你赌死来着，你死了，我也跟着你死不成。"

"行啦，小发咒，一天一百个，不算数的，今后的日子长着呢，我们好好地活着。"李忠新说。王兰点了点头。

"李忠新、王兰，快来看呀，快板船要到了，在那里捣鼓什么呢？"丰田站在堆围上向李忠新、王兰招手喊道。

"你看，堆围上那么多人，我们也上去看看快板船吧。"李忠新说。

"好吧。"王兰说。

两人穿着湿漉漉的衣服爬上堆围，"你们看，两个'落汤鸡'来了。"丰田指着李忠新、王兰说。

"掉下河了？"赵洪才问。

"柴沟里摸鱼了。"李忠新回答。

"喜欢弄鱼，好，下星期，我带你到蒲沟里摸，准有收获。"丰田说。

"快看，快板船来了！"吴江指着冈沟河南边喊道。

李忠新、王兰定了定神，放眼向冈沟河南北望去，只见北面四部风车，五部洋车，正在满篷随风悠闲地转着，缓缓地车水灌溉农田，河面上有十几条帆船，升足白帆，乘风破浪，由北向南航行，有的船上有三道桅，前道低后道高，眼前呈现一幅如诗如画的水乡景色。只见南边来了一条绿色的快船，是镇上和城里送旅客、运货物的班船。也许是顶头风的缘故，快板船上三道桅帆篷已经降下，岸上五个壮实的男子汉拉纤，用一根纤绳拴着快板船，牵板挂在每个人肩上，脚蹬地，低着头，整齐地左右甩着膀子，把船拉得飞快前行，船头激起哗哗的浪花。拉纤的最后一个人拖着一根长长的竹篙子，快到一个河口时，拿竹篙子的水手，解下纤绳，飞快地跑到河口，将竹篙插进河心泥中，先试一试，然后向后退几步，向前一个助跑，抓住竹篙飞身跃到河口对岸，迅速把竹篙拔起来，推回原处。拉纤的第一人收起一段纤绳，拿着纤绳板在空中旋转两圈，甩到河口对岸，过河口的水手接到纤板纤绳，把纤板放在肩上，拉着船继续向前行。后边的人通过竹篙，一个接着一个飞身跃过河口。水手们个个身手像猿猴一样轻巧、灵活、迅速。过了河的水手，他们把纤绳头往纤绳上一甩，像吸铁石似的挂到纤绳上，然后一个一个又脚蹬地，低着头，弯着腰，整齐地左右甩着膀子，拉着快板船飞快地前行，水手们过河口子，一点儿也不耽误船行的速度，个个身手不凡，把人看呆了。

快板船过去了，看到冈沟河对岸，也有七八个男女学童，到堆围上看快板船。这时，河西一个高个子男孩对河东喊道："河东的兔崽子们听着，有种的过河来，我们来一场斗鸡比赛，包把你们一个个斗成落汤鸡。"

丰田大声回答说："放你娘的狗臭屁，有种的过河来，包教你们一个个当龟孙子。"

"跟人家后边说，吃人家后面屁。"对方骂道。

"用泥块砸过去，吓唬吓唬他们。"赵洪才说。

丰田拾起一块泥块，用力向河对岸砸过去，冈沟河有五六十米宽，泥块落在河中心，引得对方一阵哄笑。

"孬种、尿样，砸过来呀，砸过来呀。"大个子男孩嘲笑着说。

"割一根柳条来，用湿泥块固定在柳条上，甩过去。"李忠新说。

丰田、吴江听后，柳条湿泥块很快准备好，赵洪才个大力大，一个助跑，只见柳枝头上的湿泥块飞向天空，划了一道弧线，向河西飞去，"啪"的一声，落在对岸河边上，吓得对岸七八个人向后退了几步。

"河东的兔崽子们疯了，莫惹他们，快走吧。"大个子男孩走了，七八个人一哄而散。

河对岸的人走了，大家反倒没趣起来。李忠新、赵洪才、丰田、吴江坐在堆边的草地上，王兰、周秀芳一群女孩子站在周围说着笑着。

"我们一天天长大了，父母辛辛苦苦种田，遇上灾年，饭还是吃不饱，今后的生活会好起来吗？"吴江问。

"我奶奶说，刚从旧社会到新社会，从黑暗走向光明，百废待兴，白手起家，生活苦些、穷些。只要经过几年、几十年的努力，我们将会从贫穷走向富裕，过上吃得饱、穿得暖的日子，我们这一代人要为实现这个目标而奋斗。"李忠新说。

"我们会过上社会上说的楼上楼下、电灯电话、出门轿车一跨的日子吗？"丰田问。

"只要没有战争，和平建设几十年，会有这样的好日子。"赵洪才说。

"老师说，我们这代人肩负着保卫国家胜利成果的使命，肩负着从贫穷走向富裕的使命。如果祖国需要，我们随时准备拿起枪杆子，保卫祖国和平建设几十年，实现家富国强的梦想，让群众过上好日子。"李忠新握紧拳头说。

"我们出生在和平年代，要珍惜时间学文化、练本领，将来为家庭、社会、国家干出一番事业来。"赵洪才说。

"落地是兄弟，何必骨肉亲，我们四人既然为兄弟，今后有福同享，有苦同吃，有难同当。"丰田说。

"好！"四人站起来相互击掌说。

"丰田，我们既然是兄弟，你家倒沟塘菱角那么多、那么好，带我们到你家码头上摘菱角吃去，大家说好不好？"赵洪才提议说。

"好！"十多人异口同声地说。

"走吧，带你们去摘菱角、吃菱角。"丰田拍着胸口说。

"现在看起来信心十足，不怕你妈妈打屁股吗？"吴江提醒说。

"妈妈打我屁股也是不大疼的，看到妈妈真的要打我，我会脚底抹油，溜走的。"丰田笑着说。

李忠新把嘴贴在王兰耳边说:"把丰田未婚妻周秀芳带去,可能会吃到菱角。"王兰听了,去拉周秀芳一起去,周秀芳不肯。王兰说:"丑媳妇总要见公婆的,去试试婆婆喜不喜欢你,我陪在你身边。"周秀芳点头同意。

一队小伙、姑娘们,在丰田的带领下,穿过藕塘,到达菱池边。只见满塘的菱藕花开万朵,荷藕开花大如蝶,菱角开花像雪莲,鸡头开花紫微微。满塘的荷叶散发着淡淡的清香,醉人心房,墨绿色的荷叶衬托着一枝枝红荷花,含笑伫立,白里透红,像娇艳的姑娘,亭亭玉立。清清的塘水中,鱼儿跳跃,溅起的水花,落在荷叶上,发出"砰砰啪啪"的响声,像动听的音乐。一群人到达丰田家码头上,看见铺满水面的菱叶,你不让我,我不让你,挨挨挤挤,满眼碧绿,盖满水面。站在塘边上的人采到菱角,剥开薄薄的皮,把元宝似的白白嫩嫩的菱米放在嘴里,甜汁满嘴,香嫩可口,吃得有滋有味,一会儿,便把塘边的菱角采光、吃光了。

"会水的,跟我上船采。"丰田说着解开码头上拴小船的缆绳。突然,听到丰田妈妈夏素凤大声喝道:"这么多人玩水,想找死呀!丰田,给我上来。"丰田妈妈一声吼,塘水好像也在抖,人人面面相觑,吓得站着不动。

夏素凤在人群中看看,像是发现了什么。"哎呀,秀芳来了,我的乖乖,大热天的,少在太阳底下晒,莫在水边玩,想吃菱角嘛,跟我来。"夏素凤说着,上前拉住周秀芳的手往家里走。回头对丰田说,"带他们到门口凉棚来,家里有菱角给他们吃。"

夏素凤把周秀芳带到门前乘凉的敞棚里,让她坐在凳子上,从厨房里拎出一大篮子煮熟的菱角,抓一大把放在周秀芳手里,把篮子交给丰田说:"分给大家吃吧,你引他们到塘边玩水,多危险呀,不知道好歹的东西,屁股又作痒啦。"

丰田拎着一篮子菱角,不顾菱角尖子戳手,给每人分一把,有的站着吃,有的坐着吃,不一会儿,满篮子菱角一扫而光。

这时候,日落西山,天色暗下来,李忠新、王兰的衣服也干了。李忠新把柴沟里摸的鱼虾全部送给了王兰,十多个人各自回家。

又到星期天,丰田、吴江果然约李忠新到蒲沟里摸鱼。蒲沟是村里农田中间的一条水沟,三米宽,一公里多长,沟田相连,鱼很多。丰田、吴江是村里出名的"鱼钻子",捞鱼摸虾是行家里手,次次摸鱼都有收获。

三人来到蒲沟,丰田叫李忠新站在田埂上,负责拿着篓子收鱼,丰田、吴江一前一后下到沟里摸鱼。

"鲫鱼一条。"丰田说着,把鱼放进李忠新拎着的篓子里。

"田螺两只。"吴江说。

"虎头鲨一条,这鱼是个呆子,好抓。"丰田说。

"河蚌一个。"吴江喊。

李忠新在田埂上走过去,跑回来,往篓子里收货。

摸到蒲沟中间,在前面摸鱼的丰田喊一声:"洞里有鱼,李忠新、吴江快来帮我,李忠新下到沟里来,堵住通往蒲沟的洞口,不管洞里有什么动静,你用膝盖死死顶住洞口,绝不要松开。"丰田交代说。

李忠新下到沟里,迅速与丰田交换位置,用腿弯子堵住洞口。丰田爬上田埂,在东西两边查看后说:"有两个出口通往稻田里,吴江你守住西边洞口,我守东边洞口,一定要在洞里把鱼抓住,让它窜到沟里和稻田里等于放生。"丰田有条不紊地布置任务。

丰田把手伸进洞里摸摸说:"是条鳗鱼。"

"有鱼撞击膝盖。"李忠新喊道。

"顶住,不要松开,千万别让鱼窜到沟里去。"丰田大声地说。

"鱼过来了,好大。"吴江说。

"不好,鱼又撞我腿弯子。"李忠新说。

"守住,死死守住。"丰田大声地喊道。

丰田把膀子伸进洞里,嘴里骂道:"奶奶的,狡猾的家伙,又溜了。"

鳗鱼在洞里冲过来,窜过去,冲击了十几个回合,速度终于慢下来。不一会儿,丰田大喊一声:"奶奶的,逮住了。你们准备好,我把鱼拉出洞口,放在田埂上,用拳头打鱼头,往死里砸。"丰田说。

丰田咬着牙,屏住呼吸,猛地从洞里拉出一条白白胖胖,足有两尺长的大鳗鱼,放在田埂上,两手死死拽住鳗鱼中上段,鳗鱼挣扎着。李忠新、吴江像打铁一样,轮番用拳头砸向鳗鱼头,直到鳗鱼不动了才停下来。丰田把鳗鱼放进篓子里,用网蒙住,松了一口气骂道:"奶奶的,凶给我看看,还不是落在我手里,遇上我,该你倒霉。"

三人合力抓住鳗鱼,又在蒲沟里向前摸去,摸到沟头,李忠新感到提着的篓子沉甸甸的。丰田说:"够我们三家人吃的了,沟里的水不干净,身上痒痒的,到村后边河里洗澡吧。"

三人来到村后河桥旁,丰田看到庄上德惠大妈要过桥,他抢先跑上桥,从桥中间一个鱼跃跳进水里,桥中间的桥板轰隆隆地晃动着,德惠大妈吓得站住骂道:"细猴子,瞎闹,把奶奶晃下河去,告诉你妈把你屁股打肿了。"李忠新迎上去说:"大妈别担心,我搀你过桥去。"德惠大妈转笑说:"你看看,你看看,人家新小子多乖巧,不像你个捣蛋鬼。"丰田在河里说:"大妈,对不起,和你开玩笑的。"

"没大没小没规矩,今后学学乖。"德惠大妈说。

李忠新搀着德惠大妈,慢慢地走过桥。大妈笑着说:"新宝宝,今后你一定有出息的。"边说边走了。

"大哥,就会做好人。"丰田说。

"舌头打个滚,尊重老人不蚀本,大哥做得对。"吴江说。

"我们玩老鸦拿鱼的游戏好不好?你们两人追我,点到为止。"丰田说。

李忠新、吴江也从桥上跳下河去,追赶丰田。丰田一个氽子潜游到河对岸的小树下,出水抬头一看,小树下有瓜藤挂着三个香瓜,丰田刚要伸手摘瓜,忽然听到"嗡"的一声,飞起一群黄蜂,呼呼地掠过头顶。丰田大吃一惊,一个氽子潜回到河对岸,对李忠新、吴江摆摆手说:"停下来,停下来,对面树上有好吃的,但有站岗的,怎么办?"

"看不见人,哪有站岗的?"吴江问。

"是不是瓜,瓜有主人的,长起来不容易,还是留给主人吃吧。"李忠新说。

"树上挂着三个成熟的香瓜,主人是没法吃到的,是留给胆大的人吃的,一窝黄蜂守着,谁敢摘瓜。"丰田说。

"事在人为,有瓜吃还怕什么黄蜂,难道黄蜂会潜水不成,摘瓜对我来说，小菜一碟。"吴江说。

"有胆这样说，派你去，潜水过河，突然出水，拉下瓜藤，再潜水回来，动作要快。瓜藤到河里，瓜自然会落进水里，随流淌远处，香瓜将成为我们口中的美食。"丰田说。

吴江水性好，看准目标，一个汆子潜游到河对岸的小树下，突然出水，以迅雷不及掩耳之势，将瓜藤拉下水，又一个汆子潜游回来，只见河对岸一群黄蜂飞起来，一团乱舞。

丰田游到下游，连藤带瓜拉回来，摘下瓜，一人一个，水中洗洗，一口一口地吃起来，又甜又香又解渴。

三人吃过瓜，看看日落西山。于是，他们上岸穿好衣服。丰田说："鳗鱼给大哥，剩下的我和吴江一人一半。"李忠新想说什么。丰田摆摆手说："别婆婆妈妈的，就这样分。"

李忠新把鳗鱼拿回家一称，二斤八两重，第一次看到这么大的鳗鱼。

光阴似箭，日月如梭，村庄的日子，安然如常，季节变换，风景依旧。一晃几年过去了，李忠新到镇上初级中学读书，走读生，学校离家五里多路。每天早晨李忠新母亲早早起床，煮好粥，盛上两碗晾到不冷不热，喊李忠新起床，他就着自家腌的萝卜干子咸①，喝完两碗粥，背着书包上学，沿着村庄熟悉的泥土路向学校走去，原来十多人一起上学，现在只有两个人，李忠新、赵洪才。很快到了初中三年级，李忠新学习紧张、辛苦。一天，母亲给他一元钱，一斤粮票，嘱托他放学后，到镇上食品店买馒头回来，早上吃粥加个馒头熬饥些，到中午不会太饿。

---

① 方言。

晚上放学后，李忠新到镇上买馒头，路过街上染坊店时，看见王兰站在店门前。王兰看到李忠新来了，喜出望外地说："心焦呢，冤家来了。"

"不是冤家不聚头嘛，你站在这里做什么？"李忠新高兴地问。

"染布呢，放学为什么不回家？"王兰问。

"妈妈叫我买馒头，早上吃。"李忠新说。

"碰到你，真是太好了，你看，现在布才下染缸，染好要等到八点多钟，天快黑了，你知道我是不敢走夜路的，路上还要经过乱坟岗，遇到鬼会吓死我的，求你和我搭个伴，一起回家吧。"王兰恳求地说。

"老师布置的作业还没做完呢，迟了我家没有油点灯，作业完不成，怎么办？"李忠新说。

"别担心，到家我有办法。"王兰说。

"好吧，我的姑奶奶。"李忠新笑着说。

"喊奶奶，娶奶奶，不要奶奶，回奶奶，还有下家等奶奶。"王兰也笑着说。

"哪里学来的顺口溜，过去你是不爱说话的文静姑娘，现在也喧了。"李忠新说。

"看到你，心里高兴，信口开河说的。好人，你坐在这砖块上温习温习功课，做做作业，我替你去买馒头，等染坊布染好了，我们一起回家。"王兰目含深情地说。

一直等到八点多钟，天黑下来了，王兰才拿到布，和李忠新一起匆匆地往家里赶路。

李忠新在前面迈开步子走着，王兰在后面跟着，她越走越吃力，心里越害怕，觉得后边有人跟着似的，听到踏踏的脚步声，心里扑通扑通地跳着。

"急什么，慢些走。"王兰说。

"赶回家做作业呀。"李忠新说。

"好人，前面快到乱坟岗了，我害怕。"王兰说。

"怕什么？"李忠新问。

"怕鬼呀。"王兰说。

"世上哪有鬼，有鬼也是活人闹的。"李忠新说。

"你看看，你看看，你说没鬼，前面乱坟岗里鬼火出来了。"王兰说着扑到李忠新怀里抱住他不放。

李忠新定睛向乱坟岗里一看，真的有一闪一闪的火星亮光，在空中忽隐忽现地飘荡，心里也毛毛的。但还是壮着胆子说："鬼火是磷火，不用怕，我去看看是什么样子。"

"你不能走，你走了，鬼来了，我怎么办？"王兰抱住李忠新说。

"你呀！真是我的冤家，怕成这个样子，把布放进我的书包里，你背着书包，驮你走吧。"李忠新说。

"这样最好，心怕得快跳出来了。"王兰说。

李忠新有近一米七的个头，王兰顾不得什么，伏在他的肩上。李忠新背着她，硬着头皮走到飘火星的地方时，看到火光直闪，火星更多了，他大胆走近一看，发现有两个人在坟茔旁边烧纸。

"王兰，你睁眼看看，这是你看到的鬼火。"李忠新说。

"不看，不看，看了更怕。"王兰闭着眼睛说。

"不看是吧，我就把你放在这里。"李忠新吓她说。

王兰睁开眼睛，看到有人在坟茔旁边烧纸，火星直往空中飘散。

| 凤凰记 |

"原来是烧纸的。"王兰说。

李忠新背着王兰,气喘吁吁。王兰说:"放下我吧。"

"不怕鬼啦?"李忠新问。

"有你在我身边,没有什么可怕的,看你背得多吃力。"王兰说。

"我是梧桐树,你是凤凰鸟,愿意背的。"李忠新说。

"没背够是吧,再讨我便宜,叫你背到家。"王兰笑着说。

李忠新放下王兰,王兰抓着李忠新的手,一路小跑,很快到了自己家门口。王兰妈妈站在门口,正在等王兰回来,看到她和李忠新一起回来,点头笑笑。李忠新赶紧打招呼:"伯母好。"然后接过王兰手中的书包,匆匆走进家门。

王兰在家里用小碗倒些豆油,端着碗向李忠新家走去。

"兰子,不吃晚饭到哪里去呀?"母亲追到门口问。

"李忠新晚上要做作业,给他送点油点灯。"王兰说。

"这么大的丫头,喜欢和李忠新在一起,不怕人家说闲话吗?"母亲心里念叨着。

又是一个夏天,晚上劳作一天的人们在打谷场上纳凉聊天,天南海北,古往今来,张家长、李家短地议论着。庄上的孩子们在打谷场上躲猫猫,玩猫捉老鼠的游戏。李忠新坐在一个凳子上,是一个老鼠洞,六个人在三个老鼠洞之间奔跑,两只猫全部抓住六只老鼠,轮换一次。王兰、周秀芳、祥妹等六人为老鼠,丰田、吴江为猫,场上你追我赶,热闹非凡。王兰跑了几回,累了,坐在李忠新怀里的凳子上,笑着看热闹。一会儿,李忠新说:"猫走了,快出去。"

"坐着好。"王兰说。

"为什么?"李忠新问。

"安全。"王兰笑着说。

"像话吗？兰子快回家，疯得没魂了。"王兰父亲王如昌突然出现在王兰面前，大声呵斥道。

王兰吓了一跳，连忙站起身来，跟着父亲回家。

王兰跟着父亲回到家里，父亲训斥道："十六七岁的姑娘坐在男人怀里，羞死了，孩子他妈，你这个娘是怎么当的，好好管管女儿，再让她这样疯下去，不知闹出什么笑话来呢，会把人家大牙笑掉的。"

"什么事呀，大惊小怪的，有话不会好好说嘛。"母亲说。

"问问她，做的什么事。"父亲说。

"兰子，做什么了，惹你爸爸这么生气。"母亲问。

"躲猫猫，玩猫捉老鼠游戏。"王兰说。

"哎呀呀，我当是什么事呢，细小的玩家家，也当回事，一惊一乍的。"母亲责怪说。

"你没看见，她坐在李忠新那小子怀里，像没事人似的。"父亲说。

"那是老鼠洞，最安全的。"王兰说。

"老鼠洞，最安全？这么大的姑娘坐在男人怀里，我看最危险。"父亲说。

"好了，好了，哪里来的这么多闲话？兰子，你也长大了，姑娘家的，往后放稳重些，免得人家说闲话，不要惹你爸爸生气好吗？"母亲说。

"爸爸、妈妈，知道了。"王兰说着，走进了自己的房间。

又到了秋天收获的季节，学校放暑假，李忠新回家做完暑假作业,参加集体劳动。稻子收割上场了,每天晚上到打谷场上放稻把给牛打场。李忠新、王兰等人将稻把拖到场中央,解开捆稻把的要子后,厚厚地铺在打谷场上形成一个圆场。然后牛拖着石磙子在稻谷场上转圈,牛主人赶着牛,时而吆喝着,时而唱起动听的牛歌,当听到一个长号子牛歌时,知道要翻场了,把场上的稻草翻过来,牛主人给牛吃草、喝水、休息一阵子,第二遍打场。打完场,把稻谷和稻草分开进行晾晒,完成一次打场。

有一天,庄上到打谷场路过的河边上,一位老人在码头不小心掉进河里淹死了。王兰、周秀芳、粉子、祥妹等女孩子,夜晚上场经过那里时害怕,于是让李忠新喊她们一起上场,撑撑胆子,李忠新满口应承。

一天夜里,月亮高高地挂在天上,银色的月光洒满大地,李忠新喊王兰上打谷场,门口轻喊几声,无人答应,看到门没有关,掀开夏帘子走进屋里,看到王兰睡在堂屋中间的席子上。李忠新轻轻地推她几下,透过夏帘子缝隙的光亮,也许是天热的原因,隐隐看到王兰把内衣捞到颈项里,露出白白的胸脯,吓得李忠新慌忙退出屋外。

一会儿,王兰起床走出来,揉了揉眼睛,抬头望了望亮晶晶的月亮,看到李忠新对她笑,打着哈欠问:"你笑什么?"

"你呀,以后睡觉放老实些。"李忠新说。

"我睡觉哪里不老实了?"王兰问。

"老实,怎么把衣服捞到颈项里去了?"李忠新笑着说。

王兰一愣,突然变脸指着李忠新说:"你太坏了,偷看我睡觉。"说着上前就要撕李忠新的耳朵。

"好心提醒你,我没看到什么。"李忠新后退几步摇手说。

王兰掩着面,蹲在地上,流下眼泪说:"你真是我的冤家对头,上辈子欠你似的,在你面前没有什么清白可言了,以后你叫我脸往哪里搁呀。"

"我对你做什么了?我在你心目中真的那样坏吗?你手捂心口想一想,我做了哪件对不起你的事情,我对你的心,你还不明白吗?"

"我哪知道你安的什么心,好像哄我,占我便宜,真心在哪里呀?"王兰说。

"给你。"李忠新说着递一样东西给王兰。

"什么?"王兰问。

"手帕,你不是经常流泪吗,会用到的。"李忠新说。

王兰刚接过手帕,忽然听到背后粉子姑娘说:"两个人卿卿我我的,是吵架呢,还是在谈恋爱呀?"

"瞎嚼舌头根子,谁在谈恋爱呀?"王兰揉揉眼睛站起来说。

"那流什么眼泪呢?是不是他不要你,还是你不愿意呀?如果你不要他,我和他谈谈怎么样,不许你后悔。"粉子笑着说。

"坏蹄子,胡说八道,人家眼睛吹上灰了。"王兰说。

"走吧,我们去喊人上场。"李忠新说。于是,三人挨家挨户喊人。

放好稻谷场,牛开始打场,七八个姑娘坐在小山似的草垛旁休息,有说有笑。粉子姑娘凑到小三子姑娘耳边说了几句话。小三子是袁家的三姑娘,外号"泼辣货",她听到粉子说的话,立即跳起来,跑到王兰背后,抱住她问:"今天李忠新送你什么了,快拿出来给大家看看。"

"没有呀。"王兰说。

"翻。"小三子一声令下,粉子上前从王兰口袋里拿出一条簇新的、中间有一朵大红花的手帕。

小三子拿过手帕看看说:"好呀,送定情物了。"

"什么定情物,我托他买的。"王兰抢过手帕说。

"送的也好,买的也罢,都没关系的,李忠新在庄上男孩子中算是'龙',你在女孩子中算是'凤',龙凤呈祥,天生的一对儿,这是没话说的,不过我有点儿担心。"小三子说。

"担心什么?"粉子问。

"王兰的父亲,是个见钱眼开的人,指望如花似玉的姑娘发财呢,李忠新家一贫如洗,两人想成双成对,很难过她父亲这道关的。"小三子说。

"新社会婚姻自由,难道父母还包办不成。"粉子说。

"说起来容易,做起来难呢,我们骑驴看唱本——走着瞧吧。"小三子刚说完话,赶牛师傅长号子牛歌响起,大家又翻起场上的稻谷来。

李忠新假期回村参加集体劳动,有的农活是不会做的,王兰是村里的劳动能手,李忠新不会做的农活,王兰手把手耐心地教,热情地帮他。

村里有一片棉花田,深秋棉花开了,棉田一片白茫茫。采摘棉花开始后,十几个姑娘排成一行,腰里扎着布袋子,用灵巧的手指,把一朵朵棉花摘进布袋子里。李忠新是学生,回村重活干不了,也和村里姑娘们一起拾棉花,王兰反复给他做样子,细心地教他。李忠新照着做了,就是拾不快。晚上棉花称重,他采摘的量是最少的，姑娘们看到后都笑了，李忠新感到很难为情。

第二天，队长来看看田里采摘棉花的人，对李忠新说："你采摘的棉花不计数，按日计酬，负责把每人采摘的棉花称重记账，晚上把账交给会计，这是你的任务。"

李忠新听到队长安排他称重记账，好像得到了大赦一样松了一口气，不然，晚上拾的棉花数量垫底，他又会丢人现眼。

在青苗麦田里挖墒沟疏水，既是巧活又是力气活。姑娘们挖的墒沟又快又深又直，像直尺打的一样。而李忠新挖墒沟时，手拿铁锹铆足劲，好像铁锹不听使唤似的，挖得满头大汗，挖的墒沟像锯子口似的弯弯曲曲。姑娘们一条墒沟挖到头休息了，李忠新才挖到田中间一半，姑娘们看着他笑。王兰招手说："姐妹们，帮帮忙。"王兰平时人缘好，姑娘们也喜欢李忠新，七八个姑娘一人一小段，把李忠新挖的墒沟帮忙挖到头。王兰又把李忠新挖的墒沟整理了一遍。李忠新难为情地说："姐妹们，谢谢啦。"

"谢什么呀，你也有强项，这里有谁读书比你读得多，字写得比你好呀？"王兰安慰说。

凤凰村夏收夏种是忙人的季节，燕子来，栀子香，家家户户忙插秧。栽秧是村里男男女女都要学会的农活，又苦又累又缠人。俗话说，大米好吃秧难栽。夏收结束后，田里上水、施肥、耘田，开始插秧。李忠新不会插秧，王兰耐心地教。她先教拔秧的方法，拔秧时，可以坐在凳子上，也可以蹲着，把双手放在水里，用小拇指的感觉勾秧苗，一棵一棵地勾到手，通过虎口向手心自转，拔齐秧苗，栽秧时好拿秧苗。两手可以同时拔，也可以一只手拔满，再用另一只手拔，用双手拔满秧苗后，放在水里洗去泥土，把右手秧苗向左手靠拢，稍稍交叉，右手用一根稻草，沿着左手绕一圈，把稻草放在大拇指上，然后拇指向下移，右手带着草头一收，扎起一把秧苗。

教会李忠新拔秧，王兰又教李忠新在水田里栽秧。栽秧前，先用绳子拉成行子，一趟秧栽六棵，横竖成行。栽秧前，右手拿着秧苗把，左手把秧苗抽出一半，余下的一半秧苗，甩到身后正好把手中秧苗插完的地方。定好尺寸，开始插秧。先从左到右，再从右到左，一行六棵，均衡排列。栽到左边移左脚，栽到右边移右脚，弯着腰，低着头，快速地边栽边往后退，一口气栽到田埂边，这时才能站起来直直腰。

王兰教会李忠新拔秧、栽秧后，李忠新正式参加插秧队伍，田里放足水，施好肥，把秧苗运过来，抛在水田里。田间的小路上人来人往，男女卷起裤管，赤脚挽袖，按次序走进秧田里。王兰是插秧能手，原来领头趟，现在李忠新学插秧，王兰要带他一起栽，每人六棵秧苗，李忠新栽五棵，王兰栽七棵，栽秧开始后，大家屏住呼吸，眼快手快，你追我赶，边栽边往后退，不一会儿，栽下一片葱绿。

如果田中间有坟墓，栽秧的人抢着对准坟墓下趟，少栽一段，叫作"鬼接趟"，有人栽得慢些，掉在前面，叫作"吃包子"。一起栽秧的人看到有人"吃包子"，一个个更来劲，甚至把掉队的后面秧苗拿掉，"吃包子"的人越掉越远。

傍晚，当李忠新感到疲劳的时候，站在田埂上放眼望去，栽下的秧苗碧绿一片，微风吹过掀起一轮一轮的绿波，秧田里蛙声一片。李忠新心里有说不出的高兴，忘记了疲劳，脸上露出欣慰的微笑。

第一章　凤凰村

到了冬天放寒假，李忠新参加队里麦田揉河泥劳动，把河泥揉碎，盖在麦苗上过冬御寒，等到春天麦苗生长时，还能增加肥力。

一天早上，李忠新到队里上工揉河泥，两人一组，他等王兰没有等到，和庄上姑娘祥妹一个组，揉一块板子地。祥妹开玩笑说："太阳从西边出来了，今天和先生一起做生活，不知交的什么运。"

"桃花运。"李忠新笑着说。

"哄我的吧，我晓得你心中的那个人是谁，瞧，你看那边来了。"祥妹说着向刚来的王兰努努嘴。

李忠新和祥妹一趟河泥揉到边，李忠新开玩笑说："祥妹呀，把家里钥匙给我，回家煮中饭给你吃。"

"今天真的交桃花运啦，我问问王兰同意不同意。如果她同意，我们订婚好吗？"祥妹笑着说。

"你长得俊俏，男孩子都会喜欢你的，不过有件事叫人不太满意。"李忠新不假思索地说。

"什么事呀，说给我听听。"祥妹说。

"你哥哥会偷人家东西，影响不好。"李忠新脱口而出。

祥妹听后，脸色陡变，流着眼泪说："哥哥做的，关我什么事呀，我又没有偷人家东西。"说着走开，不再理睬李忠新，也不和他一起揉河泥了。

李忠新愣住了，知道自己说错话得罪了人，心里懊悔，怔怔地站着。

王兰揉着河泥，看到李忠新愣愣地站在那里，于是走过来问："刚才两个人还有说有笑的，阳光灿烂，转眼间阴转多云，说恼就恼，祥妹怎么突然走了呢？"

"你还说风凉话，我都悔死了。"李忠新说。

"我知道啦，你会讨人家女孩子便宜，又得罪人了吧？"王兰说。

"我说她哥哥是小偷，把她气哭了。"李忠新懊悔地说。

"我说嘛，你口无遮拦，揭人家疮疤子，能不恼吗？书读到鼻孔里去了。"王兰指着李忠新的鼻子说。

"我知道错了，以后说话要想好再说，说了再想容易出错。现在我做活也没有搭档了，怎么办呀？"李忠新无可奈何地说。

"和我一个组吧，你敢说伤害我的话，撕烂你的嘴。"王兰笑着说。

"好妹妹，得罪一个朋友了，不能再失去你。"李忠新说。

"不想想说话，又乱弹琴了，谁是你的妹妹，你只有一个姐姐。得罪人，找个机会向人家赔个不是，花言巧语又来哄我，黄鼠狼给鸡拜年，没安好心吧。"王兰说。

"路遥知马力，日久见人心。我对你是什么心，以后你会知道的。"李忠新说。

下午上工，李忠新看到祥妹独自走在前面，快步赶上去，诚恳地对她说："好妹妹，上午我说错话了，对不起啦，求你原谅我。"祥妹回过头来，看到李忠新一脸认真的样子，笑着说："你说的话没有错，哥哥做错事，自然会把妹妹的脸也搭进去了。一个人多做好事、善事才有人喜欢，我会劝我哥哥好好学会做人的，这事情你不要放在心上。"

祥妹的一席话，把李忠新说得惭愧起来，好一个通情达理、心灵美丽的姑娘，李忠新不由得对她敬佩不已。

第一章 凤凰村

李忠新三年初中学习生活结束,经过考试被城里中学录取读高中,他收到录取通知书,赶快去告诉王兰。王兰听了笑着说:"庄前庄后,前几天就传出有人考上城里高中了,当喜事传呢,原来是你呀,怎么现在才来告诉我呢?"

"我收到入学通知书,第一个告诉你的。"李忠新说。

"祝贺你到城里读书啦,做了城里人,不要忘记乡下人噢。"王兰笑着说。

"就是我现在死了,也不会忘记你的。"李忠新恼着说。

"呸呸呸,死呀活的,伤什么人呢,不能和你说话了。"王兰也生气地说。

"你尽说风凉话,人家心里愁着呢。"李忠新说。

"考上高中是喜事,反而有苦恼,怎么说呢?"王兰问。

"入学通知书上叫带二十五元学费,住校读书,我家哪能拿出那么多钱呀,思来想去只寻出个忧,这书读得成还是读不成难说呢。"李忠新苦恼地说。

王兰想想说:"考上城里高中是件不容易的事,就是想办法也要去上学。你哥哥在部队,问问他能不能资助你上学,在亲戚中排排,也有可能找到资助你读书的。"王兰提醒李忠新说。

李忠新觉得王兰说得有道理,遇到困难应该想办法解决,苦恼有什么用呢。他经过思考,给部队的哥哥和上海的姨娘写了求助信,告知上学缺学费、生活费的事。不到十天时间,李忠新分别收到哥哥和上海姨娘的来信。哥哥答应资助学费,姨娘答应资助生活费。

收到资助信,李忠新高兴地告诉王兰说:"你是活菩萨,点化我筹到了学费和生活费，我真的到城里读书啦。"

"我是菩萨，可不能嫁人了。"王兰笑着说。

"这有什么关系？菩萨是普度众生的，也食人间烟火，织女还嫁牛郎呢。听说今晚邻村唱戏，唱的是《珍珠塔》，我们看戏去。"说着李忠新拉着王兰的手，向戏场走去。

《珍珠塔》这出戏唱的是书生方志文进京赶考，没有盘缠，到姑母家借钱，姑母是个嫌贫爱富的人，讥笑方志文没有出息，穷命相，不但没有借钱，还羞辱他一番。姑母的女儿陈翠娥深明大义，赠送价值连城的传家宝"珍珠塔"给方志文。这出戏鞭挞了嫌贫爱富的思想。

看完戏，李忠新拉着王兰的手走在回家的路上，他说："我现在是方志文，你是陈翠娥。"

"不要扯上人，我可没有'珍珠塔'赠你。"王兰说。

"真心对我，比'珍珠塔'还贵呢，我书读得多，不知道将来是祸还是福，如果回村里，农活做不了，愁没饭吃呢。"李忠新说。

"是福不是祸，是祸躲不过。不会种田莫担心，我会教你；饭吃不饱没关系，我会做饭给你吃，饿不死你的。"王兰说。

"我去城里读书，你不要把我忘了。"李忠新说。

"我是个农村姑娘，能到哪里去呀？不过你读书读出名堂来，不要把我忘了。"王兰说。

"放心吧，我不是陈世美。"李忠新说。

"我们既没有订婚，又没有结婚，和陈世美沾不上边儿，将来你找到好的，我会放手的。"王兰边说边笑，松开李忠新的手回到家。

新学期开学，李忠新带着行李到城里中学报到，这所中学坐落在果林场旁边,学校周围绿树成荫,风景秀丽。校园内条条砖路相通,块块花园相连,有精雕细琢的亭台,古色古香的小桥,曲径通幽的假山,窗明几净的教室,学习环境优美舒适。

学校传达室用钟声传达一天的作息。起床、出操、上课、下课、吃饭、就寝,按部就班,秩序井然。入校的第一堂课是语文课,上课的是一位年长的男老师,姓杨,他在黑板上写的字像书法一样。他那洪亮清晰的声音,由浅入深的讲解,令李忠新肃然起敬。

班主任陈益明老师,中等个儿,身体精瘦,戴副眼镜,很有学者风范。他告诉同学们说:"学校今年招收一个高中班,六十名学生,你们个个是学习中的精英。去年的毕业班六十人中,有四十六人考上了大学,希望你们这个班有更多的人上大学,将来成为国家建设的有用人才。"李忠新翻开一本本刚发的新书:语文、代数、物理、几何、化学、俄语、政治、历史、地理共九门。有人说:几何难,代数繁,物理化学学着玩。不知道这话说得是否有道理。刚开始,李忠新堂堂课面对的是新老师,接受的是新知识,感到自己步入了新的知识殿堂。

李忠新聪明好学,很快跟上了新课程的学习节奏,成绩不错。令他最头疼的是俄语,城里学生俄语课在初中学过三年。从农村初级中学考上来的学生才开始学习俄语。从字母、单词开始学起,虽然十分努力也跟不上趟。特别是俄语中的卷舌音"р",李忠新天天起早练习,经过一个多月努力,发音才过关。有个同学"р"的发音读不准,回答外语老师"很好"的译文,"Очень хорошо",读成"二斤咸大蒜",引得全班同学哄堂大笑。

第一学期期中考试,李忠新九门主课有八门考了九十分以上,俄语考了七十八分。虽然总成绩排在全班前二十名之内,但是,俄语一门的学习,花去很多时间和精力。

和李忠新一起考进学校的,有初中同班同学刘玲玲。刘玲玲身材微胖,短发圆脸,是个丰满的姑娘。但她性格内向,平时不爱说话,也不善于与人沟通。李忠新与她相互熟悉。因此,刘玲玲平时遇到学习中的难题,常常找李忠新帮助解决。两人接触多了,在同学眼中产生了误会,有人在背后指指点点,说说俏皮话,这事情传到了班主任陈益明的耳里,引起他的重视。一天,陈老师把李忠新叫到办公室,先问问李忠新家庭的情况,接着对李忠新说:"你家是农村的,家庭经济条件不是很好,学校是按每月四元的助学金照顾你的,你学习成绩不错,期中考试成绩总分排在全班二十名之内,是个有前途的学生,应该再接再厉。"最后陈老师婉转地问:"有同学说你和刘玲玲同学关系走得很近,我想听你说说情况。"

李忠新听了,认真地把情况告诉了陈老师:刘玲玲是和自己同在一个初级中学读书的,一起考到学校来的。刘玲玲是城市定量户口,我是农村户口,刘玲玲家庭条件优越,姐夫是乡党委书记,姐姐是乡供销社主任,她住在姐姐家里。我是农村人,全家是农民。我俩是两股道上跑的车,不可能走到一起的。刘玲玲同学性格内向,不善于和人沟通,她在学习中有难题来找我,我应该帮助她。我和她之间完全是同学之间互帮互学的正常关系。我也请老师多关心帮助刘玲玲,经常和她谈谈心,动员班里同学与她沟通交朋友,引导她思想开朗起来,与班级融为一体。思想行为孤僻的人,往往会钻牛角尖的,容易出现意外的事情。李忠新介绍完情况,陈老师听得直点头,好像不是老师在提醒学生,而是学生在提醒老师。最后，陈老师夸李忠新说："你做得对，做得好，应该这样做，继续做下去。"

过几天，陈老师在一周班务会上说："全班同学要互相学习，互相帮助，和睦相处，共同进步。在这方面李忠新和刘玲玲同学做得很好，全班应该向这两位同学学习，树立互帮互学、共同进步的好学风。"

班主任肯定了李忠新热情帮助同学共同进步的做法，从此，李忠新和刘玲玲一起学习，闲言闲语少了。

李忠新在高中期间的学习生活紧张有序，每天按时上课，完成作业，假日到学校图书馆看书，参加文体活动，打乒乓球、篮球。期中、期末考试时，学习复习紧张些，平时学习还是轻松的。每周学校放一场电影，举行一次球类友谊赛，一年组织两次文娱晚会，学习生活团结、紧张、严肃、活泼。不过"宝剑锋从磨砺出，梅花香自苦寒来"，要想取得好的学习成绩，不下功夫钻研是不行的。三分靠天赋，七分靠努力。李忠新在高中学习期间，很少回家，一心一意放在学习钻研知识上，业余时间到学校图书馆看书，阅读代数、几何、物理、化学难题解答，思考难题解答过程，在知识宝库中寻求知识。如果知道同学有好书，也会想方设法借来阅读。一次，他听到班上同学孙文同买了一本《物理难题解答》，他立即去借。孙文同说："书是我爸爸买给我的，我还没看呢，能借给你吗？"听到孙文同说这话，李忠新站在门口犹豫一会儿说："好吧，等你看过我再来借吧。"李忠新说着，慢慢要走。

"你先拿去看吧，下午我要参加一场篮球赛，没时间看。"孙文同说着拿出书递给他。李忠新连声说谢谢，回宿舍一页一页、一题一题边看边思考。书上有一道物理题解答过程引起了李忠新的注意。题目不难,但在解答过程中有个小转弯,稍有疏忽,答案可能弄错。李忠新把这道题仔细看了两遍,动笔演算了一遍,把正确解答过程牢牢记在脑子里。

无巧不成书,高二物理期末考试,这道题出现在试卷上,而且是最后一道题,十五分。李忠新轻松地做出了正确的答案。

物理课王老师批改试卷后,把李忠新叫到办公室。问:"李忠新同学,试卷最后一题,你是如何做出正确答案的?"

"这道题我在《物理难题解答》一书中看到过,中间有个小转弯,如果不细心,很容易做出错误答案。"

"你做得很好,多看书,多钻研,有益处,你在理科方面有潜力,今后要好好努力。"王老师鼓励他说。

王老师到班里讲解物理试卷时,对全班同学说:"同学们,你们知道试卷最后一道应用题全班有多少人做对吗?"大家面面相觑。"我告诉你们,只有一人做对了,就是李忠新同学。李忠新同学,你到黑板上来,做给大家看看。"

李忠新把试题正确解答过程写在黑板上,全班同学一片赞叹声。

"从今天起,李忠新同学是班上物理课代表,你们遇到难题,和他一起研究解决,好不好?"王老师问。

"好。"同学们回答。

下课后,刘玲玲走到李忠新面前,竖竖大拇指,轻轻地对他说:"好样的,你成绩这么好,如何来的,有窍门吗?"

"没有窍门,上课认真听讲,重点、难点记下来,课后弄懂。

平时多看书，多思考，就这些。"李忠新说。

又是星期天下午，班里自习，李忠新到学校图书馆看书。忽然，班里同学袁海大声喊道："李忠新，快出来。"李忠新听到喊声，出来走到袁海面前问："什么事？在这里大呼小叫的。"

袁海凑到李忠新耳边轻轻地说："你的刘玲玲同学要投河了，快去救她。"

"胡说八道。"李忠新生气地说。

"班主任叫你快去呢。"袁海不容李忠新分说，拉着他往学校旁大河边跑去。

原来，刘玲玲和同宿舍的女生闹矛盾，赌气跑到大河边，坐在坡陡、水深、流急的地方，同宿舍的女生担心刘玲玲真的想不开，连忙告诉班主任陈益明。陈老师赶到河边，看到刘玲玲坐在河边危险的地方，赶紧派人把班里力气大、水性好的袁海喊来，又不敢靠近。陈老师问："平时谁与刘玲玲关系好？"一位女同学说："她和李忠新同学是同一个初中学校的，又是同乡，平时关系不错。"陈老师这才想起李忠新对他说过的话，连忙叫袁海跑步去叫李忠新来。

袁海和李忠新跑到河边，陈老师简要地向李忠新说明了情况，李忠新看着坐在百米开外河边上的刘玲玲。他对女生说："你们是知道刘玲玲性格内向的，还招惹她，谁惹出事来谁负责。"同宿舍的女生听到李忠新说出这样的话，有的吓得哭着说："我们是说着玩的，谁料到她会当真，现在后悔死了。"李忠新摆了摆手，他独自缓慢地向刘玲玲走去，越走越近，十米、六米、三米、一米……李忠新突然一个箭步向前，一把抓住刘玲玲的手，拉她站起来，轻声问:"这么大的风,为什么坐在这里?"

"拉住我做什么?拉拉扯扯的,别人看见了,又要嚼舌根子,我坐在这里静一静,没事的。"刘玲玲不高兴地说。

"没事为什么坐在河边,不危险吗?风口里吹了风,感冒生病怎么办?有话说嘛。"李忠新紧紧抓着刘玲玲的手说。

"放手,弄疼我了,像话吗?"刘玲玲生气地说。

"不放,除非你跟我回去。"李忠新说。

"刘玲玲同学,刘玲玲同学。"老师、同学们一边跑,一边喊,蜂拥而上,把刘玲玲围在中间,李忠新这才松开她的手。老师同学纷纷向前拉着刘玲玲,安慰她。

"闹什么,以为我会投河吗?我才不会呢,不过,你们也太气人了。"刘玲玲流着眼泪说。

"刘玲玲同学,对不起呀,说着玩的,求你别当真,我们向你认错,和我们一起回去吧。"同宿舍几个女生走上前,向刘玲玲道歉说。

班主任陈老师说:"同学们,今天我们能够走到一起是缘分,是兄弟姐妹的缘分,今后我们共同关心刘玲玲同学,成为她的好朋友,好不好?"

"好。"大家不约而同地说。

刘玲玲走到陈老师面前说:"老师,我没事的,她们都这样说了,我也不计较了,明天是星期天,我想请假回家一趟。"

陈老师想想说:"你和李忠新同学不是同乡吗?他和你一起回吧,明天下午一起回学校,好吗?"

刘玲玲不语,李忠新自告奋勇地说:"我和你一起回家。"话刚说出口，自感唐突。于是，就改口说："我也想回家看看妈妈了，一起走吧。"

李忠新陪刘玲玲走了，陈老师对袁海说："远远地跟着，看到刘玲玲到家了，再回来。"

陈老师带同学们回到教室，召开了一个如何关心帮助刘玲玲同学的交心会。

再说李忠新和刘玲玲走在回家的路上，刘玲玲在前面默默地走着，李忠新走在她的后边，也不好主动和她说话，袁海静悄悄、远远地跟着，看到李忠新送刘玲玲到她家所在的镇上，袁海才返回学校。

刘玲玲到家了，回头看看李忠新说："谢谢啦，家里坐坐，喝杯茶吧。"李忠新说："不了，明天我来接你回学校。"

"明天中午到我家吃中饭，好吗？"

"看情况。"李忠新说着，来到供销社，告诉她姐姐刘玲环，说明刘玲玲与同宿舍女生闹矛盾，老师处理好了，明天下午，他来接刘玲玲回学校。

刘玲环想想说："明天中午你到我家来吃中饭，吃过饭和玲玲一起回学校。"

"好吧。"李忠新回答。

第二天上午十点多钟，李忠新来到刘玲玲家，刘玲玲把他迎进屋里，泡上一杯茶，李忠新喝了一口，苦涩涩的。心想："苦茶一杯，没有喝头。"

这时候，姐姐刘玲环拎着菜篮子回家了，看到李忠新来了，打招呼说："在这里吃中饭。"李忠新站起来答应。

李忠新坐在堂屋椅子上看报纸，刘玲玲和姐姐在厨房里忙着。中午，桌上端上四菜一汤，两条红烧河鲫鱼，一碗慈姑红烧肉，素的是辣椒炒鸡蛋、香干炒芹菜、青菜豆腐汤。

吃中饭的时候，刘玲玲给李忠新盛上满满一碗米饭。这时，李忠新的肚子也饿了，看到米饭低头扒了两口。姐姐对刘玲玲说："别让你同学光吃饭，叫他吃菜。"说着，姐姐夹了大半条河鲫鱼放进李忠新饭碗里，刘玲玲也夹两块肉放在他的碗里，碗里堆得满满的。

"太客气了，我自己吃。"李忠新说。

刘玲环边吃饭边对李忠新说："玲玲说你是她初中同学，处世为人、学习成绩都不错，你要帮帮我们家玲玲。"

"遇到学习中的难题，我请教他呢。"刘玲玲说。

"这样好，学习上要帮助，思想也要帮助，互帮互学，一起进步，下次到我家来，我买更好的招待你。"

刘玲环好像是对李忠新说的，又好像是说给刘玲玲听的。李忠新边吃饭边答应："好，好，谢谢，谢谢。"刘玲玲看看李忠新，没有说话。

吃过中饭，姐姐刘玲环要上班，李忠新和刘玲玲一起回学校。到了学校时，刘玲玲回头看看李忠新问："我姐姐和你说话，你连说两个好字，是帮我学习呢，还是让我姐姐买好吃的给你吃呀？"李忠新想了想说："两个方面都有，今天你家饭菜太丰盛了，把我吃撑了。如果今后有机会，我还想去吃一顿。"刘玲玲听到李忠新说出这样的话来，笑着回宿舍去了。

高三的课程全部学完了，李忠新积极投入高考复习，准备下周的模拟考试，这一时期复习为主，相对轻松很多，假日没事就回家。

又到星期天，李忠新回到家里，王兰告诉他说："丰田和周秀芳闹翻了，丰田扬言要退婚呢，不知道是什么原因。"

原来，丰田父亲丰青、母亲夏素凤和周秀芳的父亲周庆、母亲陈氏两家是好朋友。结婚后，双方妻子同时怀孕。于是商定两家妻子碰肚皮，如果一家生男，一家生女结成亲家，叫作肚皮婚。结果丰家生男，周家生女，双方联姻。逢年过节，男方会备礼送女方家里，女方办饭招待女婿。岁岁年年，丰田长成了男子汉，一米七左右的个头，身体结实，顽皮的脸上见人总是笑嘻嘻的，喜欢说俏皮话。周秀芳长成了亭亭玉立的大姑娘，瓜子脸，身材苗条，对人温和大方。两人虽是娃娃亲，但萍水相逢，日日相见，相互之间感情不错。

今年中秋节，父母备好礼，叫丰田送亲家，丰田不肯，父亲发狠要打他，丰田犟脾气上来，就是不去。父亲只得亲自把节礼送到亲家，托词说："小儿病了。"

"以前两人有情有义的，一直是和平相处的，怎么说恼就恼了呢？"李忠新问。

"也许有误会，一时赌气。"王兰说。

"这样吧，今晚邻村有电影，你约周秀芳，我约丰田，双方沟通沟通，给个台阶下，说不定会和好的，到时候我们在三岔路口见。"李忠新说。

晚上，王兰约出周秀芳到邻村看电影，边走边问："你和丰田为什么事互相生闷气？"

"说起这事情，叫人恼火，他对粉子姑娘说辣春的话，让人家没面子,我劝他说话文明些,像个男子汉。他恼羞成怒,说我吃里爬外,在别人面前丢他脸面子,嫌弃他,不理睬我了。你说说,和这样的人今后做夫妻还能说话吗?"周秀芳说。

王兰笑着说:"我以为多大的事儿,原来是芝麻绿豆儿,说不上嘴的。丰田说粗话是他的老习惯,平时对人就是一个哈哈两个笑,哪能说改就改呢。人要面,树要皮,狗急了还跳墙呢,未过门的媳妇在众人面前下他面子,他能不恼吗?"

原来,几个女孩和丰田说话,粉子姑娘说:"现在男的能做的事,女的也能做,男女都一样。"丰田说:"不一样。"粉子问:"哪里不一样?"

丰田说:"男的尿尿一条线,女的尿尿一大片;男的放屁一枝花,女的放屁臭巴巴。"

粉子听了,气得告诉周秀芳。周秀芳当着众姐妹的面儿,指着丰田说:"你本来就是属狗的,狗嘴里吐不出象牙来,说话才这样不上道儿,真没有男子汉的样子。"丰田被周秀芳修理得下不了台,恼羞成怒,发狠要退婚,不再理睬周秀芳,八月中秋也不上门吃饭。

"还男子汉呢,小肚子鸡肠,我说他几句,替姐妹们出口气,他就受不了,翻脸不认人。他是老爷吗?奉上他了,不上门拉倒,随他去翻脸。"周秀芳生气地说。

"人家说夫妻没有隔夜仇,床头吵架床尾和。丰田为人直爽,说话有口无心,喜欢与人逗玩,这是他的天性。平时,他是爱你的,我看得出来,你要包容他。"王兰说。

"是他要退婚的,我又没有说。"周秀芳说。

再说李忠新约丰田出来，问他和周秀芳闹别扭的事情。丰田说："我和几个女孩子说笑话，闹着玩的，她当着众人的面说我不上道儿，不像个男子汉，像这样吃里爬外丢人脸，我能不上火吗？"

"我知道你会说粗话，让别人没面子，周秀芳才说你的。"李忠新说。

"说着玩的，关她什么事呀，叉嘴来神地教训我，弄得我猪八戒照镜子——里外不是人。"丰田说。

"不关她的事吗？她是你的未婚妻，天天抬头不见低头见，两人合做的一个脸，她敢说你是关心你，为你好的。"李忠新说。

"她说我不像个男子汉，我何必热脸贴她个冷屁股。怪不得人家说，婆娘是个草，捶捶好多少。结了婚敢这样说我，说不定我还要打她呢。"丰田恼火地说。

"你还是个不知道天高地厚的坏小子，老婆是让你爱的，不是让你打的。今后你和周秀芳结了婚，做了夫妻，相互之间一定要学会理解和包容，千万不要为鸡毛蒜皮的小事闹得不可开交，那样会造成终身遗憾的，周秀芳虽然说你几句，但她说不要你了吗？"李忠新问。

"这话她倒没有说，倒是我气昏头，说要退婚的。"丰田说。

"周秀芳人长得秀气，性格又好，劳动又是能手，哪里配不上你呀？"李忠新说。

"我也是喜欢她的。"丰田说。

"那耍什么小孩子脾气呢？错在你，不在她，将来你和她成为夫妻，有话当面说，不要在背后把气生，家不和被邻欺，夫妻不和被奴欺，量大的丈夫不打妻。周秀芳在前面等你呢，你是男子汉大丈夫，心胸应该有大量，向她低个头，认个错，求得她原谅。"李忠新说。

丰田抬头看见周秀芳和王兰在一起，连忙跑到周秀芳面前，刚要说话，周秀芳看到他劈头盖脸地说："你脑子有病呀，中秋节不到我家吃饭，死色样子，我看到你就头疼心烦。"说着，就朝放电影的地方跑去。

"你看看，你看看，给点儿颜色就开染坊了，骂我呢。"丰田两手一摊说。

"打是疼，骂是爱，追上去赔个不是。"李忠新推丰田说。

丰田跑步追上周秀芳，拉着她的手说："我错了，我错了还不行吗？明天，就到你家去。"

"八月半不来，现在到我家做什么？谁欠你的，对我爸爸妈妈怎么说？"周秀芳问。

"小感冒，好了，上门拜访的。"丰田嬉皮笑脸地说。

"你呀，通谎精，猴子脸，说变就变，翻脸不认人。"周秀芳说着，用指头戳了一下丰田的额头。

"娘子，我对天发誓，下次再也不敢了。"丰田做着鬼脸说。

"谁是你娘子，脸还没开呢，你不是想退婚吗，我同意，找个好的吧。"周秀芳松开丰田的手，回到王兰身边。

李忠新、王兰看到丰田、周秀芳和好了，一起笑起来。

第二天，丰田在倒沟塘摘了一篮子老菱角，采了四节藕，中午时提着菱角和藕来到周秀芳家里，看到周秀芳母亲，连忙喊："妈，我来了。"

陈氏看到女婿上门，连忙喊："秀芳，丰田来了。"

"八月半没来吃饭,说你病了,碍事吗?"陈氏问。

"小感冒,没事。"丰田说。

"中午饭好了,来不及特为你准备,炖鸡蛋、胡椒角子炒韭菜、南瓜汤,将就吃吧。"陈氏说。

"不用讲究。"丰田说。

周秀芳捂着嘴笑,心里想,活该。

吃过中午饭,丰田对周秀芳说:"你和我到倒沟塘里摘菱角,给李忠新带点儿到学校去。"周秀芳点点头。

深秋的一天,李忠新从学校回来,那天晚上月光柔美,微风吹在脸上略带寒意。邻村唱戏,王兰约李忠新一起去看戏。李忠新在三岔路口等到王兰,两人见面相互笑笑,熟悉不过的人儿,人在一起心在一起,人不在一起心也在一起。月亮高高地挂在树梢上,时而隐在淡淡的云层里,时而露出脸面,像是窥探路上两人的秘密。小路高低不平,王兰走着走着打一个趔趄,李忠新连忙扶住她,抓住她的手。到了戏场,人靠人人挤人,黑压压的一片。两人生怕挤散了,手拉得更紧了。一阵紧锣密鼓以后,戏开场了,唱的又是嫌贫爱富题材的戏,王兰担心李忠新不高兴,就对李忠新说:"老生常谈,我们去散步吧。"

王兰拉着李忠新的手走出戏场,漫步在小河边。这时,月光很亮很亮,夜很静很静,小河里的水潺潺地流着,河边草丛中的蝈蝈、蟋蟀叽叽喳喳欢快地叫着。两人边走边谈心。李忠新抬头看看天上的月亮,又看看王兰,只见她身穿黄底小红花上衣,蓝色的裤子,衬托着修长美丽的身材,波浪起伏的身姿,脸带微笑,声带细语,娇柔甜美,像美丽高贵的凤凰,像刚盛开的鲜花,像轻盈洁白的云彩。李忠新越看越喜欢。王兰看到李忠新上下打量着她，不好意思地说："看什么呢，不认识我吗，又想讨我什么便宜？"李忠新凑在王兰耳边说："你好美，洁白无瑕，永远是我心中的月亮。"王兰听了愣一愣说："我是月亮，那你是太阳，我俩走不到一起，从现在起，你走你的，我走我的。"王兰说着，松开李忠新的手回家。

那天两人分别后，王兰遇到了一生中最难熬的日子。

庄上有个村民叫朱怀高，平时说话阴阳怪气，一肚子坏水，做绝事是一等的本事，庄上人都怕他三分。他说的事，办不成脱你一层皮。人称"猪坏水"，排行老三，又称"猪头三"。他在哪里一潭清水也能搅浑，人们又说他是"搅水棍"。

朱怀高有个远房侄子叫朱大熊，从小丧父，由母亲抚养成人，是个独子，娇生惯养，生性好吃懒做，是庄上出名的懒汉，外号"大懒熊"。但他说话和气，不得罪人，虽懒不讨人嫌。不知道他在哪里看上了王兰，叫母亲请人说媒。他母亲想到堂叔朱怀高主意多，有手段，请他到王兰家提亲。

大熊母亲买了一条香烟，两瓶酒，送到朱怀高家里，请他做媒人。朱怀高收了烟和酒，拍着胸口说："放心，这事包在我身上。"

朱怀高知道王兰的父亲王如昌爱占小便宜，先找王如昌商议。他喊来王如昌，递上一支香烟说："喜事，喜事。"王如昌一头雾水问："青天白日，喜从何来？"

"告诉你，你家兰子通婚啦，村东头大熊看中你家姑娘了，托我说媒呢，这不是喜事吗？"朱怀高说。

王如昌听了想想说："朱大熊吗？听说这孩子太懒，太阳晒到屁股才起床，家里油瓶倒了也不扶，怕我家丫头看不上眼。"

"哎,大熊是个乖宝宝,他妈妈从小把他含在嘴里养大的,大熊家有三间堂屋,五亩水田,一部水车。虽是寡妇娘们,家底子厚实呢。大熊虽懒些,但兰子勤快呀,两人相配不是天生的一对吗?兰子嫁给大熊是打着灯笼也难找的户下,今后不愁吃,不愁穿,多好呀,我给你一包香烟,回去抽抽想想,和你姑娘商量商量,我等你的好消息。"朱怀高说着,硬是往王如昌口袋里塞了一包香烟,打趣地说:"亲事做成了,你不愁烟抽,不愁酒喝,到时候不要把三爷忘了。"

"瞎说天话,哪能呢?"王如昌说完带着香烟走了。

王如昌回到家里,把唐洪英和王兰叫在一起。从口袋里拿出一包香烟打开来,点上一支烟抽着说:"有人给兰子提亲了,这户人家家底子还是厚实的。"

"谁家呀?"唐洪英问。

"村东朱大熊。"王如昌说。

唐洪英听了,没有说话。

王兰对父亲说:"爸爸,别在大白天说梦话,看样子你抽了人家的香烟,你惹的事你去回,这个人我不嫁。"

"你说不嫁就不嫁啦,婚事不全是由你做主的,还有我这个老子呢。大熊是懒些,但他家底子厚,你嫁给他是有福享的,哪里不好呀?"王如昌说。

"这婚事与我心愿相违,我不同意,爸爸,你不要把女儿往火坑里推。"王兰说着,走进自己房间里去了。

第二天,王如昌来到朱怀高家说:"这门亲事黄了,丫头不同意,香烟还你。"说着,王如昌把抽了一支的香烟还给朱怀高。朱怀高连忙把香烟推回说："老爷子，说哪里话，亲事不成人情在，香烟是送你的，不用还，放心抽吧。"

"谢谢啦。"王如昌把香烟放在口袋，站起身来要走。

"老爷子，莫慌走，我有话要说，这件事哪能说黄就黄呢，多没面子呀。心急吃不了热豆腐，好事多磨嘛，慢慢来。"朱怀高叫王如昌坐下来。

"大熊懒名在外，没嘴说服我家姑娘同意。"王如昌为难地说。

"老爷子，不是我说你，你也太软弱了，姑娘给你惯坏了，她想上天，你扶梯子，她要月亮，你摘星星，说一不二，爬上你的头，不把你这个老子放在眼中，胆子冒顶你也认啦？"朱怀高说。

"自己养的姑娘，能怎么办呀？"王如昌说。

"自古以来，儿女婚事是父母之命，媒妁之言。现在兴自由恋爱，不把父母、媒人放在眼里，这成何体统呀，你服吗？世上无难事，只怕有心人，这门亲事我和你一起动动脑筋，凑合成功。"朱怀高满腹牢骚地说。

"姑娘不同意，能有什么办法噢。"王如昌叹了口气说。

"我给你出个主意，今天回去，拿出做老子的架势，对姑娘说话狠些，我会有办法把这门亲事订下来。"朱怀高说。

"难道你有绝招？"王如昌问。

"明天，你给姑娘下压力，我把定亲的彩礼送到你家，我们来个双管齐下，板上钉钉，翻不了滚。你姑娘就是孙悟空，也逃不出我的手掌心。送了定亲彩礼，再犟的牛有绳子牵着，还能跑到哪里去呀，只得乖乖就范。"朱怀高咬着牙说。

"这样做行吗？姑娘不依呢？"王如昌说。

"我想做的事没有做不成的,亲事订下来,我叫你女婿送烟送酒孝敬你,你等着享受吧,哈哈哈……"朱怀高说完一阵奸笑。

"试试吧,现在姑娘谈对象,大人只能当当参谋,有几个听从父母摆布的。"王如昌说着走了。

王如昌回到家对女儿王兰说:"你和大熊的婚事先订下来,不同意以后再说吧。"

"想我嫁给他,除非西边出太阳,早早死了这条心。"王兰坚决地说。

"你眼中还有没有我这个老子,嫁给大熊没有大亏吃的,犟什么犟,这婚事我做主了。"王如昌大声地说。

"我是你女儿,要打要骂随便你,我的婚姻自己做主,你没权干涉。"王兰说着出门走了。

"反了,反了,我是一家之主,我说了算,明天人家订婚彩礼送上门了,你不同意也得同意。"王如昌吼道。

"有话不能好好说嘛,吼什么吼?女儿大了,婚事有她自己的想法,你急什么,没事做了吗?"唐洪英说。

"明天朱大熊送定亲彩礼来了,你姑娘掰头不拢,满脑子糨糊,一嘴的萝卜干子,目无长辈顶撞我,胆子冒到头顶上去了,都是你惯的。"王如昌生气地说。

"你脑子进水啦,姑娘不同意,还叫人家送定亲彩礼,这不是胡闹吗?"唐洪英也生气地说。

"朱怀高行的绝,那个人的厉害你还不知道吗?他想做的事,如果你不同意,他会脱你一层皮,不会有好果子给你吃的,这门亲事还是订下来省心。"王如昌说。

"真是惹上鬼了，有得阴魂不散呢。"唐洪英叹口气说。

第二天上午八点多钟，朱大熊没有出面，朱怀高拎着彩礼篮子，到了王兰家门前，自己点燃了一挂小鞭炮，"啪啪啪"地放了，大摇大摆地走进王兰家，把彩礼篮子往家什柜菩萨面前一放。对王如昌说："彩礼不到的地方告诉我，我来弥补，礼多人不怪嘛，让你姑娘满意为止。"

"朱三爷，留下来吃中饭吧。"王如昌说。

"不客气了，亲事订下来好，不是皆大欢喜吗？"朱怀高说着走了。

王如昌把彩礼篮子拎下来看了看，篮子里有两套红灯线绒衣料，八两重银镯一副，两瓶酒，两条烟。

"兰子，快出来看看。人家彩礼厚呢。"王如昌说。

王兰听了，在房间里哭了起来。

给王兰送订婚彩礼的当晚，李忠新从学校回来，听到王兰订婚，大吃一惊，愣愣地站着，头脑里一片空白，一句话也说不出来，心里像打翻了五味瓶，不知道是什么滋味。思考了好一会儿，请周秀芳约王兰出来相见。王兰听到李忠新回来了，立即到约见的地方。王兰见到李忠新就像见到救星似的，拉着他的手哭着说："你快想想办法，救救我。"

"你不同意，看谁敢强迫你。"李忠新说。

"朱怀高做的媒，出的主意，行的绝，不同意有用吗？"王兰说。

"岂有此理，到了新社会，旧势力还是阴魂不散，婚姻父母包办，媒人拉郎配，门当户对，要彩礼，讲排场，这些风气不知道要祸害到什么时候，要真正做到自由恋爱自由结婚，还不知道等到哪一天呢。"李忠新痛恨地说。

"你也没办法,这个给你,等我死吧。"王兰说着,把李忠新送的手帕甩给他,哭着走了。

丰田在一旁生气地说:"朱大熊这个早上怕露水,中午怕太阳晒大腿,晚上又怕鬼的懒汉,也想吃天鹅肉,自己也不拿镜子照照,这门亲事是做不成的。"

李忠新看到王兰哭着走了,心如刀绞,蹲在地上把王兰还给他的手帕用牙一条一条、一块一块地撕得粉碎,眼泪含在眼里,冷风吹来透心凉,柳叶飘落花凋谢,心里想呀、恨呀。突然,他想起庄上德惠大妈。德惠大妈为人正直,做事公道,爱打抱不平,在庄上村民中有威信。李忠新立即来到德惠大妈家里,告诉他王兰被逼定亲的事情。德惠大妈听了气愤地说:"光天化日之下,做无法无天的事情,现在又不是旧社会,强迫婚姻是不允许的。王兰父亲也跟着帮腔,不顾姑娘意愿,糊涂呀。"

德惠大妈想了想后,对李忠新说:"大妈为你做主,我有办法,放心吧。"

第二天上午,德惠大妈来到王兰家,坐在王兰的床边,看到王兰眼睛哭得红红的,头发乱乱的。德惠大妈对她说:"你不同意这门亲事,谁也拿你没办法,现在又不是旧社会,强迫婚姻是违法的,朱怀高敢搬砖头砸天吗,送来彩礼也没有用,不会赖在你的身上,你听大妈的话,起来到大妈家喝碗粥,把彩礼送到朱怀高家里,就没有你的事了。"

王兰听到德惠大妈这样说,不知从哪里来的力气,从床上爬起来,头也不梳,从家什柜上拎起彩礼篮子,直奔朱怀高家,把彩礼篮子往朱怀高堂屋中心一放，什么话也不说，头也不回走了。

王兰到德惠大妈家，连喝两碗大米糁子粥，还要吃。德惠大妈劝住说："好乖乖，你两天没有吃东西了，少吃点儿，过个时辰再吃吧。"王兰伏在德惠大妈怀里哭了起来。

德惠大妈说："发生这样的事，也不来告诉大妈，李忠新找我才知道的。你以后不用怕，自己婚姻自己选择，谁再为难你来找我，大妈为你做主。"

王兰听到是李忠新请的德惠大妈，立即站起来说："李忠新心里一定很担心、难过，我去告诉他放心。"

"李忠新这个孩子为人好，又有水平，你没有看错人。"德惠大妈说。

再说李忠新担心王兰，一夜没有睡好觉。第二天早上队里出工，李忠新到棉花田里，看到一群姑娘在拾棉花，却看不到王兰。小三子姑娘看到李忠新笑着说："煮熟的鸭子飞了，缸里的鱼跑了，金凤凰嫁给了'二流子'，鲜花插在牛粪上，王兰爸爸做出的事我是早料到的。你不要难过，我们这里十几个姑娘中，还有七八个没有找对象，你来选，看中谁就是谁，保证没人跟你抢。"

李忠新苦笑着说："谢谢啦，我现在不想找对象。"

"我们没人要啦，留在家里养老吧。"一群姑娘说笑着。

这时，李忠新的姐姐李忠秀来找他，叫他到她婆家吃午饭。李忠新在吃饭时，桌上有位姑娘不时地对李忠新瞄着眼。由于李忠新心事重重，既没有在意，也没有看她。饭后桌上的姑娘告辞走了。姐姐问李忠新："刚才桌上的姑娘怎么样？人家等你回话呢。王兰的事，姐姐知道了，我弟弟有才有貌，还怕找不到对象吗？姐姐帮你挑选个满意的。"

李忠新向姐姐摆摆手说:"谢谢姐姐关心,我现在一心读书,不谈个人的事情。"姐姐听了,不再说话。

下午,李忠新心里惦记着王兰,到德惠大妈家问情况,德惠大妈告诉他说:"兰子退回彩礼了,你放心回城里读书吧。"

"谢谢大妈。"李忠新立即回到学校。

朱怀高看到王兰把订亲彩礼退了回来,七窍冒烟,找到王如昌吼道:"你这个老子是怎么当的,女儿退彩礼你为什么不拦着?好马不吃回头草,收了彩礼就不应该退,你姑娘哪里来的胆子,你这个老子就这样没用吗?"

"吓过,现在的姑娘吓得住吗,胆子大着呢,不过你那个侄子懒名在外,也不能全怪我家姑娘。"王如昌理直气壮地说。

"我就不信这个邪,喝不到你家姑娘的媒酒,侄子懒,认账。现在我给她介绍个声誉好的。我远房亲戚有个儿子,刚从部队退伍回来,家住在海边,打鱼的,家底子厚实,要人品有人品,要钱有钱,你家姑娘嫁给他,从糠箩里跳到米箩里去了。过几天来相亲,你这次回去跟你姑娘说好,如果谈好,我叫你女婿送个大红包给你,等着发吧。"朱怀高奸笑着说。

"姑娘大了不由娘,一头犟,弄不好又是白忙。"王如昌灰心地说。

"做上人的是聋子的耳朵——摆设吗?自己养的姑娘都管不住,还有脸见人?!这次上点心。"朱怀高说。

"好吧,回去说说看。"王如昌边答应边想,和这种人搭上边,吃定哑巴亏,心里也不痛快。

王如昌回到家里对王兰说:"大熊的婚事不谈了,不过,朱怀高远房亲戚有个儿子,刚从部队退伍回来的,家住在海边打鱼,家境厚实,过几天来相亲。"

王兰听后说:"就是大富豪的儿子来相亲,我也不稀罕,不要没事找事做,空劳神。"

"怎么说话呢,翅膀拐子硬了是吧,听话,看看人再说嘛。"王如昌心平气和地说。

又过几天,王兰和队里人在小河沟挑泥,田埂上来了三个人,朱怀高远远地站着。

"路上的人是做什么的,朱怀高也在呢。"粉子姑娘说。

"可能又是给王兰相亲的,上次撞了南墙不死心,又使坏心眼了。"周秀芳说。

"我去问问做什么的?"丰田说着走到田埂上问,"你们找谁呀?"

一位大妈走过来说:"我们是来相亲的,有位叫王兰的姑娘在哪里呀?"

丰田看看,走到穿着军装,但没有帽徽领章的青年面前说:"王兰有对象了,在城里呢,你不要来凑热闹。"青年人听到后说:"对不起,这个情况我不知道。"青年人说着拉着问话的大妈说:"妈妈回去吧,简直是胡闹。"

"大老远的来了,不看上一眼,不是走冤枉路了吗?"青年人的妈妈说。

"人家有对象,赶快走吧。"青年人拉着妈妈走了。

相亲的人走后,丰田对王兰说:"穿军装的青年看起来是个讲道理的人,听说你有了对象,说声胡闹,拉着妈妈走了,胡闹好像说给朱怀高听的。"

"谢谢啦。"王兰对丰田说。

"王兰,如果'猪头三'再来找你麻烦,我和吴江一起揍他一顿,叫他吃不到媒酒,吃拳头。"丰田说。

"别管他,我现在心中有底了,随他闹去,自找没趣儿。"王兰说。

相亲的人生气,朱怀高更生气,找到王如昌说:"你家姑娘在城里有了对象,为什么不告诉我?"

"城里有对象?谁说的?听到风,就是雨,没影子的事情。"王如昌说。

"噢,我知道了,你家姑娘想在城里找个对象,喜欢有文化有工作的人,凤凰想落高枝头。早说嘛,何必走这弯路呢,我姓朱的门头上,有个本家住在镇上,儿子朱明明高中毕业后,在乡政府当了代理文书,介绍给你姑娘一定喜欢,今后有权有势有钱。不过这孩子从小出过天花,脸上有几个麻子,不碍事的。约好星期天到你家相亲,这次给我撑个面子,不能再让我丢人现眼。"

"丫头能看上眼就好啦,试试吧。"王如昌一边答应一边走了。心里想:死皮赖子,沾上边没完没了,碰上你这种人,真是倒了八辈子霉,心中也生反感。

王如昌回到家里,对王兰说:"朱怀高又来花样,说镇上本家有个儿子,在乡里当文书,脸上有麻子,星期天来相亲。"

"别说脸上有麻子,就是脸上贴着金子,我也不会看;别说是文书,就算是乡长,我也不会嫁。我招谁惹谁了,盯住我不放有意思吗?"王兰说。

"应付应付，不同意我也不怪你。"王如昌用协商的口气说。

"谁惹的事，谁应付，和我没关系。"王兰说。

"和老子能这样说话吗？胆子也太大了。男大当婚，女大当嫁，我不是为你好吗！"王如昌吼道。

"老东西，吃饱了撑的，三番五次地逼姑娘嫁人，找姑娘麻烦，逼出事来，我叫你没好日子过。没完没了地相亲，好像姑娘嫁不出去似的，是不是你拿了人家东西，得了人家好处？"唐洪英质问道。

"我……我只收了一包香烟，抽了一支，哪敢再抽，还在口袋里呢。"王如昌说。

"我说呢，吃人家的嘴软，拿人家的手短，赶快把香烟还给人家，离他远些。从今天起，姑娘的亲事不用你管了，她要嫁谁嫁谁去，你也不要和无二鬼混在一起，没事找事瞎胡闹。"妻子说。

再说，李忠新星期天从学校回来，和王兰见面。王兰拉着他的手说："谢谢啦。"

"谢什么？"李忠新问。

"不是你请德惠大妈救我，我真不知道如何活下去。"王兰说。

"包办、逼婚是《婚姻法》不允许的，朱怀高在犯法，现在死心了吗？"李忠新问。

"没有呢，这个人坏得绝种，沾上他就像豆腐掉进灰堆里，吹也不是，打也不是，要多难办就多难办。前天，找人来相亲，被丰田挡回去了。今天，爸爸告诉我，下个星期天还有人来相亲，不要脸皮死缠着，好像不达到他的目的不罢休。"王兰气恼地说。

李忠新想想说："惹不起，躲得起，下个星期天，你到我那里玩一天，我早上在凤凰桥上等你，你不在家，看来人和谁相亲，让他们尝尝什么是难堪、尴尬。"

"我听你的。"王兰说。

到了星期天，朱怀高果然带着脸上有麻子的青年朱明明到王兰家相亲。王如昌把他们迎进家里，招呼说："请坐，请坐，姑娘可能到田间劳动去了，我去喊她回来。"

王如昌找遍村子、田头，找不到王兰的影子，只得满头大汗地跑回来说："对不起，让你们久等了，不知道鬼丫头疯到哪里去了，找不着人，这可怎么办呀？"

相亲的青年朱明明站起来说："不愿意见面就是不同意，不同意说声就是了，现在婚姻自主，恋爱自由，谁也不能强迫谁。"

唐洪英听到这个青年说话在理，从房间里走出来说："对不起，大哥，我家姑娘现在不愿意相亲。"

"阿姨在家呀，和你姑娘说一声，有空到乡里找我玩玩，谈不成对象，交个朋友也可以嘛，没有关系的。"朱明明说完走了。

朱怀高面露愠色，对王如昌说："你家姑娘是天上的凤凰，人人求；木匠家养的，拿格子。我一头一头地来回跑，给足了你的面子，这样打我老脸说得过去吗？我这个侄子是个讲道理的人，否则你家姑娘吃不了、兜着走，香烟白给你抽了。"

王如昌连忙上前把香烟塞到朱怀高口袋里说："好三爷，烟还你，请你高抬贵手，饶过我吧。老太婆把话说死了，从今往后不准我管女儿的婚事，你再给我姑娘介绍对象，千万别找我。"

再说王兰一早洗过脸，梳过头，照照镜子，早饭不吃，和母亲耳语几句，母亲点点头。她急匆匆地出门进城。一路上加快脚步

| 凤凰记 |

赶路,八点多钟,走完十八里路,来到城南凤凰桥上。李忠新站在桥中间看着她笑,走到她的面前说:"先吃早饭吧。"说着把包着油条的大饼递给王兰,拉她坐在桥内边沿上。王兰看看他问:"你怎么知道我没有吃早饭,你吃过吗?"

"在学校食堂吃过了,你起得早,走得急,哪顾上吃早饭。吃好早饭我带你到果林场去玩。"李忠新说。

夜里,下了一场秋雨。天亮后,雨过天晴,万里无云。凤凰桥上人来人往,阳光晒在每个人的脸上,人人喜气洋洋,天空悬挂着一条彩虹,五颜六色的彩云中,似有一对凤凰鸟相对而立。李忠新、王兰俩人坐在桥中央边沿上,脸上露出幸福的笑容。王兰拿着大饼油条,吃着吃着打个嗝,李忠新轻轻地拍着她的后背说:"别着急,慢些吃。"

王兰望望他说:"为什么让我坐在桥中央?"

"你走这么远的路,又累又热,桥上凉快。"李忠新说。

王兰怔怔地望着李忠新,眼泪含在眼里,一句话也说不出来。

"朱怀高又为难你了吗?爸爸又逼你了吗?你受委屈了。"李忠新担心地问。

"说归他们说,闹归他们闹,我心中有底了,天王老子来说媒也没有用,你不用担心。"王兰说。

"风雨过后出彩虹,历经磨难见真情,经过这场考验,我们的心更在一起了。"李忠新说。

"记住你今天说的话。"王兰说。

王兰吃过饼,休息一会儿,李忠新带她向城北果林场走去。

快到果林场,两人走上弯弯曲曲的鸳鸯桥,一座鸳鸯桥,好似彩虹落云霄,一对凤凰站桥上,自由自在相对笑。两人慢慢地走下鸳鸯桥,走过一段平坦的人行道,眼前一片果园出现在眼前,阵阵果香扑鼻而来。李忠新拉着王兰的手,像一对小鸟飞入果树林中。只见葡萄架上的葡萄,一嘟噜一嘟噜的,晶莹剔透;梨树上的梨头,像一个个"金葫芦"挂着,黄澄澄的;山楂树上的果子,颗颗像玛瑙,红通通的;苹果树上的苹果,像姑娘的脸庞,对人摇摆微笑。看眼前情景,果实累累,丰收在望。两人把生活中的烦恼都抛在了脑后,陶醉在果香里,手牵着手,一路走,一路看,一路笑,一路乐陶陶。

最后,李忠新把王兰带到搭着围栏的一棵果树前。王兰看到树上果子挂满枝头,高兴地说:"这棵树上结的果子真多呀。"她细看看,一边结着苹果,一边结着梨头。再细看看,树上结着两种苹果,两种梨头。王兰惊奇地问李忠新:"一棵树上结出四种水果,有这样的树苗吗?"李忠新告诉她:"这棵果树是经过科学嫁接过的,树上有四种水果,就有四种树苗嫁接在上面,这样才能结出不同的果实。眼下村里一亩稻田忙一季只能收三四百斤稻谷,现在科学家已经研究出水稻良种,一亩良种稻田能收一千多斤稻谷呢。"

"亩产超过千斤粮,这可能吗?神话吧!"王兰问。

"科学能将神话变成现实。"李忠新说。

"实现亩产千斤粮,我们不再愁吃不饱饭的事了。"王兰高兴地说。

"我国人口多,吃饭是必须解决的大问题,经过努力,人人吃饱饭、穿暖衣,这一天会到来的。"李忠新说。

游玩过果林场,到了中午时间,李忠新带着王兰到街上面馆,买了两碗阳春面。王兰说:"吃不下。"她夹了一筷子面,放到李忠新的碗里。吃过中午饭,李忠新带她到卖手帕的店铺里,让王兰挑一块手帕。王兰在五颜六色的手帕中,挑了一块中间有"心"字的手帕说:"我会把它藏在口袋里。"

"为什么挑这块手帕,还把它藏在口袋里?"李忠新问。

"我不要你的金,也不要你的银,只要你真诚的心,手帕放在我的口袋里,代表你的心也在,落袋为安嘛。"王兰笑着说。

"我既没有金,也没有银,考大学也要等通知,高中毕业后,立志耕耘,回乡务农。"李忠新说。

"婚姻不在贫富,全在双方心愿,你回乡务农,我们就能天天在一起,日日相见了,你愿意做的事情,我跟着你做,你不会做的事情,我教你做,我们勤勤恳恳地种麦插秧,互爱互帮,甘苦共尝,这是多好的事呀!"王兰高兴地说。

王兰回家要走十八里路,她胆子小,必须赶在天黑之前赶到家。李忠新到饼铺里买了三个黄烧饼给她,陪她走了一程又一程,回家的路走过了大半程,两人才依依不舍地分手。

王兰回到家里,母亲晚饭准备好了,大米糁子粥盛在二号盆里,炒了一碗蚕豆咸①。王兰口渴,坐下来喝了两碗大米糁子粥,既解渴又当饱。这时,父亲王如昌从田间劳动回来,看到王兰说:"回来啦。"

"爸爸、妈妈,今天我可开眼界了,看到一棵树上结着四种水果,两种苹果,两种梨头,你们说稀奇不稀奇。"王兰说。

"有这样的事,真的吗?"唐洪英问。

---

① 方言。

"真的,我亲眼看到的,李忠新说这是经过科学嫁接的结果。他还告诉我,科学家已经培育出稻谷新良种,正在试种推广,将来水稻用良种种植,一亩田能收一千多斤呢。"王兰说。

王如昌听了,在桌上敲了敲烟袋锅里的烟灰,装上烟末子,点上火说:"读书、读书,读成书呆子了,大白天说梦话。忠新、忠新的,喊得亲热,叫你在家相亲,跑到街上疯去,喜欢他什么?"

"诚实可信。"王兰说。

"诚实可信?书读多了,说话也没边儿,一亩田收一千多斤稻谷,偷呀?他家穷得叮当响,读书能当饭吃?肩不能担担,手不能提篮,将来喝西北风?我看他是寒薄的命,有出息日出西边。"王如昌吸了一口烟,把烟锅在桌上敲敲说。

"我不求富贵,不攀高门,就是将来和他一起讨饭,不怨天,不怨地,不怨人。"王兰说。

"不听老人言,吃亏在眼前,将来讨饭还没有路走呢,你的亲事,我不管了,是好是坏是你的命。"王如昌猛吸了两口烟,磕掉烟锅里的烟灰说。

"谢谢爸爸,想女儿快乐,让我嫁给我喜欢的人,将来我和李忠新会一起孝顺你的。"王兰说。

"不指望。"王如昌说着,端起粥碗,拿起筷子,敲了一下碗边,喝了一大口粥,埋头吃起晚饭来。

李忠新高中毕业后,回乡务农,赵洪才也回来了。

李忠新、赵洪才、丰田、吴江、王兰、周秀芳等这群在孩提时一起玩的男生女生,现在都长大成人了,又在一起参加集体劳动,热热闹闹,喜笑颜开。

李忠新、赵洪才刚从学校回来，重活干不了，生产队安排他们和妇女一起做轻活。第一天参加收割菜籽的劳动。队长看看说："李忠新、赵洪才到场头把船撑过来，其余的人把四条河边上的菜籽割好，搬到船上，然后送上场头，这是你们今天的工作任务。"

"队长，今天割菜籽，明天干什么？"赵洪才问。

"入你娘的，喝了几天墨水，说话洋起来了，今天、明天的，入乡随俗，说今个、明个。明个做什么，晚上会告诉你的。"队长说。

赵洪才伸了伸舌头，心想读了十来年的书，忘记了说家乡话，找菜瓜吃的。

王兰边割菜籽边注意观察李忠新，看到他一句话也不说，一个劲儿地从河边抱菜籽往船上放，心事重重的样子。

收工后，王兰对李忠新说："晚上我们到邻村看电影去。"

吃过晚饭，王兰带着两张小凳子，在三岔路口等到李忠新。李忠新问："看电影，带凳子做什么？"

"你刚参加体力劳动，会累的，我们坐远点儿看，让你歇一歇。"王兰说。

"想得周到，谢谢你。"李忠新说。

"今天你只顾埋头干活，也不说话，想什么呢？"王兰问。

"古人云：十年寒窗苦，方为人上人。我读了十几年的书，回乡种田，今后能不能带给你幸福，难说呢。"李忠新说。

"真是的，我以为你有什么心事呢，城里知青还下乡务农呢！你原来就是农村的，为什么不能回乡种田呀？农村也需要有知识的人，你回到我的身边，我打心眼里高兴，我们日日相见，这是我最幸福的时候，金钱再多，难买心上人在一起，你再读书，我才担心呢。"王兰说。

"担心什么？"李忠新问。

"离开我呀。"王兰说。

"不会的。"李忠新说。

"如果你遇到有文化、有工作、长得好看的姑娘，还会要我吗？"王兰说。

"千金易得，知心难求，你是知我懂我的人，是我一辈子值得守护的人。"李忠新说。

"好，你要说话算话，拉钩。"王兰伸出手说。

"小孩子游戏，也学吗？"李忠新问。

"你做，我心安。"王兰说。

"好。"李忠新说。

"拉钩，盖章，一百年不许变。"李忠新、王兰一边说，一边做。最后，李忠新把王兰的大拇指用劲一捺，王兰另一只手抓着的小凳子掉下，正好砸在李忠新脚上，李忠新疼得直跳脚。

"对不起，对不起，不碍事吧？"王兰说着要蹲下身子，用手揉他的脚，李忠新拉住她说："有意的吧？"

"我才舍不得呢。"王兰说。

"把我砸瘸了，怎么办？"李忠新问。

"我养着你呀。"王兰说。

"善良的姑娘，说话也叫人心里暖和。"李忠新说。

电影放映后，两人远远地肩并肩地坐着。李忠新看着看着，头慢慢枕在王兰肩上睡着了。王兰心里想，我知道你会累，放心睡吧，我会守护你。

电影结束后,王兰喊醒李忠新,拿起凳子往村里走去,李忠新迷迷糊糊跟在后说:"谢谢你啦。"

"谢我什么?"王兰问。

"你的话宽了我的心,又在你肩上睡一觉,心情好多了。"李忠新说。

"以后,你感觉累的时候,在我肩上歇歇,心里有话和我说说,你有千斤担,我挑五百斤。"王兰说。

两人踏着带露珠的小草,漫步在乡间的小路上,田野里的稻谷金黄金黄,稻香扑鼻;棉田里棉花开了,一片白茫茫。天空弯弯的月亮,给人以安谧静美的享受,烦恼、忧愁都会抛到九霄云外,乡村夜色,美得让人陶醉,心情舒畅。两人边走边谈心,不知不觉回到村里。

第二天早晨,队里出工,王兰左顾右盼不见李忠新来上工。队长来了,周秀芳问:"队长,李忠新没来上工,哪里去了?"队长望望周秀芳,又看看王兰,没好气地说:"李忠新明天做官,你们也跟着去吗?早上被村书记叫去了,做什么,我哪里知道。"

村书记叫李忠新去做什么呢?王兰心里忐忑不安地想着。

吃晚饭时,王兰端着粥碗到外面,边吃边朝李忠新家门口望着。喝完一碗,又徘徊一会儿,才看到李忠新夹着一叠书回家,王兰迎面问:"书记叫你去做什么?"

"书记安排我到村小学当老师了。"李忠新笑着说。

"真是的,也不说一声,害得人家担心一天。"王兰委屈地说。

"早上叫我去的,来不及告诉你。晚上也不陪你玩了,要备课,明天正式给学生上课。"李忠新说。

"好呀,当了老师不再理睬我了,是吗?"王兰说。

"谁说的,我是老师,将来你是师母呀。"李忠新说。

"哇塞,好幸福噢。"王兰笑着说。

原来,凤凰村小学缺一名教师,村书记找李忠新谈话,决定让他到学校当老师,当天报到。

学校陈校长看到李忠新来当老师,高兴地说:"我校老师的文化水平越来越高了,你负责四年级学生教学,二十六名学生,这个年级的课程全部由你教,既是老师,又是班主任。"陈校长把教学课本交到李忠新的手里,叫他回去备课,明天上午八点钟,正式到校上课。

李忠新当晚备好课,第二天准时到校,上课铃响了,陈校长带李忠新到四年级教室,全班同学起立问候:"校长好。"

"同学们好。"陈校长摆手让大家坐下说,"同学们,今天给你们介绍一位新老师,姓李名忠新。"陈校长把李忠新的名字写在黑板上。接着说:"李忠新是高中毕业生,既是你们老师,也是你们班的班主任。现在欢迎李老师上课。"

"李老师好。"全班同学又站起来敬礼。

"请同学们坐下,翻开语文课本。"李忠新说。

李忠新首先朗读课文,然后给课文划分段落,解释课文中难懂的词语,又将文章的中心思想写在黑板上,给大家布置了一道思考题,讲解了参考答案思路,正好下课铃响了。

李忠新每天按时给学生上课,批改作业,精心辅导,与学生朝夕相处,老师爱学生,学生爱老师,一天一天建立起深厚的师生情谊。他深深爱上了教师岗位,对自己的工作和生活充满着美好的憧憬。

李忠新当了学校老师后，和王兰在一起的时间少了，只有到了晚上，李忠新把来不及批改的学生作业带回家，批出一本作业样本交给王兰，请王兰一起帮忙批改。批完作业后，李忠新给王兰补习初中语文、数学课知识，提高王兰的文化知识水平。

李忠新当老师六个月以后，全国冬季征兵工作开始。星期六，村书记吕学文对李忠新说："全村应征适龄青年包括你共有十五人，民兵营长不在家，由你带队到城里验兵站体检，你到村会计那里领十五块钱，负责体检青年的中午饭，验兵结束后，把他们带回来。"

第二天，体检的青年在村部集中后，李忠新带队，步行到城里验兵站，李忠新交上名单，验兵站的负责人说："凤凰村应征青年体检安排在下午。"

一直等到五点钟，凤凰村应征青年才进入体检站内。李忠新经过抽血、查视力、验色盲、量身高、测血压、内科、外科全面检查结束后，医生在李忠新体检表上盖了"陆合格"的印章。

凤凰村应征青年体检后的第二天下午，吕学文书记从乡里回村宣布，李忠新、赵洪才、丰田、吴江四人征兵体检合格。他分别找四人谈话，三天为限，没有意见，四人全部应征服兵役。

服兵役是每个青年的应尽义务，一人当兵，全家光荣，当上解放军是青年人的梦想，四人全部同意参军。

李忠新参军的消息传遍了全村，王兰听到心里"咯噔"一下，高兴与忧虑涌向心头。想道：李忠新有文化、人聪明，将来非池中之物，参军前途光明，值得高兴。我和他青梅竹马，两小无猜，相互爱恋，如今突然离我而去，今后会发生什么事情很难预料的。心生忧虑。思来想去，拿定主意，找李忠新谈谈心。

晚上，王兰在李忠新家门口徘徊，李忠新看到了。出来拉着她的手向倒沟塘堆围上走去，边走边说："知道吗，我要当解放军了。"

"全村人都知道了，还能瞒住我吗？你到部队去了，这么高兴，可我倒有了心事，心里倒像揣了个兔子，不安呢。"王兰说。

"我摸摸，胸口兔子跳不跳。"李忠新笑着说。

"去去去，人家心里烦着呢，你还胡闹。"王兰说。

"说着玩呢，我参军是光荣的事情，你烦什么呢？我们相爱的事庄上人都知道了，你不会因为我参军而赖账吧。"李忠新说。

"我现在哪有资格和你赖账，你当了解放军，到部队去了，心中还有我吗？"王兰难过地说。

"你要我怎么做，你才放心呢？"李忠新两手一摊说。

"亲亲我，敢不敢？"王兰头一歪地笑着说。

李忠新一愣，慢慢向王兰脸上靠去。王兰突然用双手使劲一推，李忠新向后一个踉跄，"哎呀"一声说："祸事，祸事，脚崴了。"单腿跳着，看上去很痛苦的样子。王兰吓了一跳，连忙蹲下身来，用手抱住他的脚，揉着说："闯祸了，脚扭伤影响参军，我的罪大了。"

"那你还舍得用死劲推我呀！"李忠新说。

"谁叫你又想占我便宜。"王兰说。

"我什么时候占过你的便宜，做过没有尊重你的事呀？这事情不是你叫我做的吗？"李忠新说。

"还说呢，你占我便宜还少吗？倒沟塘摸鱼给我拿蚂蟥，月亮下看我睡觉，便宜都给你占了。李忠新，我告诉你，我生是你李家的人，死是你李家的鬼，除了你，我一辈子不嫁人。"王兰说。

"我做的那些事是讨你便宜吗？在我心中从没有想过讨你的便宜，照你这样说，好人好事没人敢做了。你不要把做好事说成是坏事，赖在我身上。你不用说，我心中一直也有你。"李忠新说。

"心中有我，就应该有所表现呀，书呆子木头似的。"王兰说。

"少哄我，刚才差点跌了个大跟头，把脚扭伤了，碰你又说我占你便宜，我才不上你的当呢。"李忠新说。

王兰揉着李忠新的脚问："脚还疼吗？"

"你这么一揉，不疼了。"李忠新笑着说。

"真坏，骗我是吧，你怎忍心用我的手揉你的脏脚呀！"王兰说。

"哎，总有一天你会给我洗脚的。"李忠新说。

"想得美。"王兰说。

"那么，我给你洗脚吧。"李忠新说。

"别胡闹了，我再三提醒你，叫你有所表现，你好像还蒙在鼓里，脑子里想入非非，人家说你聪明，我看你也是个糊涂虫，装聋作哑装的吧。我明说吧，明天到我家来提亲，把我俩的亲事订下来，你去当你的解放军，我做你的未婚妻，等你回来。"王兰说出这话，面似桃花朝他笑，目送秋波含深情。李忠新听了一惊说："订亲，我没钱买订亲彩礼怎么办？只有两个拳头一张嘴，如何上你家的门，你爸妈怎样看我？"

"我什么也不要，你就带两个拳头一张嘴，到我家吃餐饭，算是订亲。"王兰说。

"这样草草做事行吗？我回家问问我妈妈吧。"李忠新说。

王兰点头同意。

李忠新回到家里，看到妈妈闷闷不乐地坐着。李忠新坐到妈妈身边说："我有件事要和妈妈商量。"

"儿呀，什么事，说吧。"还秀珍说。

"王兰要我上门提亲，你说怎么办呀？"李忠新问。

还秀珍想想说："你再过几天要到部队里去了，现在订亲事，将来后悔怎么办，你想好了吗？"

"我和王兰是家边邻居，一起长大，她喜欢我，我喜欢她。上次她为我抗婚，差点饿死，我不能负她。亲事订下来，我到部队不再考虑个人的问题，一心放在工作上，或许能做出点成绩来。"李忠新说。

还秀珍沉思一会儿说："你认为这样做好，妈妈也没有意见，兰子长得俊俏，人又勤快，巴不得做我的儿媳妇呢。不过，我把话说在前面，做了亲，换了心，今后你无论到哪里，做什么事，都不能反悔，为人处世，要说话算话，做事有头有尾，讲诚信，和承诺的人相亲相爱到老，不能做见谁爱谁，这山望得那山高的负义之人。"

"妈妈放心，我会遵守承诺的。"李忠新说。

"上门买什么礼去呀？"还秀珍问。

"王兰说，明天到她家吃餐饭，算是订亲，什么彩礼也不要。"李忠新说。

"哪能这样呢？新女婿上门至少四件礼，没有贵重的，薄礼也是要有的。如果空手上门，人家会说这人不知道好歹的。"还秀珍说。

"买礼哪有钱呀?"李忠新说。

"你教书的每月五元津贴费我替你收着呢,一共三十元,买两套衣料,两斤猪肉,四条鲫鱼,两瓶酒,钱应该够了。"还秀珍说着,走进房间从箱子里拿出三十元钱和布票交给李忠新。

第二天早上,李忠新告诉王兰同意订亲,他到镇上买好彩礼,又赶到学校给学生上最后一堂课。

王兰对爸爸妈妈说:"李忠新参军了,他家提出来订亲,今天上门吃中饭,爸爸妈妈准备准备。"

"人家到部队跳龙门了,还想着你吗?说着玩玩的吧。"王如昌说。

"李忠新会来的,我相信他。"王兰说。

"老头子,少废话,新女婿上门是喜事,你只管准备。"唐洪英说。

王如昌杀了家里一只老母鸡,到镇上买回鱼、肉,准备了一桌子菜,等到中午十一点钟,也不见李忠新人来。

王如昌说:"人往高处走,水往低处流,参军涨身价了,还能看上你这个乡下黄毛丫头吗?忙了一上午,怕是空忙。"

"也许在学校给学生上课,等学生放学了才来呢。"王兰说。

"听说昨天新老师就接班了,还要他上课吗?"唐洪英说。

"妈妈,你怎么知道的,也关心呀?"王兰高兴地说。

"鬼丫头,妈妈早知道你会有今天。"唐洪英说。

"妈妈,你真好。"王兰撒娇地抱住唐洪英说。

"姐夫来了。"王兰弟弟王大宝跑回来说。

王兰走出来，接过李忠新篮子说："早上喜鹊枝头喳喳叫，中午才有客人上门来，做什么了？"

"今天我给学生上最后一堂课，告别的时候，有的学生哭了，我现在心里还难过呢。"李忠新说。

王兰拉着他的手，走进屋里说："爸爸，妈妈，李忠新来了。"

王如昌、唐洪英迎出来，李忠新忙喊："伯父，伯母好。"

王兰听到了，朝李忠新眼一瞪说："你还喊什么？"

李忠新一愣，连忙改口喊："爸爸，妈妈，你们好。"王兰笑了。唐洪英说："好了，好了，不是一家人，不进一家门，不习惯改口也没有关系，欢迎你来，坐下来吃饭吧。"

王兰弟弟王大宝拉着李忠新到桌子北边说："姐夫，坐这里。"李忠新拍拍大宝的肩膀说："乖。"

吃过中饭，唐洪英把李忠新送彩礼的篮子装满粽子，预示李忠新将来能中状元。王兰替李忠新拎着满满的一篮子粽子，一直送他到家里。

李忠新和王兰订婚的消息很快传遍前村后庄。有人说："姻缘前世定，这是天生的一对。"有人说："患难见真情，有情人终成眷属。"也有人说："李忠新有文化，人聪明，到部队前途无量，结果难料呢。"订婚第二天，李忠新穿上了崭新的军装，批准回家三天，和家人团聚。每天，王兰陪着李忠新散步。走在村庄松软的土路上，站在冈沟河堆围上，看炊烟萦绕的村庄，一片片青青的麦苗田地，冈沟河上乘风破浪的帆船，河边悠闲自转的水车，家乡的风景是多么美丽，多么令人留念。李忠新说："家乡现在虽然贫穷，但是很美丽，总有一天家乡会变成美丽富饶的村庄。村上人会过上幸福美满的生活。"王兰听了李忠新对未来生活充满信心的话,抬头望望李忠新。一米七以上的个头,圆圆的脸上目光炯炯有神,身穿绿色的军装威武有精神,显示出年轻军人的风采。说话文雅沉稳,声音洪亮,是个像模像样的男子汉。王兰说:"你穿上军装,那么光彩、那么威武,我站在你身边还相称吗?"

"相称呀,你在我眼中永远是一朵美丽的荷花。"李忠新说。

"我是荷花,还要你绿叶扶持。"王兰边说边摸李忠新的耳朵说,"你的耳朵大,我心里还是担心。"

"耳朵大,难看吗?"李忠新问。

"好看。"王兰说。

"那担心什么?"李忠新问。

"人家说,男子汉耳朵大,容易做官,万一你当了官,我怎么办呀?"王兰说。

"傻瓜,我是军官,你是军嫂呀!"李忠新说。

王兰摇摇头。

"不相信?"李忠新问。

"相信,你是我一生中值得信赖的人,不过,你到部队真的提升干部,我是个农村姑娘,差距那么大,如何相守呀?"王兰说。

"只要你把我放在心上,我会守护你一辈子的。"李忠新说。

"我相信你说的话,无论你当官还是当兵,我会忠贞不渝,在家等你。"王兰说。

两人手牵着手,一起看天上一轮圆圆的明月,漫天眨眼的星星,心中对未来充满期望和幸福。

"喂,李忠新、王兰,看什么呢,书记叫我们到他家去,快点呀。"丰田在堆围下喊着。

李忠新听到丰田的喊声,拉着王兰的手走下堆围,向村里走去。

李忠新、赵洪才、丰田、吴江四人来到书记家,吕书记还没有回来,书记嫂子热情招呼四位新军人,让座倒茶。四人坐下来互相望望,丰田说:"马靠鞍装,人靠衣装,穿上军装有点样子。"

"好看吗?"赵洪才问。

"威武。"丰田说。

"穿上绿军装,当上解放军,光彩照人,周秀芳还要吗?"赵洪才问。

"哎,我们在娘肚子里就订亲了,如今长大成人,双方又没有意见,就差生米煮成熟饭,水过八亩田了。如今我穿上军装,她成为军人未婚妻,关进保险箱了。"丰田笑着说。

"别人说你是个嫌头,名不虚传。"吴江说。

"喂,我和大哥有了对象,你们两人为什么不找呀,穿上这身绿军装哪个姑娘看不上眼呀,凤凰也能落在肩头上。"丰田说。

"给我们做媒吧。"赵洪才说。

"当媒人没意思,媒婆媒婆,一头说少,一头说多,说得好,酒杯端端,说得不好,惹一身啰唆。男怕入错行,女怕嫁错郎,现在兴自由恋爱,自己谈吧。"丰田风趣地说。

"凤凰还不知道在哪儿飞呢?"吴江说。

"有缘千里来相会,无缘对面不沾边,明天开始人生新生活、新征程,心急吃不了热豆腐,随缘吧。"赵洪才说。

"今年入伍不知到哪里尽义务?"丰田说。

"听从祖国召唤。"李忠新说。

"最好到首都去,见见大世面多好呀。"丰田说。

"做梦吃糖想得甜,说不定到冰天雪地的边疆,为祖国放哨站岗。"吴江说。

"服兵役,尽义务,哪里需要到哪里去,哪里艰苦哪安家。"李忠新刚说完话,吕书记跨进门说:"李忠新说得对,当兵应该服从祖国需要,哪里需要哪里去,应该安心在部队服役,争做优秀军人,为凤凰村争光。你们参军后,家庭是光荣人家、军属,家里有困难,村里会照顾好的。"

"何时出发?"丰田问。

"明天下午三点钟,村里开欢送会,欢送你们到乡武装部集中,现在你们回去和家人团聚,叙叙家常。李忠新写个发言稿,代表新兵在欢送会上表决心。"

当晚,李忠新家里坐满了人,妈妈、姐夫、姐姐、王兰一家人,邻居大爷、大妈……李忠新母亲坐着,眼泪含在眼里。

"妈妈,我参军是光荣的事情,妈妈应该高兴,不要担心。"李忠新说。

"你和哥哥都到部队了,兄弟俩是娘的半身依靠,儿行千里母担忧,我能不担心吗?"还秀珍说。

"妈妈放心,家里有姐夫、姐姐照顾,我有钱一定先寄给你用。"李忠新说。

"孝顺孩子,妈妈现在能劳动,生活能自理,不要你的钱,你在部队安心服役,完成义务,平安回来,这是妈妈最希望的。"还秀珍说。

"兰子、大宝,我们来唱首歌,让我妈妈高兴。"说着李忠新领头唱起来。

"妈妈放宽心,妈妈别担忧,光荣服兵役,不过三五秋,门前种棵小桃树,转眼过墙头,哎嗨哎嗨噢,桃树结了桃,回来把桃收。"一曲唱完,妈妈笑了,满屋的人笑了。

"妈,你放心,你冷清我来陪你,下雨河边码头滑,我来帮你拎水,李忠新到部队去,家里还有我呢。"王兰说。

"我的乖媳妇,比女儿强呢。"还秀珍说着把王兰搂进怀里。满屋的人笑声朗朗,亲情满满。

第二天下午三点钟,村里召开了隆重的新兵入伍欢送会,红旗招展,锣鼓喧天。吕书记给四人胸前戴上大红花,赠送一条毛巾。王兰身穿葡萄呢小红花褂子,蓝色裤子,两辫梢上扎着蝴蝶结,笑容满面,神采奕奕,不离李忠新左右。周秀芳身穿黄格子上衣,短短的头发留着整齐的刘海,跟在丰田后面不停地嘱托嘱托又嘱托,叮咛叮咛又叮咛。王兰、周秀芳走到一起,周秀芳对王兰说:"我的那个人是个实在人,也是个有趣的人,平时有啥说啥,喜欢逗玩。有他在我身边就有欢乐,现在离我而去,真叫人愁肠满怀。"王兰对周秀芳说:"我和李忠新青梅竹马,一日不见,如隔三秋。我猜得出将来在他身上会有意想不到的故事发生,如今他要离开我了,从此,我看不到、摸不着、猜不透,只有在期盼和祈祷中过日子。"

"现在出发。"吕书记宣布。路两旁排着整齐的人群,锣鼓声中人们鼓掌欢送四名青年光荣入伍。

李忠新精神抖擞地走在欢送的人群中,突然,学校陈校长迎上来,热情拥抱李忠新说:"祝贺你到解放军大学校深造,你的学生全来了，一定要送送老师。"李忠新看到了朝夕相处六个多月的学生，心潮澎湃，一个一个与学生拉手告别。"李老师""老师好""祝贺老师当解放军"，问候、祝贺声不绝于耳。李忠新面对前来送行的学生热泪盈眶。他深深感到，教师是神圣的岗位。

晚上，乡政府礼堂召开欢送新兵大会，乡长、接兵部队领导讲话。李忠新代表新兵表决心，李忠新口齿清楚，声音洪亮的讲话，赢得会场人员的热烈掌声。

吕书记听了李忠新的发言后，对周围的人说："他是村里的人才，学校的老师，不是尽义务，我还舍不得他走呢。"

新兵集中后，连夜步行向城里出发，临行前向送行的亲人告别。李忠新背着背包在人群中找到王兰，往她手里塞了五元钱，说："这是部队刚发的一个月津贴费。"

"照顾好自己，你留着用吧。"王兰要把五元钱还给李忠新。

"再见。"李忠新说着走了。王兰手里拿着五元钱，望着李忠新的背影，眼睛模糊，心里难过，忍不住流下了泪水。

长长的新兵队伍步行到城里穿城河的一个码头上，新兵很多，编班、编排。十人为一个班，三十人为一个排。一个排上一条铁壳驳船。李忠新所在的排进入一条铁壳驳船内，看到舱内铺着厚厚的稻草，三十名新兵依次睡在舱内的稻草铺上。新兵和接兵干部全部上船，前面的拖轮机器发出轰鸣声，拖着十几条铁壳驳船，缓缓地离开码头，鸣着长笛，慢慢地向南驶去。

第二章

凤凰山

　　李忠新、赵洪才、丰田、吴江四人一路行军，由装货驳船转上大轮船，由大轮船转上海军军舰，由军舰又转上登陆艇，登陆艇在大海中破浪前行，经过长途跋涉，终于在一个叫凤凰山的小岛靠上码头，四人上岛后，分配到凤凰山连。

　　大海中的小岛就是一座山，凤凰山是大海中一个很小很小的小岛，远远望去就像一艘军舰屹立在万顷波涛之中，岛上蒙着薄薄的云雾，一层又一层地慢慢飘去。李忠新和六十名新兵从码头上登上小岛，背着背包向凤凰山连队驻地出发。只见岛上山石累累，巉岩嶙峋；岛下危礁林立，浪回涡旋。岛上小山头层层叠嶂，新兵队伍走在山坡上，一会儿成"一"字，一会儿成"之"字。李忠新、赵洪才、丰田、吴江走惯了一马平川的泥土路，面对岛上高高低低的山石路，蜿蜒陡峭的台阶，对山特别好奇，边走边看，从山下到山上有着不同的风景。山沟里树木杂草丛生，鲜花怒放。沿着石阶梯向上爬，云雾缭绕，奇岩迭出，曲径通幽。爬上山头，远看大海波涛滚滚，近看山头低低高高，山头海风习习，天空白云飘飘。虽

| 凤凰记 |

然路上美景目不暇接,但是身体感到越来越沉。随着山路越窄越陡,走路的劲头越来越小了。翻过了两个小山头,人人汗流浃背,呼哧呼哧地直喘粗气,两腿像灌了铅似的沉重,恨不得一屁股坐在地上。

"同志们,登上一百零八磴就到家了。"带队的部队干部站在山坡上向队伍动员喊话。新兵一个跟着一个沿着又陡又窄的石台阶,低着头,弯着腰,一步一步坚定地向上爬,登上一个台阶喘一口气,终于爬上了山顶。听到了锣鼓喧天声。下山不远处一队老兵打着红旗,敲着锣鼓,列队欢迎新兵到来。一个个老兵走上前从新兵肩上接过背包,牵着手向连队驻地走去。

到达连队,李忠新、赵洪才、丰田、吴江四人望望,心里想着,也许这里就是我们新的战斗岗位,也许这里就是我们第二个故乡,也是在这里开始新的人生。人生的道路就像刚才爬山一样,前进的路上崎岖不平,需要一步一步地攀登,一步一步地征服,不能在半山腰踌躇不前,需要不断努力,才能攀上最高最美的山峰。

真正的军营生活开始了,连队的第一堂课是政治思想教育课,这一天,风和日丽,连队指导员王银宝把全连干部战士带到凤凰山山顶,面对大海现场讲课。全连列队坐在山顶一块稍平的山坡地上。新兵坐几排,老兵坐几排,上课前拉歌。一位老兵站起来说:"新兵战友来首歌,好不好?"

"好。"老兵队伍一起回答。

看见新兵队伍没有动静,带头拉歌的老兵大声吼起来——

"一二三四五"。

"我们等得好辛苦!"老兵队伍一起喊。

"三四五六七""我们等得好着急!"

"五六七八九""你们到底有没有?"

老兵队伍拉歌的呼喊声,一浪高过一浪。新兵队伍不唱歌是躲不过去的。于是,李忠新站起来,指挥新兵队伍唱了一首《没有共产党就没有新中国》。新兵队伍唱完歌后,老兵在带队的指挥下,唱了一首《我是一个兵》。

连队赛歌以后,开始上课,指导员王银宝首先讲了外国列强侵略我国海岛的历史,接着指着海上远处的黑影问:"同志们,你们看,那是什么?"

"军舰。"一个战士说。

"对,敌人的军舰。"指导员说。

"世界上的侵略者,亡我之心不死,不断挑起事端,妄想侵略我国领海领空,我们能答应吗?"指导员问大家。

"不答应。"大家一起回答。接着指导员给大家讲了海岛的战略地位,海岛虽小,是祖国的神圣领土,祖国大门的天然屏障,我们每个守岛战士要以苦为荣,以岛为家,提高警惕,加强战备,流血流汗把海岛建成钢铁壁垒,为我们伟大祖国站岗放哨,敌人胆敢来犯,叫他有来无回。指导员问:"同志们能不能做到!"

"能!"战士们回答。

"有没有决心?"指导员问。

"有!"战士们回答。

山头上的海风一个劲地吹着,发出呼呼的声音,大海的浪涛开着朵朵浪花,后浪推着前浪,一波一波向前滚动,指导员王银宝在小岛前沿的山头,给全连干部战士上了一堂生动活泼的现场政治思想教育课。

凤凰连编制有一百多人,三个炮排,一个步兵排,配有远射程大炮、翻山迫击炮、高射机枪,是一个对空、对海、对地多方位打击来犯之敌的守备连队。今年全连补充新兵六十人,每个班分到五六名新兵。

从老百姓成为军人的军事训练开始了。每天清晨,司号员"嘀嗒、嘀嘀嗒……"清脆嘹亮的军号声在小岛上空响起的时候,连队干部战士立即起床,各班荷枪实弹整队跑向操场,排长向连长报告后,连长喊着洪亮的口令,指挥全连部队操练,"齐步走""跑步走""一二三四",清脆的口令声响彻小岛上空,在山谷中回旋荡漾。

连队集体操练后,转为班队列训练。新兵从敬礼、立正、稍息,向左看齐、向右看齐、向左转、向右转、向后转、起步走,跑步走,正步走……一步一个脚印地练习,一天一天把每个战士练成站如松、坐如钟、规规矩矩的军人,连队行军整齐划一,跑步一个脚步声,显示出雄赳赳、气昂昂的军人气概。

队列训练后,接着进行全连行军、爬山、冲锋,翻越障碍、轻武器瞄准、手榴弹投掷等基础军事课目训练。一周有五个训练日,一天政治思想教育课。星期天自由活动,个人洗整,班组织生产、整地、施肥、种菜,自己动手,解决前沿小岛吃菜难的问题。

轻武器实弹射击安排四个练习,两个练习打六发实弹,两个练习打九发实弹,其中一次是夜间实弹射击。每天在连队靶场"三点成一线"瞄准,收操回连后,拆枪、擦拭、上油、送军械库。

操枪、瞄准、打实弹是军事训练有趣的科目。李忠新、赵洪才、丰田、吴江在轻武器实弹射击中，由于刻苦认真，技术熟练，四次实弹射击均取得了优秀成绩。李忠新获得全连轻武器实弹射击总成绩第一名。

轻武器实弹射击结束后，连队开始重型武器专业训练。重型武器连队有五七炮排、八二迫击炮排，高射机枪班。李忠新分配在五七炮排一班担任第一瞄准手。班长翁载忠把瞄准手教材交给李忠新说："你有文化，自己看教材，训练是按照教材安排的。副班长郭建水是五七炮瞄准手出身，业务精通，你有不懂的地方向他请教，我对你有信心。"

李忠新接过班长手中的教材，认真地学习领会。训练时由副班长郭建水负责瞄准手教学。他给瞄准手讲解大炮瞄准镜、方向机、高低机、击发机的操作要领。特别强调瞄准手在平时训练中，要养成眼睛贴紧瞄准镜的习惯。实弹射击时炮弹出膛有冲击力量，不贴紧炮弹出膛时，有前后移动的冲击波，容易造成眼睛受伤。

李忠新在训练中坚持严格训练，严格要求。遇到难题虚心向副班长请教，副班长郭建水也喜欢他勤奋好学的精神，和他结成帮学对子，晚上带他到炮阵地上促膝谈心。

郭建水告诉李忠新，要想当一名合格的守岛战士，练成神炮手，必须牢固树立坚守海岛的思想。保卫祖国领土完整是每个军人的神圣职责，有责任感才有守岛的责任心。小岛虽小，但它是祖国的神圣领土，敌人对它虎视眈眈；我们时刻要保持高度的警惕性，随时准备消灭来犯之敌。要想稳、准、狠地打击来犯之敌，必须熟练地掌握军事技术。熟练的火炮操作本领来自刻苦的训练，一名炮手必须懂得火炮的性能和作用。五七炮是打击敌人海上登陆滩头目标的。火炮瞄准手是火炮的眼睛，瞄准镜、方向机、高低机、击发机是瞄准手手中的武器，准确使用必须反复练习，上千次上万次地练习，才能熟能生巧，灵活准确地使用。李忠新在副班长郭建水的启发下，在训练中刻苦练习操作瞄准的利索动作。耳听口令，口中复述，心中默记，眼睛瞄准，迅速报好，能连续改变百个分划无差错，练就火炮瞄准手过硬的操作本领。

经过三个多月的艰苦训练，李忠新三次火炮外膛枪模拟实弹射击均取得优秀成绩。火炮外膛枪模拟实弹射击，就是用步枪固定在火炮炮管上，与瞄准镜同步，在沙滩上拖着靶子，用步枪子弹代替炮弹，瞄准模拟靶子射击，子弹打中靶子或打在一定范围内，说明瞄准手掌握了火炮实弹射击的要领，达到了火炮射击的要求。

火炮实弹射击这一天，师部派来了海轮，在海上拖牵引靶子。团作训股派来许参谋协助连队进行火炮实弹射击。连长任卫国一早带着通信员和侦察班战士进入山头指挥所，炮排人员进入预备阵地，处在临战状态。

上午八时三十分，海上出现拖靶目标。连长下令，海上发现敌人目标，命令五七炮排进入阵地，准备战斗。一班长翁载忠接到命令，带领全班战士迅速进入阵地。炮手扛着炮弹箱在阵地隐蔽所放下，给炮弹装上迅发引信。崭新的铜色炮弹在弹药箱内闪闪发光，李忠新手拎火炮瞄准镜箱，迅速坐上炮位，打开箱盖，把瞄准镜装在火炮上。副班长郭建水向他点点头，李忠新心领神会，坐在炮位铁椅子上，双手操纵火炮高低机、方向机，让火炮指向大海中的目标，炮手各就各位，全班处在战斗状态。

"前面海上敌登陆艇。"班长翁载忠举着望远镜下达战斗命令。

"看到。"李忠新眼睛紧贴着瞄准镜,声音洪亮地回答。

"标尺一一八,方向五十二,六发炮弹装填准备。"翁载忠命令。

"标尺一一八,方向五十二。"李忠新重复班长的命令,快速操作,迅速报,"好!"

"一发装填。"听到班长命令,一炮手接过二炮手的炮弹,"咣当"一声,把炮弹送进炮膛。

"放!"翁班长下达射击命令。

李忠新一手操纵方向机,一手调整高低机,眼睛死死贴在瞄准镜上,当瞄准镜里两线交叉点到达拖靶前沿底部时,迅速按下击发机。

"轰!"炮阵地上火光一闪,炮弹出膛,炮身向后移动,"咣"的一声弹出弹壳。炮身又向前恢复原状。

炮弹带着呼啸的声音飞向天空,飞向大海,不一会儿在海上拖靶旁边爆炸,掀起几丈高的海浪。

"标尺加十,方向向左十五,炮弹装填。"翁班长下令。

"标尺加十,方向向左十五。"李忠新边重复班长口令,边调整瞄准镜上数据,迅速报,"好!"

"放!"翁班长下令。

李忠新看到瞄准点接触到拖靶前沿底部时,果断按下击发机。

"轰!"炮弹带着呼啸声又飞向大海,不一会儿落在拖靶上方爆炸,直接命中拖靶目标,爆炸处掀起高高的浪花和拖靶碎片。

"打得好!连续装填,放!放!放!……"翁班长连续下达战斗命令。

"轰！轰！轰！……"六发炮弹全部倾泻向海上目标，阵地上火光闪闪，炮声隆隆，硝烟弥漫，李忠新的耳朵被炮声震得嗡嗡作响。

"撤出阵地。"一班火炮实弹射击完毕，在班长翁载忠的带领下，迅速撤出阵地，进入隐蔽所。

李忠新提着瞄准镜箱进入隐蔽所后，紧张跳动的心才慢慢地平静下来，用手揉揉眼睛，深深地吸了一口气。副班长郭建水走到面前，看看他的眼睛说："没问题，打得好！"握着拳头在李忠新面前晃晃。

"好家伙，谁呀，是谁呀？"团作训股许参谋，来到一班隐蔽所大声问道。

"立正！"班长翁载忠向前跑两步敬礼："报告首长，凤凰山连炮排一班正在进行火炮实弹射击，请指示！"

"稍息。"许参谋回礼说。

"谁是瞄准手？"许参谋问。

李忠新向前一步，敬礼："报告首长，李忠新。"

"好小子！有两把刷子，靶子给你打烂了，你们班好样的，打得好，我回去准备新靶子啦。"许参谋说着在李忠新胸口轻轻地打了两拳，笑着走了。

全连五七炮第一次练习实弹射击取得了优秀成绩。连长在训练总结会上，表扬了一班，特别表扬了瞄准手李忠新。他说："李忠新同志训练刻苦，业务精通，技术过硬，操作准确，炮弹直接命中目标，打出了炮兵的威风，我们都要向他学习。"

全连五七炮第二次练习实弹射击训练开始了，班长翁载忠传达了连长指示，由班里第二瞄准手担任第一瞄准手，宣布一名新战士担任第二瞄准手，李忠新担任炮手。

调整宣布后，班长找李忠新谈心，对他说："连队领导安排有连队领导的理由，军人服从命令是天职，你当瞄准手的成绩摆在那里，心里不要有想法。"

"服从安排，连队多培养火炮瞄准手是好事，我要做的事情多着呢。"李忠新对班长说。

李忠新是高中毕业生，干部战士称他是连队的知识分子，安排他做的事就多，每周为连队出一期黑板报，李忠新入伍前当过老师，连队聘任他为连队文化教员，每周六给连队二十六名文盲战士上文化课，指导员要求李忠新用一年时间保证这批战士达到能给家里写信的水平。星期日，李忠新还要帮新战士写五六封家信。

五七炮第二次练习实弹射击开始后，连队安排李忠新给全连瞄准手介绍心得体会。李忠新把副班长郭建水传、帮、带的经验，归纳为思想过硬、训练过硬、操作过硬三点体会，介绍给全连瞄准手，大家受到启发，训练成绩明显提高。连队三次重武器实弹射击成绩一次良好，两次优秀，全连军事训练总评取得优秀成绩。

经过六个月的军事训练，李忠新、赵洪才、丰田、吴江成为真正的军人，肩背钢枪，每天在海岛上值班巡逻，站在浪花扑打的礁石上，目眺远方，监视敌情，日夜警惕地守卫着祖国的海防。

年度军事训练结束了，一天，团部直属单位到连队挑选技术兵种，赵洪才、丰田选调到团指挥连。赵洪才学习侦察业务，丰田学习无线电报务业务。

凤凰山连任命李忠新为连队文书，光荣入党，调吴江到连部当通信员。

吴江到连部报到后,老通信员详细给他移交工作,交代他日常必须做好的几件事。

每天早上给连首长房间打扫卫生,并打满开水。

每天走二十几里山路,乘渡船过海,到大岛上团部拿文件、信件、报纸,有秘密等级的文件交文书归档管理。

星期六晚上,连首长开会研究下周工作计划,如果到深夜,打两壶老酒,准备点夜餐。

"夜餐吃的东西哪里去弄呀?"吴江问。

"食堂要,滩涂上捡,自己想办法。"老通信员说。

"老酒哪里去买?"吴江问。

"山下渔村杂货店有酒卖,开店的是姓林的母女俩,你平时和她们搞好关系,不然连首长晚上突然想起要喝老酒,打酒叫不开店铺门,等着挨批吧。"老通信员交代说。

老通信员移交完工作,到排里当班长,吴江开始履行通信员工作职责,到了星期六,连长交代吴江说:"晚上开会,准备夜餐,打两壶老酒。"

吴江先来到食堂,看到炊事人员不在,案板上放着一只猪后腿,他用刀割一块约两斤重的猪肉,用报纸包着,拿回连部。

炊事班长回来,看到猪后腿上少了一块肉,问肉是谁弄的,一名炊事员说:"刚才看到连部新通信员,用报纸包了一样东西,估计是肉。"

炊事班长到连部正好碰到连长任卫国,告状说:"通信员到厨房割肉也不说一声,不知道是怎么回事?"任连长想想说:"知道

第二章　凤凰山

了，晚上十点钟，你带点佐料来加工一下，一起弄杯老酒吃吃。"

"是。"炊事班长答应一声。他回到班里对班里人员说："今后连部人员来拿东西，照给，不要去问。"

下午，吴江背着两只军用水壶，到渔村店铺打酒，走进小店，只见一位十七八岁的姑娘，身穿红格子上衣，坐在柜台内飞针走线，像是做针线活。听到有人进店的脚步声，抬头与吴江两目相对，俩人同时愣住了，似乎有股神奇的感觉。

吴江看到姑娘一头乌黑的头发，弯弯的眉毛下镶嵌着明亮的大眼睛，水汪汪的，见人微微带笑的脸上泛起两个小小的酒窝，面似桃花红艳艳，目送秋波带真情，站起来亭亭玉立，苗条的身材显得十分青春活力，一个干净利索，美丽漂亮的渔村姑娘，站在吴江面前。吴江诧异，这样天仙般的姑娘是我心目中的偶像，似曾相识，又想不起来在什么地方见过。

林赛飞看到吴江也心里一惊，出现在眼前的是一位身材魁梧的解放军战士，脸上还带着孩子的稚气，像个白面书生，说话腼腆，举止稳重，分明是个老实温和、干净俊美的男子汉，似曾相识，也想不起来在哪里见过。

吴江心里想，小岛山沟的渔村里，竟然有如此美丽的金凤凰。林赛飞心里想，世上竟有如此英俊的男子汉。两人初次见面，相互都有好感。

"解放军同志，有事吗？"林赛飞问。

"打酒。"吴江说。

"连队领导来关照过，战士不准打酒喝的。"林赛飞说。

"我是连部通信员，打酒给连首长喝的。"吴江说。

"原来的通信员呢？"林赛飞问。

"当班长了。"吴江回答。

"你叫什么名字？"林赛飞问。

"吴江，叫我小吴同志吧。"吴江回答。

"多大啦？"林赛飞问。

"二十岁。"吴江回答。

"打什么酒？"林赛飞问。

"三元钱两壶的老酒。"吴江说。

"老酒涨价了，四元钱两壶。"林赛飞说。

"我只带了三元钱，怎么办？"吴江说。

"酒，先打去，一元钱欠着。"林赛飞说。

打了酒，吴江付了钱。吴江从老通信员口中知道，打酒的姑娘姓林，于是说："林姑娘……"吴江刚喊出口，林赛飞生气地说："林姑娘，还林妹妹呢，我叫林赛飞，不知道喊名字吗？"

吴江伸伸舌头说："林赛飞姑娘，和你商量件事，连首长夜里想起来喝酒，我来打酒，请你开门打酒给我，如果打不到酒，回去会挨批评的。"

"这事情嘛，要看本姑娘的心情，若是高兴，我会开门打酒给你的，若是惹恼了本姑娘，你等着刮鼻子吧。"林赛飞笑着说。

"谢谢啦。"吴江说着背起酒壶走出店门，心里想，姑娘人长得好看，有些泼辣劲儿，今后要小心些。

林赛飞看到吴江走了，说："谢谢我，谢什么？憨厚的小男子汉，是个软柿子，今后我要掐掐你。"

"和谁说话呀？"林赛飞母亲林三娘在房间里问。

第二章　凤凰山

"解放军同志，打酒的，说着玩呢。"林赛飞说。

"少拿小同志开心，人家远离父母来这里守岛不容易。"林三娘说。

"知道，连队新来的通信员，一回生，两回熟，今后打交道的日子长着呢。"林赛飞说。

星期天，赵洪才、丰田到团部指挥连报到，两人收拾好行李，兄弟四人聚在一起，我望望你，你望望我，分别在眼前，每个人心中有说不出的滋味。

"今天天气不错，我们一起到凤凰山山头再看看祖国前沿小岛的风光，好不好？"丰田建议说。

于是，四人迈着坚定的步伐，一路走，一路看，爬着山，喘着气，越到山头，狭窄逶迤的山路越难走，路两旁长满荆棘，随时会划破衣服，划破手。四人登上了山顶，大海一望无际，碧蓝碧蓝，水天相连，大海上后浪推着前浪，一波一波地翻滚着，开着一朵朵白浪花，像家乡棉田里盛开的棉花。海鸥展翅在大海上飞行，一会儿腾起冲天，搏击长空，一会儿冲向大海，贴着海面在浪花中穿行。四人站在山顶上像站在浪尖上漂浮着，脚下海浪在铺展，在起伏，在涌动。

向山下看，悬崖峭壁如刀切，直上直下人心寒，山下阵阵云雾满山飘，海水绕海礁，浪花扑岸飞溅，轰鸣声不绝于耳，这里是一处险象环生的地方。

向山岙看，青松翠，绿山流，景色秀丽。山下不远处有个渔村，二百多户人家炊烟萦绕。渔村的港湾里，停泊着二三十条渔船，桅杆林立，红旗招展。一对又一对的渔船正在扬帆向海上驶去。点点白帆，由近而远，随着起伏的海浪，慢慢消失在海天相连的地方。

"靠山吃山，靠海吃海，一方水土，养一方人，这里也是人杰地灵的地方。"赵洪才说。

"海岛有海岛的风光，渔民有渔民的生活。海上的风把渔民的脸吹得黑黝黝的，而渔村的姑娘长得白净漂亮，性格活泼开放。"丰田说。

"你怎么知道的？"赵洪才问。

"没听过当地人流传的三句话吗？"丰田说。

"哪三句话？"赵洪才问。

"碎石垒墙墙不倒，草绳拴牛牛不跑，大姑娘夜里外出娘不找。"丰田说。

"为什么这么说呢？"赵洪才问。

"你看看，海岛上砌屋的墙、挡风的墙、走的路……哪里不是石头垒的呀，结实着呢。后山岙里草长得有半个人高，牛放在那里，不动身就吃饱了，跑什么呢？"丰田说。

"姑娘夜里外出娘为什么不找呀？"赵洪才问。

"渔村男的少，女的多，姑娘找到对象是喜事，娘为什么找呀？"丰田说。

"男的哪里去了？"赵洪才问。

"渔民出海捕鱼是有风险的，有个渔村渔民出海捕鱼，突然遇到大风大浪，沉没两条渔船，二十多个男渔民遇难，渔村成为寡妇村。"丰田说得摇头晃脑，唾沫星子满天飞。

"别听丰田出门戴口罩——嘴上一套，瞎扯。"吴江说。

"谁瞎扯了？渔村夏书记说的，不相信你们去问问他。"丰田说。

"渔村姑娘确实有特色，昨天我到渔村店铺里打酒，看到店铺里做生意的姑娘好漂亮，没想到小岛山沟里一样有美丽的金凤凰。"吴江说。

"吴江你没有谈对象，正好和这个姑娘谈谈，争取做你的媳妇，将来带个海岛媳妇回家乡，你爸爸妈妈一定高兴。"丰田说。

"你这个猴子，刚刚说过你，还不打住，又拿我开涮，我是好欺负的吗？你把周秀芳让给我，我把渔村姑娘做媒给你，同意不同意？"吴江笑着说。

"喂，好友不欺妻，这个道理也不懂吗？还兄弟呢，不讲义气！我那口子等着做我的新娘呢，黄鼠狼也想天鹅肉吃——没门儿。"丰田也笑着说。

"丰田，你把嘴上说话的功夫，放在今后学习无线电报务知识上，考试一定能取得好成绩。"李忠新说。

"少拿我玩吧，提到学习考试就头疼，读书时考试有个及格是奇迹，学报务没信心，当玩意账吧，大哥你去学，准行。"丰田认真地说。

"嘴上说话是超人，提到学习成小人，门缝里看自己，把自己看扁了，怪胎。"吴江说。

四人有说有笑，从凤凰山走下来，赵洪才、丰田到指挥连报到的时间到了，李忠新、吴江背起两人的背包，送了一程又一程。李忠新说："送君千里，终有一别。"渡船码头快到了，四人才依依不舍地分手。

| 凤凰记 |

凤凰山连队与渔村相距很近，军民鱼水相依，互相关怀，互相支援，真是到了亲如一家的地步，连队和凤凰山民兵连同守共建海岛，年年进行一次同训练、同联防。连队军事训练结束后，利用渔村渔民休渔期，进行两周民兵连军事训练，打一次轻武器实弹射击，然后编入连队，对口合练，作为连队战时的兵员补充。

为了熟悉海岛、熟悉地方，连队请渔村党支部书记夏孝德给部队、民兵讲村史。夏书记告诉大家：一九四九年之前这里叫强盗湾，强盗在海上横行，村里渔民为渔霸打鱼，吃鱼头，拿零头，过着苦日子。一九四九年之后渔民翻身当了主人，渔船归渔民所有，由村管理，强盗湾才获得了新生。有一天，暴风骤雨过后，天空出现了彩云彩虹，突然从彩霞中飞出一只美丽的凤凰鸟，落在岛南端的山顶上，人们爬上山顶去找，只见山岩石，不见凤凰鸟，村里老人说：凤凰鸟是吉祥鸟，凤凰落在山头上是个吉兆。凤凰鸟来了不几天，解放军解放了海岛，血债累累的渔霸被镇压，海匪逃走，渔村群众过上了幸福安稳的日子，从此，强盗湾改名为凤凰山。

凤凰山民兵连有一百多人，新年度增加一个男民兵班，一个女民兵班。新增女民兵班共有九人，林赛飞为班长，夏雪儿为副班长。连队领导指定文书李忠新、通信员吴江负责新增女民兵班的军事训练。吴江首先教队列训练。女民兵班都是十八九岁的姑娘，年轻貌美，青春有活力，训练场上嘻嘻哈哈，立正稍息，向左转、向右转，常常有人心不在焉做错，急得吴江直跺脚。一次一次地教，一次一次地练，眼看考核验收的时间到了，队形走得不整齐，步伐不一致。吴江看在眼里，急在心里，对文书李忠新说："女民兵班难教，注意力不集中，怎么办？"

"明天考核一次，看看效果再说。"李忠新说。

第二天早上八点钟出操，李忠新腰扎腰带，走上训练场，吴江跑步向李忠新报告："文书同志，女民兵班队列训练，请考核。"李忠新回礼后，跑步到队列前喊出口令："立正。"声音洪亮、坚决，女民兵吃了一惊。然后，他跑步到队列旁边下令："齐步走""一二一""一二一""跑步走""一二三四"。女民兵和着李忠新的口令，喊着响亮的口号，走出整齐的步伐。"立定，稍息。"李忠新对吴江说："女民兵班队列训练考核合格，明天开始实弹射击预习训练。"

女民兵班解散休息。吴江问："为什么我喊口令，你们走得参差不齐，文书喊口令，你们走得整齐划一？"

夏雪儿说："你喊的口令娘娘腔，好听好玩，文书口令响亮坚决，有军令如山的威严，谁敢不听？"吴江听后说不出话来。

女民兵班实弹射击预习训练开始了，吴江先做示范动作，然后下达前进、卧倒、出枪、瞄准的口令，开始训练。吴江看到林赛飞瞄准时两腿并着，过去用手把她的两腿稍稍分开，林赛飞回头看看，脸微微红了。吴江俯下身来，用瞄准检查镜检查她的瞄准情况，耐心地说："第一点用眼睛看标尺缺口，第二点通过标尺缺口看准心，第三点看靶子黑色圆心，瞄准黑色圆心下面三分之一的位置，瞄给我看看。"吴江的脸靠在林赛飞的脸旁，听到林赛飞的呼吸声。吴江看看检查镜说："瞄准点瞄高了，下移，再下移，靶子黑圆心下三分之一位置。好，就这样瞄。"吴江还给林赛飞讲了实弹射击时的要领，瞄准后握紧枪托，屏住呼吸，慢慢扣击发机，子弹才容易打中靶子，等她技术熟练了，逐步加快射击速度。

吴江起身来到夏雪儿身边检查，装上检查镜看看说："夏雪儿，你瞄到哪儿去了？想把子弹打上天吗？"

"打上天好呀，打个鸟儿下来，慰问解放军。"夏雪儿笑着说。

"认真点，学点真本领，在战场上你打不死敌人，敌人会要你的命。"吴江说。

于是，吴江大声讲起来："眼睛一个点，准星一个点，靶心一个点，三点成一线，这样才能把子弹打上靶子，练准枪法，才能消灭来犯之敌。"

"三点一线，早说嘛。"夏雪儿说着认真瞄起来。吴江检查后，看她真的瞄上了，高兴地说："有进步，就这样瞄，这样练。"

吴江起身检查下一位女民兵的瞄准情况。夏雪儿说："新兵蛋子，教别人心平气和，轻声细语，教我大声嚷嚷，粗声粗气，王小二子下馄饨，看人点汤，有一天落到本姑娘手里，有好果子给你吃的。"故意说给吴江、林赛飞听。

"坏蹄子，招你惹你了，拖泥带水地说人。"林赛飞骂道。

"训练场上不准讲话。"吴江说着，逐个检查女民兵的瞄准情况，耐心讲，反复教，让每个女民兵真正掌握射击要领。

经过一周多时间的瞄准训练后，女民兵进行了实弹射击。林赛飞六发子弹打了五十四环，夏雪儿打了五十二环，女民兵班实弹射击取得了优秀成绩。李忠新根据女民兵班刻苦训练的事迹，写了一篇《英姿飒爽守海疆》的稿件，被报刊电台采用。凤凰山女民兵班的事迹，在当地部队和地方传开了，而且出了名。

凤凰山连完成年度训练和民兵连联防训练任务后，上级下达构筑连队防御工事的命令。为了把祖国前沿小岛建成海防前线的钢

第二章 凤凰山

铁堡垒，上级要求凤凰山连建连队指挥所，藏炮、藏兵坑道，均为钢筋混凝土工事。

连队施工开始后，上级用登陆艇运来施工器材。有机械、炸药、雷管、导火索、钢筋、水泥、模型板等。连指挥所修在凤凰山山头，火炮工事修在炮阵地山里，营房工事修在凤凰山后山岙里。首先是打坑道。连队干部战士施工中全靠铁锤、钢钎在岩石上打一个约八十厘米深洞，用炸药炸开石块。打连指挥所时，每班十六人。打八个洞，放八炮下山。后一个班等坑道里烟雾消散后，扒掉石块石渣，再打八个洞，放八炮，按班轮换掘进作业。

凤凰山连干部战士在连续的艰苦国防施工中，体力消耗很大。但大家保持革命乐观主义精神。有的战士说："上山打坑道，下山睡大觉，每班给敌人放八炮。"有的战士说："前人栽树，后人乘凉，流血流汗把海岛建成铁壁铜墙。"大家心往一处想，劲往一处使，为守卫海岛、保卫祖国的海防再苦再累也光荣。

打坑道，搬石块，劳动强度大，战士们的饭量增加，计划供应的大米不够吃了，连队干部战士常常吃不饱饭。渔村夏书记知道后，送来一千斤山芋，炊事班每餐多蒸一笼山芋，作为主食补充，保证干部战士吃饱饭施工。一天，李忠新上山收工具，看到有两位军人站在另一个山头上看连队施工，李忠新走近一看，是团长和警卫员，连忙上前敬礼："首长好！"

"你在连队做什么工作？"团长问。

"文书，负责连队施工器材保管和发放。"李忠新回答。

"连队施工顺利吗？"团长问。

"热情高，干劲足。"李忠新回答。

"没有困难吗？"团长问。

李忠新想想说："饭不够吃，渔村送了山芋。"

团长对李忠新说："告诉连长指导员，完成施工任务，需要补充多少斤大米，明天送报告到团后勤处。"团长说完，和警卫员下山走了。

晚上，李忠新告诉连长、指导员上山遇到团长的事情，把团长叫打报告补充大米的事说了。指导员批评李忠新说："谁叫你报告的，给领导添麻烦。"

连长摆摆手说："文书没有做错，战士吃不饱饭，难以完成施工任务。"连长叫文书把司务长叫来。

连长、指导员、司务长三人计算后，完成施工任务，需要补充三千五百斤大米。李忠新写好报告，送到团后勤处，后勤处长立即在报告上批准同意。从此，全连干部战士在施工中放开肚皮吃饱饭。

经过一段时间的艰苦施工，连队指挥所坑道打好，用钢筋扎起框架，装好模型板，用水泥、砂石浇灌混凝土工事。浇灌连指挥所必须修一条简易道路，用于车辆向山上运送施工物资。一天，筑路需要放四十八炮。放炮这天，李忠新向山上送雷管，放炮缺人手，副连长安排李忠新放最后五炮，先从远处点炮，远处的人点燃导火索后迅速下撤。最后，副连长来到李忠新面前下令点炮。李忠新迅速点燃了五根导火索，和副连长一起撤到山后，山上炮炸响，惊天动地，没想到李忠新从山上滑下隐蔽所速度太快，脚着地时踩到竹尖上，竹尖从脚底戳到脚面，鲜血直流。副连长看到李忠新脚受伤了，从军装上撕下一块布扎住伤口止血，派人背他下山交给卫生员处理伤口。连队卫生员给李忠新清洗伤口，包扎打针。第二天，李忠新一瘸一拐坚持给施工人员发放施工工具，保证全连施工正常进行。

要奋斗就会有牺牲。一天，李忠新接到母亲的来信，告知哥哥李忠国在国防施工中牺牲了。李忠新还没有从失去哥哥的悲痛中走出来，原来他所在的一排排长在施工中也献出了生命。

一排排长谢存裕二十八岁，没有谈对象，父亲到部队探望儿子，带来一张姑娘的照片，告诉儿子照片上的姑娘是小学老师。谢排长看了姑娘的照片，长得相貌端正，点头同意。这天，二排进行炮工事掘进施工，二排长回家探亲，连长、指导员到上级开会。二排施工没有干部带队。一排长谢存裕知道后，告诉副连长由他带二排战士施工，谢排长与探亲的父亲说明情况后，穿上工作服，带领二排战士到炮工事施工。炮工事在洞口作业掘进才几个班，谢排长在洞口扶着铁钎，让两个战士打锤。刚打半个炮洞，突然谢排长头上有大量的泥块碎石倾泻下来，他急忙用双手推开两名打锤的战士，打锤的两名战士被推出数米远，半截身子被泥土埋住，而谢排长被塌下来的泥石吞没。全连干部战士拼命把他从泥土中刨出来，医生全力抢救，战士们呼喊着他的名字，谢排长再也没有醒过来。两名被他推开的战士得救了，而谢排长献出了年轻的生命。部队给谢存裕排长荣记一等功。谢排长的父亲看到儿子牺牲了，痛不欲生。李忠新看到过去朝夕相处的排长突然离去，痛哭一场。他心中久久怀念谢排长的精神和往事，想到自己刚到部队时，面对海岛艰苦的环境，心中也有想法，谢排长几次找李忠新促膝谈心，教育鼓励他扎根海岛，保卫祖国边疆。特别是连队火炮实弹射击第二次

| 凤凰记 |

练习训练时，李忠新不再担任火炮瞄准手，碰巧李忠新患重感冒卧床，谢排长担心他有想法，就拿药倒水把药喂，问寒问暖盖棉被，还坐在床边，和他细声细语地谈心，鼓励李忠新服从安排，不要有思想包袱。

李忠新感冒稍好些，炊事班战士送来"病号饭"，一碗鸡蛋糖稀饭。谢排长问送"病号饭"的战士："今天中午食堂吃什么？"战士回答说："红烧大黄鱼。"李忠新听到后，对排长说："患感冒，嘴里没味道，想吃鱼。"谢排长立即带李忠新到食堂，给他盛饭，请炊事班长打一碗红烧黄鱼，看着李忠新吃完，他才到饭堂吃饭。第二天，李忠新参加了军事训练。现在亲如兄长的排长牺牲了，李忠新心里非常悲痛，他经常到谢排长墓前悼念这位为守卫海岛、保卫祖国在国防施工中英勇献身的英雄。

浇灌连队指挥所混凝土工程，这是李忠新参加的一场艰苦卓绝的战斗，这是一次拼体力、拼意志的施工，使他终生难忘。

这一天，全连早上八点钟开始浇灌作业，由于混凝土搅拌机放在半山腰一块平地上作业，到连指挥所工事有八十多米远的山坡路，用箩筐把搅拌机里的砂浆抬到工事里浇灌，开始一筐砂浆有二百斤重，两个战士抬着走，每上山一步都要花很大的力气，有的战士抬了五六筐砂浆就要休息一次，后来箩筐沾上了泥浆更重了，战士们抬着沉重的一筐砂浆登山，时间长了，双腿像灌了铅似的沉重，走一步，停一步，喘一口气。当工事浇灌到三分之二的时候，开始有人昏倒，后来昏倒的战士越来越多，连队动员所有的人上山增援，有的干部战士抬着抬着就昏倒在山坡上，如果工事不连续浇灌成功，留下接头，容易渗水，造成工程质量事故，必须一次性浇灌成功。面对昏倒和抬着砂浆走不动路的干部战士，指导员王银宝号召："全体共产党员、共青团员发挥先锋模范作用，坚决完成国防工事浇灌任务，对祖国人民负责，只要有一口气，就要把砂浆抬进工事里。"干部战士听到指导员的动员声，顽强地站起来，坚持把砂浆一筐一筐抬进工事。消息传到渔村，村书记夏孝德带领五十多名民兵上山增援，民兵们抬、拉、扶，把一筐筐砂浆送进工事，军民连续奋战了二十多个小时，终于把工事浇灌成功。在这场工事浇灌决战中，全连干部战士先后昏倒七十多人，有十七人是抬下山的。团长知道凤凰山连干部战士拼死完成国防工事浇灌任务的事迹后，到连队慰问表彰，批准连队放假三天，休整部队。连队还杀了一头自己饲养的肥猪，慰劳参战军民。

李忠新同样参加了浇灌工事抬砂浆的战斗，连续抬了三十多筐砂浆，也昏倒在山坡上。当他苏醒过来，听到指导员沙哑的动员声，顽强地站起身来，想到自己是党员，只要有一口气，就要战斗到底。他咬着牙，抬着砂浆，一步一步向山上攀登，坚决地把一筐筐砂浆抬进工事，直到连队领导宣布工事浇灌成功，他才瘫坐在山坡上。为了守卫海岛，保卫祖国边疆，构筑海防工事，有多少有志青年，穿上绿军装，奋战在边防，流汗流血，无私奉献出自己的青春，甚至生命。

经过一年多时间的艰苦施工，连队藏兵、藏炮、弹药库、指挥所工事全部完成。连长宣布，今后连队还要参加营、团、师指挥所工事的施工任务，把座座海岛建成祖国前沿的钢铁堡垒。

由于连队紧张的国防施工，连里干部很长时间没有喝酒了。国防施工结束后，连队转入正常的值勤、军事训练工作。星期六晚上干部开会,连长叫吴江弄点菜,打两壶老酒,准备夜餐。吴江背着两只军用水壶,到渔村林赛飞小店打酒,到店铺吴江把五元钱递给林赛飞说:"上次打酒欠你一元钱还你,这次四元钱打两壶。"

林赛飞说:"还是三元钱两壶,钱先欠着。"说着把两元钱还给吴江。

"不行,部队纪律不准欠老百姓东西。"吴江说着把两元钱放在柜台上。林赛飞看到吴江丢下钱,把两只空水壶往吴江胸口一抛说:"是你欠本姑娘的,不是部队欠的,钱不收起来别处打酒去。"吴江吓了一跳,连忙赔着笑脸说:"欠就欠吧,你叫我到哪里打酒去,求你打给我吧。"吴江说着把柜台上两元钱收起来。

林赛飞转笑说:"这就对了,我是看你在军事训练中教我用心,否则还不欠给你呢。连队领导好长时间没有喝酒了,现在如何想起来的?"

"国防施工紧张,哪能喝酒?现在连队恢复了正常值勤训练,闲来当然要喝几杯。我没时间和你拉家常了,回去还要想办法弄晚上下酒菜呢。"吴江说。

"下酒菜?不会到海滩上去捡吗,海滩上捡的海产品是人间美味,连首长吃了肯定会高兴的。"林赛飞说。

"当真?下次请你教我赶海吧。"吴江恳求地说。

"好吧。"林赛飞说。

上级部队和地方武装部要联合举行民兵实弹射击比赛,在全区民兵中抽调五个男民兵班、五个女民兵班参加战术和实弹射击比赛。凤凰山民兵连接到上级通知,抽调林赛飞女民兵班参加比赛。赛前,部队对女民兵班强化训练一周时间。训练由一班长翁载忠和吴江负责，考虑到女民兵花花绿绿的着装，连队从施工服装中挑出九套军装、九双军鞋发给女民兵，统一着装。女民兵穿上军装，显得朝气蓬勃，英姿飒爽。

"干脆让我们参军吧，当一名解放军多光荣啊！"副班长夏雪儿说。

"当解放军要上级领导批准的，还是当好你的民兵吧。"吴江说。

"为什么让我们穿上军装呢？"夏雪儿问。

"同志，比赛中有战术动作的，你们花花绿绿的衣服在阵地上摸爬滚打，容易开天窗的。穿军装也是为了达到着装统一整齐的要求，照顾你们的。"吴江说。

夏雪儿听了点点头。

女民兵班参加比赛前，凤凰山连连长任卫国检验了女民兵班的训练效果，在连队靶场下达命令："前面有敌情，女民兵班占领阵地，消灭敌人。"

"是。"林赛飞说着带领全班战士一个跟着一个鱼贯前行，匍匐穿过铁丝网，越过障碍，进入阵地，一阵清脆的枪声过后，迅速撤出阵地。

女民兵班每人六发子弹，平均打了五十四环，成绩不错。任连长看看成绩说："你们比赛中要沉着勇敢，争取更好的成绩，为凤凰山民兵和部队争光，能不能做到？"

"能！"女民兵齐声回答。

"如果你们在比赛中获得名次，军装奖给你们，召开军民联欢庆祝会。"任连长说。

"好!"女民兵齐声说。

星期一,凤凰山民兵连连长、部队一班班长翁载忠、通信员吴江带领女民兵班参加上级组织的实弹射击比赛。

人不可貌相,海水不可斗量。凤凰山女民兵班经过三场激烈的阵地战术和实弹射击比赛,获得总成绩第一名。

部队首长给女民兵班发奖状,地方领导给女民兵班发奖品。比赛结束后,准备下午三点返回凤凰山渔村。中午饭后,女民兵自由活动,林赛飞对班里姐妹说:"打靶时,我看到靶场山坡有很多野草莓,我们去摘草莓吧。"全班九个姐妹边说边向靶场走去。

到了靶场,看到山坡上鲜红的野草莓水灵灵的,像小仙桃似的,摘一颗放在嘴里,酸里带甜,味道真爽。正当女民兵们兴高采烈采集着野草莓,突然,林赛飞"哎呀"一声尖叫,接着瘫坐在地上捧着脚,尖树桩戳破了脚,鲜血直流。夏雪儿连忙喊来吴江,说:"林赛飞脚受伤了。"吴江跑到山坡上,看到林赛飞脚上鲜血直往外流。吴江帮林赛飞脱掉鞋子、袜子,从军装上撕下一块布条,用布条扎住伤口止血,不由分说,背起林赛飞朝靶场卫生所跑去。

卫生所军医给林赛飞清洗伤口,上药、包扎、打针,并交代说:"三天内不能碰到生水。"

吴江把林赛飞扶出卫生所交给夏雪儿,生气地说:"你们真会闲事生非,马上回去要走三四十里山路,脚受伤了,这可怎么办?"

这时,吴江突然想到今天团后勤处登陆艇到连队运送施工器材,立即到团后勤处问清楚登陆艇出发到凤凰山的时间,又到团军务股说明有女民兵脚受伤的情况,请求派车送女民兵班到码头上登陆艇。

军务股派出一辆军用卡车,把女民兵班送到码头。女民兵班乘登陆艇到凤凰山简易码头,吴江背起林赛飞,把她送回家里。

第三天,林赛飞到连队找吴江,正好碰到连队指导员王银宝。林赛飞对指导员说:"吴江军装上的布洗干净了,我想给他军装缝补好。"王指导员告诉林赛飞:"吴江到团部拿报纸去了,军装司务长给他调换过了。"看到林赛飞走路一瘸一拐的,叫卫生所军医给她清洗伤口、换药。王指导员对林赛飞说:"等你脚伤好了,召开军民联欢会,庆祝你们在这次民兵实弹射击比赛中取得的优秀成绩。"

夏天来了,天气一天天热起来。连队干部星期六晚上开会,研究部署下周的工作。通信员吴江照例打两壶老酒,准备下酒菜,给领导吃夜餐。中午饭后,吴江肩背军用挎包,到渔村小店请林赛飞教他赶海。

赶海实际上是赶潮头,大海有潮涨潮落的规律。落潮时,海水哗哗地向着大海回流,层层浪花渐渐退去,海边露出一大片湿漉漉的滩头、礁石,留下各种海产。在沙滩上拾泥螺、蛏子,挖沙蚕,踩蛤蜊。在礁石下捡香螺,礁石间的海沟里摸辣螺,抓海鱼、梭子蟹、野海参等。落潮时下海捡,涨潮时上岸来。一次落潮一人能捡五六斤海产,捡来的海产或腌或煮,又香又鲜,真是人间美味。

林赛飞拿着篮子和吴江一起走向海滩。在路上,林赛飞对吴江说:"那天靶场上我的脚受伤了,多亏你帮忙,谢谢啦。"

"少谢吧,你也太作践人了,那天我给你脱鞋子、袜子,脚上的味道我至今没有忘记呢！"吴江说着捏着鼻子懊恼地说。

林赛飞捂着嘴笑。

"真是的，还好意思笑呢。"吴江说。

"我穿着解放鞋，参加三天军事项目比赛，没有洗脚，没有洗澡，有味道也是你造成的，味道好闻吗，一辈子不忘记我才高兴呢！"林赛飞笑着说。

"看你臭美的，人太得意当心还有祸事临头，乐极生悲，脚伤好了吗？"吴江问。

"好啦，谢谢关心。"林赛飞说着跑向海滩。

"快到这里来，赶海还带着解放军当保镖，有派头。"夏雪儿在海滩上大声喊林赛飞。

"他来赶海给连首长准备夜餐呢。"林赛飞指着吴江说。

于是，三人一起，在海滩上拾泥螺，捡蛏子，抓小蟹。

林赛飞对吴江说："蛤蜊是用脚踩出来的，你看前面有许多的小长洞，洞里有蛤蜊，我们一起来踩。"说着，三人像跳舞一样踩着，不一会儿冒出五六个蛤蜊。林赛飞又走到有水有沙的地方说："吴江，你来看，这里有圆圆的小洞，说明有沙蚕。"于是，三人用手挖泥，不一会儿，就刨出了十多条像蚯蚓一样的沙蚕。

他们在沙滩上捡了一会儿，林赛飞指着海中远处的一片礁石说："那片礁石下有很多香螺，海沟里还有辣螺、梭子蟹、海鱼、海参等海产。不过要涉水上去，在涨潮前要及时返回，那里来潮时浪大水流急，回不来是很危险的。"

吴江说："我会游泳，带你们上礁石。"说着，他卷起裤腿，分别挽着林赛飞、夏雪儿的手，把她们送上礁石。三人掀开松动的石块，石块下面果然有很多香螺。吴江在海沟里抓了四只梭子蟹，摸到七只辣螺。过了一个小时，他们听到远处有浪涛的声音，涨潮了，只见在水天相连的地方，涌起一道道白浪，三人急忙走上海滩，跑到海岸边路上，回头一看，刚才平静的大海转眼不见了，层层海浪拍打在礁石上，哗哗地散落在沙滩上，礁石被海潮淹没，海水滚滚，漩涡直转，一片沙滩不见了，被一波又一波的海浪代替，大海顿时变得疯狂咆哮起来。

在海岸边路上，林赛飞对吴江说："你把泥螺挑给我，泥螺要腌着吃的，我把香螺给你。"夏雪儿也捧几把香螺给吴江，把吴江的军用挎包装得满满的，有十多斤重。这么多海货够连首长就着老酒美美地吃上一餐了。

三人赶海，满载而归。

又到星期天，吴江到林赛飞小店打酒。他对林赛飞说："上次连首长吃过我捡的海货，说了一个鲜字，夸了一个好字，今晚还想吃，你有空和我一起去赶海吗？"

"好呀，我告诉你一个秘密，有个地方香螺多得很，你会游泳，还能摸到大辣螺呢。到那里去赶海，两三个小时，捡的海货可能拿不动。"林赛飞说。

"这样的好事在哪里？"吴江问。

"强盗湾。"林赛飞说。

"我去。"吴江说。

"你带条背包带子去，那里下海边有个陡坡，抓住带子才能下到洞口。"林赛飞说。

"我准备一下。"吴江说。

吴江递上酒壶，打了两壶酒，林赛飞收了三元钱。

吴江接过酒壶说："每次打酒欠你一元钱，十多次了吧，今天结账吧。"

"欠的钱，不用还了，你留着用吧。"林赛飞说。

"那怎么行，欠账还钱，天经地义，欠得太多，到时候我还不起怎么办？"吴江说。

"还不起用人抵债吧。"林赛飞笑着说。

"少开玩笑，哪有这样……"吴江要说什么，林赛飞打断他的话说："这样什么，我哪里对不起你了，嫌我吗？"

"没有嫌你。"吴江说。

"没有就好，下午南山见。"林赛飞看到母亲从渔村织网回来了，摆摆手，叫他回去。

下午，吴江带着背包带子，身背军用挎包，向南山强盗湾出发，快到时，他看到林赛飞站在海岸边路上。林赛飞叫吴江把背包带子一头拴在树上，将另一头放下悬崖，然后叫吴江拉着背包带子慢慢地滑到下面强盗湾洞口站着，接着林赛飞抓着带子滑下陡坡，吴江怕她跌下来，早早张开双臂将她抱住，在洞口站稳才放手。

吴江定了定神放眼一看，有个山洞又湿又干净，像是有人住过似的。林赛飞告诉吴江说："这就是强盗洞，过去住着十几个海匪，专门在海上干偷盗抢掠的勾当，解放军上岛后，这些强盗不知去向。"

看过强盗洞，吴江和林赛飞走向海边一片礁石群。海水在礁石沟里转来转去，不时有海浪穿过海沟扑向岩石，浪花飞溅。林赛飞掀开海边一块活动的石块，石块下面香螺一个挨着一个，一抓一小把，两人边翻石块边捡，不一会儿篮子和军用挎包里都装满了香螺。林赛飞对吴江说："海沟里有辣螺，又大又多，有一次，我和余海波摸了几十斤。"

"余海波是谁呀？"吴江问。

"渔村余国定老大的儿子。"林赛飞说。

"我也下海沟摸辣螺。"吴江说。

"海沟里有海水回流浪，一不小心会把你带到海里去的，有危险。"林赛飞告诫说。

"这点儿浪，我不怕，不过军装湿了怎么办？"吴江问。

"傻瓜，军装脱掉，穿短裤下去。"林赛飞说。

"不好吧。"吴江说。

"这里没有人来的。"林赛飞说。

吴江听了，真的脱下军装、军裤、衬衣，穿着短裤，用海水拍拍胸口，下到海沟里用手一摸，抓到一个辣螺，递给林赛飞。摸到海沟深处，吴江一个汆子下去，抓到三四个大辣螺上来。他连续摸了五条海沟，摸了四十多斤辣螺。林赛飞看到天色暗下来，海沟里海水发出轰鸣声，开始涨潮了，于是叫吴江赶快上来。

"辣螺、香螺这么多，如何拿回去？"吴江说。

"好办，用葛藤把你的军裤脚扎住，把辣螺装进去，背回连队，天黑了，没有人看见的。"林赛飞说。

吴江按照林赛飞说的，装好辣螺。林赛飞先叫吴江上去，把东西扣在背包带上，拉到岸边路上，最后，把林赛飞拉上来。

林赛飞在吴江军裤里拿了十只大辣螺，放在自己的篮子上面，对吴江说："先走。"

晚上，吴江把摸来的香螺、辣螺全部煮熟，给连首长盛一盆大辣螺、一盆香螺，给卫生所送去一盆，留下一盆和文书、卫生员、司号员一起吃。

连长任卫国开会结束，到连部值班室一看，桌上放着一盆香螺，一盆大辣螺，吃了一惊，喊："吴江，过来。"

吴江跑过来报告："到。"

连长问："辣螺哪里来的？"

"海里摸的。"吴江回答。

"浑小子，你想害我连长当不成是吗？私自下海摸螺，不要命啦？"连长训斥道。

"什么事？"张副连长跨进门问。

"你问吴江，干的什么事？"连长说。

张副连长朝桌上看看，有一盆大辣螺，明白几分。问吴江："到强盗湾摸螺了？"

"是。"吴江低头说。

"好小子，有种，到海里摸几个辣螺，本身是我们海岛战士应有的本领，你有这样的胆量，叫人刮目相看。不过，下次再到强盗湾摸螺，喊我一起去，一个人下海有危险的，懂吗？"张副连长既表扬又批评地说。

"是。"吴江回答。

"去，给连长倒杯酒。"张副连长说。

"这么多海螺，连部人员也来吃吧。"连长态度温和下来说。

"连部留着呢。"吴江说。

"那你到连部去吃吧。"张副连长说。

"是。"吴江答应一声,连忙溜走。

又到星期天,吴江到林赛飞的小店打酒。林赛飞对吴江说:"今天下午,我请你到强盗湾去赶海。"吴江说:"上次去强盗湾摸辣螺,被连长'剋'了一顿,不是副连长挡驾,吃不了兜着走,弄不好还要写检查呢。"

"谁叫你会游泳,会摸辣螺呢?上次我拿的辣螺给了夏雪儿,她吃的不过瘾,叫我请你再去摸,夏雪儿也去的。"林赛飞说。

"连长知道了,怎么办?"吴江说。

"我已经答应了夏雪儿,不看僧面看佛面嘛,你摸的辣螺给我们,我们捡香螺给你,就说是在海滩上赶海捡的,谁知道呢?"林赛飞说。

"去就去,说假话大可不必,我是个军人,必须养成讲真话的习惯,打起仗来,说假话贻误战机,是要杀头的。夏雪儿去,我脱衣服合适吗?"吴江问。

"夏雪儿是我的好姐妹,余海波摸螺,她也去的。"林赛飞说。

下午,林赛飞、夏雪儿、吴江到凤凰山南山强盗湾赶海,吴江在海沟里摸了三十多斤辣螺,林赛飞、夏雪儿给吴江军用挎包里装满香螺。

吴江穿好衣服,三人在强盗湾洞口休息。林赛飞说:"南边有一片礁石,我去看看有没有香螺。"

"当心。"吴江说。

"知道。"林赛飞回答。

林赛飞走后,吴江问夏雪儿:"林赛飞有母亲,她父亲呢?"

"林赛飞从小就没有父亲,是母亲把她抚养大的,原因嘛,我也不知道。"夏雪儿回答。

夏雪儿告诉吴江，凤凰山渔村有二百多户人家，全部是渔民。林赛飞家没有男劳动力，村里照顾她娘儿俩开个杂货店，卖糖烟酒等日用品，依靠小店买卖维持生活。林赛飞母亲有时到渔村织织网，贴补家用。

"小岛远离大陆，店里的货物是如何采购回来的呢？"吴江问。

夏雪儿告诉吴江，村上余国定是渔船老大，儿子余海波是父亲船上的水手，店里的货大多数是余海波从外地避风港镇上采购的。如盐、糖、烟、酒、酱油等日用品。在镇上采购后放在渔船上，渔船回到渔村避风港湾，余海波把船上采购的货物送到林赛飞的店铺。有时渔船出海时间长，店铺缺货多，林赛飞自己到大岛镇上去购货挑回来，翻山越岭，很费力气的。

夏雪儿对吴江说："余国定老大的儿子余海波，喜欢林赛飞，每次渔船从海上回来，送货送鱼到她家，看到林赛飞，一脸的高兴劲儿，林赛飞叫他做什么，他就做什么，常常主动到林赛飞家帮忙做事，讨好、巴结林赛飞。"吴江听了没有说话。停了一会儿，夏雪儿又说："我和余海波是家边邻居，从小一块儿长大，青梅竹马，我真心真意喜欢他，他斜着眼睛把我瞧，说我是他妹妹，脑子里一根筋，说起这件事真是气死人。"

"精诚所至，金石为开，姻缘本是一线牵的，你若喜欢他，不要灰心，总有一天会心想事成的。"吴江说。

"吴同志，看得出你是个老实厚道的人，长得又帅，家里有对象吗？"夏雪儿问。

"年纪小，还没有谈对象呢。"吴江说。

"你看看我,怎么样?我们谈谈吧。"夏雪儿笑着说。

"不行,部队纪律规定不准在当地找对象。"吴江认真地说。

"你们连长常说,铁打的营盘,流水的兵,以后你脱了军装退伍回家当了老百姓,不就能谈了吗?"夏雪儿说。

"那要等到猴年马月?"吴江笑着说。

"我看得出来,你和林赛飞的关系不错,我和她也亲如姐妹,我把她做媒给你,成全我和余海波,将来我们两对夫妻一起来赶海,多好呀!"夏雪儿说。

"不要哪壶不开提哪壶,别人听到不是玩的。我常到她店里打酒,请她教我赶海,才相互熟悉的,哪有儿女私情呀。"吴江说。

"两人嘻嘻哈哈,眉来眼去的说什么呢?是谈恋爱呢还是在背后说人家坏话呀?"林赛飞手捧着香螺走过来,笑着问。

"没有谈恋爱,也没有说别人的坏话,做媒呢。吴同志说他没有谈对象,我把你做媒许配给他了,他满口答应。"夏雪儿边说边笑。

林赛飞放下香螺,追赶夏雪儿说:"坏蹄子,知道你在编排我,不撕烂你的嘴,我不做人了。"林赛飞围着吴江转几圈,也没有抓到夏雪儿。

"好啦,你们这样瞎说瞎闹下去,今后海也赶不成了。"吴江生气地说。

"开玩笑的,这里除了我们三人,鬼也没有,哪有人听到,更没人看到,我巴不得你们成双成对呢,不过好事多磨嘛。"夏雪儿说。

于是,三人收拾东西,爬上山边路。林赛飞把吴江军用挎包装满香螺,辣螺与夏雪儿一人一半。林赛飞指着夏雪儿满篮子辣螺说:"馋丫头,够你吃的了。你的心思我知道,不必心焦,余海波迟早会是你的,你要真心对他,想得到他的人,先得到他的心。"林赛飞说。

"如果姐姐把余海波让给我,我会真心真意爱他,也会真心真意对你,你永远是我的好姐姐,愿意帮助姐姐做任何事情。"夏雪儿真诚地说。

"好好表现。"林赛飞说。

"谢谢姐姐、姐夫,明天见。"夏雪儿说着在吴江面前做个鬼脸,拎起篮子,抢在两人前面,向渔村走去,弄得吴江、林赛飞哭笑不得。

凤凰山连续接到上级敌情通报,最近有小股武装特务在沿海登陆,企图搞破坏行动。命令部队提高警惕,加强海上敌情观察,增加巡逻班次,干部战士外出要荷枪实弹,随时准备战斗。

吴江身背冲锋枪,从团部拿报纸、信件回来。走到一百零八磴下面,看到海潮开始上涨,阵阵海浪扑向礁石,溅起朵朵浪花。突然,吴江听到从海上传来喊救命的声音。吴江绕过山岸,朝海上一看。有个女孩站在海中的礁石上,一眼认出是林赛飞。吴江飞快跑到离林赛飞最近的岸边,这里到海上礁石有三百多米远。他大声地对林赛飞喊:"别慌张,抱住礁石,我来救你。"

原来,林赛飞一个人到海滩上赶海,涉水到远处礁石上拾香螺,忘记了涨潮的时间,当她抬头发现时,潮水已经封住了前往沙滩的道路,形成了回流漩涡,而且海潮一浪紧似一浪地扑向礁石。林赛飞只得退到最高的礁石上,向岸边呼喊救命。

第二章 凤凰山

这时,海上刮起风,风助海潮向礁石漫上来,汹涌的海浪,一波接着一波,小山似的翻过来,扑向礁石发出雷鸣般的轰鸣声,浪花四处飞溅。眼看潮水就要淹没林赛飞站的礁石,她将被海浪卷走,情况非常危急。

吴江看到险情,迅速从肩上取下冲锋枪,弹上膛,枪朝天,"砰砰砰""砰砰砰",打出两梭子子弹,把枪与挎包放在礁石上,甩掉解放鞋,毫不犹豫地跳进波涛汹涌的大海中,挥臂劈浪,向林赛飞站着的礁石游去。

吴江奋力游到林赛飞身旁,海水已经淹到林赛飞胸口以上,身体随海浪左右摇摆,站立不稳。林赛飞看到吴江游到身边,犹如见到救命的天神,不管三七二十一,推开即将淹没的礁石,扑向吴江,死死抱住他的头。吴江用全身力气推开林赛飞,大声说:"不要抱住我,不用慌,我带你走。"吴江抓住她的上衣,让林赛飞的脸浮出水面,迎着潮水、逆流、海浪,奋力向海岸边游去,游着游着,一个浪头猛地劈头盖脸地压过来,把吴江和林赛飞冲散了。两人浮出水面时,吴江手中只有林赛飞的上衣。吴江丢掉衣服,一个鲤鱼打滚冲到林赛飞身边,托住她的头,把她的头搂在胸口。林赛飞咳嗽着,显然已经呛到了海水。

吴江喘着气,对林赛飞说:"冲浪峰时,屏住呼吸,出浪峰时,再吸气,别害怕,有我在就有你在。"吴江一只胳膊死死地搂住她的头,另一只胳膊和双脚与海浪搏斗。这时候,海上大潮已到,汹涌的浪峰越来越高,一浪接一浪地压过来。两人在海上一会儿被推上浪峰,一会儿又被抛进浪谷。吴江沉着勇猛,看见一个浪峰过来,深吸一口气,带着林赛飞穿浪而过,抬头再吸一口气,接着又

| 凤凰记 |

对付另一个浪峰。每当穿过浪峰时,林赛飞就咳嗽几声,生命处在危险境地。吴江使出浑身力气,奋力向海岸边游去,终于带着林赛飞,游近岸边的一条海沟里。吴江刚要抓住岸边的一块礁石,又被强大的海水回流浪带回到海里。吴江托住林赛飞下巴,让她的脸浮出水面呼吸,沿着海潮回流方向,重新回到海沟,看准机会,抓住礁石,站稳脚跟,把林赛飞抱上岸,放在岩石上。看到林赛飞露着上身,就脱下军装给她裹上。林赛飞闭着眼睛不说话,吴江把她抱在腿上压海水,然后,放平身体,压胸脯,口对口人工呼吸,林赛飞终于咳嗽一声,吐出几口海水,开始自主呼吸。

再说,凤凰山连哨兵听到一百零八磴方向传来枪声,立即报告连长任卫国。任连长一面向营部报告,一面命令司号员吹响全连紧急集合号。

全连人员跑步集合在操场上,连长说:"一百零八磴方向传来枪声,命令二排从南山坡搜索前进,三排从北山坡搜索前进,四排留守,一排跟我上,包围一百零八磴。"任连长下达命令后,带领一排跑步冲到一百零八磴,下到海边。看到吴江的冲锋枪和挎包放在岩石上,不远处海岸边的礁石上,吴江穿着白衬衣,对一个人进行急救。军医和卫生员飞快地跑过去,认识是女民兵林赛飞。卫生员立即给她打了一针,用担架抬到卫生所,采取了急救措施,观察了三个多小时,看到林赛飞呼吸正常,脱离了生命危险,就派人送她回家。

连长喊来吴江,问清楚情况后向营部报告,营长指示,表彰救人的战士。经连队党支部研究,报请上级批准,给吴江记个人三等功一次。文书李忠新根据吴江下海救人的事迹,写了一篇《乘风破浪救亲人》的稿件，被报刊电台采用。

第五天，林赛飞身体康复，把吴江的军装洗干净，叠好送到连队，看到王指导员说："我给吴同志还军装来的，顺便有话说。"

王指导员说："吴江到团部拿报纸去了，有什么事和我说吧。"

"我妈妈想见见吴同志。"林赛飞说。王指导员心里想，吴江救了人，她母亲想当面感谢。于是，喊来文书李忠新交代说："把吴江的军装收下来，晚上林赛飞母亲想见见吴江，你陪他去吧。"

晚上李忠新陪吴江到渔村，走到村口，李忠新说："我在这里大石头上乘凉，看看大海渔火，等你回来。"

吴江来到小店，林赛飞看到吴江，高兴地拉着他的手说："谢谢啦！"

"应该做的。"吴江拿开林赛飞的手说。

"救命之恩，生死之情，当然要谢啦，我还要谢你一辈子呢。"林赛飞说。

"听说你妈妈想见我，如果也是感谢的话就让我回去吧。"吴江说。

"妈妈睡觉了，现在你敢走，以后休想到我这里打到酒，我有话对你说呢。"林赛飞脸红红地说。

"什么话快说吧。"吴江问。

"你不顾危险，下海救我，让我重生，这几天我反反复复想过了，你好人做到底，救人救到底吧。"林赛飞说。

"这话是什么意思，我不明白。"吴江说。

"救我时，你做的事情，我心里明白，还用我说吗？"林赛飞说。

"急救方法部队教的，难道我做错了吗？"吴江说。

"你没有做错，你救了我的命，我就是你的人了，我用一生报答你的大恩。"林赛飞说。

吴江听到林赛飞说出这样的话，连忙用手捂住她的嘴说："好人，好人，不要再说了，有人听到我跳进黄河也洗不清，死定了。部队纪律规定，不准在当地找对象。"

"如果你不同意，还不如不救我，现在我当着你的面，在石头上碰死算了，生是你的人，死是你的鬼。"林赛飞说着，头要往石头墙上撞去。

吴江上前抱住她说："饶了我吧，好姑奶奶，连队领导知道了，我会挨处分的。除非我脱下军装，否则这件事情想也不要想，说也不能说，做更不能做了。"

"那好吧，我等你退伍，不过你得赌咒发誓。"林赛飞说。

"余海波怎么办？"吴江问。

"余海波有夏雪儿呢，我是知道怎么做的，你放心吧。"林赛飞说。

吴江无可奈何地起誓说："退伍后，我同意与林赛飞结为夫妻，如有二心，死无……"林赛飞捂住吴江的嘴，扑在他的怀里，流下了幸福的泪水。

吴江擦掉林赛飞的眼泪说："像个孩子，文书李忠新在村口等着我呢，让我走吧。"

"文书李忠新吗？我认识他，我送送你吧。"林赛飞说。

"文书和我是老乡，从小一块儿长大，他是我的大哥。"吴江说。

第二章 凤凰山

"我更要见见他了,哪有弟媳妇不见大哥的,以后如果有事,还要请他帮忙呢。"林赛飞说着,抢在吴江前面跑到村口,看到一位军人站在村口大石块上,聚精会神地看着大海。

林赛飞走到李忠新面前鞠一躬说:"大哥好,今后请你多多关照我和吴江,我们会记住你的恩情的。"说完,又向李忠新鞠了一躬,转身走了。

林赛飞的举动和说的话,让李忠新蒙了,问吴江:"怎么回事?"

吴江把林赛飞为感谢他的救命之恩,以身相许,不同意以死相逼的事说了。李忠新想想问吴江:"你对这件事是怎么想的?"

"平心而论,林赛飞是渔村漂亮的姑娘,我是喜欢她的,但是部队有纪律,我是部队中的一员,就不能同意她的要求。"吴江说。

"你做得对,这件事应该慎重。"李忠新说。

"她答应我,等我退伍以后再说了,哪里还有办法。"吴江说。

"部队服役期间,应该遵守部队纪律,履行职责,积极工作。"李忠新说。

"听你的。"吴江说。

两人边谈边走,很快回到了连队。

渔船回港了,渔村港湾里桅墙林立,红旗招展,码头上接人的、抬鱼的,人来人往,渔村热闹起来。

余海波听到林赛飞赶海,被潮水困在礁石上,幸而被解放军救了,吓了一大跳。他对父亲说:"解放军从海上救起林赛飞,应该感谢慰问,船上有一百多斤黄鱼、带鱼,用来慰问部队吧。"余老大点头同意,余海波和船上水手把鱼送到部队,连队司务长要给钱，余海波坚决不收，说是慰问的。

余海波从家里分的鱼中，挑选出十条大的，送到林赛飞的店铺里。看望林赛飞时，他拉着林赛飞的手，从头看到脚说："阿弥陀佛，真的没事儿，你有事我也不活了。"

"我不是好好的吗？死呀活的，多不吉利呀？"林赛飞说。

"你是菩萨保佑，解放军救你，才逢凶化吉的，以后赶海，我不在不准你再去。"余海波说。

"你呀，少担心我，多关心关心别人。"林赛飞说。

"谁呀？"余海波问。

"夏雪儿呀，昨天夜里，我做了一个梦，梦见你和夏雪儿结婚了，还生了个胖小子呢。"林赛飞笑着说。

"春梦吧，夏雪儿是我的妹妹，难道现在你还不明白我的心吗？"余海波说。

"知道，你对我好，像哥哥，走吧，我们找夏雪儿一起玩。"林赛飞说着，拉着余海波的手，向夏雪儿家里走去。

吴江在海上救人，部队给予记功的消息传到赵洪才、丰田耳朵里，两人又看了报纸上刊登的吴江救人的事迹，决定到凤凰山连看望吴江。星期天，赵洪才、丰田来到凤凰山连，四人相见，高兴得拥抱在一起，真是老乡见老乡，两眼泪汪汪。

快到吃中饭的时间，丰田问吴江："中午食堂吃什么，鱼吗？"

"红烧肉。"吴江说。

"伙食这么好，早知道不调走了。"丰田说。

"你们有口福，来得巧，赶上连队杀猪。"吴江说。

中午饭，吴江到食堂端来四份饭菜，每人一小碗红烧肉。丰田吃着红烧肉,高兴地说:"猪身上的肉,有肥有瘦,好香呀,吃过饭,我们到渔村去,看看被吴江救起的姑娘,好不好?"吴江感到为难。

"陪我们到渔村走走嘛,能有什么事呀?"丰田说。

"我带你们去。"李忠新说。

吃过饭,四人向渔村走去,一边走,一边说笑,翻过一座小山,渔村尽收眼底。二百多户人家傍山而居,村庄周围杨柳青青,树木成荫。沿着石台阶逐级而下,路边沟里,流水淙淙。刚下坡,吴江看到流水沟旁边,有五六个妇女在洗衣服,一眼认出林赛飞也在其中。

"你们看,洗衣服的第三人,就是我从海上救起的姑娘。"吴江说。

四人大大方方走到妇女洗衣服的地方。洗衣服的妇女看到解放军来了,有的站起来打招呼,嘻嘻哈哈一片。林赛飞看到吴江来了,站起身,手在围裙上揩揩水笑着。吴江主动打招呼问:"身体好吗?"

"好,来玩呀。"林赛飞脸上泛起红晕说。

吴江向林赛飞介绍说:"大哥李忠新,二哥赵洪才,三哥丰田,我的同乡。"

林赛飞邀请四人到她家坐坐。李忠新说:"你忙吧,我们到渔村看看的。"说着,四人告别林赛飞走了。

"真是天上仙女下凡,好美丽的金凤凰,如果我看到这样漂亮的姑娘遇险,我也会玩命救的,吴江,你真有福气。"丰田笑着说。

"再说胡话,我就说你的周秀芳。"吴江说。

"不说,不说。"丰田举手求饶说。

"玩也玩过,看也看过,你们两人还要走很远的山路,抢时间,赶渡船,我们在此别过。"李忠新说完,四人相互握手告别,赵洪才、丰田向团部走去,李忠新、吴江回到连队。

转眼到了秋天,凤凰山后山坡朝阳光的杨梅树,树枝弯了,树上的杨梅熟了,颗颗杨梅红得发紫,摘一颗放在嘴里,酸里带甜。泡树上结的泡,像一个个灯笼挂在树上,随风摇来晃去,山坡上长的五谷杂粮,发黄成熟了,阵阵飘香,渔村庄稼到了收获的季节。人们最担心的是季节性台风的到来,狂风暴雨的肆虐,会夺取人们的胜利果实,给凤凰山渔村带来灾难。

一天深夜,天灰蒙蒙的,小鸟仿佛也在沉睡,渔村显得寂静无声,偶尔传出几声狗叫,使人感到阴森森的。突然,林赛飞开的店铺有人轻轻地敲门。

"谁呀?"林赛飞问。

"买东西,快开门。"敲门的人说。

林赛飞披上衣服,刚开门,闪进一个人来问:"冯三娘在家吗?"

"妈妈嘛,在睡觉。"林赛飞对陌生人说。

"快叫她起来,我有话说。"来人催着说。

"妈妈,有人找你。"林赛飞喊醒冯三娘。

"谁呀?"冯三娘问。

"不认识。"林赛飞说。

冯三娘穿上衣服出来,细细看看愣住了,嘴里"你你你……"说不出话来。

"我是林三呀,不认识吗?"林三说。

"三麻子,从哪里回来的,这么多年,你到哪里充军去了?"冯三娘生气地说。

"三娘,她是你什么人?"林三指着林赛飞问。

冯三娘在林三耳边说了几句话,林三吃惊不小,朝林赛飞看了又看,望了又望。

"你回来想做什么?"冯三娘问。

林三在冯三娘耳边说了几句话,冯三娘脸色骤变,指着林三鼻子骂道:"你这个杀千刀的,过去坏事做绝也就算了,现在是共产党的天下,我们刚过上安稳日子,你又来捣乱,不得好死。"

"我也不想这样做,有人逼的。"林三说。

"你看看,林赛飞现在是民兵班长,岛上有解放军,你是逃不掉的,赶快向解放军投降吧,争取宽大处理。"冯三娘说。

"我也想投降,不知道投降能不能保住性命。"林三说。

林赛飞听了母亲与林三的对话,知道母亲过去与林三认识,也明白林三不是好人。于是,她对林三说:"只要你投降,解放军是不会要你命的,解放军中我有认识的人,我去叫他们来和你谈。"

"先别报告,我和弟兄们商量后再说。"说着,林三把店里能吃的东西打包拿走了。

原来,林三是渔村人,也是穷苦人家出身,家里兄弟多,从小出过天花,脸上有麻子,相貌丑。过去和海匪混在一起,在海上专干偷盗抢掠的勾当,和冯三娘有说不清的关系。

林三刚走出门,冯三娘对他说:"我和你一起去,劝他们向解放军投降。"

冯三娘回头悄悄对林赛飞说:"快去报告解放军,到强盗湾抓坏人。"

　　林赛飞看到母亲急匆匆地跟着林三走了，心里担心，穿好衣服飞快跑到夏雪儿家，叫她报告部队到强盗湾抓坏人，自己直接去追赶母亲。

　　夏雪儿跑到部队，告诉岗哨，快到强盗湾抓坏人。

　　连长一面集合部队，一面向上级报告敌情。

　　再说林赛飞心急如焚地追赶母亲，到了强盗湾才赶上，听到岸下强盗洞里有人说话的声音。她大声地喊道："下面的人听着，我是民兵班长林赛飞，解放军马上就到了，赶快投降吧，争取宽大处理。"

　　"妈的，叫他进村探探风，弄点儿吃的，喊来民兵班长，这不是找死吗？"爬上山岸边，躲在小树丛中的特务头子黄余，边发狠边偷偷举起手枪对准林赛飞。冯三娘听到林赛飞的喊话，回头一看，看到树丛中有人举枪对准林赛飞。大喊一声："赛飞躲开！"她猛扑向举枪的敌人，"砰砰砰"三声枪响，冯三娘、林赛飞应声倒地。林三回头一看，黄余已经爬上岸来，躲在树丛中开枪。林三骂道："狗日的，我来和你协商投降的，躲在暗处开黑枪，算什么好汉？"林三说着，抬手向黄余打了三枪，黄余也向林三还了三枪，双方都倒在血泊中。

　　原来，黄余是渔村渔霸的儿子，渔霸血债累累，被人民政府镇压，黄余和海匪从海上逃走。这次派来的特务，林三是队长，黄余是副队长，一共十四人。

　　"不许动，举起手来。"

　　"缴枪不杀，优待俘虏。"

第二章 凤凰山

"我们是中国人民解放军,顽抗者死路一条。"

解放军的喊话,威震强盗湾。特务头子林三支撑起身子向强盗洞里喊话:"弟兄们,投降吧,解放军优待俘虏。"林三喊完话,又倒了下去。

"不要开枪,不要开枪,我们投降。"强盗洞里有人向上喊话,同时听到丢武器到洞口的声音。

连长任卫国带领战士下到强盗洞,将洞内十二名特务押到山边路上,把特务的武器弹药、橡皮艇收集在一起,放上警戒岗哨。这时候,天上飞来了三架飞机,在凤凰山上空盘旋,海上开来三艘海军军舰,停在凤凰山岛前方的海面上,向凤凰山打着信号灯。营、团派出增援部队,封锁了凤凰山岛所有的渡口、码头,一百零八磴。一切告诉人们:天上、海上、陆上已经封锁得水泄不通,任何敌人插翅难逃。任连长提审一名特务,获悉这批特务一共有十四名,林三、黄余是正、副头目。

凤凰山连队军医检查中枪倒地的四人,林三、黄余、冯三娘死亡,林赛飞有气息。医生对林赛飞采取了急救措施,但生命仍处在危险之中,身上留有子弹,急需送医院抢救。

这时,师部派来三艘登陆艇,副师长带领增援部队登上岛来。任连长报告了战斗过程。副师长命令:"派一艘登陆艇送林赛飞到师部医院抢救。派一艘登陆艇送特务、死亡特务头目,缴获的枪支弹药器材送军部处理,林赛飞的母亲由渔村负责安葬。"

连队派军医、通讯员吴江、村里派夏雪儿护送林赛飞到师部医院抢救。登陆艇到达码头,医院救护车已经停在码头上。医护人员用担架将林赛飞抬上车。救护车一路鸣笛,风驰电掣地开到医院，把林赛飞直接送进手术室，院长带领抢救小组，给林赛飞开刀，取出子弹，缝合伤口，安排在重症监护室。

师医院院长做完林赛飞的手术，走出手术室，告诉凤凰山连队军医说："子弹擦伤肺部，要在重症监护室观察几天，度过危险期，才能转到普通病房。"

医生、护士在林赛飞的重症监护室进进出出，吴江急得坐立不安，在监护室外来回搓手踱步，像热锅上的蚂蚁似的。倒是夏雪儿稳得住，安慰吴江说："不要担心，医生会尽力的，你看医生进进出出，护士不离床边，林赛飞会渡过难关的。"

晚上，师医院安排林赛飞的陪同人员住医院招待所，但吴江拿了席子坐在林赛飞重症监护室外面的地上，瞌睡靠墙打盹，有动静站起身来隔窗相望，夏雪儿陪着吴江也坐在席子上，一连几天，两人的眼睛都熬红了。

直到第五天，林赛飞被推出重症监护室，转到了普通病房。夏雪儿抓住林赛飞的手说："谢天谢地，总算看到你平安地出来了。"林赛飞睁开眼睛，看到吴江站在她的面前，流下了眼泪。吴江用手指指心，又握握拳头。意思说，我们心在一起，你勇敢地挺过来。林赛飞好像明白了吴江的意思，脸上露出了笑容。相恋的人在困难的时候，两个人不需要千言万语，她需要的时候出现在她的身边，和她在一起，这就足够了。

林赛飞入院第十八天，医院批准她出院。吴江、夏雪儿护送林赛飞回到家里，林赛飞得知母亲去世了，大哭一场，夏雪儿日日夜夜陪伴在林赛飞身旁，吴江来打酒真心实意地安慰她，经过一段时间以后，林赛飞的心情终于平静下来，恢复了正常的生活，每天经营着店铺的生意。

团里召开了抓特务表彰大会,给予凤凰山连队记集体三等功,给予民兵林赛飞、夏雪儿记三等功。部队领导给林赛飞、夏雪儿发了证书和奖品。

余海波出海捕鱼三个多月没有回渔村港湾,林赛飞店铺里缺货很多,她决定到大岛镇上购货补充。她拿着扁担、柳筐过渡口,翻山头,走二十几里山路,到大岛镇上购货。吴江到团部拿报纸和林赛飞同走一条路。他从团部回来时,在渡船上看到林赛飞有担货物,一头是一坛老酒,另一头是一筐杂货,渡船靠上码头,林赛飞挑起担子,肩上的青竹扁担软抽抽,挑着担子晃悠悠,她迈着轻盈的步伐,一路小跑似的,走完二百多米海边上的平坦路,一口气又翻上一座小山头,放下担子休息。吴江赶上来,看到林赛飞脸色红润,满头大汗。问:"店里进货啦?"

"是,你好呀。"林赛飞边拿着草帽扇风,边笑着说。

"这里没人,我替你挑一段路吧。"吴江说。

"这怎么好意思,让你挑担。"林赛飞说。

"没关系,算是爱民吧。"吴江说。

"老酒是给你们连首长吃的,我在拥军呢。"林赛飞笑着说。

"说得好,拥军爱民。"吴江说着把挎包给林赛飞背着,军装叫林赛飞拿着。

"为什么军装叫我拿着?"林赛飞问。

"挑担容易出汗,军装被汗湿了,连首长问起来不好回答。"吴江说。

"老实人,现在也变成机灵鬼了。"林赛飞笑着说。

"多一事不如少一事,不要做了好事不讨好。"吴江说。

吴江挑着担子上山下山,接着向最后一个小山头爬去。每到山路坡陡的地方,林赛飞跑到前面,抓住扁担头向上拽,挑到最后一个山头,吴江浑身是汗。林赛飞叫吴江放下担子,坐在山头石块上休息。她用毛巾把吴江脸上的汗擦干净,拉开吴江的白衬衣要给吴江身上擦汗。吴江站起来说:"我自己来吧。"

"坐着休息,这里没人看见。"林赛飞说着,把吴江按在石块上,擦干他身上的汗,吴江迎着山头吹来的风,心里很舒服,说:"谢谢你啦。"

"谢谢我,应该谢谢你。"林赛飞说。

吴江站起来准备挑担下山。林赛飞说:"快到家了,下山我来挑。"

"小心,挑担上山容易下山难。"吴江提醒说。

"挑担上山,脚脚得力,步步登高,下山,脚脚小心,步步为营。挑着担子,上山重,下山轻,傻子。"林赛飞说。

"我是傻子,你还喜欢吗?"吴江问。

"我知道你们部队有个雷锋,经常为群众做好事,愿做'傻子',是吗?"林赛飞问。

"雷锋是时代的楷模,我们学习的榜样,大哥李忠新常说起雷锋的名言,把有限的生命投入无限的为人民服务中去。"吴江说。

"你大哥是个好人,为人正派,讲话有水平。"林赛飞说。

"我们从小是兄弟,今后有事请大哥帮忙,他一定会帮的。"吴江说。

"你现在也是在学雷锋呀,不是帮助我挑担子吗?"林赛飞说。

"我哪能和雷锋比呀,差远了。"吴江说。

"那你长期学雷锋呀,帮我挑货担子好吗?"林赛飞问。

"我去约你,有人看见了,不是没话找话说吗?"吴江说。

这样吧,如果我去购货,就在路上等你,你出发、我出发,你回来、我回来,不是一路去,一路回了吗?"林赛飞说。

吴江听了点点头。

于是,林赛飞到大岛上去购货,常常和吴江同路去,同路回。初秋的一天早上八点多钟,天气晴朗,骄阳似火,小岛上的树,根深叶茂,山上秋意盎然。树上的蝉儿知了知了地叫嚷嚷,林中的鸟儿,叽叽喳喳穿梭忙。林赛飞到大岛镇上购货,她肩上搭着一条毛巾,手拿一根扁担,两只柳条筐,早早在三岔路口等着。吴江来了,两人爬过一百零八磴,走在蜿蜒崎岖的山路上,路两旁草青青,花簇簇,葱绿茂盛。益母草、灯笼草、老厥草、车前草抽出穗,野草莓、红枸杞结出果,映入眼帘的是满山的野花,千姿百态,色彩繁多,遍布山坡路旁。红的、紫的、白的、黄的……喇叭形的、五瓣形的、圆形的,一朵朵、一簇簇点缀在草丛中,那么茂盛、那么鲜艳。开得最热烈的是映山红,花瓣像一把冲锋号的喇叭,仰起头尽情地开放,给山坡披上了绚丽的景色。路上一对勤劳的花蝴蝶,跟着吴江、林赛飞一会儿前,一会儿后翩翩起舞。林赛飞把扁担、柳筐交给吴江,她去捉蝴蝶,边捉边说:"两只蝴蝶,一只是祝英台,一只是梁山伯。"

"传说的故事也当真吗?"吴江说。

"传说的故事也是人间发生的事情,你和我一会儿上山,一会儿下山,不像是两只蝴蝶在飞吗?"林赛飞说。

"梁山伯、祝英台的婚姻是悲剧，还是不比的好。"吴江说。

林赛飞蝴蝶没有捉到，看到路边的树上有对漂亮的鸟儿，跳跃欢叫着，像是唱歌。于是，林赛飞边走边舞边唱起黄梅戏："树上的鸟儿成双对，绿水青山带笑颜……你我好比鸳鸯鸟，比翼双飞在人间。"

林赛飞唱完歌，对吴江说："你是牛郎，我是织女，将来成亲，生个儿子，夫君喜欢我喜欢。"

"姑娘家说话，脸不红，心不跳吗？牛郎织女是人们对自由婚姻的向往，后来一个在天上，一个在地上，有情人难成眷属，好吗？"吴江说。

"我和你在天愿做比翼鸟，在地愿做连理枝，海枯石烂心不变，生生死死在一起。"林赛飞坚决地说。

两人一路走一路说，一路笑一路歌，生命如花，心润甘泉，青春年华，无限美好，不知不觉到了渡船码头，码头上人来人往，热热闹闹，太阳耀眼的阳光照射在人的身上，感到有些热。渡船开了，吴江、林赛飞站在船窗口，海上吹来了凉爽的风，一对恋人相依相偎，心里充满着幸福，对未来充满着期望。

吴江从团部拿到报纸，办完事，下午三点到达码头与林赛飞相遇。因有大风影响，渡船推迟开。一直等到太阳落山了，渡船才离开码头，靠上凤凰岛，天色已暗。为了赶路，吴江挑起货担，一口气连翻两座山头，冲上第三个山头，才放下担子，在石块上坐下来休息。

林赛飞用毛巾擦干净吴江身上的汗水，坐在吴江身旁用草帽扇风。天上的白云一朵一朵飘过，偶尔露出的星星，一颗一颗眨眼闪烁。吴江看看林赛飞说:"自己扇吧。"林赛飞向吴江身边靠靠说:"没事的,小小扇子七寸长,一人扇风二人凉。"

"坐远点,有人看见影响不好。"吴江说。

"天这么晚,哪里有人呀?只有天上的星星挤眉眨眼地看着呢,我坐在你怀里也没有事的。"林赛飞说着站起来,要坐在吴江的怀里,吴江拉住她说:"姑娘家的,千万要珍重,万一遇到这山望着那山高的男子汉,会给你带来一生的痛苦。"

"我试试你心的,你是负心的男子汉吗?我看不是吧。"林赛飞说。

"你我八字没有一撇,今后靠运气和造化,不走进婚姻殿堂,我们保持朋友关系,相互尊重好吗?"吴江认真地说。

"年纪轻轻,懂得自重,我没有看错人。"林赛飞说着,挑起担子向渔村走去,吴江回到连队。

渔船又回到渔村码头,余海波听到林赛飞中枪,吓得三魂丢掉两魄,跑到林赛飞店铺,抓住林赛飞的手说:"我们结婚吧,我会给你幸福的,夜长梦多,迟早会被你吓死的。"夏雪儿听到余海波的话,吓了一跳,随后捂着嘴笑。

林赛飞松开余海波的手说:"大惊小怪的,我不是好好的吗?结婚是你说说的事吗?也不问问我的意见。"

"你的意见呢?"余海波问。

"前天,我请盲人算命,盲人说,我是火命,命硬。你是水命,命软。你我水火不容,今生今世,难成夫妻,怎么办呀?"林赛飞问。

"迷信你也相信,我才不管呢。"余海波说。

"你不相信？每次渔船出海都要烧香拜佛，不是求菩萨保佑平安吗？"林赛飞说。

"烧香拜佛和我们结婚没有关系，如果你不嫁给我，我打一辈子光棍。"余海波说。

"余家只有你一根苗，难道你叫余家绝后根吗？"林赛飞说。

"我心中只有你，求你嫁给我吧。"余海波说。

"我知道你喜欢我，但有人更喜欢你，知道吗？你我命中相克，没法的事儿。不过你有比我更合适的对象，八字也合。你是金命，她是玉命，金玉良缘，天生的一对。"林赛飞笑着说。

"丈二和尚，摸不着头脑，你说的是谁呀？"余海波问。

"远在天边，近在眼前，夏雪儿。"林赛飞用手一指说。

"林姐姐说的话，没有错，我们从小在一起，门对门，户对户，门当户对，青梅竹马，成为夫妻最为合适的。"夏雪儿说。

"除非林赛飞不嫁我，想我要你，门都没有，死了这条心吧。"余海波咬着牙说。

"你这样对我，也太无情了，你不要姑娘，自有下家要，林赛飞身体不舒服，要休息呢，请回吧。"夏雪儿说着把余海波推出门外，关上门。余海波拍着门喊道："林赛飞，求求你，听我说，听我说……"

"海波大哥回去吧，有话明天再说。"林赛飞说。

余海波在门口站了好一会儿，门没有开，只得垂头丧气地走了。林赛飞对夏雪儿说："你如果爱他，少惹他生气，一心一意对他，用真心换他真心，他会慢慢地对你好的。"夏雪儿听了点点头。

一晃又一年时间过去了。有一天，营长杨立功到凤凰山连检查工作，看到连队墙报栏上的字写得工工整整，就问连长任卫国："这字是谁写的？"

"文书李忠新。"任连长回答。

"什么文化水平？"张营长问。

"高中生，当过老师。"任连长说。

"好啊，连队藏着知识分子，营部正缺人才呢，这人我要了，明天叫他到营部报到。"杨营长说。

李忠新调到营部当文书，部队准备年度老兵退伍工作。突然接到上级命令，停止老兵退伍工作，准备打仗。

全团抽调技术骨干人员组成一个连队，准备到前线参战。连队组建后，缺一名文书，于是决定在全团选调一位既有文化，又会写作的战士担任。团组织干事介绍说："一营营部新调文书李忠新，既有文化，又会写文章。"团长命令调李忠新到参战连队当文书。营部政治指导员赵章明到团部领回拟提干部的表格，填上李忠新的名字，通知他立即到新组建的连队报到。

李忠新接到命令后，给王兰写了一封短信，告知："我有任务，暂不通信，请你保密。"李忠新到连队报到的第二天，来不及与赵洪才、丰田、吴江打招呼，就奉命和全连出发，到码头乘上登陆艇，然后转上军舰，上大陆转乘火车。火车一路风驰电掣，经过两天两夜的急行军，到达目的地。李忠新放眼一看，只见一座座大山连绵不断，山下一条大河川流不息。山岙里到处是兵营帐篷。全连到达接兵站报到。接兵站领导把二十多名拟提干部的战士和连队干部列一队，战士点名后，被接兵干部一队一队带走。然后兵站领导宣布命令：原连队政治指导员被任命为营教导员，连长被任命为营长，前来参战的连队干部全部提拔使用，任命李忠新为一营一连一排排长。命令宣布后，李忠新被一连连长领走。连长带着李忠新来到一支有三十多人的队伍前面并宣布命令："全排起立，立正，敬礼！欢迎排长到任。"李忠新回礼后，放下背包，四名班长和全排战士把李忠新围在中间。大家看到李忠新一米七几的个头，目光炯炯有神，似乎增添了信心和力量。

一班班长柯云祥说："过几天我们上战场，排长带我们打个胜仗，立功报效祖国，回报家乡父老。"李忠新对全排战士说："同志们，今后我们是战友，生死与共的兄弟。"

"好！"大家异口同声地鼓掌回答。

李忠新首先熟悉全排人员编制和武器装备情况。这是一个加强排，两个步兵班，一个重机枪班，一个混合班。其中混合班有火箭筒手、爆破手、排雷手、喷火器手、防化兵等技术兵种。李忠新刚熟悉了排里人员装备情况，通信员通知他到连部开会。李忠新到连部看到墙上挂满地图，连长、指导员正在看地图，四名排长到齐后宣布开会，连长布置任务说："我们一连的任务是夺取大尖山一带的山头阵地，清除分散之敌，控制制高点，掩护大部队向纵深发展。"连长对李忠新说："一排是主攻排，战斗打响后，直插大尖山，向山头阵地发起攻击，夺取山头阵地后，坚守在那里掩护大部队通过。根据侦察，大尖山守敌不足一个排，而且很分散，你排可灵活作战，各个击破，消灭敌人。"连长向李忠新交代了向大尖山的攻击路线。李忠新接受任务后，拿回一部连部的报话机和一张地图，接着和四名班长一起研究制订作战预案，按照作战预案带领全排战士演练登山和抢占山头阵地的动作要领，积极备战。

第二章　凤凰山

一天，李忠新领到当干部的第一个月工资一共五十二元五角钱。五角钱交党费，十五元钱交伙食费，寄十元钱给母亲，余钱到临时军人服务社，买一条香烟和食品罐头放在排里，愿意抽烟的抽烟，喜欢吃罐头的吃罐头，各人自选。

战前动员开始，敌人侵我国土，抢我财物，杀我同胞，忍无可忍，坚决严惩，国家召唤，服从命令，为保卫祖国拼到最后一口气，流尽最后一滴血，坚决消灭敌人，保卫祖国边疆。全排人人表决心，写血书，誓与敌人血战到底。

战前动员后，李忠新到达前线第八天晚上十点整，九颗红色信号弹升空后，万炮齐鸣，惊天动地。对敌人火力打击后，李忠新带领全排战士通过舟桥部队架起的舟桥冲上大河对岸，向大尖山山头阵地发起攻击。上山时找不到路，披荆斩棘前进，速度很慢。大尖山有四百多米高。李忠新和先行步兵一班边探路边前进，班长柯云祥坚持走在队伍前面，让李忠新在全班人员中间负责指挥全排战斗，并命令高个子战士胡奇南跟着排长，负责排长的安全。一路上全班荷枪实弹，一边探路，一边前进。不断听到空中"隆隆"的炮声，看到纵横飞舞的曳光弹，这时并没有遇到敌人的火力阻击。当他们到达半山腰时，看到向上有八十多米的开阔地，李忠新和一班战士隐蔽在开阔地边缘的丛林中，等待后面三个班人员靠拢。全排人员跟进后，李忠新命令全排快速通过开阔地。他首先带领一班从树林中冲出去，后面三个班人员陆续暴露在开阔地上。突然，听到空中呼呼的声音。"炮弹，快隐蔽！"李忠新刚发出命令，十多发迫击炮弹在全排人员中间爆炸。李忠新被一发炮弹爆炸气浪掀翻在地，一会儿才醒过来，左半边身体发麻，全部是血。

"敌人迫击炮拦阻射击，在炮弹爆炸的坑中卧倒。"李忠新命令道。

班长柯云祥传达排长命令。战士胡奇南被炮弹弹片擦伤一块皮，他爬起身背起排长李忠新一个冲锋冲出开阔地，在一块大岩石下面隐蔽处放下排长，看到李忠新半边身体被弹片击中，多处出血，他连忙用三个急救包才勉强包扎好。在炮击停止间隙，李忠新传令各班人员向岩石下靠拢。一班班长柯云祥清点人员后报告：全排牺牲十三人，受伤四人，还有十八人能战斗。李忠新一面向连长报告，一面把全排人员编成两个班。这时，在李忠新左边山腰不远处响起重机枪射击的声音，机枪喷着火舌，向山下公路射击。

"这是敌人机枪火力点，对我过路部队杀伤力很大，干掉它。"李忠新命令。他观察了一下地形，投手榴弹够不着，于是下命令："喷火器上。"

"喷火器手牺牲了，我上。"二班班长包德明报告。

"你带两名战士和喷火器，接近敌人机枪工事，到达有效射程内喷射火焰。柯云祥带领三名投弹手，从上面接近机枪工事，看到喷火后，向洞内投弹，然后冲进工事内清除敌人。"两组人员分头出发，过了十几分钟，一条长长的火龙向敌人机枪工事喷去，接着响起十几声爆炸声，敌人的机枪哑了。不一会儿，两组人员安全返回。柯云祥报告："机枪工事很浅，只有三名敌人，一挺重机枪，十箱子弹。敌人全部毙命。"

这时，李忠新脸色苍白，右手撑地想站起来，由于绷带包扎，无法起身，他吃力地说："同志们，战斗到了关键时刻，这里到山头大约有一百米远的距离，我上山头看来不可能了，我命令柯云祥代替我的职务，带领全排人员攻上山头，夺取山头阵地后，向连部方向发射三颗绿色信号弹，并在山头抢修工事坚守，人在阵地在，胡奇南也上。"柯云祥接过李忠新手中的报话机和信号枪说："胡奇南留下，照顾排长和伤员，同志们，跟我向山头阵地冲。"

两个班人员出发后，李忠新叫胡奇南修了简易的防御工事，把附近牺牲战友的枪支弹药收集回来，随时准备与敌人决战。胡奇南看到李忠新还有两处伤口向外渗血，从牺牲战友身上取下急救包，给李忠新渗血的伤口重新包扎止血，还给另外三名负伤的战士包扎好伤口。

不到一个小时，山头上响起了一阵激烈的枪声，不一会，天空出现三颗绿色信号弹。胡奇南高兴地报告排长说："柯云祥带领部队攻占了敌人的山头阵地。"李忠新咬着牙，举起右手挥挥，庆祝胜利，脸上露出笑容，血红的眼睛里流下了激动的泪水。

就在这时，在月光的照射下，胡奇南发现开阔地上端出现三名敌人，慌慌张张地向岩石下面走来。显然是山头溃逃下来的敌人。李忠新叫胡奇南拿三支弹上膛的冲锋枪放在他身边，命令胡奇南从岩石后面转移到高处隐蔽，"听到我枪响后，你从上面向敌人开火，坚决全歼敌人。"

"排长，你负伤了，敌人来了太危险，班长命令我保护你的安全，我和你一起战斗吧。"胡奇南说。

"服从命令，不要管我，快抢占有利地形，消灭敌人，快！"李忠新命令。

胡奇南拿着冲锋枪，立即转移到岩石后面。

敌人离李忠新越来越近，四十米、三十米、二十米……李忠新用冲锋枪瞄准敌人，连续射击，一口气打出三十发子弹，打倒两名敌人，还有一名敌人爬起身来，掉头就逃，被胡奇南从岩石后面用冲锋枪扫射打倒在地。李忠新迅速换上另一支弹上膛的冲锋枪，准备连续战斗。平静了好一会儿，不见动静。胡奇南从岩石后面返回来报告："从上面观察，看不见敌人。"李忠新说："我掩护你，匍匐前进，检查三名敌人是否死亡。"胡奇南检查了三名倒下来的敌人，确认已经死亡，还收缴了三支冲锋枪。

消灭了山头溃逃下来的敌人，李忠新安排胡奇南隐蔽警戒。胡奇南看到李忠新身上的伤口由于冲锋枪射击振动，又有三处向外渗血，急忙打开急救包给他加固包扎，李忠新脸色苍白，呼吸急促，痛苦地躺在简易工事掩体内。

又过了一个多小时，东方天空微微发白，从山上下来一位战士传令：山下一百多米的简易公路上有人接应，叫胡奇南护送排长和伤员下山。李忠新、胡奇南把收集和缴获的枪支弹药隐藏起来，伤员中又有一名战士牺牲。胡奇南背起李忠新，带领着两名只能走路，胳膊严重受伤的战士出发，到了开阔地。李忠新安排两人一组隐蔽过去。通过开阔地，穿过一段小树林，看到简易公路上停着一辆军用卡车。两名战士抬着担架，另外两名战士持枪警戒。胡奇南把李忠新放在担架上抬上车，又送两名伤员上车后，回头向山头出发。李忠新用沙哑的声音喊胡奇南回来，胡奇南返身站在车下，李忠新递给他一封信说："我在火线上介绍你入党，你把它交给党组织，路上要隐蔽前进。"

"是，排长。"胡奇南收起信，向李忠新敬了礼，然后转身向山头阵地冲去。

第二章　凤凰山

李忠新被送进野战医院，他处于昏迷状态，急需输血。李忠新的血型特殊，没有现成的血液，野战医院对李忠新紧急抢救输液后，生命仍处在危险状态，请示上级领导同意，用直升机直接送李忠新到一一八医院抢救。

一一八医院立即给李忠新输血，院长牵头组成抢救小组，对他的伤势全面检查，结果发现李忠新半边身体上有二十三块弹片，侥幸弹片没有伤到要害处，陷入昏迷状态是由于失血过多所致。医院决定等李忠新生命体征稳定后，通过三次手术取出他体内的全部弹片，并安排医院模范护士颜文燕护理他。

李忠新身负重伤，头脑迷迷糊糊，昏昏沉沉，梦幻连连。他觉得大雾茫茫夜色暗，北风呼呼雨淋淋，前无村庄后无店，无处投奔心胆寒。突然遭到敌人袭击，他四处拼杀，左冲右突，敌人越来越多，将他团团围住。李忠新向前冲，两腿却不听使唤，跑不动，跳不高，举枪射击，子弹却打不出去。李忠新面对敌人，临危不惧，急中生智，迅速打开身上携带的四颗手榴弹盖子，拉下导火线，投向敌人，在手榴弹爆炸的烟雾中，拼死突出重围。走在高低不平的山路上，一会儿被河流挡住去路，一会儿面临悬崖深涧。他感到头重脚轻，神志恍惚，阴风瑟瑟，冷汗淋漓，于是咬着牙向前冲，终于摆脱了敌人的追击。看到路旁出现了草屋，门口站着一位老人，远看像是母亲，走过去却不见了。路边一个水塘边有个女孩哭泣，看看像是王兰，走过去拉她，突然又不见了。没走多远，他忽然听到赵洪才、丰田、吴江喊救命，三人在沟对面，李忠新伸手去拉，却够不着，急得满头大汗，再细看三人也不见了。李忠新走着走着，突然遇到一个算命盲人，敲着铛子，拦住他的去路，非

| 凤凰记 |

要给他算命。李忠新说:"大路朝天,各走一边,先生请让路。"盲人说:"听你音,猜你形,从你的命生八字算来,生你那年不闰月,正月初三打的春,你一生中扛枪舞棍有功,生意买卖兴隆,命大福大之人。不过你命里有几个缺,要花几个小钱改释改释,才能逢凶化吉。"

"你闭着眼睛说话,我不相信。"李忠新说。

"盲人生来眼不明,学会算命过光阴,像你的为人不会计较我这个盲人的,对吗?"盲人说。

"残疾人政府会照顾你吃饭的,省得你胡编乱造骗人。"李忠新说。

"托你的福,没有骗你,我会排八字、推终身、算流年、论前程。给的小钱我花花,用三枝桃木两枝柳,三张黄钱卷生日,半夜三更东南七七四十九步送星辰,引你上大路,你会逢凶化吉把灾消,遇难呈祥任逍遥。"盲人扯着李忠新说。

"请先生让路。"李忠新不听盲人说的话,坚持向前走。

"不听我的言,性命在眼前,小心大祸临头。"盲人告诫说。

李忠新绕开盲人,硬着头皮向前走了一段路。突然,天色阴暗起来,霎时间风起云涌,大片大片的黑云在天空中急促地移动着,电闪划破天空,雷声由远而近,狂风呼啸,暴雨倾盆,风声雨声雷鸣声,声声惊心如断魂。李忠新顶风冒雨,高一脚、低一脚,走在山中崎岖不平的小道上,看看前面山高坡陡。他扶峭壁、攀藤蔓,林幽苔滑,越走越胆寒。脚下云如海,身旁临深涧。他突然脚下一滑,腿一软,跌下深涧,身体往下落,像是水里浮着一样,在空中飘、飘、飘。这时,一群凤凰鸟飞过来,护着李忠新的身体,让他飘落在一棵松树上,轻轻地弹几下,他掉落在地面上,昏死过去。"你回来,你回来!"李忠新耳边传来女孩子的呼唤声,声音很熟,他慢慢苏醒过来,睁开眼睛抬头看,这里风和日丽,眼前出现一片桃林,桃花盛开,姹紫嫣红,朝霞一片,蜜蜂嗡嗡叫得欢,清香阵阵扑鼻来。李忠新站起身来,刚要向前走,迎面走来两位漂亮的姑娘,拦住他的去路,一位姑娘说:"我是你的同学,来寻我的归宿,不认识我吗?"另一位姑娘说:"我是来救你的,和我在一起,我会给你幸福的。"李忠新不敢正眼看两位姑娘,低着头躬身说:"谢谢,请姑娘让路。"李忠新继续向前走。"前面是阴曹地府,没有路了。留下来和我谈谈吧。"自称是李忠新同学的那位姑娘说。李忠新没有理睬姑娘说的话,硬着头皮向前走了一段路,太阳落山,临近傍晚,天色暗了下来,突然一阵阴风吹来,飞沙走石,天昏地暗,来了一个牛头鬼,一个马面鬼,他们凶神恶煞,如狼似虎,拿着铁链将李忠新锁住说:"走,到极乐世界去。"

"放开他,没有看到他有红光护体吗?随便拿人,还有王法没有?"两个鬼听到呵斥声,慌忙放了李忠新说:"我们看到他的魂魄在空中飘荡才拿的,没想到拿错人了。"牛头鬼、马面鬼说着溜走了。李忠新定睛一看,是哥哥李忠国,连忙对他说:"哥哥救我,带我走吧。"

"我不能带你走,你是撑李家门面的人,有造福于民的思想根基。这个根基是老祖宗留下来的,是立人、立家、立国之本,珍贵的传家宝,将来会一代一代地传下去。眼前社会度过了打根基的时期,进入快车道发展时代,将会发生大变革,这又是一次大浪淘沙,重新洗牌,人人将接受考验,你也不例外。变革中有很多浮财,不是你的就不要拿,人有贪念,活着最累。以权谋私,贪图浮财,钦差拿住,会斩于市曹,人不能来时糊涂去时迷,做人要做明白人,你有勤劳致富的本领,靠你的头脑和双手能创造财富,带领身边的人共同致富,这是你应该做的。"李忠国耐心地提醒李忠新说。

"我留在这里有危险,哥哥快救我。"李忠新说。

"会有人救你的,你要好好地活着,还有很多事等着你去做。老母亲靠你赡养天年,心上人等你团圆,把兄弟等你呵护,家乡人等你帮助致富。你是有作为的人,智慧和能力会让梦想变成现实,造福一方的。"李忠国说。

"我想和哥哥在一起。"李忠新拉着哥哥的手说。

"尘缘未断,事业未成,如何在一起?我送你回去。"哥哥说着在他背后猛推一把,李忠新惊出一身冷汗,在长长的梦幻中醒来,慢慢地睁开眼睛,看到洁白的墙壁,洁白的床单,温暖的房间。一位身穿白衣服的天使姑娘坐在身旁,盯着跳动的医疗仪表,看到李忠新醒了,笑着说:"李排长醒了,辛苦了,我向你致敬。"说着,白衣姑娘站起身来向李忠新敬了一个标准的军礼。

"我这是在哪里呀?"李忠新问。

"一一八医院呀,我是护士颜文燕,以后叫我小颜好了,有事告诉我,我会帮助你的。"颜文燕说。

"左腿麻,没有知觉。"李忠新说。

"医院对你全身检查过了,你的伤势不必担心,半边身体有二十三块弹片,失血过多才昏迷的,相信一个月以后,你仍然是一条好汉。"颜文燕说。

"口渴。"李忠新说。

"我热杯牛奶给你喝。"颜文燕说。

"谢谢你,我不习惯喝牛奶。"李忠新说。

"同志,你是军人,应该服从命令,你是病人,应该服从管理,特殊病人才有牛奶喝的。你现在身体弱,需要补充营养。"颜文燕说。

颜文燕从冷藏箱内拿出一杯牛奶,在热水里热过,自己用嘴试了一试。然后轻轻扶起李忠新上身,让他喝完牛奶,又轻轻地放下,在他受伤的腿部轻轻地按摩着。一会儿问李忠新:"腿麻好些了吗?"

"好多了,你休息吧。"李忠新说。

天亮了,颜文燕端来一杯水,在牙刷上挤上牙膏,捧起李忠新的头,叫李忠新右手拿着牙刷刷牙。刷过牙,颜文燕端着盆子,让李忠新漱口。刷好牙,漱过口,颜文燕替他洗脸、洗手、擦身。接着从食堂端来早饭,一小碗大米稀饭,一个馒头,一个肉包子,一碟咸菜。馒头、肉包子用纸包着给李忠新右手拿着吃,颜文燕一调羹一调羹将一碗稀饭喂完。李忠新输过血,喝过牛奶,吃过早饭,有了一些精神。护士寸步不离身边,无微不至地照顾他,他不过意地说:"这样照顾我,我像贾宝玉了。"

"贾宝玉是大观园里的公子哥,你是保卫祖国,从战场回来的英雄汉,没法比的。"颜文燕认真地说。

入院第五天,李忠新吃过早饭,颜文燕对他说:"今天辛苦些,进手术室取出腰间七块弹片,你会平安进去,平安出来的,我在这里等你回来。"

八点半钟,李忠新被推进手术室。手术室里三名医生,三名护士忙碌着,一位上了年纪的医生,穿着绿色的工作服,戴着口罩,手拿手术刀,不一会儿听到"当"的一声,一块弹片落到盘子里。最后,腰部七块弹片全部取出来时,老医生满头大汗,护士不停地为他擦汗,时针指向十二点,手术结束。李忠新推出手术室回到病房,颜文燕在他耳边说:"今天院长为你操刀,感觉好吗?"李忠新睁开眼睛说:"谢谢院长。"

又过七天,李忠新被推进手术室,取出左胳膊上六块弹片,外科主任操刀,手术成功。

又过七天,李忠新被推进手术室取出右腿上十块弹片,院长、外科主任轮流操刀,经过四个多小时手术,李忠新才回到病房。他问颜文燕说:"从身上取弹片,比绣花还难吗?"

"难多了,你在战场上负了伤,九死一生回来,在医院开刀取弹片,医生肩上的担子重呢。丝毫不能伤到血管和神经,关系到你今后能不能恢复正常人生活的问题。若有丝毫的闪失,对得起谁呢,这是院内专家为你操刀的原因吧。"李忠新听了点点头。

李忠新住院一个多月后,伤口全部拆线。院长查房,叫李忠新活动活动胳膊,伸伸腿,又检查了腰间伤口的愈合情况,笑着对李忠新说:"小伙子,手术成功,可以下床走走,十天后,你可以出院。"

李忠新刚开始下床,颜文燕扶着他只能走几步,第二天走十几步,第三天颜文燕扶着他走出病房,在医院小公园里走了一圈。第四天颜文燕挽着李忠新胳膊散步。第五天颜文燕在他身旁,边走边谈心。颜文燕对李忠新说:"我和你相处的时间不长,感到你的为人不错，说话和气，善解人意，在我心中留下了美好的印象，你是战场上的英雄，也是我心目中的偶像。"

"说不上英雄，没有完成战斗任务就负伤下火线，心中对不起牺牲的战友，辜负了领导的期望。"李忠新难过地说。

"为保卫祖国上战场英勇杀敌的人都是英雄，人们永远不会忘记他们的。"颜文燕说。

"那些为保卫祖国而献身的人，才是真正的英雄，将永远活在人们的心中。"李忠新说。

颜文燕搀着李忠新的胳膊开玩笑说："李排长，现在我们两人不像是工作关系，倒像是一对恋人。"

"谢谢你这样看得起我，我有女朋友了，我们还是保持同志间的友谊吧。"李忠新说。

"你的女朋友比我好吗？"颜文燕问。

"是的。"李忠新说。

"你们一定是青梅竹马，情人眼中出西施。"颜文燕说。

"你说得对，她是实实在在的邻里姑娘，从小一块儿长大的。"李忠新说。

"我以后能找到像你这样的人做终身伴侣，是我一生的幸福。"颜文燕笑着说。

"你是一位伟大的护士，白衣天使，护理病人无微不至，工作做到病人的心里，让我终生难忘，谁拥有你是谁的幸福。"李忠新认真地说。

"我的工作能够得到你的认可，心里也高兴。"颜文燕说。

这时部队领导来看望李忠新，告诉他战争已经结束了，上级给李忠新记二等功一次。李忠新诚恳地对领导说:"不要给我记功,给牺牲的战友记功,给攻上山头的同志们记功,给胡奇南同志记功,不是他拼命背我冲出敌人炮火封锁线,帮我包扎,消灭敌人,背我下山,我早已长眠在大尖山上了。"部队领导听了,立即用电话查找一营一连战士胡奇南的情况,对方电话里回答,胡奇南同志上山找部队途中,遭遇敌人的地雷牺牲。李忠新听到胡奇南同志牺牲了,热泪盈眶,说不出话来。过了好一会儿,李忠新说:"我在战场上火线介绍胡奇南同志入党了,并写信叫他交给党组织的。请求组织上追认胡奇南同志为共产党员。"部队领导同意了李忠新的请求,回去报告党组织办理。李忠新又问柯云祥、包德明两位班长的情况。部队领导告诉李忠新,两人立了功,提了干部,到部队任职去了。就是这两位同志报告了你的情况,你身负重伤,仍然组织指挥部队摧毁了敌人的机枪火力点,减少了进攻部队的伤亡,组织后续的部队攻上山头,控制了山头阵地,完成了全排原定的作战任务。你为战争胜利立了功,两人都为你请功。听说你就要出院,现在征求你的意见,是统一由组织安排你的工作,还是个人另有打算?李忠新说:"我想回原部队工作。"部队领导说:"同意你的请求,出院后到留守处办手续。"

  李忠新出院回部队,颜文燕把他送到医院门口,李忠新庄重地向给他第二次生命的医院敬礼。颜文燕送他上军车,敬礼送他回部队。

  再说王兰收到李忠新只有几句话的来信,又听到边疆形势紧张,广播里传出准备打仗的消息,心中焦虑起来,于是立即找到周秀芳问丰田的情况。周秀芳把刚刚收到的信拿给王兰看,丰田信上一点儿也看不出有异常情况。王兰请周秀芳写信给丰田，查清李忠新执行的任务，尽快来信告知。十多天后，周秀芳收到丰田的来信，告知李忠新到前线参战了。王兰看了信，跌坐在地上，急得说不出话来，泪流满面。周秀芳把王兰拉起来说："你要坚强些，天天祝愿他打胜仗，李忠新头脑聪明，弄不好是好事，你不要瞎想。"从此，王兰失去笑脸，吃饭不香，每天心事重重。妈妈问她怎么回事，她摇摇头说："没事。"李忠新叫她保密，不能告诉妈妈实情，也不能告诉李忠新母亲，让她担心，王兰心里默默地承受着。一天，王兰和周秀芳在倒沟塘堆围上割草，村里高音喇叭传来边疆打仗的消息，王兰哭起来，周秀芳过来抱住她，安慰她。王兰哭着哭着抬头对着倒沟塘喊道："李忠新，你是不怕鬼的人，我等你平安回来，一起到倒沟塘里摸鱼，我也不怕蛇。"周秀芳对天喊道："老天爷，求你帮帮忙，保佑李忠新平安无事。"两人喊着喊着，抱在一起哭起来。

　　边疆战争期间，王兰天天到倒沟塘堆围上呼唤李忠新的名字，祈祷他平安。时间一天一天过去，王兰日日夜夜地担忧着，苦熬了三个多月，终于收到李忠新的来信，告诉她战争结束了，他已经回到原部队工作，一切安好，请向家人转告我的平安。王兰收到李忠新的来信，顿感喜从天降，雨后天晴，万里无云，心情舒畅，精神百倍，换了一个人似的，像孩子一样笑着、蹦着，拿着信向李忠新母亲家里跑去。

　　李忠新回到原部队担任营部书记员，部队派人到李忠新家乡调查他的政治历史情况，高中同学刘玲玲知道李忠新在部队提了干部，是学校老师的她，心里一动。想到和李忠新同窗六年，互相学习,互相帮助,互相关心,李忠新在她心中留下美好的印象。那时候刘玲玲是城市户口,李忠新是农村户口,城乡差别是人生难以逾越的鸿沟,情谊再深,难成恋人,现在李忠新是部队干部,鸿沟成坦途。刘玲玲下决心,利用暑假时间,到部队和李忠新叙叙老同学的关系,看看能否续上断了的琴弦。

一天,李忠新突然接到同学刘玲玲到部队探望他的电话,他向营长请了三天假,到大岛码头接到刘玲玲,安排她住在师部招待所。老同学相见,分外亲切。李忠新看到刘玲玲身穿红格子上衣,白色裤子,短马尾头,体形比在学校稍胖些,看上去是一个五官端正、身材丰满的姑娘。刘玲玲看看李忠新身穿四只口袋的绿色军装,脸色红润,庄重威武,确实是女孩子眼中的王子。

当晚,刘玲玲对李忠新说:"在学校我就看出你的聪明才智,将来不会是默默无闻的池中人物,今天有这样的成绩,在我的意料之中,如今你是部队干部,同学之中耀眼的人物,祝贺你。"

"我也祝福你,现在是人民教师,人类灵魂的工程师。"李忠新说。

刘玲玲告诉李忠新之前同班同学目前的情况。有的上了大学,继续深造;有的下乡,务农种田;有的招工进厂,当了工人;有人结婚生子,有了幸福家庭;也有的因病离开了人世,永难相见……月有阴晴圆缺,人有悲欢离合,人生有悲哀,也有欢乐,生活本身是有苦也有甜的。刘玲玲和李忠新说话投缘,一直谈到深夜。李忠新说:"你一路辛苦,夜深了,休息吧。明天我带你去游山、踏浪。"李忠新说完回到自己的房间。

第二天,李忠新带着刘玲玲到海岛上参观寺庙,然后下到海滩上散步、踏浪。刘玲玲看到一片金光闪闪的大沙滩铺在海边,远处大海上翻滚着一个接着一个的浪头,一会儿洒向沙滩,一会儿退下去的美丽景色,她高兴地拉着李忠新的手在沙滩上奔跑,海风吹得令人醉,海浪脚下哗哗响,两人一边踏浪,一边笑,刘玲玲脸上荡漾着幸福的笑容。游人看到一位身材魁梧的军人和一位漂亮丰满的姑娘在海滩上踏浪,投来羡慕的目光,默默地祝福这对恋人永远美满幸福。

两人玩过沙滩踏浪,转过一个小山头,来到鹅石塘。只见三百多米长的海边尽是鹅卵石,方圆几百亩。鹅卵石有黑色的、白色的、紫红色的各种色彩,椭圆形的、长方形的、三角形的各种形状。两人手搀手走在鹅卵石上,十分舒服。李忠新告诉刘玲玲,这里叫鹅石塘,当地渔民叫它天气预报塘。如果鹅石塘里发出呼呼的声音,说明海上要起风浪,如果鹅石塘里静悄悄的,海上将会风平浪静。两人欢声笑语,一直玩到日将西沉。李忠新说:"回招待所休息吧,明天带你看大海日出。"

第三天,又是一个晴天,早上五点钟,李忠新叫醒刘玲玲,两人喝杯水,吃个馒头,向小岛前沿的山头上爬去。走在陡峭的地方,李忠新不时地用手拉刘玲玲的手上坡,两人爬上山头,放眼大海。李忠新刚要说话,只见东方天连海,海连天的天际间,出现了一道淡光,淡光慢慢地变成霞光,霞光越来越亮,映红了海面,不一会儿,金色的太阳从海天相连的地方喷薄而出,红边、半圆……一个火红的太阳慢慢浮出海面。太阳好像在大海里沐浴刚走出来似的,下面还滴着水,不一会儿,太阳的万道霞光照得大海一片辉煌。"好美的大海日出!"刘玲玲赞叹道。她转过头来看看李忠新说:"你也像初升的太阳,前途灿烂,对象找了吗?我们是老同学,能和我说说吗?"刘玲玲满怀期待地说。

"坦白地告诉你,我有个对象,是邻居家女孩子,从小一块儿长大的。"李忠新如实地说。

刘玲玲听了李忠新说的话,眼睛里露出忧郁的目光,思索了好一会儿说:"我和你同窗六年,深知你的为人,对我说的话,对我做的事,实实在在。至今常常浮现在我的眼前,还留在我的心中,明知道你是我最理想的伴侣,自以为身份清高,没有勇气向你表白,现在看来错过了机会,这辈子很难找到像你这样的人相伴一生了,真是后悔。"

"你是有优越条件的姑娘,读高中的时候,有同学说我们关系好,我是想也不敢想的事情。你找对象很容易的,遇事想开些,心情开朗些,做一个活泼愉快的姑娘,会遇到白马王子的。"李忠新开导刘玲玲说。

"黄金容易得,知心最难求,知我懂我的人到哪里找呀?在学校河边你抓住我的手,我那时候抓住你不放就好了,难道我真的和你没有机会了吗?"刘玲玲问。"她不负我,我不会负她,我现在是部队干部了,更不能负她,我若负她,良心道德何在?"李忠新诚恳地说。

"我等等再说吧。"刘玲玲无可奈何地说。

看完日出,李忠新带刘玲玲来到一片松树林里捡松子,又到海边礁石下拾香螺、捉小蟹,刘玲玲像换了一个人似的,提不起精神来,没精打采的。中午,李忠新带刘玲玲到镇上饭店吃一餐,刘玲玲吃得很少,没胃口似的。

第二章　凤凰山

　　第四天，李忠新给刘玲玲买了回程的船票，把刘玲玲送上客轮，两人在船上分别时，真诚地拥抱。刘玲玲拉着李忠新的手说："谢谢你陪我度过了人生中最幸福的时光，我会珍藏在心底的，岁月常在，人生苦短，希望我们还有相会的时候，老同学回家探亲，一定来看我。"

　　刘玲玲的一番话，说得李忠新的心情沉重起来，想安慰她，不知说什么是好，这时候船鸣笛，解缆绳，两人依依不舍地分手。

　　李忠新望着徐徐离开码头的轮船，心里明白，刘玲玲这次来部队，名义上是来看望老同学，实际上是找自己的归宿，我与王兰有约，今生与她无缘，只能把她的真情藏在心底，从心底里祝福她找一个知她、懂她、理解她、包容她、体贴她的爱人。如果遇上一个常使她烦恼而不顺心的丈夫，让她的内向的性格抑郁固执起来，后果很难说的。李忠新心里为刘玲玲今后的人生道路深深地担忧。

　　李忠新担任营部书记员的工作，主要负责营里日常事务处理，上报下宣，当营首长的秘书、参谋。他会写、会说、会做事，头脑灵活，对人真诚，做事勤快认真，深受营领导喜爱。特别是营长杨立功，遇到难事，喜欢和李忠新商议，一起研究解决办法。

　　营所属一二二加农炮连排长韩宝探家谈了个对象，女孩名叫周敏。周敏告诉韩宝，她高中文化，城市户口，比他大一岁。双方订亲后，韩宝高高兴兴地回到部队。没几天，韩宝家人来信告诉他，周敏实际上比他大三岁。韩宝收到信，感到周敏欺骗他，一封信回绝了亲事。周敏本以为自己嫁给了部队青年军官，心里正暗暗高兴着呢。突然收到韩宝来信悔亲，一盆冷水浇到脚后跟，思来想去不甘心，给韩宝拍封电报，告诉他到部队当面解释。

周敏到达岛上码头,打电话到连队叫韩宝接她,韩宝不肯,连队指导员到码头把周敏接到连队,安排她住在连队招待所。指导员做韩宝的思想工作,韩宝坚决不肯与周敏见面。周敏说韩宝一天不见她,她一天不吃饭。指导员没有办法,只有把情况向营部报告。营教导员在上级学习班学习,营长接到电话后,和李忠新商议,这件事情如何处理?李忠新想想说:"女方大三岁不是原则问题,应该看看双方的个人情况。如果合适,又能谅解,尽量促成两人的婚姻。如果双方差距大,不愿和解,做女方的思想工作,请求团部派人送女方回地方,应该到连队现场解决问题。"

"这个办法好,你当参谋,和我一起去连队。"杨立功说。

营长杨立功是一九四四年入伍的老兵,参加过解放战争,经历过十多次战斗,一等功臣,五十多岁。他在部队识的字,自称是个大老粗。但他做人做事是个热心肠的人,关心干部,爱兵如子,对工作认真负责,管理部队有经验,要求严格。全营有五个连队,分散在小岛前沿五个山头。杨立功对防区的地形地物亲自勘察,他爬遍了每个山头,走遍了每个沙滩。营里重点防御方向在哪里,防御工事、地形地物的特征是什么,一一记在脑子里,体现在全营的作战预案上。

从营部到一二二加农炮连要翻三座山头,绕几道海湾,走三十几里山路。杨立功和李忠新一路走一路勘察地形,在崎岖的山道旁停下来沉思一阵,在陡峭的断岸下琢磨一番,在杂草丛生的石洞口细细观察一会儿。当杨立功走到一个山岙时,看到山下海边出现一处新海滩,立即叫李忠新到海滩上勘测地质情况。李忠新脱下解放鞋在海滩上跑几圈,确定海滩是流沙地质,有硬度,便于敌人登陆。

杨立功看到这个新形成的海滩是一二二加农炮连和八五炮连防区结合部,敌人在这里登陆后容易出现防御盲区,他让李忠新记下这个沙滩的地理位置,再决定回营部补充修订作战预案。

俩人到了炮连,先到连队招待所看望周敏。连队指导员告诉周敏:"营长看你来了。"周敏虽然三餐饭没吃,从床铺上爬起来有些虚弱,但看上去仍然亭亭玉立,眉清目秀,文质彬彬的,身高一米七以上,与高个子韩宝是相配的一对。周敏流着眼泪对营长说:"只要他来听我解释,不同意我们之间的关系也不强求。"杨营长对周敏说:"周姑娘放心,我一定叫他来见你,你们好好地谈谈。"张营长询问周敏的个人和家庭情况,安慰了几句,起身到连部会议室坐下。杨营长问李忠新:"姑娘怎么样?"

"看上去不错,和韩宝是合适的一对,尽量说合。"李忠新说。

杨营长想想说:"喊韩宝来。"

于是,通信员把韩宝叫到连部,连队正在施工,韩宝身穿带泥的工作服,腰里扎着草绳,进来向营长报告。杨营长看看韩宝,生气地训斥道:"穿成这个样子,这是给谁看呀?命令你五分钟内着装整齐来见我,超过时间处分你。"

"是。"韩宝答应一声跑出去。

只过几分钟,韩宝穿着整齐的军装,站在营长面前。

"你的未婚妻来部队探亲,知道吗?"杨营长问。

"知道。"韩宝回答。

"知道,为什么不去看她?"杨营长说。

"在家里订亲时,她说比我大一岁,实际比我大三岁,说假话骗我。"韩宝说。

"就为这件事吗?"杨营长问。

"是的。"韩宝说。

"呸呸呸,混账东西,女大三,金山靠银山,我老婆就比我大三岁,不是照样生一男一女,这有什么关系?"杨营长训斥道。

韩宝吓得不敢作声。

"人家是高中生,城市户口;你是高小生,农村户口;人家眉清目秀,你五大三粗,她哪里配不上你呀?斤斤计较,挑三拣四的干什么?当个小排长有什么了不起?"杨营长一边说,韩宝一边说是。

"现在食堂煮好的鸡蛋面条,你端去劝你未婚妻吃了,这是命令。俩人有话好好说清楚,如果姑娘有个三长两短,我把你这个小排长撸掉,打背包回老家去。弄出事来,你吃不了兜着走,不知道天高地厚的浑小子。"营长大声训斥道。

韩宝没想到营长这么凶,吓得不敢说话,老老实实地端着面条向周敏房间走去,周敏看到韩宝来了,起床把面条吃了,两人一直谈到深夜。第二天,韩宝对营长说:"我和周敏和解了,谢谢首长关心。"

"这样做很好嘛,男子汉大丈夫能屈能伸,相互之间多谅解、多包容,这件事你做得对、做得好。"杨营长夸韩宝说。

杨营长说合了韩宝的姻缘,与李忠新高高兴兴地回到营部,立即叫李忠新拿出营作战预案,在地图上标明新沙滩形成的位置,看到新沙滩处在左牛头山和右牛头山之间,滩头上方的斜坡叫狗爬岭。杨立功在营作战预案中增加了补充内容。若敌人在该滩头登陆,命一二二加农炮连、八五炮连以火力封锁海面,各派一个排的兵力,就近抢占左、右牛头山山头阵地,以火力压制敌人抢占制高点,请求海军封锁牛鼻子航道,打击海上援敌,令营预备队步兵四连出击,将登陆之敌聚歼于狗爬岭一线。

再说赵洪才在团指挥连提为干部,担任排长。一天,连队野营拉练到大岙村,也是李忠新营部所在地,赵洪才住在大岙村孙树清书记家里,孙书记家有个女儿叫孙妙娜,是学校老师,生得浓眉大眼,文静大方,是个楚楚动人的姑娘。赵洪才一米七以上个头,穿着军装很有男子汉的气概,两人碰面以"你好"问候开始,相互产生好感。一天晚上,孙妙娜站在门口的大树下,看到赵洪才查岗回来,主动上前打招呼说:"赵排长,你好呀?"赵洪才停下来问:"孙老师,有事吗?"

"你是哪里人呀?"孙妙娜问。

"查户口吗?"赵洪才笑着问。

"问问呗,这样吧,星期天上午八点钟,我在海滨公园门口等你,我们谈谈,不见不散。"孙妙娜说。

赵洪才也被孙妙娜的美丽大方吸引住了,星期天,他请半天假来到海滨公园,孙妙娜看到赵洪才来了,笑着上前握了握他的手。

"我是军人,你是老师,有人看到影响军容,我们还是找个地方坐下来谈谈吧。"赵洪才说。

海滨公园建在依山傍海的地方,公园门口松树林立,四季常青。公园内有草坪,供游人游览,后山坡上是烈士陵园,供游人瞻仰。

两人走进公园,盛开的鲜花好像对人微笑,凉爽的海风吹得孙妙娜的刘海卷上去又翻下来,显得美丽动人。两人在石凳上坐下来。孙妙娜看看赵洪才说:"赵排长,你是让人心动的男子汉。"

"你也是一个令人喜欢的漂亮姑娘。"赵洪才说。

"我们交朋友吧。"孙妙娜说。

"刚刚认识,先交普通朋友吧。"赵洪才说。

"你有对象啦?"孙妙娜问。

"没有,我们之间要有个互相了解、相互熟悉的过程。"赵洪才说。

"好吧。"孙妙娜说。

两人谈了一会儿,站起身来走进烈士陵园。他们边走边看墓碑上英烈的名字,有的是为解放这座海岛而牺牲的先烈,有的是在海战中牺牲的海军官兵,有的是在构筑海岛防御工事中献身的干部战士。

赵洪才说:"这些英烈为保家卫国,守卫海岛而长眠在这里,我们活着的人永远不能忘记他们。""是呀,我们今天的好日子是无数先烈用鲜血和生命换来的,我们应该珍惜、珍惜、再珍惜。我是经常这样教育学生的。"孙妙娜说。

两人瞻仰了烈士陵园,走出陵园,爬上山坡,眼前是一望无际的大海。赵洪才面对大海满怀豪情地说:"天高任鸟飞,海阔凭鱼跃,我们是祖国的新一代人,今后要努力干出一番事业来,报效祖国。"

"你有成绩的那一天,不要忘记我们相识相恋一场。"孙妙娜说。

第二章　凤凰山

"有缘千里来相会，我们等这一天吧。"赵洪才说。

赵洪才看了看手表，已经到了中午十一点钟，对孙妙娜说："我们晚上见。"说着向山下走去。

指挥连十五天的野营拉练很快结束了，连队帮大岙村修整了两条路，疏通清理干净流经全村的一条水沟，把家家户户的水缸挑得满满的，夜里四点钟，全连静悄悄地离开了村庄。

天亮后，孙妙娜起床一看，野营部队走了，心里似有失落感，一股惆怅涌上心头。她早饭没吃，到学校给学生上课，晚上回来没精打采地躺在床上看书，妈妈喊她吃晚饭，她说没胃口。

"家常便饭吃惯的，如何没胃口？是饭菜没胃口，还是心里有念头呀？"妈妈说。

"这话是什么意思？"孙妙娜问。

"你是看中了部队赵排长，对他有意思，你以为我没有看出来吗？"妈妈说。

"哪里话，没有的事。"孙妙娜说。

"没有就好，吃饭。"妈妈说。

一天，李忠新到团部报全营兵员实力统计，顺便到指挥连看望赵洪才。赵洪才看到李忠新高兴地说："来得早，不如来得巧，替我带封信给大岙村孙老师。"

"给女老师带什么信呀，谈恋爱吗？"李忠新问。

"没谈恋爱，交朋友。"赵洪才说。

"我知道你和高中女同学有书信来往，上次还托我寄四节电池给她，如何解释？"李忠新问。

"我那个女同学现在招工在煤矿上班，是井下安全员，我和她有没有缘分，难说呢。"赵洪才说。

"脚踏两条船，好吗？做人不能太随便。"李忠新说。

"求你，下不为例行了吧。"赵洪才说。

"说话算数。"李忠新说。

"听你的。"赵洪才说。

李忠新答应给赵洪才带信，他认为把信送到孙妙娜家里容易引起误会，送到学校显得大方。于是，李忠新直接到孙妙娜的学校，走进她办公室，看到办公室有五六个人。

"哪位是孙妙娜老师？"李忠新问。靠墙边办公桌站起来一位很秀气的女老师问："解放军同志，有事吗？"

"野营部队有封信给你。"李忠新说着从军用挎包里拿出一封信，直接交到孙妙娜手中。

"谢谢。"孙妙娜说。

"什么信，能不能念念？"一位老师问。

"部队野营训练时，我给他们上过文化课，是感谢信吧。"孙妙娜说。

"刚才来的是哪个部队的青年军官？"校长问。

"他呀，营部书记员。"孙妙娜说。

"熟悉他吗？"校长问。

"到营部看电影认识他的。"孙妙娜说。

"好，你明天到部队聘请他到学校担任少先队辅导员。"校长说。

"我去直接找他容易产生误会，学校开个介绍信给我，好说话。"孙妙娜说。

第二章　凤凰山

"开介绍信给你。"校长说。

第二天，孙妙娜带着学校介绍信来到营部，找到营教导员，教导员同意李忠新到学校担任少先队辅导员，每周星期六到学校参加活动。

李忠新明白，学校指名聘请他担任少先队辅导员，是给赵洪才送信送出来的事情，但想到培育新一代接班人，也是他义不容辞的责任。李忠新高兴地接受了学校的聘请，到学校给同学们讲岛上部队参加淮海战役、渡江战役，解放海岛的战斗故事，给新入学的儿童系红领巾，带同学们瞻仰烈士陵园，教队列动作，满腔热情地辅导学校少先队员，让他们健康成长。

一天，李忠新和营长杨立功从连队蹲点回到营部，看到办公桌上放着一封信，是王兰的来信，他拆开只见信上写道——

忠新，你好！

好久没有收到你的来信了，也许你的工作忙吧。我天天惦记着你，等着邮递员出现在我的面前，眼睛望穿，不见来信。想人见不着人，望信又收不到信，心里好思念。

时间过得真快，掰掰手指，你到部队已经是第三个秋天了。秋天，是家乡收获的季节，告诉你一个好消息，今年家乡又是一个丰收年，田里的杂交稻稻穗沉甸甸的，风吹稻穗沙沙地响，稻香扑鼻来，估计亩产收一千四五百斤不成问题，你在家乡说的亩产超千斤粮的预言成为现实，村里的人不再愁吃不饱饭的事情了，你一定高兴吧。

前几天，你的同学刘玲玲来到我家，说是来看看我的，从她

| 凤凰记 |

说话的口气中，好像知道你的情况，意思说你在部队当干部似的，说我好幸福，这样的事情你在来信中没有提到过，我哪敢细问她，是她道听途说呢，还是真的，如果是真的，多好呀！

秋天来了，我家屋梁下的燕子又飞走了。你离开家乡，离开我快三年时间了，一年三百六十五天，你说说，三年是多少天呀？这不是一早一晚的时间。虽说你天天在我心里，但一阵风一阵雨的，在风雨中过日子，你说说，我的心里是什么滋味呀。每天到晚上我想和你一起散散步，说说心里话，一起到邻村看场戏、看场电影也成了梦想，你同学说我好幸福，我的幸福在哪里呀？想当初，你从城里读书回来，在村里学校当了老师，我的心里曾有过幸福感，心想，日后你教书，我种田，朝夕相处，夫唱妇随，你说说，这不是幸福是什么呀？

当然，你参军我是支持的，你是有理想、有抱负的男子汉，相信你现在做的事情是人生中最光彩的事业，你当解放军，我也光荣。不过，我现在也明白了，这个光荣不是白白地能够得到的。做一个军人的妻子，恐怕是一件不容易的事情，要在期盼和风雨中过日子。眼下我只有下定决心，不管你在部队多久，我会在风雨中守候，不管你是当兵还是当官，我会一心一意地等你，相信我会守候到幸福，天天遥祝远方的你身体康健，工作顺利，生活愉快。

昨天是中秋节，每逢佳节倍思亲，家家团聚在一起，而你远在千里之外守海疆，在这花好月圆的夜晚，我心里又想你了，天气一天比一天凉了，你要学会自己照顾好自己，按时吃饭，穿暖衣服，不要让我为你担心。你知道吗，想人、等人是个很辛苦的事情，特别是你从战场上回来，我心里总是感到不安，一会儿喜一会儿忧的,像十五个吊桶打水——七上八下,是思念还是担心,我也说不清楚,头脑中常常恍恍惚惚,睡觉时往往梦幻连连。白天望着天上一朵一朵行走的云彩,不知道哪一朵是你;晚上看着满天眨眼的星星,不知道哪一颗是你。心里想你,常到倒沟塘边上去转悠,寻找你的足迹和身影;心里想你,拿出你送给我的手帕,翻来覆去仔细看,见物见心人发痴。昨天夜里又梦见你了,你站在我的面前对我笑呢。人家日思夜想,牵肠挂肚你的身体、工作、生活,你倒好,平白无故地对我笑什么呢?这不是让我更加思念你吗?有人说:一日不见,如隔三秋,我和你三年不见,你知道我心中有多少思念多少愁吗?有人说,人想人,想死人,千难料,万难想,不知你何时回到我的身旁,我真想变成一只小鸟,展开双翅飞到你保卫祖国的地方,仔细看看你现在的模样。

我天天参加集体劳动,身体很好,你母亲和我父母亲身体健康,勿念。

保重,盼回信。

王兰
一九七八年八月十九日

李忠新看过王兰的信,当晚写了回信。

王兰,你好!

来信收悉,情况皆知。首先告诉你,我现在确实是部队干部了,在营部当书记员。同学刘玲玲的姐夫是乡党委书记,部队派人到地方调查我的政治历史情况,我当干部的事是她姐夫告诉她的。她暑假来部队看望过我。所以,她知道我的情况,说的话也是真的。

其实,我当干部已经有一段时间了,到前线参战前,被任命为排长,本想打个胜仗把喜讯一起告诉你的。然而,没想到战场是考验人的。虽然带领全排同志完成了战斗任务,打了胜仗,但并肩战斗的战友有的却血洒战场,献出生命,永远留在了那里。特别是战友胡奇南,在战斗中拼死保护我的安全,我活下来了,他却献出了生命。想起战场上牺牲的战友,我的心情一直难以平静,深深地陷在悲痛之中,当干部的事说不出口,也不值得说,这件事情今天才告诉你,请你理解我的心情。

战争结束后,领导同意我回原部队工作,随着时间的推移,我的心情也慢慢地平静下来。经过战场考验,我也成熟了一些,明白了一些道理,穿上军装就是军人,军人身上有神圣的使命,是不怕危险的,一声令下,勇往直前,为战争而生,为和平而战。我的风风雨雨,你不要害怕,在枪林弹雨中前行,是为了保卫我们伟大的祖国,是无上光荣的。我这辈子注定要为保卫祖国,为牺牲的战友而活着,也许人们会忘记昨天,忘记在我身上发生的事情,但我终生难忘。我能活着应该从我做起,从现在做起,珍惜时间,积极工作。最近,我和营教导员一起下连队调查研究,针对问题,抓思想教育,写了一篇新时期搞好连队干部战士思想教育的经验材料,报送上级领导参考。师部通知我参加新闻写作学习班,我到连队采写了两篇稿件,带到学习班上交流修改,一心埋头工作,信写迟了,请你谅解。

从炮火连天的战场回到平静的部队生活,领导关心鼓励我,

第二章　凤凰山

战友看望安慰我,深深感到人间自有真情在。特别是看了你的来信,心里更是感激,这个世上竟然有这样爱我、想我、等我的人,我这辈子心满意足了,真正是个幸福的人。人生路上,风雨兼程,有痛苦,也有快乐,我离开家乡,守卫边疆已经三年了,心里实难舍倚门望儿的老母亲,实难舍心上人将我挂怀。你信中对我的思念之情,我能理解,也明白你的心,人非草木,孰能无情?青梅竹马,如何忘记?我无论是当兵还是当官,你在我心中的位置是不会变的,我们之间有承诺。你说想我,夜深人静的时候,我也想你呢。然而远隔着千山万水,怎么办呢?我刚到营部任职,向领导请假探亲难以开口,这样吧,如果有战友探亲,顺便带你到部队来相会,你说好吗?

我的吃饭、工作、身体都好,请放心。问候你父母好,多看望照顾我的母亲。

珍重。

李忠新

一九七八年八月二十九日

王兰看完信,果然是鸿雁带着喜讯归。听门外喜鹊在枝头喳喳叫,又细看信一遍不是梦,心跳耳热喜上眉梢,把信紧紧地捂在胸口。她高兴地对爸爸妈妈说:"李忠新来信了,说他在部队当了干部。"妈妈唐洪英听到后,高兴地对王如昌说:"老头子,听到没有呀?女婿当干部了,姑娘的眼光不错吧。"

王如昌顿顿说:"先倒住一蒿子,不要高兴得太早了,天变一时间,人变眼一翻,那孩子如今在部队当官了,还能把你这个农村黄毛丫头放在眼里吗？省省心吧，这件事要黄，不信走着瞧。"

"爸爸说什么呢，李忠新不是你说的那种人，信上叫我到部队去呢。"王兰说。

"丫头，你也老大不小了，到了谈婚论嫁的年龄，到部队跟他结婚吧，省得夜长梦多。"母亲说。

"妈妈说得轻巧，结婚是人生大事，是随便说说的事吗？他现在是部队干部，如果我提出来结婚，好像对他不放心似的。他打仗回来，我想看看他，就是结婚也得由他提出来，你说对吗？"王兰说。

"鬼丫头，好本事，有城府，难怪李忠新喜欢你，妈妈不是担心嘛。"母亲说。

"担心有用吗？是你的跑不掉，不是你的强求也没有用，强扭的瓜是不甜的。"王兰说。

又过几天，王兰收到李忠新寄来的信和三十元钱，叫她和探亲的战友一起到部队。

二十多天后，李忠新接到军招待所电话，告诉他到码头接探亲的未婚妻。

第二天，李忠新告诉营长杨立功，说未婚妻来部队探亲，请假到码头接人。

下午一点钟，李忠新等到客轮靠上码头，上船接到王兰。虽然到了深秋，但天气还是有些热。王兰身穿小红花葡萄呢褂子，蓝色裤子，头上梳着两根长辫子，光着脚，穿着凉鞋。一个温雅大方，亭亭玉立的姑娘站在李忠新面前。李忠新走过去拉住她的手，挽着她从船上走上岸。码头上人来人往，热热闹闹。两人上岸站定后，王兰把李忠新从头到脚仔细看了一遍，只见李忠新红星军帽头上戴，红旗领章挂两边。身穿四只口袋绿色军装，一个年轻威武的军官站在她的面前。

"看什么呢，不认识我吗？"李忠新问。

"谢天谢地，我的李忠新好好的。"王兰说。

"路上好吗？"李忠新问。

"在船上，头有点儿晕。"王兰说。

"今天天气好，风小，浪小，如果海上风大浪高，我可能得把你从船上背上来呢！"李忠新说。

"托你的福，知道我来了，你和海龙王打过招呼的吧。"王兰笑着说。

"海龙王由玉皇大帝管着呢，我哪有这个本领？我们到前面的小山头上歇歇吹吹风，你的头晕很快会好些。"李忠新说。

两人慢慢登上山头，海上吹来的风让人感到凉风习习，心情舒畅。山头上石块很多。李忠新挑一块平整的石块，把自己的手帕铺在上面，叫王兰坐下来。王兰把手帕收起来，还给李忠新，坐在石块上说："我没有那么娇气。"李忠新坐在她的身旁，叫王兰倚在他身上休息一会儿。

"有人看见，不好吧。"王兰说。

"这里行人少，没关系的。"李忠新说。

王兰把头靠在李忠新肩上，李忠新用手臂搂着她的腰。起初，王兰的心还扑通扑通地跳着，打鼓似的。不一会儿，心情平静下来，像是靠在了山上，迷迷糊糊地进入了梦乡，将近半个小时，李忠新轻轻地把她喊醒。王兰慢慢地睁开眼睛，李忠新问："头还晕吗？"

"好多了。"王兰说。

"我们走吧，山下有人来了。"李忠新说。

王兰站起身来，跟着李忠新下了山，来到山下一个集镇上。李忠新领着她走进镇上供销社，给王兰买了两双红格子、蓝底子的涤纶袜子，走出供销社，又爬上另一座小山头。李忠新让王兰在石块上坐下来，他坐在对面，拿出袜子，要给王兰脚上穿袜子。

"我怎么好意思要你穿袜子。"王兰说。

"不好吗？"李忠新说。

"有人看见笑话的。"王兰说。

"笑吗，我不在乎。"李忠新说着，把王兰的脚拉到自己的腿上，脱掉凉鞋，用手轻轻地掸掸她脚上的尘土，给她穿上袜子和凉鞋，又换上她另一只脚，穿上袜子和凉鞋。王兰站起来，踩踩鞋子和袜子，又看看李忠新，脸发红、眼湿润地说："我在做梦吧。"

"日有所思，夜有所梦，你眼前的梦是真的。"李忠新说。

"你对我这么好，我是哪世修来的？"王兰说。

"我哪里好呀？让你担心，想见面也不容易。"李忠新说。

"只要你平平安安，我什么也不在乎。"王兰说着，流下了眼泪。

"我不是好好地站在你的面前嘛，难过什么呢？"李忠新问。

"这些日子，在你身上发生的事情，我的心一直悬着，今天看到你平安，我的心总算放下来了。"王兰说着扑在李忠新怀里哭起来。

李忠新紧紧地搂着她，轻轻地拍拍她的后背安慰说："我和你

第二章　凤凰山

都是普通的人，也是有缘分的人，今天是个好日子，我们久别重逢了，今后我们组成家庭，平平凡凡地过一生。"李忠新说着，用手帕把王兰的眼泪擦干净，指着远处说："你看看，这里前面是大海，后面是祖国，我在这海防前线为我们的伟大祖国站岗放哨，你应该为我感到自豪，你再看看山下面一排整齐的营房，是我工作和生活的地方，第二个故乡。今后也是你的第二个故乡，你在那里休息几天，我带你到海边沙滩上踏浪，到山顶上看大海日出，到岛上参观名胜古迹，你的心情会好起来的。"李忠新说。

"你给我穿袜子，我的心情就好啦。"王兰说。

"你在我身边过几天，心情会更好的。"李忠新说。

李忠新领着王兰下山走进营部，通信员小孙看到李忠新带着一位姑娘回来，知道是书记员的未婚妻，过来倒杯茶，打盆水，把毛巾放进脸盆里说："嫂子，一路辛苦，洗把脸，喝杯茶吧。"

"谢谢你。"王兰站起来说。

小孙朝王兰看看，虽然衣着朴素，但看到她有一双清澈明亮的大眼睛，乌黑的头发，天生丽质，浑身透着美丽的芬芳，高兴地说："嫂子好漂亮，像电影明星似的。"

"我们还没有结婚呢，嫂子嫂子地乱叫，忙你的事去。"李忠新说。

小孙伸伸舌头走了。

"小孙说你漂亮呢，听到没有呀？"李忠新问。

"我是个农村姑娘，能有多好看呀？你不嫌弃我，就好啦。"王兰说。

晚上，李忠新带王兰到营部招待所住宿，招待所在离营部一百多米的山沟里，空荡荡的五间房子，没有人住。王兰看看说："这里偏僻、冷清，我一个人不敢住在这里，还是住在你的房间吧。"

"这个岛上没有狼，只有野山羊，你怕什么？和我住一起不怕吗？"李忠新问。

"我在你身边，还怕什么？"王兰笑着说。

李忠新把招待所的铺盖抱到自己的房间里，打成地铺。王兰要睡地铺，李忠新叫她睡床上。王兰躺下后对李忠新说："你离开家乡三年了，家乡变化很大，现在村里人有饭吃了，有衣穿了，老人都说新社会好，日子一天比一天……"王兰说着说着睡着了。李忠新心想，也许是旅途疲劳，也许见到我心安了，不然我还站在她的身边，怎么睡得那么香呢？李忠新看看她红扑扑的脸庞，清秀可爱，胸口一起一伏的，楚楚动人。李忠新轻轻地给她盖好被子，自己在地铺上睡了。

早上起床后，李忠新问王兰："夜里睡得好吗？"

"自从你上战场，想想心发慌，夜里常常翻来覆去睡不着觉。现在你有说有笑在我面前，又和你住在一起，终于放下心来睡了个安稳觉。"王兰说。

第二天，书记员漂亮的未婚妻来部队探亲的消息在营部传开了。营长杨立功前来探望。李忠新给王兰介绍说："营长看你来了。"

"首长好。"王兰站起来问候。

"不错。"杨营长看看王兰说。他心里想，李忠新经过战场上的生死考验，现在未婚妻来部队探亲，应该成全两人的终身大事。

"李忠新,你今年多大啦?"杨营长问。

"二十六岁。"李忠新回答。

"对象呢?"杨营长问。

"二十五岁。"王兰回答。

"你们两人商量一下,我想给你们办喜事。如果同意来告诉我。"杨营长说着走了。李忠新、王兰听到营长的话愣住了,在场的人鼓起掌来。

看望王兰的人走了,李忠新问王兰:"怎么办?"王兰捂着脸说:"我听你的,你做主,问我做什么?"

"营长是个热心肠的人,有意成全我们,不能辜负他的好意,怎么办呢?"李忠新说。

"这有什么难的,我们是成年人,营长怎么说怎么做就是了。"王兰说。

"我们结婚,应该征求一下家里长辈意见吧。"李忠新说。

"我爸我妈没有意见,你妈妈高兴还来不及呢。在家里你妈妈看到我宝宝长、宝宝短的喊,巴不得我过门做她的儿媳妇,和她住一起有个照应,我来部队时,你妈妈叮嘱我和你结婚的,盼望这一天呢。"王兰说。

"好吧,我们在部队结婚。"李忠新说。

"我听你的。"王兰说。

于是,李忠新带王兰到营长办公室,告诉营长同意结婚,请示手续怎么办。

杨营长说:"我给团长、乡长打个电话,明天,你打个结婚报告送团部报批,然后两人带着营介绍信到乡政府民政部门领取结婚证。这个星期六晚上，为你们举办婚礼。"

杨营长召集营部指导员、管理员、司务长开会，由指导员赵章明牵头，星期六晚上为李忠新、王兰举办婚礼。

星期六晚上，杨营长请来老战友团长蔚向东，乡政府乡长，营部驻地大岙村孙书记，李忠新请来战友赵洪才、丰田、吴江。

杨营长爱人给王兰梳妆打扮，当新娘出现在大家面前时，更加光彩照人，美若凤凰。婚礼由营部指导员赵章明主持，营长杨立功证婚。杨营长说："李忠新同志，上过战场，负过伤，立过功，今天我们共同祝贺他和心爱的人走进婚姻殿堂，喜结良缘，相敬相爱，白头偕老。"杨营长短短几句话，大家报以热烈的掌声。李忠新和王兰的婚礼在一拜首长、二拜战友、夫妻对拜中结束。食堂办饭共五桌，一桌首长，一桌来客战友，其余是营部干部战士，大家吃着饭菜，喝着喜酒，婚礼办得简单热闹。席间有人提议新郎、新娘合唱一首歌，李忠新、王兰合唱了《九九艳阳天》，配合默契，歌声婉转悠扬，食堂里又响起一阵热烈的掌声。

新婚的第二天早晨，外面开始有"叽叽喳喳"的声音，山间树枝头上的小鸟欢快地唱着歌儿，满山的野花，在清晨的露水滋润下，格外娇嫩鲜艳，窗外飘来阵阵桂花香。王兰起床后问李忠新："你左胳膊、腿上坑坑洼洼的，是怎么回事？"

"战场上留下来的纪念，不碍事的。"李忠新轻松地说。

王兰拉开李忠新的衣服，看到胳膊上、腰间、腿上一路的伤疤，抱着他哭着说："你打仗的那些天，我天天祷告你平安，还是伤得这么重。"

"不要难过，为保卫祖国负伤是光荣的，我有今天是战友胡奇南用生命换来的。他几次给我包扎止血，和我一起消灭敌人，背我下山，而他却献出了生命。在我生命垂危时，领导决定用直升机送我到大医院抢救过来的，是党和国家给了我第二次生命。"李忠新说。

"如果你有事了，我还有活头吗？"王兰哭着说。

"傻瓜，我们不是结婚了吗？大喜的日子，不准难过，不准哭，应该高兴。"李忠新说。

"苍天有眼，三生有幸，成全我们夫妻团圆，今后我会把你当'宝贝'一样守护，好好珍惜你，让你平平安安地过一辈子。"王兰说。

李忠新和王兰结婚后，王兰在部队住了一个月，李忠新又请了一个月的探亲假，回家乡请亲戚吃喜酒，双方家长看到小夫妻俩恩恩爱爱，心里像吃了蜜似的甜。

李忠新假期即将结束，准备返回部队，王兰悄悄地在他耳边说："这几天我的胃不舒服，过去从来没有过，十有八九是有喜了。"

李忠新听了，高兴地抱住她说："大喜事，大喜事！我要当爸爸了，继续请假留下来照顾你们娘儿俩。"

王兰听了说："人家说你聪明，我看你也有糊涂的时候，你是部队干部，肩负保卫国家的责任，现在又有了妻子孩子，肩负守护家庭的责任，保家卫国，你肩上的担子重呢。"

"人逢喜事精神爽，我的幸福来得这么快，总不能说走就走吧。"李忠新说。

"夫妻恩爱不在朝朝暮暮，男子汉应该志在四方，部队有纪律,你应该按时归队。"王兰说。

"家有老母亲,你很快又有孩子,要照顾老,照顾小,很辛苦的,我哪能放心?"李忠新说。

"你有千斤担,我挑五百斤,和你结婚,这辈子心想事成,心满意足,再苦再累心也甜,家里的事情你尽管放心,参加集体劳动,我会起早睡晚;照顾你母亲,我会问暖问寒;我们的孩子,我会细心照看。我守护家乡,你守卫边疆,我们一起努力,每年相会的时候,看看谁做得好。"王兰说。

"你说得对,今后我们年年有探亲假,年年有相会的日子,今后的路很长,要做的事很多,应该按时归队,履行我的义务。"李忠新说。

李忠新探亲假期结束,王兰送他到车站,含泪拥抱告别,李忠新踏上归队的征途。

李忠新回到营部,处理完工作,接到赵洪才的电话,告诉他说:"丰田无线电台业务知识,经过三次考核,成绩未获通过,调到有线电话班。团组织股干事到凤凰山连考察吴江,有人反映他与地方民女有恋爱的问题,提拔干部的考核也未获通过。两人的情绪有些低落。我已经通知吴江星期天到团部玩一天,听说你探亲回部队了,星期天一起来谈谈心吧。"李忠新答应相见。

星期天,李忠新从营部出发,翻过一座小山,乘上公共汽车来到团部,看到赵洪才、丰田已经站在军人服务社门口等他,三人一起,等到十点钟吴江才到。

四人相会后,李忠新说:"我有机关食堂饭菜票,中午饭在食堂吃。"

"你省省吧,今天我请客,镇上新开一家饭店,中午饭在那里吃。"赵洪才说。

于是,四人在镇上供销社转了一圈,又到集市上走走,看到集市上有淡水河鲫鱼卖,二角钱一斤,价钱便宜。丰田说:"王兰嫂子在这里就好了,红烧河鲫鱼是她的拿手菜。上次嫂子来部队做的红烧河鲫鱼,真好吃,想起来那香味还在嘴里呢。"

"好办,中午叫饭店老板买几条,加工给你吃。"赵洪才说。

"好。"丰田说。

中午十一点,赵洪才带着三人来到镇上街道南边的饭店。饭店老板看见高兴地说:"欢迎赵排长光临。"

"老板,今天这三位是我的同乡和兄弟,上点儿心。刚才我看到集市上有淡水河鲫鱼卖,你去买四条大的回来加工,其余按老规矩办。"赵洪才说。

"好嘞。"饭店老板说着,高兴地去买鱼。

"老板对你这样热情,看来你是个常客。"吴江说。

"一回生,二回熟,来过十多次了,能不客气嘛!"赵洪才说。

中午饭,桌上有炒肉丝、清蒸带鱼、黄鱼、红烧河鲫鱼、大白菜炒年糕、紫菜蛋花汤,每人一碗米饭。

"今天不喝酒,吃过饭我们兄弟拉拉家常。"赵洪才说。

四人高兴地边吃饭边谈论,当丰田吃到红烧河鲫鱼时,皱起眉头说:"那么好吃的河鲫鱼,王兰嫂子不知如何做出来的。"

"将就吃吧,今后回到家乡,请王兰嫂子加工河鲫鱼,让你吃个够。"赵洪才说。

兄弟四人吃过中饭,赵洪才付了饭钱走出饭店。丰田问:"这餐饭多少钱?"

"十六元。"赵洪才说。

"浪费。"李忠新说。

"第一次到饭店请兄弟们吃饭,不谈钱。"赵洪才说。

"大手大脚花钱的人,将来朋友多,会做出大事情来的。我入伍三年,每月八元钱津贴费,是请不起的。"丰田说。

"少说废话,我们到将军山山腰凉亭里坐坐吧,那里凉快,风景也好。"赵洪才说。

四人沿着石台阶路拾级而上,路两边绿荫遮阳,翠竹夹道。山坡上层层梯田长着黄豆、山芋等五谷杂粮。李忠新看着梯田里的杂粮说:"黄豆、山芋是我们生活中的好东西,黄豆能做豆腐、榨油、做酱油,山芋能补充粮食、填饱肚皮,还可以做山芋粉丝,是很好的粗粮食品。"赵洪才说:"将来在岛上建工厂,利用黄豆榨油做酱油,利用山芋加工做粉丝,改善我们的生活。"吴江说:"现在岛上群众以山芋、杂粮为主食,将来利用岛上海滩地,山坡上梯田,和我们家乡一样种植水稻,让岛上群众吃上大米,那是多好的事呀!"丰田笑着说:"黄豆、山芋是个好东西,一个黄豆十个屁,十个黄豆一台戏;一斤山芋二斤屎,回头看看还不止。"

"真是个歪才,话到他嘴里就变味了。"吴江说。

四人笑起来,一起到凉亭里坐下来,俯瞰山下,小镇面貌尽收眼底,近望山岭高高低低,远眺大海一望无际。大海上星星点点的白帆捕鱼船,迎风扬帆向远海驶去。

"时间过得真快,兄弟四人在部队一眨眼服役三年多时间了,本来我们都有机会相聚时间更长一些,不过一个人是一个命运。"

赵洪才说。

"如果无线电台业务知识考核过关，我当了无线电报务员，也是干部，我这个人时运不凑，放屁不臭，三月半的大麦，七月半才秀，挑了一担咸泥螺，爬了还剩一个。三次业务技术考核，都有一门不及格，失去了当干部的机会。我在部队尽了义务，穿军装的时间不长了，准备回家乡继续当农民种田。相伴倒沟塘里的荷叶莲花菱角藕。"丰田说。

"我也准备退伍，为难的是回家乡去，还是留在海岛，至今是六个指头打时——没主张。"吴江说。

"无论如何你要把貌若天仙的海岛姑娘哄到手，然后和她一起，拍拍屁股回家乡，抱得美人归。"丰田说。

"难说呢，林赛飞的意思是留我在海岛，和她一起开小店过日子。"吴江说。

"你留在海岛，家里父母老了谁照顾呀？"丰田问。

"她叫我把父母接到海岛上来。"吴江说。

"我看行不通，你父母来到岛上走路也不方便，如何习惯岛上生活，你在这里结果也难料，还是回老家种田稳妥。"丰田说。

"走一步，看一步吧。"吴江说。

"二弟的个人问题解决了吗？"李忠新问。

"他呀，脚踩两只船，一边和女同学写情书，情有独钟；一边和女老师书信往来，谈情说爱。还在选二嫂呢，抽屉里信我看过。"丰田笑着说。

"死东西，偷看人家私人信件，侵犯别人的隐私权，这是违法的。还好是你做的，要是别人这样偷偷摸摸的，吃不了兜着走。"

赵洪才说。

"喂，谁偷偷摸摸的，难听死了，你是我二哥，为你好啊，提醒你不要脚踩两只船，小心船翻了。"丰田说。

"不用你操心，我会看着办的。"赵洪才说。

"人生短短几十年，每个人都要珍惜每一天，脚踏实地地做好每一件事情，老了才有美好的回忆。"李忠新说。

"大哥上过战场，懂得珍惜生活，珍惜生命。"吴江说。

"过去人生只有几十年，现在人的寿命长着呢，过去七十古来稀，现在八十正常事。"丰田正说着，从山上下来两位挑柴的老大爷，放下柴担子在凉亭旁休息。

"老大爷，今年高寿？"丰田问。

"小呢，七十有八。"老大爷说。

"他呢？"丰田指着另一位老大爷问。

"刚满八十。"老大爷回答。

"八十岁，还上山打柴，真少见。"赵洪才说。

"现在的人呀，饭吃得饱，衣穿得暖，医疗条件越来越好，人的寿命越来越长，加上长寿秘诀，活到九十一百岁也不稀奇。"丰田说。

"长寿还有秘诀，第一次听到，说出来听听。"赵洪才说。

一个青年碰到三位九十九的老爷爷，看到他们身体健康，精神矍铄。这个青年好奇地问："老爷爷，高寿有诀窍吗？"

一位老爷爷想想说："有呀，我能活到九十九，从来不沾烟和酒。"

"有点道理。"李忠新说。

另一位老爷爷说:"我能活到九十九,每天饭后百步走。"

"说得过去。"赵洪才说。

最后一位老爷爷想了又想,皱皱眉头说:"我能活到九十九,可能是老婆找得丑。"

"三斤重的鸭子,七斤半的嘴,胡说八道是一等的本事,我知道他嘴里吐不出象牙来的。"吴江骂道,大家一起笑起来。

归队的时间到了,李忠新、吴江还要走很远的山路才能回到部队。赵洪才说:"下次你们来,我还在这个饭店请客。"

"这次分别,我们四个人不知何时再能相聚,今后的路如何走,在哪里找到自己的归宿和幸福,又有谁知道呢?"丰田说。

"幸福来之不易,但也很简单。幸福在于知足常乐,伴随我们每个人的身旁,热爱生活就是幸福,吃饱穿暖也是幸福,勤奋努力幸福会随影而来,幸福生活靠自己创造。我们兄弟四人当过兵,入过党,宣过誓,肩负家庭和社会责任,今后要努力奋斗,为民造福,把幸福生活带给人间!"李忠新说。

四人说着笑着慢慢走下山,赵洪才、丰田把李忠新、吴江送上公共汽车,相互挥挥手,各自回部队。

又到年底,部队一年一度的迎新复老工作开始了,丰田、吴江宣布退伍回地方,李忠新被安排护送老兵返乡。

吴江摘下帽徽领章的那一天,心里很难过,舍不得离开部队,而林赛飞高兴得跳起来,对吴江说:"我把店铺交给夏雪儿照看了,和你一起回你的家乡,做你的新娘。"

"一个姑娘家,路上带着很难走的。"吴江说。

"你上车我上车,你上船我上船,就是刀山火海,也和你一起闯过去。"林赛飞坚决地说。

在老兵集中的码头，吴江一眼看到护送老兵回乡的部队干部中有李忠新，连忙跑过去对他说："大哥，林赛飞要和我一起回家乡，她在老兵队伍中很为难的，帮帮我吧。"

"叫她拿着行李跟着我，我护送她到最后一站再交给你。"李忠新说。

吴江把林赛飞带到李忠新面前说："跟着大哥走。"吴江说着回到老兵队伍中去了。

林赛飞和李忠新原来就认识，躬身说："谢谢大哥，路上如果遇到麻烦，我就说是你媳妇。"

"少说话，跟着我。"李忠新说。

一路上，林赛飞跟着李忠新上船上车，经过两天两夜的行军，终于到达最后一站。吴江上了回家乡的轮船，李忠新领着林赛飞上船，把她交给吴江。轮船的终点站就是吴江的家乡，轮船离开码头，李忠新向两人挥手告别。

吴江带着林赛飞回到了家乡，吴江家是三间土墙草盖的房子，土路和村庄相连，门前田里的麦苗青青，田埂旁油菜葱绿，放眼向远处望去，一马平川。林赛飞从"地无三尺平，天无三日晴"的海岛山沟里，来到了吴江家的平原鱼米之乡，像换了一个世界，她对小路、小河、小桥、田野、村庄……处处感到新奇。吴茂、何氏老夫妻俩看到吴江带回来一位活泼、漂亮、手脚勤快的姑娘，心里像吃了蜜似的甜。吴江母亲何氏满心欢喜，问吴江："姑娘平时喜欢吃什么？"林赛飞听懂后说："我不讲究，爸爸妈妈喜欢吃的，我也喜欢吃。"老夫妻俩觉得媳妇贤惠，更是笑不拢嘴。

第二章　凤凰山

吴江父母为吴江准备好婚房，林赛飞看看贴着双喜的新房，床上新做的棉被，这里摸摸，那里看看，心里高兴。这时，听到吴江在外边喊："赛飞快出来，嫂子来了。"

林赛飞从房间里走出来，看到一位身材丰满，挺着大肚子的女子站在堂屋中间。吴江对林赛飞说："这是大哥嫂子。"

"嫂子快坐。"林赛飞连忙搬来一张凳子，叫王兰坐下来。拉着王兰的手说："嫂子已经有宝宝了，结婚时，怎么不叫上我呢？"

"我在部队结婚的时候，吴江说起过你，那时候吴江穿着军装，纪律在身，哪能叫你来呢？"王兰说。

"大哥是个好人，这次我到这里来多亏他帮忙，才一路顺利。路上我还冒充他媳妇呢，你不在意吧？"林赛飞笑着说。

"吴江打小是他弟兄，护着你这个弟媳妇，是他应该的。"王兰说。

"大哥打过仗，立过功，是我们尊敬的人。"吴江说。

"只有几个小时路程就到家了，大哥为什么不回来看看嫂子呀？"林赛飞问。

"军人身上有铁的纪律，没有请假哪能回家？所以，完成任务立即返回部队。"吴江说。

"你是姐姐，有事叫我，我一定帮忙。"林赛飞说。

"谢谢，你结婚时，我请了丰田对象周秀芳做你的伴娘，周秀芳在你结婚一周后，也和丰田举办婚礼，我都会来祝贺你们的。我家住在村东头，没事到我家玩玩。"王兰说。

"一定去。"林赛飞说。

又过几天，吴江和林赛飞到乡政府领了结婚证，热热闹闹办了喜事。婚后，吴江帮父亲种田，林赛飞和婆婆一起料理家务。早上吃大米粥，中午吃大米饭，晚上有饭有粥随便吃，林赛飞有时想吃海鱼，吴江到城里买回来，林赛飞不用油，蒸海鱼给全家人吃。她很快适应了吴江家的生活，一家人日子过得和和美美，甜甜蜜蜜。

转眼间过了半年时间，又到了吴江家乡种水稻插秧的季节。林赛飞看到嫩绿的秧苗，栽在水田里，一天一个颜色呼呼地长着，越到天热秧苗在田里长得越欢。人热得屋里燥，稻热得田里笑，一场雷阵雨像浇油一样，秧苗拔节生长，碧绿一片。有时候，吴江教林赛飞在秧田拔草，叶子上没毛的是稗子，有毛的是秧苗。林赛飞看着一片随风翻着绿色波浪的田野，心里有说不出的高兴。秧苗在水田里四个多月，开始抽穗扬花，最后结谷，成熟的稻穗沉甸甸的，稻田金黄一片。新米上市了，林赛飞吃着香喷喷的新米粥、新米饭，心里想着海岛村民常年吃山芋干子和五谷杂粮过日子，有一天也能吃上大米那该多好呀。

想着想着，林赛飞对吴江说："我们一家子到海岛上去，请爸爸帮助渔村种植水稻，让海岛渔民开开眼界，换换口味，把吃杂粮换成吃大米，尝尝新，你说行不行？"

林赛飞恳求的事情，吴江当然同意。于是，他们一起去求父亲。吴茂看到儿媳妇诚恳地请求，不忍心地说："种植水稻是有条件的，我只能陪你到岛上去看看能不能种植水稻。你嫁到我家快一年时间了，故土难忘呀，想家了吧，到了农闲时节我和吴江陪你走一趟吧。"

林赛飞听到爸爸答应到岛上帮助种植水稻，高兴地说："谢谢

第二章 凤凰山

爸爸，以后我和吴江会孝顺你的。"

再说，凤凰山渔村余海波捕鱼回来，听到林赛飞跟吴江回家结婚去了，如雷轰顶，在渔村掀起轩然大波。他寻死觅活，大哭大闹一场，跑出去再也没有回来，父母亲到处找不着人，动员全村人上山去找，请解放军搜山也没有结果。两天过去了，仍不见人影，余海波的母亲哭得死去活来，病倒在床上。余老大一袋接一袋抽旱烟，一家人像天塌下来似的。

夏雪儿心里更着急，脑子转，心里想。她突然想到凤凰山南山陡坡处有个小山洞，只能容纳两个人，沿着陡坡向下走十几步路才能进到洞里，以前和余海波在那个洞里玩过。这个地方地形险峻，悬崖绝壁。山下大海波涛汹涌，礁石林立。过去有人在这里跳海寻短见，连尸首也没有找到。这个山洞很少有人知道，余海波有可能藏在那里。夏雪儿想到这儿，关掉店门，带根绳子，灌瓶水，向凤凰山南山陡坡爬去。快到陡坡时，看到悬崖边坐着一个人，仔细一看正是余海波。

夏雪儿看到余海波坐在悬崖边上，不顾一切向山上爬，边爬边喊："海波大哥，海波大哥！"余海波听到喊声，回头看到是夏雪儿，声音嘶哑地说："就是你，林赛飞才离开我的，你不要过来，你再过来，我就从这里跳下去！"

"大哥，大哥，我的手划破了，快来帮帮我吧。"夏雪儿哭着说。

余海波一愣，看到夏雪儿手上真的流着血。原来，夏雪儿看到余海波坐在悬崖边，不顾一切扒石块，拨荆棘，向山上爬，手被划破了。余海波走过来，给她擦掉血，看到只是划了一条口子，并没有大碍，就推开她说："林赛飞走了，我也不想活了，我要从这里跳下去。"

"好呀，跳下去是吧，我和你一起跳。"夏雪儿边说边把手中的绳子三绕四绕，把余海波的腰和自己的腰捆在了一起，还说："来，我们一起跳，生，活在一起，死，葬在一块。"夏雪儿狠狠地说。

"傻呀，你为什么和我一起死呀？"余海波说。

"大哥，我们从小一块儿长大，我一直喜欢你，你是知道的，你死了，我活着还有什么意思。来吧，我先跳，你跟着。"夏雪儿边说边拉着余海波向悬崖边走去。余海波一把抱住夏雪儿哭起来，两人抱在一起，大哭了一场。一会儿，夏雪儿停住哭，拿出水给余海波喝了几口。夏雪儿对他说："大哥，求你跟我回去吧，你妈妈找不到你，哭得晕过去，病在床上呢。你爸爸只抽烟，不吃饭，村里人和解放军上山找过你，大家都为你着急，你跟我回去，我会陪你一辈子的。"

余海波看看夏雪儿，又看看系在他俩腰上的绳子，夏雪儿连忙把绳子解开，又把水给余海波喝几口，抓住他的手，搂着他的腰，扶着他一步一步，摇摇晃晃地走下山来。

村里人看到夏雪儿扶着余海波从山上回来，有的安慰，有的端来吃的，在大家的劝说下，余海波喝了一碗粥。

余老大看到儿子回来了，吃过粥，指着鼻子骂道："没出息的东西，为个女人寻死觅活的，还像个男子汉嘛，你看你把人折腾成什么样子！"

"伯父，海波大哥是上山静静心的，看到我就跟着回来了，原谅他吧。"夏雪儿说。

第二章　凤凰山

"孩子想通了，回来就好，少说几句吧。"邻里大爷说。

余海波来到床边看望妈妈，妈妈看到儿子回来了，抱住他伤心地大哭起来。夏雪儿赶紧到厨房里洗锅抹碗，拿出带鱼、黄鱼，收拾干净，准备晚饭。

再说林赛飞在吴江家生活了将近一年时间，全家商议决定：吴江母亲何氏留守家里。吴江、林赛飞、吴茂三人带着三百斤大米，来到海岛林赛飞家里。夏雪儿把店铺交还给林赛飞。

"我把海波大哥交给你，现在你和他好了吗？"林赛飞问夏雪儿。

"天翻地覆，翻江倒海，最近是平静下来了，有时也关心我，但还是见不到他的笑脸，心里还想着你呢。"夏雪儿说。

"只要你真心真意地对他，不久的将来你们会成为一对恩爱夫妻的，我们一起去看看他吧。"林赛飞说。

林赛飞扛着三十斤新大米，一包喜糖，来到余海波家。余海波看到林赛飞先是惊喜，很快冷下脸来，转过身去，爱恨情仇涌上心头。

"大哥，给你送喜糖来啦，求你原谅我。"林赛飞说。

"拿走，快拿走，我不稀罕。"余海波生气地说。

"夫妻做不成，兄妹还是可以做的吧，今后如果有事情还请大哥帮忙呢。"林赛飞说。

"少骗我，从今以后，我们水火不容，你走你的阳关道，我走我的独木桥。"余海波说着出门走了。

"他嘴上说恨你，心里想着你呢，你不要放在心上。"夏雪儿说。

"他对我是真心的，无论他说什么，我都不会计较的。"林赛飞叹口气说。

第二天，林赛飞和吴茂、吴江到渔村党支部书记夏孝德家里，协商在渔村种植水稻的事情。

夏书记说："在我们岛上种植水稻是前人没有做过的事情，能行吗？"

"明天，夏书记带我看一下村里的土地和水情，再下结论。"吴茂说。

又过一天，夏书记带着吴茂、吴江、林赛飞，从海滩看起，沿着山沟向山腰爬去，在半山腰，吴茂看到有一股泉水从石缝里向外流淌着，用手掌心捧起水在嘴里品尝后说："这淡水，质地好，甜丝丝的，适合水稻种植用水。"

看过田地和水情后，吴茂说："在这后山沟里种植水稻，气候不成问题，只要做好淡水积蓄和水田维护这两件事情，岛上同样能种植水稻。首先要做的事情是加高海堤，修建闸门，不让海水倒灌进稻田。其次要在山腰修一座小水库积蓄淡水，在水库下方修梯田，用于种植水稻，这两项工作做好了，水稻可以在凤凰山岛上安家。另外建议村里在泉水处打一口水井，用管道把泉水接下山来，部队和渔村都可以用上自来水，余下的淡水用于种植水稻。"

"这三项工程，估计要投资多少钱？"夏书记问。

吴茂算算说："如果土石方自己动手，材料费大概需要两万多元。"

村委会经过讨论，大家同意修水库，打水井，种水稻。问题是村里男劳动力出海打鱼了，缺少劳动力怎么办？

第二章 凤凰山

"能不能请部队支援，修水库，打水井，接自来水，对部队也有好处。"一位村干部提醒说。于是，夏书记来到连队，和连长、指导员协商这件事情。凤凰山连队向团部打报告，上级批准凤凰山连用三个月时间修水库，打水井。打水井、接自来水管道的费用由后勤处解决。

说干就干，军民一起动手，只用三个月时间，打成了一口水井，建成了一座小水库，海堤加高了五米，新建了海塘闸门，在水库下方建成二十几亩梯田，用于种植水稻。

第二年夏季，吴茂从家乡带来稻种，梯田加上海堤内的水田，一共种下五十多亩水稻，经过四个多月精心管理，在凤凰山海岛上水稻种植成功。在千年沉睡的小岛上，第一次飘出了稻花香，当年收获两万多斤稻谷，岛上渔民和部队第一次吃上了香喷喷的新米饭。

吴江父亲教会海岛村民种植水稻技术后，仍旧回家乡种田，林赛飞暂时不回吴江家乡，继续经营她的店铺，吴江只得留下来陪着她。夏书记看到吴江年轻力壮，头脑灵活，做事勤快，打算安排他到渔村的渔船上捕鱼，家庭经济收入高些。

吴江把夏书记想安排他上船出海捕鱼的事情，告诉了林赛飞。林赛飞想到，上船到海上捕鱼非同小可，必须有人传、帮、带才行。她想到了余国定、余海波的父子船。正好渔船回港，林赛飞找到余海波说："大哥，我有件事求你帮帮忙。"

"随便什么事，不要找我，眼不见，心不烦，离我远一些清静。"余海波说。

"帮帮我吧，求求你。"林赛飞抓着余海波的手摇着说。

"肉麻死了，什么事情，快说。"余海波不耐烦地问。

"村里打算安排吴江上船捕鱼，我想把他安排在你的船上，请你带带他。"林赛飞说。

"不行，我看到他就眼红。"余海波说。

"吴江和你有仇吗？他是我的救命恩人，那天我在海上遭遇险情，潮水滚滚浪滔天，不是吴江舍命相救，我早已命丧大海了。和他结婚是我自愿的，不关他的事。过去你说对我好，给我幸福，这话是真的吗？今后我也不想见到你，不帮我，我到吴江老家去，你永远见不到我了。"林赛飞说完掩着面，哭着要走。

林赛飞的话把余海波说醒了，于是对她说："你站住，叫他上我的船。"林赛飞听了由哭转笑，高兴得要拥抱余海波，余海波推开她说："你是有丈夫的人了，放自重些，我不想让别人说我的闲话。"

"虽然我们没有夫妻之爱，但有兄妹之情呀，你是我的大哥，没有关系的，吴江交给你，我就放心了。"林赛飞高兴地说。

"如果我害他呢？"余海波说。

"不会的，你爱我是真心的，为了我的幸福，相信你一定会帮他的。"林赛飞说。

余老大的船是风帆船，每条船上有十三四个人，主船、围船一对出海捕鱼。船上高低有三杆桅，有时候渔船到鱼旺发的渔场，要航行几天时间。在渔场捕鱼，主船和围船合力下一网，两条船向前拉网要三四个小时，捕鱼少时，一网只有百十斤鱼，多时有一吨多鱼，碰到旺发的鱼群时，有几吨鱼，捞鱼网网空，就碰一网中。

吴江刚上船时，不习惯海上生活，有风浪时，渔船在海上颠

第二章 凤凰山

簸，他头晕目眩，呕吐不止，吃不下饭，浑身无力。他第一次出海，就遇上风浪，风大浪高，渔船在海上起起伏伏，左右摇晃，吴江无法工作，还要余海波和船员照顾他，渔船在海上捕鱼一个多月才回到渔村渔港。余海波把吴江背到林赛飞家，对她说："都是你，我因为他一个多月没过好日子。"

"谢谢你，为我吃苦了。"林赛飞说。

"我对他恨得牙痒痒的，为了你，我又没有办法。"余海波无可奈何地说。

"知道。"林赛飞说。

吴江缓过神来，慢慢地睁开眼睛，林赛飞看到他上船一个多月后，人瘦脸黑，于是对吴江说："海上风浪大，吃不消就别上船了。"

"这点儿风浪算什么？为了你的幸福，我会坚持的，总有一天，我会成为一个合格的渔民。"吴江说。林赛飞紧紧地把他抱在怀里。

余海波回到渔船上，看到吴江没有分到鱼，就问父亲是怎么回事。余老大说："吴江这次出海没有做事，不计报酬。"

"太不像话了，谁一生下来就会出海捕鱼呀？吴江不是不肯做事，而是要有个适应的过程，他的鱼不能少一条，钱不能少一分，如果有人不同意，就把我的鱼和钱给他。"余海波说着，拿起一条鱼狠狠地砸向船头。

"罢罢罢，小祖宗，又要闹事了，吴江的鱼一样给，报酬一样有，这样没话说了吧。"余老大说。

"这才是我们的好老大，谢谢爸爸。"余海波高兴得要拥抱

| 凤凰记 |

父亲。

"去去去,坏小子,你把我放在眼里就谢天谢地了,不用献殷勤。"余老大推开余海波说。

余海波从船舱里挑出一份又大又好的鱼,送到林赛飞家里,吴江和船上水手一样拿到了报酬。

第二次渔船出海捕鱼,吴江对余海波说:"原以为你会恨我,没想到你这样帮我,真不知道如何感谢你。"

"不要谢我,我是为林赛飞过得好才这样做的,今后你敢做出对不起林赛飞的事情,我把你扔到大海里去喂鱼。"余海波说。

吴江坚持风里来,浪里去,和大家一起作业捕鱼,经过多次出海磨炼,终于经受住海上风浪的考验,成为一个合格的渔民。吴江为人诚实,做事勤快,又与人和睦,很快和船上水手打成一片,每次渔船出海时,升帆起航,吴江身高力大,抢着把船上三杆桅篷升足,让船乘风破浪前行。到达渔场后会抢着放网、收网,分拣鱼类品种,报酬多少,从不计较,渔船回港分鱼给家里吃,他最后一个拿。余老大看在眼里,喜在心里,喜欢上这个为人诚实,做事勤快,不计较个人得失的青年人。

随着时间匆匆过去,从小是拜把兄弟的李忠新、赵洪才、丰田、吴江四人,都有了人生新的定位。吴江成为渔村名副其实的渔民,在海上风里来浪里去,靠海上捕鱼为生。丰田退伍回乡,当上了凤凰村村副主任,成为乡村干部。一年一度的部队干部转业到地方工作开始了,赵洪才突然宣布转业,来信告诉李忠新他分配在东风面粉厂当工人。李忠新立即回信给他,鼓励他在地方努力工作,做出成绩来。

第二章　凤凰山

　　李忠新继续留在部队履行义务，新年度迎新复老工作开始了，李忠新接到通知，到新兵团报到，到地方负责征兵工作，担任新兵连政治指导员。新兵连组成后，营里常副营长是新兵连连长，新兵连干部在县招待所住下后，常副营长回家探亲，新兵连的征兵工作全权交给李忠新负责，在四个乡镇征集一百七十五名新兵，其中有五名女兵。新兵体检合格后，开始政治审查工作，新兵连干部分为四个小组，由武装部干部陪同，走访四个乡镇新兵家庭，由村干部介绍入伍青年家庭和平时思想表现情况，邀请五名居民或村民座谈，只有全部签字同意才能批准参军。有一天，李忠新、军医、乡武装部马部长到山区审查三名新兵，三人翻山越岭，到中午十一点才审查完两名新兵。李忠新说："这里前无集镇后无店，中午饿着肚子休息一会儿，审查完最后一名新兵。"武装部马部长说："放心，跟我吃中午饭去。"翻过一座小山，马部长带领两位军人来到山村一户人家，这户人家看到马部长带着两位军人来，一家人忙起来，把屋檐下的封鸡、封鱼取下来，很快六菜一汤的中午饭准备好了。李忠新问扎围裙的大妈："马部长是你家什么人，你们这么热情。"大妈说："女婿一年多没有来我家吃饭了，和你们解放军一起上门来是件喜事呢。"原来如此，吃过饭，李忠新坚持叫军医一人付四角钱伙食费和半斤粮票。三人又步行十五里山路，审查完山村最后一名新兵，保证每位入伍新兵身体健康，政治历史清楚。

　　一人参军，全家光荣，青年应征入伍，当解放军是件光荣的事情。在决定女兵入伍名单时，李忠新遇到了难题，女兵征兵名额是五名，体检政审合格六名，其中一名是农村初中毕业的女青年。这位女青年知道自己体检政审合格后，天天到接兵部队来，对李忠新首长长、首长短地喊,积极要求参军。李忠新被这位女青年参军的热情所感动,破例和区武装部长打招呼,报名单时,优先照顾这名女青年。然而令李忠新意外的是,送上的名单却没有这名女青年的名字。女青年知道后,在接兵部队住的招待所哭着不走。李忠新请示新兵团,多带一名女兵,新兵团答复,按原计划征兵。李忠新打电话请区武装部部长来,明确表态:要么换名单,要么做好这名女青年的思想工作。区武装部部长来到招待所,劝说带走了这名女青年。第二天,这位女青年到招待所对李忠新说:"谢谢首长关心,乡政府安排我到学校当了民办教师,明年再参军。"李忠新松了一口气,在五名女兵政审表上签字接收。

李忠新完成了征兵任务回到营部,上级调令已到,任命他为步兵四连政治指导员。李忠新到连队报到后,连长孙俊对他说了一件头疼的事,连队有个战士叫何卫征,脾气暴躁,三天两头与人打架,动不动拳头朝前,说理不听,批评无效,战士喊他是"刺猬",实在是拿他没有办法。连长孙俊说:"我想叫几个人把他捆了,拖到山沟里教训他一顿,看他还牛不牛?"李忠新听后说:"这不是解决问题的办法,部队纪律也不允许,人的思想行为是可以改变的,部队不是熔炉吗?这件事交给我吧,你集中精力抓好连队的军事训练工作。"

李忠新对何卫征的问题,进行了深入细致的调查研究。针对他"破罐子破摔"的思想,召开干部会、党员会和骨干会,统一思想。通知全连干部战士不准再与何卫征发生口角,不准与他动手打架,更不准歧视他。全连人人主动与何卫征谈心交朋友,群策群力做他的思想工作。李忠新经常把他带在身边,一起站岗放哨,一起翻山越岭巡逻，耐心地说服他做事做人的道理。诚恳地对他说："我既是你的领导，又是你的兄长，今后有事有话对我说，我会给你做主，给你一个公平说理的地方。"经过李忠新和连队党员、骨干动之以情、晓之以理的思想工作，何卫征再也没有和人吵过嘴，也没有动手打过人。一次，渔村一户人家失火，他冒着生命危险冲进火海，救出一位老人。到了年底，他被连队评为先进个人。李忠新说："平时会顶牛的战士，如果把他引向正路，战场上可能是勇士。"

李忠新担任步兵四连政治指导员后，通过细致的思想政治工作，不让连队一个战士掉队，他以身作则，身先士卒，为全连干部战士做好榜样。

一天，上级观察所报告，四连防区前面海上有三条外来渔船，发现船上出现闪光灯拍照，拍摄岛上军事设施，有特务活动的嫌疑。海军军舰将三艘外来渔船逼停到海岛码头，命令步兵四连派人上船搜查。李忠新带领一个排的部队到达码头，排长主动请缨带兵上船搜查。李忠新说："我打过仗，有经验，你在岸上组织指挥机枪火力掩护，我带人上船搜查。"李忠新腰别手枪，正义凛然地站在船头上指挥两个班战士，查遍三条船各个角落，没有查到照相器材和特务活动的痕迹，李忠新接着盘问渔船老大。老大说："我们每年都到这个礁石群中钓石斑鱼，在这个码头上加淡水，有人认识的，保证没有搞特务活动。"李忠新仔细观察，发现渔船驾驶室前面照明灯玻璃罩，在太阳光照射下，随着波浪一起一伏发出闪光，排除了敌特拍照的嫌疑。他向上级报告后，给渔船加满淡水后放行。

| 凤凰记 |

　　李忠新执行任务时,敢于担当,把危险留给自己,把安全留给别人,如果发现意外险情,他会冒着生命危险保护战士生命安全。一次,李忠新组织二排在山坡上进行手榴弹实弹投掷。他给全排战士讲清要领,带着文书进入阵地进行实弹投掷。随着"轰、轰、轰"的爆炸声,实弹投掷顺利进行。当轮到一名新战士投掷时,意外发生了。由于这名战士心情紧张,用力过猛,出手太快,手榴弹甩到投弹阵地的后山坡上,嗤嗤地冒着烟从山坡上往下滚。李忠新面对险情大喊一声"卧倒"!随即将新战士扑倒在地,用身体压在他的身上,手榴弹冒着烟落入投弹阵地上方的挡弹沟内,随着"轰"的一声爆炸,一道火光冲天而起,弹片、石块、泥土纷纷落在李忠新的身上。当二排战士冲到投弹阵地时,李忠新、投弹战士、文书三人,从壕沟里站起来。李忠新笑着拍拍新战士的肩膀说:"没关系的,好好练习投弹要领,争取当投弹能手。"二排战士完成投弹收操,连队二排长告诉李忠新,他的的确良军装上衣后面有五个弹片烧的洞。李忠新笑着说:"二十多个弹片考验过我,对我没奈何。"

　　李忠新注意搞好连队与驻地群众的军民关系,除每年同训练同联防外,农忙时,他还派连队到村庄帮助群众抢收抢种,定期组织连队到村庄打扫卫生,他们与当地群众鱼水相依,亲如一家。村干部十分支持连队营区建设,有求必应。一天,李忠新到村里走访,听到村里准备把十亩苹果、梨树刨掉,改成水稻田。李忠新问清楚这些果树还在结果年龄,找到村党支部书记商量,把这些果树移栽到连队营区的山坡地上,村书记同意后,李忠新和连队干部统一思想,统一行动,利用星期六日的两天时间,干部战士每人五棵树，包刨树、包扛树、包挖坑、包施肥、包栽树、包管理的"六包政策"，年底按树的成活率和长势，评选出十位先进个人，给予连队嘉奖。连队在营区山坡地上栽种的十亩果园，当年结果五百多斤。李忠新写了一篇文章《海岛连队的果园》被军内外报刊电台采用。

李忠新担任连队政治指导员后，充分发挥党支部的作用，注重抓连队干部战士的思想建设，有针对性地进行政治思想教育，引导战士们树立正确的人生价值观。在全连开展争当先进班、排、优秀战士活动，还选择战士家长来信，在思想教育课上宣读，让战士们在家长的嘱托中受到教育。连队评选出来的优秀战士，全部纳入入党培养对象，成熟一个发展一个，成熟一批发展一批，使每个干部战士思想有信仰，人生有目标，工作有激情。李忠新担任步兵四连政治指导员一年多来，全连军事训练实弹射击取得优秀成绩，干部战士精神面貌焕然一新。年底，李忠新在全团政治思想工作会议上，介绍了群策群力做好连队后进战士思想工作的经验，他被评为优秀政治指导员，连队被评为先进连队。

李忠新和王兰结婚三年，王兰生了一女一男两个孩子，军人夫妻分居两地，一年有两次相会，军人有一个月的探亲假，爱人有一个月的探亲假。一天，王兰抱儿搀女到部队探亲。到了连队对李忠新说："一路上我左抱儿，右搀女，乘车乘船，漂洋过海，把你的儿女带来交给你了。两个宝贝在路上坐麻了我的腿，李敏、李军，快叫爸爸。"

"爸爸！"女儿李敏一声清脆的呼唤声，让李忠新心中充满了无限的爱。他想道：三岁的女儿，一岁多的儿子，从呱呱坠地，牙牙学语，蹒跚学步，自己没有尽到做爸爸的责任，眼前一家团圆，欢声笑语，是王兰承担的。李忠新想到这里，抱着妻子、儿子、女儿，深情地对王兰说："谢谢你。"

"谢我什么？"王兰问。

"谢谢你为我做的一切，你是贤妻，又是良母。"李忠新说。

"养儿育女是我的责任，保家卫国是你的责任，你肩上的担子比我重呢。我懂得把家里的事情做好了，你才能安心在部队工作，把工作做得更好。"王兰说。

"你在家里忙里忙外，照顾老的，照顾小的，辛苦了。"李忠新说。

"照顾我们的儿女，我不觉得苦，是幸福。现在不愁吃、不愁穿，日子越过越好。家有一老，如有一宝，你妈妈照顾孙子、孙女，我天天参加集体劳动，晚上夜深人静的时候想着你，心里满满是幸福。"王兰说。

吴江从海上捕鱼回来，听到嫂子王兰来部队探亲就对林赛飞说："把这次出海分的带鱼、黄鱼、鲳鳊鱼、马鲛鱼、对虾整理干净，明天是星期天，我们一起去看望大哥大嫂，给他们尝尝新鲜的海产品。"

第二天，吴江和林赛飞挑着五十多斤新鲜的鱼、虾来到步兵四连。李忠新、王兰看到吴江、林赛飞夫妻来了，非常高兴，让座倒茶。林赛飞看到两个孩子活泼可爱，一一抱起来乖着。孩子们有些认生，王兰忙叫女儿喊"四妈好"。

"四妈好。"李敏叫一声。

"宝宝乖。"林赛飞又抱起李敏在脸上亲亲。

第二章　凤凰山

"嫂子好幸福，儿女双全，而且是那么可爱。"林赛飞说。

"不要着急，你也会有的。"王兰说。

"这样的好事，不知道等到哪一天呢。"林赛飞说。

"真是的，生孩子的事也好意思跟嫂子说。"吴江说。

"这是难为情的事吗？女人结婚谁不想有个孩子，这是人之常情，你不想吗？"王兰说。

"嫂子，莫怪他，他是个老实人，孩子的事慢慢来吧，总会有的。准备中午饭的时间还早，我和嫂子带宝宝到山下沙滩上去玩玩，你们哥俩说说话，中午饭，我做新鲜海鱼给你们吃。"

林赛飞搀着李敏，王兰抱着李军，站在半山腰向大海望去，无边无际的大海开着一朵又一朵的白浪花，海面上条条渔船慢慢地移动着，白帆点点。一只只海鸥一会儿展翅高飞，一会儿冲向海面。一波又一波的海浪扑打着海岸边奇形怪状的礁石，绽开朵朵雪白的浪花。从山坡上慢慢地下到沙滩上，只见海浪一浪接着一浪地推向海滩，浪花散开来，把沙滩冲洗得干干净净，各式各样的贝壳在灿烂的阳光下，闪烁着五彩光芒，一只只小蟹在沙滩上奔跑。李敏、李军看到沙滩上有小蟹跑，姐姐追着小蟹，弟弟慢慢地跟着，小蟹钻进洞里，姐姐挖沙子找蟹，弟弟跟着抓沙子。

"排排毛竹漂浮在海面上，下面有黑乎乎的东西在晃动，那是什么？"王兰问。

"这是海带养殖场，年初，工人把海带苗固定在棕绳上，把棕绳固定在毛竹上，把毛竹固定在海里，到了秋后，海带在棕绳上生长成熟。刚出水的海带一根有几斤重，一根棕绳上成熟的海带有一百多斤。你看，那毛竹下像狗尾巴摇来摇去的东西，就是成熟的海带。"林赛飞说。

"我们那里看不到海带的,海带能吃吗?"王兰问。

"海带含碘,是干净卫生的蔬菜。"林赛飞说。

"一方水土养一方人。"王兰说。

"靠山吃山,靠海吃海嘛。"林赛飞说。

这时,王兰的儿子李军回头朝王兰望着,像是抓够了沙子,屁股也坐湿了。王兰走过去抱起李军,林赛飞搀着李敏的手,一边走,一边在沙滩上捡五颜六色的、形状不一的贝壳。李军看见了,"呀呀"地喊着,也要贝壳。李敏拿两个贝壳过来给李军抓着,而后又回到沙滩上去捡,一直捡到沙滩尽头,捡了一口袋贝壳。王兰、林赛飞带着李敏、李军回到连部招待所。

中午,林赛飞叫王兰用葱、姜、盐把带鱼、黄鱼、鲳鳊鱼、马鲛鱼、对虾放在笼里蒸,蒸出来的海鱼肉质又鲜又嫩又香。黄鱼、鲳鳊鱼肉多无刺,李敏、李军吃得有滋有味。两家人在一起,高高兴兴吃了一餐新鲜的海产。

吃过中午饭,吴江、林赛飞要回凤凰山。李忠新、王兰送两人到渡口码头。临别时,林赛飞对王兰说:"下次你再来部队探亲,带你到凤凰山渔村去玩,到海滩上赶海,我们两家人一起吃一餐人间美味。"

"到你家要乘船过海,翻山越岭,抱男挽女能去吗?"王兰问。

"放心,我和吴江带挑货担子来,把你儿女担到凤凰山,不费多大力气。"林赛飞说。

"好吧,我一定去。"王兰说。

吴江、林赛飞乘上渡船,李忠新大声说:"谢谢你们夫妻俩送鱼来。"

"大哥别客气,我们是一家人。"吴江大声地回答。

渡船离开码头,两对夫妻挥手告别。

在渡船上,林赛飞对吴江说:"大哥大嫂一家人真幸福。"

"我们不幸福吗?"吴江问。

"十年修得同船渡,百年修得共枕眠。我和你天南海北来相遇,缘分让我们在一起,当然也幸福。"林赛飞说。

"说得对。"吴江说。

王兰一个月探亲假结束,带着儿女回到家乡。李忠新头脑又开始思考连队下星期工作计划,全身心地投入到工作中去。

再说李忠新所在团的团政委韦金重到师部参加新年度政治思想工作会议,师政委批评团里不重视新闻报道工作,一个团全年在省以上报刊电台只播发两篇稿件,这两篇文章还是基层人员写的。机关干部是吃闲饭的,好的不宣扬,差的不批评,舆论工作不重视,宣传教育工作一潭死水,全团的工作能好到哪里去呀?上级要求团里新年度必须采取措施,下决心改变这个状况。

韦政委召开全团政治思想工作会议时,传达了师政委的批评意见。当场问:"基层两篇稿件是谁写的?"宣传股长说:"步兵四连政治指导员李忠新写的。"

韦政委说:"我建议把李忠新同志调到团宣传股担任新闻干事。"

"李忠新到步兵四连担任政治指导员后,连队面貌发生了很大的变化,从落后跨进先进行列。他是个难得的基层思想政治工作人才。"政治处主任说。

"越是人才越要调到机关来，他能改变一个连队的面貌，就有可能改变全团工作的面貌，如果没有意见，组织股选拔报批步兵四连新任政治指导员，调李忠新同志到团宣传股工作，负责全团的新闻报道工作。"韦政委说。

一个月后，李忠新到团宣传股报到，韦政委和他谈话，提出对搞好团新闻报道工作的建议，要求他拿出具体方案，努力工作，做出成绩来。

李忠新经过一个月的思考，拿出了搞好全团新闻报道工作的意见，召开全团新闻报道工作会议，强调搞好新闻报道工作的意义和作用。同时，还布置任务，要求股、连以上单位一年内在省以上报刊电台播发一篇稿件，年底评出优秀稿件，并给予精神和物质奖励。团成立报道组，从基层抽调两名有文字写作能力的战士，与新闻干事一起采写稿件，半年轮换一次。团召开军事、政治工作会议，团领导班子成员进行理论学习，允许新闻干事参加旁听。

调到团部写稿的两名战士，住在李忠新的宿舍里，李忠新带他们下连队采访，回来一起研究写稿件。李忠新参加团领导班子定期的理论学习，认真听取团党委成员的讨论发言，学习领会中央文件精神，掌握理论动向。经过半年的实践，李忠新提笔写了坚持唯物论反映论，以及团党委成员深入连队调查研究，解决实际问题的稿件，文章说的是团党委成员下连队调查，实事求是解决连队班子团结问题，军事训练中的难题，连队住房困难等几件事，被军区报刊头版头条刊登。

李忠新和团长蔚向东一起到连队抓军事训练，看到团长从小处着手，大处着眼，抓连队扎实的训练作风，受到启发。于是，李忠新动手写了一篇《严在理上，练在实处——团长蔚向东下连队抓训练二三事》的稿件，说的是新兵刚下连，连长在组织训练时忽然下雨，连长动员战士坚持在雨中训练。团长叫连长收操，对连长说，新兵下连才发一套军装，淋湿了没有衣服换，容易生病，讲清用兵和爱兵的道理。蔚团长跟着轻机枪班战士一起到训练场进行瞄准训练。看到战士修轻机枪三脚架平衡阵地用去十几分钟时间。蔚团长告诉战士，轻机枪三脚架在任何阵地上能够起平衡作用，不用修平衡阵地。蔚团长现场命令两名轻机枪手直接占领阵地，用三脚架支撑进行实弹射击，均取得了好成绩，论述了训练与实战的关系。蔚团长下连队抓扎实训练作风的这篇稿件，被军区报纸以半版篇幅刊登，由于团领导重视新闻报道工作，李忠新和干部战士积极组写稿件，一年中，全团被省以上报刊电台采用稿件二十七篇，对于弘扬部队正气，对全团思想教育工作起了积极的推动作用。全团也因为新闻报道工作被师评为先进单位，李忠新个人荣记三等功一次。

　　第二年，李忠新工作更加努力，节假日也不休息，采访写稿笔耕不断，为让文思上笔尖，他积极学习理论细钻研，深入连队调查研究，采访素材，回来整理，写稿到深夜。上级报刊电台记者下基层采风时，李忠新积极向他们提供新闻线索，把自己采写的稿件给他们看，请他们提出修改意见。这一年，李忠新写的《连长上政治课》被《解放军报》采用，《我为祖国站岗放哨》《凤凰岛上军民鱼水情》被中央电台解放军生活节目采用。《精通业务的侦察兵》被军区报刊采用，被报道的这名战士被选为共青团十大代表，这篇文章也被选编到《海岛战歌》一书中。

在团领导的大力支持下，通过李忠新积极努力，当年全团被省以上报刊电台采用稿件三十二篇，全团的新闻报道工作再次被军、师评为先进单位，李忠新写的稿件被军区政治部评为一等奖，个人荣记三等功。

同时，李忠新在和团领导下的连队抓思想教育、军事训练过程中，写了六篇经验材料，四篇被师政治部转发，两篇被军政治部转发，李忠新成为团里名副其实的笔杆子。

铁打的营盘，流水的兵。新的一年部队安排部分干部转业到地方工作。原宣传股长转业，任命李忠新为团宣传股股长。宣传股股长是营级干部，家属可以随军。李忠新写信告诉王兰，一家人可以到部队随军。王兰收到信，抱住女儿、儿子说："爸爸来信，叫我们到部队去，高兴吗？"李敏、李军看到妈妈高兴，也高兴地笑了。

李忠新请假回家办理了王兰和李敏、李军的户口迁移手续。王兰说："告诉你一个不幸的消息，你的同学刘玲玲走了，她和同行老师结婚，婚后夫妻俩性格不合，常常吵架，刘玲玲想不开，自尽走的。"李忠新听后沉思了好一会儿，叹口气说："刘玲玲是个性格内向、洁身自爱的女孩子，嫁了一个不能包容她的人，我担心的事情还是发生了。"

几天后，李忠新带领全家准备到部队，临行时，舍不得母亲一个人留在家里，心生忧虑。母亲是个典型的农村妇女，高个头，身材瘦削，穿着朴素，为人慈祥，种田、养鸡、养猪，一年忙到头，把人生全部奉献给儿女，哥哥姐姐没念几年书，母亲把精力放在培养李忠新的身上。农忙时，母亲日夜在田间忙活，有时累得直不起腰来，李忠新去帮忙，她说："做完功课再做事。"一次，老师家访，母亲满脸疑惑地问老师："我家忠新给老师添麻烦了？"老师笑着说："你儿子是个聪明好学的孩子，家境虽然不是很好，但他的成绩在班上名列前茅，算是寒门出学子吧，你儿子今后会有出息的。"每次李忠新回家探亲，母亲忙里忙外，做几道李忠新喜欢吃的菜。李忠新爱吃母亲做的红烧慈姑肉，母亲叫媳妇王兰买慈姑和猪肉回来，上锅精心烹调，让李忠新心里留着妈妈的味道。李忠新探亲结束回部队，母亲总替他整整军装，还嘱咐几句："在部队好好做事，听领导的话，别惦记家里。"她会眼里含泪说："媳妇送送吧。"李忠新耳边留着妈妈的声音。母爱是人间最珍贵的爱，全力付出，从不求报偿。现在一家人到部队了，母亲一个人留在家里，难舍难分，李忠新眼含泪水。王兰看到后，拉拉李忠新的衣角，轻声说："高兴些，别惹妈妈难过。"当全家向母亲告别时，母亲高兴地说："你们一家团圆是我日盼夜想的事情，我的生活能自理，还有你的姐夫姐姐照应，带好我的孙子、孙女我就放心了。"她眼睛里含着泪水，始终没有流下来。

　　李忠新一家搬迁到部队，团后勤处给李忠新安排了三室一厅平房。另外，还安排女儿、儿子上学，王兰招工进部队办的服装厂上班，成为正式工人。全家变成国家计划定量供应户口，米、面、油、鱼、肉、蛋、副食品计划供应。大人，每月供应二十八斤粮食，小孩每月供应二十四斤粮食，军人服务社每周有带鱼、乌贼鱼、鲳鳊鱼供应，营以上干部还有一斤以上的两条黄鱼供应。李忠新每月工资六十元零五角，王兰每月工资二十四元，每月给李忠新母亲寄十五元生活费。家庭开门七件事，柴米油盐酱醋茶，王兰精打细算过日子，计划供应的黄鱼每斤三角四分钱，价格高，常常放弃购买。从集市上买回价格只有二角钱一斤的淡水河鲫鱼，一个星期吃上三四次红烧河鲫鱼和鲫鱼汤，一日三餐，有汤有咸，吃饱饭，穿暖衣，生活美满。每个月生活开支后，还略有结余。

每到星期天，王兰会早早起床，从集市上买回菜和河鲫鱼，回来扫地、擦桌子、洗衣服，准备好洗脸水、早饭，然后轻轻叫李忠新起床。李忠新洗刷完毕，看到早饭已经放在桌上，对王兰说："什么是幸福，和老婆、孩子在一起，就是幸福。"

王兰笑着说："我们一家团圆了，人在福中要知福，一切亏得你。今后我会细心照顾你，让你享享福。"

"你主内，我主外，有苦同吃，有福同享。"李忠新说。

吃过早饭，王兰到厨房里忙着，准备李忠新喜欢吃的红烧河鲫鱼。李忠新走进厨房问："你煮的河鲫鱼好吃，有诀窍吗？"

"想鱼好吃，必须有佐料，加工过程也要像你写文章一样，精耕细作才有好味道。"王兰说。

"你怎么知道烧的菜是咸还是淡呢？"李忠新问。

"咸鱼淡肉，盐是五味之首，虽不比金子那么珍贵，但是人们生活的必需品，做菜时，边做边尝，咸淡是尝出来的。"王兰说。

"怪不得人家说，栽秧割稻，弄不过当锅摸灶，厨师大多数是胖子，是烧菜时尝胖的。"李忠新说。

"我胖吗？"王兰问。

"现在没胖，天天尝难说呢，以后我也到厨房帮帮你，也跟着尝尝鲜。"李忠新说。

"你现在做官当老爷了，开始过过衣来伸手、饭来张口的日子吧，我会给你端茶倒水，铺床叠被的。"王兰说。

"唉，说话不入耳，生分似的，我是这样的人吗？你抓锅铲子，我抓笔杆子，分工不同，身份平等，何况家里是你当家说了算的。"李忠新说。

"家里真的是我说了算吗？你听我的话吗？"王兰说。

"听。"李忠新回答。

"好，你现在闲着，把四条河鲫鱼收拾干净。"王兰说。

"遵命。"李忠新说着，真的把四条河鲫鱼刮鳞、破肚，洗干净后交给王兰。王兰看看鱼笑着说："鱼是这样弄的吗？鱼鳃还在，鱼肚里黑皮还没有洗干净，黑皮能吃吗？不过，今天工作表现不错，值得奖励。"王兰说着，在李忠新脸上亲了一下。

"行啦，今后做家务事，你是老师，我是学生，像在家里种田一样，不会教我。"李忠新说。

"学生不肯学、不听话，老师会用戒尺打手心的。"王兰说。

"我学不好，你别打我手心，手心打肿了，不能写文章，耽误工作可不行。"李忠新说。

"你说说，那我打哪里？"王兰问。

李忠新想想说："打我屁股吧。"

王兰听了，"扑哧"一声笑起来，说："别在厨房里打闹了，没出息的样子，人家说，男子汉当锅摸灶，一辈子没挠儿，去客厅里看你的报纸，想你的文章吧，中午饭好了，我喊你吃。"

"遵命，没挠儿就没挠儿吧，是你叫我走的。"李忠新说着到客厅坐下来看报纸。

团宣传股长李忠新爱人做的红烧河鲫鱼可好吃了，又嫩又鲜又香,中午有一条河鲫鱼足够下饭的。消息传得团机关干部人人皆知。岛上群众吃惯了海鱼,淡水河鲫鱼有腥味,不喜欢吃,从稻田、河沟、水库里捕上来的河鲫鱼两角钱一斤。王兰看到集市上有这么便宜的淡水河鲫鱼卖,每次买三四斤回来,一半烧鱼汤一半煮鱼咸[①]。王兰加工红烧河鲫鱼时,先把鱼收拾干净,把水爽干,用酱油腌十分钟。然后放上水,加佐料酒、油、盐、酱、辣椒、生姜,把鱼轻轻放进锅里,用小火慢慢煮熟,打开锅盖,放上香菜、葱,盖上锅盖再用小火焖一会儿,香味从锅里出来了,红烧河鲫鱼咸[②]做好了。鱼肉又嫩又鲜又香,爽一块肉放在嘴里,人的食欲大增,机关干部吃了一条王兰加工的红烧河鲫鱼,像是享受了人间美味。有时,几名机关干部合伙把集市上十多斤河鲫鱼全部买回来,一起收拾干净,请王兰加工,中午端到机关食堂,一人一条,大家吃得津津有味,赞不绝口。冬天,王兰把河鲫鱼买回来,煮一盆冻起来,有的机关干部到王兰家要鱼冻子吃。

又到一个星期天,吴江挑着一担鱼,领着林赛飞来到李忠新家里。王兰看到林赛飞挺着大肚子,高兴地把她扶进屋里,让她坐下来。问:"哪天日子?"

"可能在这个月吧,为难呢。"林赛飞说。

"什么事为难,说给我听听。"王兰问。

"产期眼看到了,但不知道是哪一天,吴江这个月要出海捕鱼,岛上只有产婆,心里担心。我听到嫂子来部队了,把小店交给夏雪儿照看,过来和嫂嫂商量商量,看看有没有好办法。"林赛飞说。

"放心,我帮你,保证你平安生产。"王兰说。

[①][②] 方言。

晚上，李忠新下班回来，王兰把林赛飞待产的事告诉了他。李忠新想想说："把儿子房间腾出来，儿子和我们一起住，区医院靠在这里，有妇产科，林赛飞到医院生产有保障，吴江先留在这里照顾林赛飞，渔村通知出海捕鱼照去，这件事你看着办吧。"

王兰收拾好房间，给吴江、林赛飞住下来，每天王兰到服装厂上班，吴江、林赛飞一边照顾王兰儿子、女儿上学，一边买菜烧饭，加工带来的海产品，两家人高高兴兴地坐在一起，吃着以海产品为主的饭菜。

渔村通知吴江出海捕鱼，又过几天，林赛飞临产。王兰和李忠新把林赛飞送到地方医院妇产科，王兰请假在医院陪护。

林赛飞平安生下七斤重的男孩，一周后出院住在王兰家里。王兰按照医嘱和林赛飞的胃口，精心安排林赛飞的饮食，主食以肉汤下面条，黄鱼干下面条为主，一个多月时间，林赛飞和儿子养得白白胖胖的。吴江从海上捕鱼回来，看到妻子、儿子平安，连声道谢。儿子还没有起名，吴江请李忠新起名，李忠新想想说："你的儿子在海岛出生的，你是江，他是海，一代胜一代，叫吴海吧。"大家都喊好。

李忠新、王兰把吴江、林赛飞母子送到码头。临别时林赛飞拉着王兰的手说："长嫂如母，你像我的母亲一样，细心照顾我们母子，这辈子我不会忘记你的恩情。"

"一家人不说两家话，你现在心想事成，回家好好带儿子，和吴江好好过日子，有空常来我家玩。"王兰说。

吴江高高兴兴地抱着儿子，带着林赛飞上渡船，向李忠新夫妇挥手告别，翻山越岭回到凤凰山渔村家里。林赛飞有了儿子，每天欢声笑语,成为岛上幸福的家庭。

吴江终于成为一个成熟的渔民,和渔村的渔民一样,上船出海,上帆下帆,放网收网,分拣鱼类品种。在大海上风里来浪里去。每次出海,他升足帆篷,迎着海风站在船头上,看着几只海鸥,一会儿在船前,一会儿在船后飞翔,银翅熠熠生辉,像是给前行的渔船护航。一望无际的大海,波浪前仆后继,一起一伏,浪头常常扑向船头,溅起无数浪花,溅得满嘴苦涩涩的海水。吴江稳稳地站在船头上,任凭风吹浪打,为自己成为一个合格的渔民而自豪勇敢地生活在海上。余老大船上共有十四个人,吴江、余海波是船上最年轻的水手,两人在船上做事,既有默契,互相配合,又各有心事,相互摩擦。余海波想到林赛飞成了吴江的妻子,心里就窝火,失去心上人是痛苦的,动不动就对吴江发火,给吴江"小鞋"穿,又不敢乱来。想到林赛飞的嘱托,吴江如果出事非恨死他不可。为了给心爱的人幸福,该放手时要放手,这才是真正的爱。余海波知道夏雪儿一直深爱着自己,整天黏着林赛飞当闺密,死心塌地,唯命是从,分明是想林赛飞成全她。吴江是林赛飞的救命恩人,林赛飞嫁给吴江是顺理成章的事情,不能把气撒在吴江的身上。他虽然生起气来,对吴江吹胡子,瞪眼睛,把吴江当成出气筒,想想又冷静下来,没有对吴江做出格的事情。吴江心里也明白,林赛飞是余海波的心上人,嫁给自己使他心灵受到伤害,夺人所爱放在谁的身上总是有个坎的,遇到余海波对他找碴出气,吴江并不放在心上,处处让着他,平时真心真情对待他。两人在船上相安无事,常常相互配合处理渔船在海上出现的各种情况。当渔船在海上出现险情的时候,余老大叫吴江上立即上,不叫他上也主动上，把危险留给自己，把安全留给别人。一次渔船在海上航行时，船舵被海上漂浮的绳索、杂物缠住了，船在海上出现险情，随浪颠簸漂泊，不能前行。余海波要下去清除杂物，吴江拉住他说："在这个船上，我是党员，水性又好，让我去。"吴江带上刀具，从船边软梯下海。在波涛中，吴江刚用刀把舵子上的绳索杂物清理完，突然，离船不远处出现一群鲨鱼，余海波和船员大声喊："有鲨鱼，吴江快上船。"吴江张开双臂，奋力游向软梯，刚爬上软梯，鲨鱼就在软梯下擦船而过。"好险啊！"余海波惊呼。渔船安全向前航行，吴江在海上第一次遇到了生死考验。

吴江、余海波经过几年时间的相互磨合，双方的心情终于平静下来。平时和平相处，兄弟相称，在海上捕鱼时，共同生活在风浪中，战胜一个又一个艰难险阻，赢得渔船满载而归。

渔民在大海捕鱼，最担心的是突然而来的风浪。特别是到了台风季节，台风来的时候，黑云沉沉地压过来，天色逐渐阴暗，瞬间海上什么也看不清，狂风暴雨卷着巨浪袭来，排山倒海。渔船必须在风头来到之前赶回避风港。然而，海上风浪来的时候，也是鱼群旺发的时候，风浪越大鱼越多。这时候渔船老大总是舍不得离开渔场，抢在大风大浪到来之前，争分夺秒抓紧捕一网，在老虎口里夺一口食，然后赶在惊涛骇浪来到之前，满载鱼货赶回避风港。

今年秋天即将结束了，一年一度的台风季节到了尾声，渔船又要扬帆出海捕鱼。余老大一对渔船到达渔场开始捕鱼，几天下来只捕到千把斤鱼，收音机内传来台风警报。台风要来了，鱼群开始旺发，余老大的渔船早上下网，中午收网，一网捕了三千多斤鱼。余老大看看天气，下午还可以抓紧捕一网，赶在台风来临之前回避风港。下网两个多小时，好像渔网越来越沉，升足篷帆，渔船前行速度仍然很慢。余老大下令收网，并向围船发出收网信号，两条船拉网合拢。船上七八名水手推着收网绞车，使足劲儿网也拉不上船，网里鱼太多太沉，网绳绷得很紧，解都解不下来，余老大看看天空，成片成片的乌云压来，看看大海，远处白浪滔天，暴风雨就要来了。余老大果断地对吴江喊："砍断缆绳，放掉鱼，向围船发信号，收网返航。"

"什么，砍缆放鱼？"吴江不相信自己的耳朵，犹豫了一下。

"快砍，准备返航！"余老大厉声吼道。

吴江从余老大的严厉声中感到事态严重，跑步到船头取下保险斧，三斧将网绳砍断，渔船一下子轻浮起来，大幅度地摇晃着，开始扬帆返航。这时，海上刮起五六级大风，头顶上片片乌云滚滚而来，台风快到了，船上三杆桅的帆篷鼓足风力，船倾斜得厉害，前行速度很快。

"下半帆。"余老大紧握船舵方向盘下令。

吴江、余海波立即下了两杆副桅的帆篷。当吴江解开主桅帆篷绳时，主桅帆篷怎么拽也拽不下来，吴江向帆篷上方细看，好像是下帆篷的绳头滑进了铃铛，把滑轮压死了。主帆不能下半帆，大风来了，风大鼓帆，渔船倾覆，全船人将会葬身大海。面对险情，余海波对吴江说："你拉住下帆绳，我上去。"

"我练过攀登，我上去。"吴江说着把下帆篷绳交给余海波，抢先登上了帆篷。

"小心。"余海波大声提醒说。

"知道。"吴江回答。

第二章　凤凰山

吴江沿着帆篷与桅杆的绳扣，一节一节艰难地向上攀登。海上的风越刮越大，浪越来越高，桅杆帆篷摇晃得厉害。吴江紧紧抓住绳扣，沿着桅杆，每上一步，每抓一节绳扣，都要用上全身的力气，情况十分危险。余老大紧握船舵方向盘，让船顺风顺水地开，减少风帆摇晃，便于吴江向上攀登。吴江费了九牛二虎之力，终于攀登到桅篷顶端铃铛处，把绳头从铃铛滑轮里往外拉，用尽全身力气也拉不出来。这时，风越刮越大，船越行越快，吴江处在十分危险的境地。余老大想到顺风开船，风帆鼓劲大，绳被压死，不容易拉出来。如果风帆晃动，绳容易从滑轮中松开。于是，他转舵，让风帆晃动起来。余海波看到风帆晃动，船倾斜得厉害，向上大喊吴江抓紧。吴江趁风帆晃动之际，集中全身力气拉出绳头，"哗"的一声，风帆篷忽然下滑，吴江被下滑的风帆篷弹出去，船身一歪，吴江落到海里。余海波把注意力集中在提醒吴江小心上，忘记了解开的风帆篷绳，当吴江拉开压在铃铛滑轮里的绳头时，帆篷一落到底，船身一倾斜，把吴江抛进海里。

"吴江掉进海里啦，快救人呀！"余海波大声喊着。大副从驾驶室里冲出来，不管三七二十一，向大海中甩出一个救生圈。

"升半帆。"余老大喊道。船舱里冲出四五个水手，将主帆升为半帆。余老大紧握方向盘，眼睛紧盯前方，迎着一个又一个浪头慢慢转舵，在海上转了一圈，回到吴江掉进海里的大概位置，余海波看到在船左旋五十米的地方，有个黑影在晃动，立即把情况告诉余老大。余老大看看天色，紧握方向盘，看准风向，再次慢慢转舵。这时，海上阵风达到七级，风大浪高，渔船一会儿被推向浪峰，一会儿跌入谷底，人在船上已经站立不稳。海浪不断地扑到船

| 凤凰记 |

头上来,船板上散落着哗哗的海水。渔船冒着风浪,又在海上转了一圈,回到看见黑点的大概位置,船员冒着海浪在船的四周查看,除了大海里浪涛滚滚,什么也没有看见。渔船在海上转了两圈,花去一个多小时。这时,临近傍晚,天色暗下来,天空乌云滚滚,大雨倾盆,海浪一浪接一浪地盖过船头,浪花飞溅,好像要把船掀翻似的。余老大一拍方向盘,大吼一声:"返航。"

"返航?"余海波听到余老大的吼声,扑到驾驶室,抓住方向盘,哭喊着:"爸爸快转舵,回去救吴江,求求你。"

"儿子,我也想救吴江,台风来了,天黑了,风大雨大,天昏地暗浪滔天,大海茫茫无边际,哪里去找呀,再不返航,全船人将葬身大海。"余老大急得嘶哑地吼道。

"我到海里去救吴江。"余海波说着冲出驾驶室。

"捆了。"余老大下令,大副和几个船员抱住余海波,用绳索把余海波捆住,关在驾驶室,余海波在地上撕心裂肺地滚着、喊着:"吴江、吴江……"

台风来了,凤凰山渔村码头上站着百十个渔民家人,挠首眺望大海,盼望亲人安全回来。十九对渔船陆续进入港湾,只有余老大一对渔船没有回来。风越刮越大,浪越来越高,听着阵阵浪涛拍岸的轰鸣声,大风夹着大雨一阵紧似一阵地倾盆而下,人人的心提到嗓子眼上,个个坐也不是,站也不是,焦躁不安。渔村夏书记手背在身后,冒着风雨,在码头上走来走去,走走向海上望望,望望又走走,心急如焚。

"看,港外回来一条船,是第二十对的。"人群中有人高兴地喊道,这条船随着大海回流浪峰,驶进避风港湾码头。船员一个接着一个上岸。

"余老大的船呢？"夏书记问。

"海上风大浪高，看不清楚，可能还在海里呢。"一名船员说。

夜色降临，天黑下来，夏书记叫人在码头上点上信号灯。风雨交加，大海里潮水滚滚浪涛涛，码头上灯光闪闪雾茫茫。风雨里仍然有十多人苦等着，向大海上眺望，人人心里像油煎一样，他们心里明白，多等一分钟，海上的船就多一分危险。半个小时过去了，海上也没有出现余老大的船，一个小时过去了，仍不见踪影，又熬过一个小时。忽然，避风港外海出现一丝光亮。"有船、有船回来了，是余老大的船。"码头上的人高兴地喊着，欢呼着，人群中的林赛飞双手合十，祈祷着，祈祷着。

余老大的船艰难地驶进港湾，靠上码头。余老大上岸低着头一声不吭向家里走去，几个船员架着余海波上岸来。余海波看到林赛飞哭着说："我该死，你打死我吧，吴江掉进海里了，没有救回来。"

林赛飞听到吴江落海没有救上来，犹如晴空霹雳，五雷轰顶，似天崩，似地裂，魂飞魄散，眼前一黑，跌坐在地上，昏死过去。

码头上的人把林赛飞抬进家里放在床上，过了很长时间才醒过来，她睁开眼睛看到儿子吴海抱着她哭，余海波脸上苍白在哭，夏雪儿也在哭。林赛飞忽然想起吴江。"吴江、吴江、吴江！"大喊三声，昏沉沉，恨悠悠，天旋地转，又昏死过去。直到下半夜，林赛飞才醒过来，看到哭累的儿子睡在身旁，余海波、夏雪儿也趴在床边睡着。林赛飞想起吴江没有从海上回来，心如刀绞，思绪万千。是我把他留在岛上的，是我把他送上渔船上的，他为了我才到海上捕鱼的，是我害死他的。儿子吴海这么小，失去父亲怎么办？吴江父母要儿子，如何交代？恩爱夫妻为什么不到头，思来想去，翻来覆去，心潮滚滚，万箭穿心，悲痛欲绝。最终，林赛飞拿定了主意。

第二天早上，林赛飞看到余海波和夏雪儿还守着她，对两人摆摆手，叫他们回去。她淘米熬粥喂儿子。余海波恳求地对林赛飞说："从今往后，吴江的儿子就是我的儿子，我会好好守护你们娘俩一辈子。"

"胡话，再这样说就是你害死吴江的，我的事不用你管。"林赛飞生气地说。

"你说得不错，是我害死吴江的，如果我上去，吴江就不会出事，不是我忘记解开的篷绳，吴江就不会摔到海里去，你打死我吧。"余海波哭着说。

"现在说这些话还有用吗？我求你照顾吴江，我的吴江呢？从今往后你走你的路，我过我的日子，不想再看到你。"林赛飞恨恨地说。

"求你让我留下来，我用一生补偿你。"余海波恳求说。

"我的心已经死了，你也死了心吧！"林赛飞说着，生气地回到房间里去。

林赛飞在家什柜上立上吴江的灵牌，灵牌前萧条冷落、阴风闪闪，林赛飞满腔悲痛，万箭穿心。她抱着儿子吴海跪在灵牌前哭诉道："我平生未做亏心事，为什么天大的祸事落我身。吴江，你在哪里呀？如今只有你的灵牌，不见你的容貌，阴阳隔绝两重天，我满腹悲哀无处诉，叫天天不应，叫地地无言，你与我相识相恋结成姻缘，是我害你命赴黄泉。吴江呀，你我的情义深似海，没有你，我往后的日子怎么过呀，你走了，我怎能独活在这世上受熬煎……"林赛飞哭断肝肠泪如泉。

吴江海上遇难的第二天早上，李忠新上班接到凤凰山连队打来的电话，告知吴江在海上遇难。李忠新接到电话后，跌坐在椅子上，头脑一片空白，好一会儿才缓过神来，决定带王兰到凤凰山渔村，了解吴江出事的原因，安慰林赛飞。

李忠新交代好股里工作，到王兰厂里替她请了假，两人风风火火地上路了。王兰问李忠新："不是星期天，为什么请假到凤凰山岛，有事吗？"

"你先沉住气，说出来不要吓着。"李忠新说。

"出了什么事，这么吓人？"王兰问。

"吴江海上遇难了，带你去安慰林赛飞的。"李忠新说。

王兰听了，不敢相信自己的耳朵，好长时间不敢说话，深深地吸了一口气问："真的吗？"

"真的，我刚接到电话。"李忠新说。

"天大的祸事，林赛飞头上的天塌下来了，往后的日子怎么过呀？她曾经应过我，带我去赶海，吃人间美味的，没想到今天赶过去，看到的是人间悲剧。"王兰流着眼泪说。

两人在路上默默地走着，翻山越岭，终于到达凤凰山连队。连长、指导员陪同李忠新夫妻俩一起来到渔村夏书记家。夏书记喊来余老大，讲述了吴江在海上遇难的经过。李忠新、夏书记、余老大交换过意见后，一起来到林赛飞家。

林赛飞看到王兰来了，扑在王兰怀里放声痛哭，吴海看到妈妈哭了，也跟着哭起来，王兰一手搂着林赛飞，一手抱着吴海也放声痛哭。李忠新、夏书记、余老大一起流下了眼泪，悲伤的气氛笼罩着店铺。

好一会儿，哭声才劝停。李忠新对林赛飞说："村领导、船老大来了，你听听他们说的话。"

"吴江是个好青年，好党员，遇到危险挺身而上，他是为救全船的人而献身的。他的遇难我心里也很难过。村里领导研究决定，每年给你们娘儿俩经济补偿，帮助你把吴江的儿子养大成人。"夏书记说。

余老大说："吴江海上遇难我是有过错的，我在这里向你道歉。"说着向林赛飞深深地鞠了一躬。接着说："今后，我余老大在这条船上一天，就当吴江在船上一天，分鱼不少一条，分钱不少一分。"夏书记安慰林赛飞几句，和余老大一起走了。

平时能说会道的李忠新在悲伤的林赛飞面前，心里纵有千言万语，嘴里一句话也说不出来。王兰对林赛飞说："这几天，你到我家去住吧，我陪陪你。"

"我哪儿也不去，在家里等吴江回来。"林赛飞流着眼泪说。

"看在儿子的份上，你也要打起精神来，吴海是吴家的血脉，你一定要把他养大成人。"王兰说。

"吴海是我的心头肉，我会好好抚养的。如果以后我有个三长两短，拜托嫂子照顾好我的儿子，就当嫂子多生了一个。"林赛飞悲伤地说。

"心放宽一些，想开一些，过去你说长兄长嫂如父母，你把我和李忠新当作你的家人，有困难，我们会帮助你的。"王兰说。

"我知道大哥大嫂是好人,今后有事会拜托你们的。我和吴江生不能在一起,死也要和他在一块,死和喜欢的人在一起,死也高兴。"林赛飞哭着说。

王兰听到林赛飞说出这样的话来,心生悲伤,无言以对。这时候,余海波、夏雪儿来了,天色不早,再不走赶不上岛上最后一班渡船了。李忠新、王兰拜托余海波、夏雪儿照顾好林赛飞娘儿俩。余海波一口应承说:"请放心,我会守护的。"

李忠新、王兰向林赛飞告别,林赛飞抱着吴海坐着,点点头。

两人走在回程的路上,王兰对李忠新说:"感觉到没有,林赛飞把心关起来了,对人冷淡,你翻山越岭来看她,为她解决今后的生计问题,她没有说一句感谢的话。我们走时,也没有起身送一送,失去吴江对她来说是致命的打击,她对今后的生活开始迷茫,失去信心,话语中有跟吴江一起走的意思。我真希望有一天,她能从迷路的山沟里走向大路,从漫长的黑夜里熬到天明,从失去吴江的悲痛中走出来,还是那个活泼漂亮的林赛飞。"

"这么小的儿子在她身边,再伤心也要把儿子抚养成人吧。"李忠新说。

"儿子是母亲的心头肉,儿行千里母担忧,眼前这么小的吴海在她身边,她不至于做傻事,我也不是很担心,不过,往后她悲伤忧郁的心情长期下去,会做出什么事来,我真不敢去想。"王兰心事重重地说。

李忠新听了王兰说的话,陷入沉思,闷头走路不说话。他想到同学刘玲玲,想到倚门而望的老母亲,想到战场上突然倒下的战友,想到在海上漂泊的好兄弟吴江……想着想着,心情沉重起来,满腹酸楚，心潮滚滚，悲从心头起，难禁泪千行。

"想什么呢？不说话。"王兰问。

"想妈妈了。"李忠新说着蹲下身来，抽泣着哭出声来。

王兰听到李忠新的哭声，大吃一惊，赶紧抱住他说："我的天啊，从何想起？在我的心中，你是个丢得下，拿得起，顶天立地的男子汉，怎么变成孩子似的？"王兰拿出手帕替他擦眼泪。

"吴江走了，他父母亲怎么办？林赛飞母子怎么办呀？放在谁身上都无法承受的。吴江忠厚老实，对我尊重，这么好的兄弟怎能说走就走，说没就没了呢？我的心里好难过、好痛苦。"李忠新说着，放声哭起来。

"我知道，你和吴江一块儿长大，兄弟一场，情深似海，突然离开，心有波澜，无法承受，你心里难过，我也很难过，恨不能舀干海水，让林赛飞和吴江夫妻团圆。不过，你是兄长，天塌下来也应该扛着，今后吴江家有困难，你尽力帮助就是了。"王兰抱着李忠新说。

"妈妈六十多岁了，每天倚门望儿子、儿媳，想孙子、孙女，我不在她身边，照顾她饥寒冷暖，她心里有多孤单、多牵挂、多难过呀。"李忠新抽泣地说。

"不是每月寄钱给她用，家里还有姐夫姐姐照顾，心里太想，我们请假回去看望她。"王兰说。

"我刚当宣传股长，心里想的是如何做好部队的宣传教育工作，哪有时间回家。"李忠新说。

"你这样想、这样做是对的，人死不能复生，忠孝不能两全，活着的人要活下去，前面的路还很长，很多的事等你去做，很多的人等你去关爱。家里你是顶梁柱,部队工作你有担当,家里家外都有责任,沉沦不是你的为人,奋发才是你的性格,过去和将来,我相信我的丈夫有智慧、有能力面对人生道路上发生的一切。"王兰深情地说。

李忠新停住哭说:"从小一起长大的兄弟走了,心里能不难过吗?生我养我的老母亲孤身在家,能不想吗?我无论做什么,无论在哪里,不能忘记家里的老母亲呀!"李忠新说。

"你心里只想你妈妈,不想我爸爸妈妈,这样偏心吗?"王兰说。

"你爸爸妈妈我也一样想,父母含辛茹苦地把我们养大成人,做儿女的应该懂得感恩,永远不能忘记母亲的哺乳之情,父亲的养育之恩,这种恩情大如天。"李忠新说。

"我知道,你是个孝子,我说着玩呢。"王兰边说边把胳膊套在李忠新的胳膊里,拉他站起来,搀着他向前走。

"穿着军装,有人看见影响军容。"李忠新说。

"哪里有人,这里是我俩的天地,我搀着你走,你会走得稳些,心情也会好些。"王兰说。

"我个子高,是我搀着你走呢。"李忠新说。

"我们一生互相搀扶着向前走,一定能走过这崎岖不平的山路,走上平坦光明的大道。"王兰说。

李忠新望望王兰说:"如今你说话这么有水平,从哪儿学来的?"

"跟你学的,你为人诚实,心地善良,做事稳重,一辈子是我学习的榜样,一辈子是我的依靠,一辈子是我的幸福。"王兰望着

| 凤凰记 |

李忠新的脸说。

　　王兰的一席话,说得李忠新难过的心情轻松许多。两人相互搀扶,并肩向前走着,到达码头正好赶上最后一班渡船。

　　自从吴江遇难后,林赛飞像变了一个人,很少与人说话,心里怎么想也想不开,脑子怎么转也转不出来,为什么恩爱夫妻不到头?她心灰意冷,每天愁眉苦脸,以泪洗面。她想到吴江父母倚门盼儿归,吴海长大无父亲,自己与心爱的人难见面,与其活在世上受熬煎,不如一死万念抛。林赛飞心灵上的创伤无人医治,无法医治,不是吴海在怀抱,早跟吴江赴阴曹。她把心思放在大海上,天气晴朗的时候,抱着吴海爬上凤凰山,在山坡石块上坐下来,望着大海中朵朵白浪花,心存幻想,幻想有一天大海把吴江送回来。想想又深恨大海,恨大海害得恩爱夫妻阴阳隔绝两分开,人呆了,人痴了。一会儿看大海,一会儿看天空,一会儿看怀中熟睡的儿子吴海。吴海眉清目秀令人爱,今后失去父亲失去娘,饥寒冷暖谁照看?林赛飞思绪如潮,泪流满面,心中的伤,心中的苦,无人诉说,无处诉说,郁闷悲伤,痛心断肠。

　　又是一天,天气晴朗。林赛飞抱着儿子吴海,爬上凤凰山山顶,坐在靠海的悬崖边,看着天上飘过的一朵又一朵的白云,看着大海一浪赶着一浪的白浪花。想到孤苦伶仃的吴江在大海上漂泊,林赛飞悲向大海深深叹,试问大海何时送我丈夫还?八年夫妻情无限,拆散送我上刀山。林赛飞紧紧地抱着儿子失声痛哭起来,吴海看到妈妈哭了,也跟着哭起来。娘儿俩如诉如泣地哭喊着。林赛飞对天哭喊道:"苍天呀,三跪九叩把你求,睁开眼睛细指引,看看吴江在哪里,求你把他送还我身边。"细听苍天不回应。她又向大海哭喊："大海呀，求求你，莫咆哮，静静心，把吴江送回我身边，我磕头烧香跪拜你。"看看大海无回应。林赛飞大声哭喊道："苍天、大海不要装糊涂，不理睬，不把吴江还给我，我到大海上把他追回来。吴江你在哪里，你在哪里？你回来！你回来……"娘儿俩的哭喊声惊天动地，风起云涌，乌云从四面八方涌过来，忽然一道强烈的白光在眼前闪过，黑压压的乌云裂开一条白色的缝，瞬时间把大海、山头照得雪亮，紧接着雷声在耳边炸响。大海在呜咽，浪花变泪花，大雨倾盆而下，天上人间齐哭泣。林赛飞在风雨中紧紧把吴海搂在怀里，泪水伴着雨水淌。

余海波到店里问夏雪儿："林赛飞在家吗？"

"抱着吴海上山还没有回来呢。"夏雪儿说。

"外面刮风下雨了，赶快接她回来。"余海波说着，和夏雪儿各拿一把雨伞，向凤凰山上爬去，一直爬到山顶才听到娘儿俩的哭喊声。两人跑过去，余海波抱过吴海，夏雪儿替林赛飞打着伞说："何苦呢，吴海淋雨生病怎么办？"两人把娘儿俩接回家里。

林赛飞开的店铺，虽然还是余海波从外地渔港镇上采购货物回来，但店里的生意常常是夏雪儿做的。林赛飞天天人呆呆的，做事心不在焉，魂不附体的样子，除了照顾吴海外，脸上冷冰冰的，看到渔村的人像见到陌生人一样，外面的世界好像与自己没有多大的关系，心里郁闷得透不过气来，像死了一样，感觉活在世上风霜刀剑严相逼，天天在悲痛中挨日子。

转眼到了吴江海上遇难一周年的祭日，儿子吴海三岁了，已经会说话，会走路，会吃饭，活泼可爱。林赛飞对吴海说："大陆上有你的爷爷奶奶，你想不想去呀？"

"妈妈去吗？"吴海天真地问。

"妈妈等你爸爸回来一起去，你先去好吗？"林赛飞说。

"妈妈早点儿来。"吴海说。

"喜欢解放军叔叔吗？"林赛飞问。

"喜欢。"吴海说。

"我送你到解放军叔叔家里，那位叔叔是你的大伯父，然后由伯父、伯母送你到爷爷家里，好吗？"林赛飞问。

"妈妈，我要和你一起去。"吴海望着林赛飞说。

林赛飞把吴海紧紧地搂在怀里，犹如刀刀割肉，箭箭穿心，痛苦痛心泪如雨下。吴海喊娘把悲声带，人在世上，死好离，活难分，谁愿意把骨肉俩分开，离开娇儿实在是情无奈。

第二天早上，林赛飞收拾好吴海的衣物，把自己耳朵上吴江送给她的一副金耳环取下来，同平时节省下来的两千元钱，用一块布包好，和吴海的衣服打成一个包袱，抱着吴海悄悄地走出店铺、渔村，翻山越岭，乘船过海。路上林赛飞低头把吴海看，眉清目秀令人爱，听到吴海半醒半睡呓语把妈妈喊，林赛飞苦涩的心头泪斑斑。她来到部队李忠新家里，正好遇到王兰在家。王兰看到林赛飞抱着吴海来了，赶紧接过她怀中还在熟睡的吴海，把他抱到房间里，放在床上睡，给他盖上被子。林赛飞跟进房间，把包袱放在床上，然后两人出来，王兰叫林赛飞坐下来。林赛飞对王兰说："我到镇上购点货，把吴海放在你这里，请大嫂照看。"林赛飞说完走到门口，突然又返回到房间里来，在睡得正香的吴海脸上亲一亲，掉头就走。王兰跟到门口，林赛飞回头向王兰深深地鞠了一躬说："拜托嫂子。"转身跑了。

第二章 凤凰山

突如其来发生的事情，王兰一下子没有回过神来。回房间看看，吴海睡得正香，打开林赛飞带来的包袱，里面是吴海春夏秋冬穿的衣服，放着一个布包，里面有两千元钱和一副金耳环，想想林赛飞刚才的神情，好像与儿子生离死别似的。王兰心里突然产生不祥之兆，她立即跑到团宣传股办公室，给正在连队蹲点的李忠新打电话。接电话的连队通讯员告诉王兰说："李股长到前沿炮阵地去了，要一个多小时才能回来。"王兰对通讯员说："请您想办法联系上李股长，家里有急事找他，叫他立即回电话到股里。"王兰又交代股里的刘干事，如果李股长来电话请他打电话到凤凰山连，帮助查找林赛飞，并写下条子，王兰担心吴海醒来，赶紧回家。

再说林赛飞一路乘车、乘船回到凤凰山渔村，先到余老大家里，看见余老大，跪在他面前说："谢谢老大一年来对我的照顾，你的恩情，我永远记在心里。"说完，转身走了。

林赛飞前脚走，余海波后脚到家，余老大对他说："刚才林赛飞来跪谢我，我看她神情不对头，快去看看她。"

这时，天空翻起乌云，闷雷一声接着一声炸响。刮起风，下起雨，余海波冒着风雨跑到林赛飞家，看见夏雪儿在店里，问："林赛飞在哪里？"夏雪儿说："林赛飞早上抱着吴海出去，还没有回来呢。"余海波到林赛飞房间里，看见桌上有张纸，余海波拿起来，看见上面写着："海波大哥，谢谢你这么多年来对我的关爱照顾，恩情来世再报了，店铺交给你和夏雪儿照看，祝你们白头偕老。今天是吴江的祭日，他在黄泉路上相去不远，我到海上追他和他团圆。"

余海波看完信，大喊一声："快到南山悬崖救林赛飞。"夏雪儿关上店门，和余海波向凤凰山南山悬崖拼命跑去。

这时外面风声鹤唳，乌云压顶，电闪雷鸣，大雨倾盆而下。余海波、夏雪儿不顾一切地向南山攀爬。快到南山顶时，看见有人站在悬崖边上，细看正是林赛飞，余海波跑步猛扑过去，只见林赛飞张开双臂，迎着风雨，跳下悬崖，飞向波涛汹涌的大海。余海波扑到悬崖边，不见林赛飞人影，一拳打在岩石上鲜血直流，向前也要跳下去，夏雪儿在后面扑倒余海波抱住他，哭着、求着……

晚上，李忠新接到凤凰山连队打来的电话，林赛飞跳海遇难。

李忠新回家告诉王兰林赛飞跳海遇难的噩耗，王兰吓得瘫坐在地上，把吴海紧紧地搂在怀里，眼泪不停地流着，李忠新在家里走过来，走过去，一句话也说不出来。

林赛飞投海的第二天，雨后天晴，万里无云，人们在凤凰山岛的周围找遍了，也没有找到林赛飞的踪影。一轮红日从大海里冉冉升起，太阳周围布满彩虹，五色彩云中隐隐看见一对凤凰鸟由南向北飞去，慢慢消失在人们的视野中。中午，天空阳光灿烂，海鸥在天空中自由飞翔，大海风平浪静，碧蓝碧蓝，渔港的渔船一对又一对扬帆出海，由近到远，慢慢消失在天际之间，人们又迎来了新的一天。

第三章

凤凰桥

　　吴江、林赛飞海上遇难,儿子吴海生活在李忠新家里。王兰对李忠新说:"吴海怎么办?最好把他送回家乡凤凰村,交给他爷爷奶奶照看抚养,让他认祖归宗。"李忠新想想说:"吴海刚刚失去父母,环境变化太大了,幼小的心灵难以承受。突然告诉吴江父母,他们的儿子儿媳双双离世,对两位老人打击太大,心理承受不了,容易出问题。只有把'热'问题'冷'下来处理,慢慢告知情况,让老人有个心理准备,再把吴海送到爷爷奶奶身边团圆,这样做的结果会好些。"

　　王兰赞成李忠新的意见,从工厂请假回家,专门照顾吴海。吴海平静下来后,王兰请来保姆专门照顾他,然后回到厂里上班。刚开始几天,吴海嘴里"妈妈、妈妈"不停地念叨着,找不着妈妈,常常又哭又闹。王兰抱着哄着,到镇上买玩具给他。李忠新的儿子李军、女儿李敏放学回家,和吴海吃在一起、玩在一起。晚上,吴海和李军睡在一起,吴海慢慢地平静下来。起初,教吴海喊李忠新大伯,喊王兰大妈。吴海听到李敏、李军喊李忠新爸爸,喊

| 凤凰记 |

王兰妈妈。吴海也跟着喊爸爸、妈妈。王兰把吴海当成自己的儿子一样,细心照料,吴海适应了王兰家的生活习惯,养得白白胖胖,活泼可爱。

丰田在凤凰村当上了村主任,李忠新写信给他,把吴江、林赛飞在海上遇难的事情告知他,请他向吴江父亲、母亲打边鼓,慢慢告知实情。孙子吴海不久将会送回来和爷爷奶奶团圆。

吴海在李忠新家里生活了半年多时间,失去父母的心灵,慢慢地得到了抚平,好像忘记了过去的事情。李忠新、王兰想到吴海是吴家的血脉,决定送吴海回爷爷奶奶身边。于是,夫妻俩请假十五天,收拾好吴海的衣物,从部队启程,护送吴海回家。到了凤凰村,丰田、周秀芳夫妇陪同李忠新、王兰夫妇抱着吴海一起来到吴老汉家里。吴老汉老夫妻俩已经得知儿子儿媳在海上遇难,还处在以泪洗面的悲痛之中,看到李忠新、王兰送孙子回来,吴老汉抱住李忠新号啕大哭,边哭边说:"你这个大哥怎么当的,怎么忍心让吴江出这么大的事情,丢下老的小的,让白发人送黑发人呀!"王兰把睡着的吴海放在奶奶的怀里,奶奶抱着孙子,乖乖娇养[①]地大喊大哭起来,吴海从睡梦中惊醒,看到自己在一个陌生的老人怀里,也吓得大哭起来。周秀芳赶紧把吴海抱过来,吴海还是不停大哭大闹。王兰抱过吴海,把他搂在怀里,抱出屋外哄着说:"乖乖不怕,乖乖不怕,妈妈在这里,妈妈在这里。"吴海伏在王兰怀里抽泣着,死活不肯再离开王兰。这时,丰田把吴老汉从李忠新身边拉开来,吼道:"李忠新和吴江不在一起,在两个岛上,离得远呢,出事情哪能怪到他!你们老两口这样胡闹,已经吓坏了孙子,如何

[①] 方言。

是好?"

两位老人听到吓坏了孙子,止住哭声,站起身来。吴老汉向李忠新赔礼说:"我伤心过度,昏了头,错怪你了,对不起,对不起。"说着要看孙子。

王兰看到两位老人悲痛欲绝,担心吴海被惊吓,连忙抱走。周秀芳领着王兰来到她的家里,让吴海平静下来。吴海看着周秀芳的儿子丰收,丰收也看着吴海,两人的年纪差不多大。王兰把吴海放下来,两个小伙伴很快玩在一起。王兰把吴江出海捕鱼遇上风浪,解桅杆帆篷绳掉进海里没有救上来,后来林赛飞跳海殉情的悲壮过程告诉周秀芳。周秀芳听了,流着眼泪说:"多好的一对恩爱夫妻呀,就这么走了,真叫人伤心。"王兰拜托周秀芳多照顾吴海,并告诉她:"吴海这个孩子又乖又听话,传他爸爸代,老实厚道,很好带的。"周秀芳说:"我和丰田商量过了,一定想办法让他适应这里的生活习惯,我会把他当作自己的儿子一样看待的,今后和我的儿子一起玩、一起上学。"

丰田陪着李忠新来看吴海,路上对李忠新说:"吴老汉失去儿子儿媳,伤心过度,说的话不要放在心上。""老人的心情我能理解,世上最悲哀的事,莫过于白发人送黑发人,你今后多关照这一家子。"李忠新说。

"这件事情包在我的身上,放心吧。"丰田回答。

李忠新回到家里,对王兰说:"两位老人要看孙子。"王兰想了想说:"等吴海在这里吃过晚饭,睡着后,请丰田夫妻俩把吴海送到吴老汉家里,天亮醒来后再慢慢地哄他,一步一步让他适应这里的环境和生活习惯。"

| 凤凰记 |

晚上，吴海在丰田家里吃过晚饭，玩着玩着和丰田儿子丰收一起睡着了。李忠新、王兰到吴老汉家里，移交吴海的衣物、两千元钱和一副金耳环。交代了吴海的生活习惯后，告别老夫妻俩走了。

把吴海送回家乡，交给爷爷奶奶抚养后，王兰心有不舍，嘴里不停地念叨着"吴海、吴海"，她抱着李忠新说："我想吴海了。"李忠新拍拍她的肩膀说："吴海是吴家的血脉，应该认祖归宗，你帮他从失去父母的痛苦中走出来，已经做得很好了。"王兰点点头说："我们要记住他，把他当自己的儿子一样看待，他今后有困难全力帮助他。"

"当然。"李忠新说。

吴海被安顿好了，李忠新、王兰先看望李忠新的母亲。而后，王兰回娘家。王兰看到父亲病在床上，问母亲："爸爸是什么病？"母亲说："你父亲挑稻把①上船，跌个跟头，下身肿痛，淋尿不止，不能起床。"

李忠新想到有个战友是外科医生，在本市医院实习，立即叫王兰弟弟王大宝准备机船，送岳父到市医院治疗。李忠新、王兰告别家人乘船进城，李忠新在医院找到战友，这位战友在急诊室对王如昌的伤口进行检查，结论是尿道破损，需要手术治疗。战友在急诊室手术台上为王如昌开刀，清除肿痛处污物，缝合伤口。战友对李忠新说："病人送来及时，伤口缝合了，应该会好，如果还有问题，再来找我。"一个月后，王如昌的伤口愈合，又能参加劳动了。他说："是部队女婿、女儿救了我的命。"

李忠新请战友给岳父开过刀，虽然夫妻俩心里惦记着吴海，

---

① 方言。

第三章　凤凰桥

惦记着家里的老人,但不敢再回到凤凰村,担心吴海不放王兰走。两人想到吴江、林赛飞悲壮的爱情结局,往事不堪回首。于是,他们决定留在城里,到东风面粉厂看望赵洪才,不巧赵洪才出差在外,两人只得买好第二天回部队的车票,在军分区招待所登记好住宿房间后,散步到凤凰桥上。站在当年王兰为逃避相亲,和李忠新桥上相会,坐在桥上吃饼的地方。李忠新看着王兰,还是那么端庄可爱,认真地说:"记得这里吗?"

"记得什么?"王兰问。

"你躲相亲那天,一大早进城,我买的饼和油条跟你坐在这里吃的。然后,我们到果林场玩了一天,对方家里相亲没有相到人,演了一出空城计。"李忠新说。

"那时候,我心中有你,虽然有人说你家里穷,又说你是个书呆子,跟你是痴子,但我认定你,非你不嫁,现在回头看看,痴人有痴福,我赚了,看人的眼光不错吧。"王兰说。

"你错了,亏了,人家说得不错,我确实是个穷光蛋,又让你担惊受怕的,真的不好。不过现在还不迟,你眼光放高些,找个有钱的,你走吧。"李忠新说。

"你想反悔?"王兰问。

"有这个意思。"李忠新说。

"做梦吃糖,想着甜,你省省心吧,我们有一双儿女,我真心对你,又那么珍惜你,伤人的事情,你是做不出来的,要做早做了,我还不知道你吗?"王兰认真地说。

"开玩笑的,世上好女子千千万,爱人还是原配的好,你是我的'金不换'。"李忠新说着,挽着王兰的胳膊向招待所走去。

| 凤凰记 |

  李忠新、王兰去看望赵洪才没有见到,第二天踏上归队的征程。

  话说赵洪才从部队转业回到地方,安排在东风面粉厂当搬运工人。东风面粉厂坐落在市区凤凰桥旁,说起凤凰桥,还有一个美丽的传说。贯穿市区有条河叫百鸟河,东风面粉厂靠河边而建,原来河上没有桥,南来北往的人靠渡船过河。后来,政府为了方便群众通行,在东风面粉厂旁边修建了一座桥,大桥建成封龙口的那天,东南方天空出现了彩云彩霞,突然从彩云中飞来一只美丽的凤凰鸟,头顶红冠,羽毛碧绿,落在桥头上。庆祝大桥建成的人们,看到凤凰鸟参加庆祝大会,都说是个吉兆,一致要求把这座桥命名为凤凰桥,凤凰桥的名字流传至今。

  凤凰桥建成后,桥上人来人往,车水马龙,热闹非凡。桥北来了二十多条打鱼船,渔民从河里捕来的新鲜活鱼,每天在桥北卖。路边摆放的水盆里,满是活蹦乱跳的鱼,有青鱼、鲢鱼、鲫鱼、鲳鳊鱼、黑鱼、虾等水产品,市民想吃野生活鱼到桥北鱼市口来买。桥南来了百十户菜农,把田里种的蔬菜拿到桥南来卖,每天早上路边摆放着琳琅满目的农家自产自销的农副产品,青菜、白菜、萝卜、南瓜、青椒、茄子、西红柿、豆角……应有尽有。市民想吃新鲜蔬菜到桥南菜市场来买。从此,人们把桥北叫鱼市口,桥南叫菜市场。早晨,桥南桥北人群熙熙攘攘,买菜买鱼,凤凰桥成为最热闹的地方。

  凤凰桥北边有片居民区,住着上千户居民。有户姓杨的人家,生有一女,名叫杨明珠,读书读到高中毕业,长成了一个大姑娘,黑眉毛,大眼睛,潇洒秀气,说话轻声细语,人见人爱。在居民小区里,被人称金凤凰,是学校同学眼中的校花。读高中时,她和赵洪才是同班同学，都是学生会干部，经常一起参加活动，相互有好感。高中毕业后赵洪才参军，杨明珠下乡务农。后来，她被招工到一个煤矿当井下安全员。杨明珠的工作是每天下矿井八个小时，检查瓦斯、流水、风速等情况，发现异常后立即报告，采取措施。井下安全员虽然没有采煤工人那样辛苦，但是肩上的责任重大，时刻关系到井下工人的生命安全。

杨明珠和赵洪才一直保持着书信来往，但是，谁也不谈个人的婚姻问题。因为杨明珠是城市户口，赵洪才是农村户口，城乡差别犹如鸿沟，双方心中虽有你我，但结果难料，婚姻这层窗户纸，谁也没有挑破。

赵洪才从部队转业后，当了市面粉厂码头搬运工人，没有和杨明珠通过信，每天埋头干活，拉着千斤重的板车来回运货，不是从码头船上运小麦进原粮仓库，就是从原粮仓库运小麦到生产面粉的车间进机，或者把成品仓库里的面粉和麸皮装车、装船发送给用户，承担着繁重的体力劳动。

码头搬运队职工看到军转干部赵洪才来上班，以为是个管理干部，没想到赵洪才做的是搬运工人的活。他一米七以上的个头，身大力不亏。刚开始，他可以拉着千斤重的板车带着小跑，后来感到板车越来越沉重，每走一步双腿抖，浑身上下汗水流，一连几天，头昏眼花如喘牛，腰酸腿痛力不够。晚上躺在床上翻来覆去睡不着觉，等他睡着醒来时，天已大亮，快到上班时间。赵洪才匆匆起床，在食堂喝碗粥，吃两个馒头。他拉起千斤重的板车，弯着腰、低着头，脚踏地，咬着牙，一步一步向前走。赵洪才对人生中的挫折毫不畏惧，他心里想，颗颗小麦面皮皱，九九严寒方得收，五谷尚有逢春日，咬牙坚持等出头。

年轻力壮，不怕吃苦，积极肯干。赵洪才以顽强的毅力，适应了码头上的体力劳动，得到了码头同事的认可。每周队里工作小结，队长表扬赵洪才有吃苦耐劳的精神，完成任务出色。一个月工作结束，赵洪才拿到了工资、奖金，还邀请码头全体同事到饭店吃了一顿，大家更喜欢他的为人做事。

赵洪才不怕吃苦，积极肯干的事情传到厂党委书记陈德明的耳里，引起他的重视。陈德明是参加过解放战争的老军人，团级干部，从部队转业到东风面粉厂工作，是厂里的一把手。他为人正直，做事公正，全厂干部职工夸他是个好当家。他听到码头工人对赵洪才的反映，叫人事科科长到上级调查赵洪才的档案情况。人事科科长到组织部门查阅了赵洪才的档案，如实向陈书记做了汇报。

赵洪才出身农村，高中毕业生，参军后两年入党，三年提干部，有文字写作基础，因地方搞错情况，出文件让他回地方，现在已经给他恢复了名誉。部队坚持按军队转业干部政策，安排他到厂里工作。

第二天，陈书记把赵洪才叫到办公室，详细了解他的情况。

"小赵，适应码头工作吗？"陈书记问。

"开始有些吃力，现在越干越有劲。"赵洪才回答。

"家里有几口人呀？"陈书记问。

"母亲，弟弟。"赵洪才回答。

"找对象啦？"陈书记问。

"没有。"赵洪才回答。

"你从部队转业到厂里码头工作，虽然苦些累些，但是你没有

第三章　凤凰桥

怨言，干得很好，不愧为部队培养出来的干部，适应力强，今后要继续发扬部队艰苦奋斗的优良传统，把工作做得更好。"陈书记的一席话，说得赵洪才心里暖暖的。

月初，东风面粉厂召开领导班子工作例会，陈书记在班子会上说："码头上有个搬运工人叫赵洪才，党员、高中生、军队转业干部，行政二十三级，经过六个月的基层锻炼，工作表现不错。建议把他调到厂部办公室，担任秘书工作，听听大家的意见。"

领导班子成员相互看看，秘书位置空缺着，有合适人选应该补充。秘书的工作无非是记记写写、送送办办、上传下达的事儿，没有人提出意见。

"没有意见，明天彭主任到人事科办手续，调赵洪才到厂部办公室担任秘书工作。"陈书记交代说。

赵洪才接到厂部调令，没想到变化来得这么快，做梦似的。搬运队的同事也为赵洪才高兴。队长说："早料到你不是我们码头上的搬运工人，原来领导安排你来镀金的，队里还有余钱，今天晚上全队人员到饭店为你开欢送会。"

"队里的钱是大家用汗水挣来的，还是留着吧，今天不是发工资吗？用我的工资开欢送会吧。感谢大家这些日子对我的照顾，过去我拉板车的重活没有做过，没有人嫌我说我，真心实意地帮助鼓励我，谢谢大家。"赵洪才诚恳地说。

"你为人大方，说话和气，做事尽力，今后会前途无量的。"队长说。

赵洪才告别码头工人的生活，第二天早上他到厂部办公室报到，坐在办公室心潮难平，酸甜苦辣涌上心头，感谢人间真情在，让自己经过人生的挫折后,又回到人生的起点。

赵洪才正在沉思中,这时厂长冯明走进办公室,彭主任站起来问:"厂长有事吗?"

"你们知道吗?昨晚袋间失窃了,查明是厂里工人范山干的,厂部起草决定,将他开除出厂。"冯厂长说。

"照办。"彭主任一边答应,一边送走厂长。

"赵秘书,按照厂长意见起草决定。"彭主任说。

"是。"赵洪才回答。

起草开除职工决定,对赵洪才来说,是大姑娘上轿子——头一回,怎么写呢?心中没底。赵洪才想了想后,拿起笔记本对彭主任说:"我去把范山的情况调查清楚。"

赵洪才先请保卫科长介绍了事情发生的经过,然后到范山家里找他谈话。范山已经接到厂部通知,在家里等待处理,不要再去上班。范山看到赵秘书来了,跪在他面前哭着说:"我是财迷心窍,请饶过我这次吧。"

赵洪才拉起范山问:"据我了解,你过去在厂里工作表现还是不错的,为什么做出这样的事呢?"

"赵秘书,去年因为妻子超生被罚款,前几天母亲生病住院了,实在拿不出钱来付医药费,想钱想疯了。昨天夜班看到袋间门没有关,一时糊涂,搬了两捆面粉袋子甩到围墙外边,现在想想后悔死了,不应该做出这种混账的事,我对不起工厂,对不起厂领导。"范山哭着说。

赵洪才回到办公室整理好范山的犯错事实后,查找处理法规依据。偷窃两千袋面粉,每袋三角五分,价值七百元,数额较大,确实是一个严重的错误。赵洪才查找厂内有关规定，偷窃不足千元的，开除出厂没有依据。参照上级有关规定，适应的处分是厂内行政记大过一次，六个月停发工资，停发生活费，以观后效。现在厂长交代将范山开除出厂，怎么办好呢？

赵洪才把调查的事实经过、处理依据、处理建议先向彭主任报告，彭主任听后说："应该按厂长说的办，如果你有想法，可以直接找厂长汇报。"

赵洪才来到厂长办公室，轻轻地敲门。

"请进。"冯厂长说。

冯厂长看到赵洪才来了，起身招呼赵洪才坐下来问："有事吗？"

赵洪才把范山的犯错事实、处理建议，和冯厂长说了。冯厂长听了沉思一会儿说："把你的想法向陈书记汇报，按照陈书记的意见办吧。"

赵洪才到书记室喊声报告，陈书记正在看文件，看到赵洪才，放下文件，招呼他在沙发上坐下来。

赵洪才把范山犯错误的事实经过、处理依据、处理建议详细地向陈书记做了汇报。

陈书记听了，眼前一亮，感到这个年轻人处理问题时懂得用脑思考，有自己的主见，而且事实清楚，证据充分，依据准确，心里高兴。就问赵洪才："冯厂长的意见是将范山开除出厂，为什么你提出这样的处理意见呢？"

"职工犯错误，应该严肃厂纪，给予处分，赏罚分明。但处理必须以事实为依据，以法规为准绳，职工才能心服口服。范山偷窃工厂的公物是事实，保卫科长找他谈话时，立即承认犯错误事实，退还了公物。范山犯错与他家庭的经济困难有关系，而且是初犯。根据上述情况和有关规定综合考虑，做出上述处理是合理的。如果把他推向社会，会增加社会的负担，不如留在厂里，给他一个改过自新的机会。"赵洪才说。

陈书记听了点点头问："你来厂里有段时间了，对厂里的情况说说你的看法。"

"我在处理范山问题时，查看厂里的规章制度，可以说还是个空白。俗话说，没有规矩，不成方圆，管理出效益，应该尽快建立健全全厂规章制度。依照《全国职工守则》，结合本厂实际，起草全厂职工守则，奖惩明文规定，让规章制度人人皆知，这样才能提高职工组织性、纪律性、积极性，增强职工的主人翁意识。"赵洪才说。

"你的想法很好，范山问题的处理，按照你说的办，我在明天召开的领导班子会上通通气，初步设想是给你三个月时间，一个月时间熟悉全厂情况，两个月时间到周边面粉厂学习先进的管理经验。然后结合我厂实际，起草全厂管理制度。"陈书记说。

第二天，厂领导班子决定由冯厂长牵头，起草全厂各项管理制度，具体工作由赵洪才负责。

赵洪才把范山的处分决定稿交给彭主任修改后，由陈书记签发，印发全厂各科室、车间，报送市粮食局。

赵洪才发完范山的处理决定后，心里惦记着范山家里的困难，找到工会主席反映范山家庭的困难情况。工会主席到范山家走访，补助一百元职工困难救助金，帮助他解决了母亲住院的部分医药费。

第三章 凤凰桥

赵洪才带着日用品，到周边几个大面粉厂参观学习企业管理先进经验，收集管理制度。最后，赵洪才到滨州面粉厂参观学习。他的同学杨明珠在滨州煤矿上班，决定顺便去看望一下。到了煤矿，赵洪才出示了介绍信，在门岗的指引下，来到杨明珠的办公室，办公室里有四张桌子，一张是主任的，三张是安全员的。赵洪才走进办公室问："杨明珠在吗？"坐在第一排的女同志，抬头看看赵洪才说："杨明珠正在井下上班，我准备接她的班，你是赵洪才吧。"

"你怎么知道我的名字？"赵洪才问。

"我和杨明珠同住在一个宿舍里，她经常提起你，看过你的照片，我姓还，名叫红艳，叫我还姐吧。"还红艳热情地说。

"主任，我带杨明珠男朋友到井下接她下班，行吗？"还姐说。

"注意安全。"主任说。

"知道。"还红艳一边回答，一边叫赵洪才戴上安全帽，乘上运煤小火车向井下驶去。一路上赵洪才看到矿井两边煤炭闪闪发亮，矿井有的地方用圆木支撑着，有的地方用水泥浇灌成坑道，矿井两边有排水沟，水在沟里慢慢地流淌着，小火车行驶十几分钟后，在一处光亮的地方停下来。

还红艳和赵洪才下车，看到一位头戴安全灯帽的女同志，用仪器测量什么。

"杨明珠，我给你带来一件'宝贝'，你一定喜欢的。"还红艳说。

"少开玩笑，工作呢。"杨明珠说。

"没有和你开玩笑，不要是吧，我留下啦，不许你后悔。"还红艳说。

杨明珠抬头一看，赵洪才站在面前，"啊"的一声惊叫起来，吃惊地说："我的天哪，你怎么来啦！还姐，你把他带到井下，开什么玩笑？"

还红艳把赵洪才推到杨明珠面前说："带他来，让他看看矿井，看看你工作的地方，给你个惊喜。"

"真会闹，你通知作业队长，间隙作业，瓦斯浓度有点儿高。"杨明珠交代说。

"小火车来了，快走吧，晚上请客，不要忘记我噢。"还红艳说。

装满煤炭的小火车停下来，杨明珠拉着赵洪才的手转个弯，坐在小火车第二排的座位上，小火车开动后，杨明珠仍然紧紧抓着赵洪才的手，脸上泛起淡淡的红云，心脏扑通扑通地跳着，生怕赵洪才跑掉似的。

"这是你工作的岗位吗？离地面多远呀？"赵洪才问。

"是的，大概十几里路吧。"杨明珠说。

"煤矿工人不容易，从地下把煤送到地面，不知经过了多少艰辛，你辛苦了。"赵洪才说。

"我的工作不辛苦，责任大些，辛苦的是挖煤工人，他们打风镐，爆破，把煤装上车，很苦很累的。"杨明珠说。

说话间小火车鸣着汽笛，开到矿井出口处，在煤炭输送机旁停下来。两人下车，赵洪才跟着杨明珠走进她的宿舍，宿舍里放着两张床，赵洪才在床沿边坐下来，相互之间才认认真真地看看对方。

第三章　凤凰桥

杨明珠看到赵洪才，衣着朴素，脸有红光，高高的个子，神采奕奕，是个风度不凡的男子汉。

赵洪才看了看杨明珠，一米六以上的个头，面色红润，明亮的大眼睛清澈得像水一样，一双手纤细又修长，穿着整洁的工作服，她是一个清清爽爽、品貌端庄的姑娘。

"好长时间没有收到你的来信，你的战友说你转业回地方工作了，为什么不和我联系？"杨明珠抱怨说。

"在我身上发生的事，像做梦似的，地方先出文件说我有问题，把我从部队转业到地方，后出文件说我没问题，恢复名誉，闹着玩似的，无嘴可说，无处可诉。"赵洪才说。

"现在还好吗，在哪里工作？"杨明珠问。

"我在部队入党、提干部，也是部队坚持原则，按照军转干部政策，安排我到东风面粉厂工作的，现在我从码头搬运工调到厂部办公室担任秘书。"赵洪才说。

"是金子在哪里都会发光的，到地方工作也能大有作为，在学校你当学生会干部的时候，我就看出你有工作能力。"杨明珠说。

"谢谢你记得我。"赵洪才说。

"到这里来有事吗，你结婚了吧？"杨明珠问。

"我到这里的面粉厂学习先进管理经验，顺便来看看你，母亲和弟弟在乡下种田，我还没有找对象，你呢？"赵洪才问。

"爸爸妈妈催我呢，天天在矿井上班，你说我到哪里找男朋友呀？先不说这事了，你住在哪里？晚上请你吃饭。"杨明珠说。

"向阳招待所，我在那里招待你。"赵洪才说。

"我请吧。"杨明珠说。

"男女朋友吃饭,哪能叫女朋友掏钱请客呢?"赵洪才说。

"真的吗?"杨明珠惊喜地问。

"说话算数,我回招待所食堂准备,晚上你和还姐一起来。"赵洪才说着走了。

杨明珠看着赵洪才离去的背影,心里犹如小鹿阵阵闯心房——他说我是他的女朋友,这是我做梦也没想的事。他现在也是城市户口了,我们成为夫妻已经没有障碍。杨明珠心里祈祷着,但愿有一天梦想成真。

晚上,杨明珠穿着红格子上衣,黑色裤子,和还红艳一起来到招待所食堂,赵洪才迎接两人坐下。

桌上每人一瓶汽水,四两米饭,菜肴是红烧肉、红烧鱼、烧干丝、辣豆腐、青菜豆腐汤。

"吃不了那么多,浪费了。"还红艳说。

"我和老同学、还姐千里来相会,吃餐饭应该的。"赵洪才说。

三人边吃饭边拉家常,还红艳看着赵洪才说:"赵同志相貌堂堂,说话掷地有声,将来会成为企业家的。"

"企业家不敢说,我会努力干出一番事业的。"赵洪才说。

"找杨明珠有事吗?"还红艳问。

"老同学叙叙旧,看看她过得好不好。"赵洪才说。

"杨明珠至今还是单身,心中有你呢,还经常提起你,知道吗?"还红艳说。

"我心中也有她,不过我的人生挫折多,不像她工作稳定,如果她为我所累,不如放开她,让她找到自己的幸福。"赵洪才认真地说。

第三章　凤凰桥

"人生有挫折是正常的事，挫折可能还是财富，谁的一生是一帆风顺的，不经历风雨，哪能见到彩虹。你们两个人，一个有情，一个有意，不如我做红娘，成全你们怎么样？"还红艳说。

"还姐这样说，我是没有意见，人家不愿意怎么办呀？"杨明珠说。

"不会吧，他心里如果没有你，何必千里来相会？"还红艳说。

"我同意还姐做牵线人，但愿有一天我和她能相聚，还姐是我们的座上宾。"赵洪才说。

"空口无凭，立此存照，两人互留一件信物。"还红艳说。

两人相互看看，赵洪才脱下手腕上的手表交给杨明珠，杨明珠拿出一块绣着俄文"我爱你"的手帕郑重地交给了赵洪才。

还红艳看呆了，连忙起身说："我先走，你们谈谈吧。"

"还姐不要走，你是个热心肠的人，食堂工人要下班了，你和杨明珠一起走吧，她一个人走夜路我不放心。"赵洪才说。

"我们用汽水当酒，祝贺有情人终成眷属。"还红艳说。

三人走出食堂，赵洪才送了一程又一程，快到矿井宿舍才依依不舍地分别。

赵洪才在滨州的三天，参观了滨州面粉厂生产车间，还借阅、收集了厂里的管理制度，相互交流工厂情况。任务完成后，买好了回程的车票，看看还有时间，又去煤矿上见杨明珠，碰巧杨明珠在班上，要等她下班回来，班车又赶不上。于是，赵洪才在纸上写了几句话，请还红艳交给杨明珠。

杨明珠下班回来，还红艳把信交给她，告诉她赵洪才已经回厂了，杨明珠心有所失似的，久久望着信不愿意放下。她心里想：你的心意只需要留下来就可以了，手表是工作时要用的，应该还给你。

赵洪才调查走访了五家面粉厂，收集了大量的资料，回到厂里，又深入车间、码头、仓库、科室调查研究，听取了干部职工的意见。他和生产车间的职工一起上下班，面对车间琳琅满目的设备，蜘蛛网式的管道，对它们的名称、性能、作用一一请教工人，虚心学习，终于弄清楚了面粉生产的全部工艺流程。国产设备在生产面粉时，先将小麦送进机器，然后通过输送管道运上楼层，经过风运除尘、振动筛清杂、磁场吸铁等工序，形成净麦。净麦通过着水机均匀着水，开始入磨，经过一磨、二磨、三磨、四磨，进入头道筛、二道筛、三道筛、四道筛筛理，最后把磨好的面粉输送到配粉仓，再根据市场需求，调制生产出特制一等粉即六零粉，特制二等粉即七零粉，标准粉，打包调往市场上供应。赵洪才还对车间的吨粉电耗、毛麦出率进行了认真细致的调查研究，弄清楚了面粉成本形成的全过程。

赵洪才经过三个多月的学习调查，从工厂原粮收购、面粉生产、成品调出三个流程着手，明确全厂人员各自的岗位职责。在这个基础上参照兄弟单位的管理经验，并结合本厂实际，起草了全厂各项管理制度和干部职工的岗位责任制，依照《全国职工守则》起草了工厂职工守则，明确了奖惩制度，各项管理制度在职工代表大会审议通过后，打印成册，发给全厂干部职工学习执行。

管理出效益。随着全厂各项管理制度的建立和落实，干部职工职责明确，各司其职，采购、生产、销售三条线秩序井然，企业主人翁意识增强，全厂职工精神面貌焕然一新，工厂经济效益明显好转，当年全厂实现利润九万多元，第一次不再申请国家财政补贴。赵洪才年终被工厂评为先进个人，奖励一级工资。

越是年关厂部办公室的工作越忙，安排职工春节福利，写工厂年终工作总结，厂长向职工代表报告工厂年度工作。厂部办公室主任彭仁东五十多岁了，写了多年的年终工作总结，形成了俗套，缺乏新意。于是，今年把写年终总结的任务交给了赵洪才。

赵洪才接受任务后，翻阅了工厂多年的年终工作总结材料，虽有些参考价值，但样式是老一套的。如何把今年的年终工作总结写出新意呢？赵洪才认真听取书记、厂长的意见，到车间、科室召开座谈会，请财务科拿出全年的各种财务统计数据，坚持年终总结工作材料实事求是地写。

第一部分，写一年来的工作成绩和存在问题。

第二部分，写新年度的工作任务和要求。

在大量搜集资料的基础上，赵洪才利用十多天时间，结合当前形势，充分利用工厂一年来的工作事实、数字成绩，写出年终工作总结材料的初稿。打印后发给全厂中层以上干部和职工代表审议，根据修改意见进行修改，最终形成工厂年终工作总结材料。

新年度工作开始，全厂召开职工代表大会，冯明厂长在职工代表大会上做了工作报告。职工代表在讨论中夸冯厂长报告做得好，成绩讲得透彻，问题找得准确，新年度任务说得明白，一致通过了冯厂长所做的工作报告。

冯厂长的工作报告得到了职工代表的赞扬，晚上回到家里满脸笑容。小女儿冯慧看到父亲脸有喜色，就问："爸爸路上拾到金子啦，这么高兴。"

"厂里秀才的文章写得好，我脸上也有光，我今年的工作报告得到了全体职工代表好评。"冯厂长说。

"爸爸赞扬的秀才是谁呀？"冯慧问。

"部队转业干部，是个有才干的年轻人。"冯厂长说。

冯慧是冯厂长的小女儿，两次参加高考，差几分落榜，今年准备通过招工进厂工作，年方十八，身材苗条，是个活泼又任性的姑娘，听到父亲夸一个人是很少见的，于是想见见这位才子，想来想去，终于想出办法来。

冯慧在学校读书时，有篇获奖作文，最近有个出版社要把她的作文编入《优秀作文选》，冯慧拿着作文稿来到厂部办公室。

彭主任看到冯厂长的女儿来了，站起来问："同学又聚会啦？"

"彭主任，我要到厂里来上班了，有件事想请赵秘书帮忙。"冯慧说。

"赵秘书，冯厂长千金有事找你。"彭主任说。

"请坐。"赵洪才说着，搬来一张椅子，热情招呼冯慧在他办公桌对面坐下来。

冯慧坐下来，看看赵洪才，果然一表人才，浑身散发着男子汉的气概，学校追她的男同学中，没有一个比得上他的。

赵洪才看看坐在面前的女孩子，眉清目秀，是个脸带稚气而漂亮的小姑娘。问："有事吗？"

"赵秘书，我有篇作文，出版社要入编出书，请你帮忙改一下。"冯慧说着把作文稿递给赵洪才。

赵洪才接过来说："你把作文稿先放在我这里，明天下午来拿。"

冯慧站起来朝赵洪才笑笑，心想这个人有派头，今后我要找机会和他见见面、谈谈心。

赵洪才把冯慧的作文稿带回宿舍，从头到尾细看一遍，文章层次分明，语句精练，前后呼应，标点符号也是准确的，明显经过辅导老师精耕细作过的，实在是无从下笔修改。

赵洪才看来看去，在文章中加上几句话，编辑编稿时可要可不要，无法删改文章中的文字。

第二天下午快下班时，冯慧来到办公室。赵洪才把作文稿递给冯慧说："文章写得很好，可以寄到编辑部，你是个聪明、有文采的女孩子。"

"谢谢夸奖，晚上同学聚会，我还有事请教你，欢迎你光临。"冯慧说着走到彭主任面前说，"同学聚会，请主任帮忙。"

"没问题，老地方，老规矩，去玩吧。"彭主任说。

"赵秘书，晚上七点在醉月酒楼三号厅见。"冯慧说。

"我……"赵洪才刚要说话，冯慧又说了一句："不见不散。"双手向他摆了摆，笑着走了。

"主任，这可怎么办，我晚上还有事呢。"赵洪才说。

"去吧，要紧的事交给我处理。"彭主任说。

晚上，赵洪才来到醉月酒楼，听到三号厅内笑声一片，推门进去，冯慧高兴地跑过来，拉着赵洪才的手向大家介绍说："我说的秀才来了，就是他。"

"同学们好！"赵洪才打招呼说。

"同学们？我们现在是社会青年了。"一位同学笑着说。

赵洪才和大家拉家常，得知相聚的同学是自己同一个学校毕业的，自然而然地以学长自居，一群女孩子看他没有架子，和蔼可亲，很快说在一起、笑在一起、唱在一起。

晚餐六菜一汤，不喝酒，每人一瓶汽水。吃过饭，一起在饭店卡拉OK厅唱歌，大家邀请赵洪才、冯慧唱歌，两人合唱了一首《榕树下》。

"路边一棵榕树下，是我向往的地方，晴朗的天空，凉爽的风，还有默默的绿草香……"赵洪才唱第一段，冯慧唱第二段，两人合唱第三段。相互配合默契，歌声如行云、似流水，字正腔圆，悠扬动听，好像排练过似的。唱完，大家报以热烈的掌声。

一位同学说："你们俩配合得无缝无缺，像歌星唱的，相处很长时间了吧？"

"我们见过三次面了，今后是同事，天天见面。"冯慧说。

"郎才女貌，天生的一对。"另一位同学说。

"别误会，我们不是那样的关系。"赵洪才解释说。

"谢谢大家抬爱，我们会努力的。"冯慧说。

聚会结束后，两人走在回厂的路上，冯慧对赵洪才说："我进厂想到厂部当打字员，为你工作，好吗？"

"为厂里工作，厂办有打字员，如何去？"赵洪才说。

"你当文书，起草了那么多文字材料，打字员天天加班，忙死啦。"冯慧说。

"你怎么知道的？"赵洪才问。

"爸爸说的。"冯慧说。

"你到工厂做什么工作，我没权利安排，看看岗位需要。"赵洪才说。

"你提出来嘛。"冯慧拉着赵洪才的手摇着说。

"放心吧，你爸爸是厂长，会安排的。"赵洪才说。

第三章 凤凰桥

赵洪才把冯慧送到家门口,就回到自己的宿舍,甩甩膀子,深呼吸一口气,很长时间心情没有今天这样轻松、高兴、愉快了。

春节放假,赵洪才回到乡下和母亲、弟弟一起过年。正月初二回到城里,杨明珠放假从矿井回家探亲,相约赵洪才在凤凰桥上见面。久别重逢,分外亲切,两人谈了一个多小时,杨明珠把手表还给赵洪才说:"手表是你工作时要用的,放在我身边,反而有心事似的,我天天给它上发条、赶时间。我和你商量件事,能不能到我家提亲?"赵洪才想了想说:"我现在两手空空,如何上门?何况我们分居两地,不如再等等。"

杨明珠又提出到乡下去看看赵洪才的母亲。赵洪才说:"你是下过乡的,农村的土路、土墙、草房、小河、小桥,你是知道的,你一个城里姑娘到我家里是撑我面子,还是丢我面子?"

"这也不行,那也不好,是不是你另有心上人了?有话明说,有事明讲。"杨明珠不高兴地说。

赵洪才听后睁大眼睛说:"你这是说的什么话,我堂堂七尺男子汉,哪有说话不算数的,我对你如有二心,明天掉进白鸟河里淹……"杨明珠连忙捂住赵洪才的嘴说:"谁叫你说这样的狠话,真是的,不是我父母催得紧嘛,才和你商量的。"

"这事情好办,对你父母大大方方地说,你有男朋友了,远在天边,近在眼前,东风面粉厂赵洪才。"赵洪才说。

"油嘴滑舌,真的便宜你了。"杨明珠说着笑了。

工厂正月初八上班,陈书记找赵洪才谈话,决定推荐他到省党校学习企业管理专业,学制两年,正月十五到省党校报到。

一个人倒起霉来,喝凉水也会塞牙,一旦时来运转,事事如意，顺风顺水，喜事一桩接着一桩。赵洪才到省党校报到，开始了新的人生道路。

赵洪才入学后，全身心地投入到学习中去，认真学习钻研企业管理知识，学习研究市场学、合同法、企业的生产管理、采购管理、销售管理、成本管理，研究讨论计划经济和市场经济的区别。他写的研究论文有两篇被校刊采用。他参加了成人自学考试，获得哲学、政治经济学、写作、逻辑学大专单科毕业证书。

又到一个星期天，赵洪才正在宿舍聚精会神地看书，突然有人从背后用双手蒙住他的双眼，掰开手指一看是冯慧，吃惊地问："你怎么会来到这里？"

"你能来，我就不能来，这是什么道理，不欢迎吗？"冯慧说。

"欢迎，你到这里做什么？"赵洪才问。

"我通过招工进厂当了化验员，厂里安排我到省粮食检测中心学习化验知识，时间六个月。"冯慧说。

"你不是说要当打字员的，怎么当了化验员？"赵洪才问。

"你上学了，我到厂部办公室还有什么意思。走吧，我们上街吃饭去。"冯慧说。

赵洪才看了看手表说："学校食堂开饭了，到食堂吃吧。"

冯慧愣了一下说："好吧，客随主便。"赵洪才买好饭菜，两人吃过饭后，双双走出食堂。同班同学看到赵洪才身边有个年轻漂亮的姑娘。问："女朋友吧？"

"同事。"赵洪才说。

"女朋友就女朋友，这有什么关系？走，我们逛街去。"冯慧说着，拉着赵洪才的手，大大方方地走出食堂。

"上街买东西吗?"赵洪才问。

"看看。"冯慧回答。

赵洪才在学习期间还没有逛过街,每月三十八元工资,自己吃饭,补贴家用,平时用钱手又敞,没有余钱,一门心思放在学习上。他对冯慧说:"逛街没意思,不如看场电影吧。"

冯慧看了看赵洪才说:"好吧。"

两人走到电影院门口,冯慧要买票,赵洪才拉住她说:"我来买。"

买好电影票,售票员催促赶快进场,两人刚找到座位坐下来,电影开始放映了,看过电影后,两人走出来默默无语。一会儿,冯慧说:"封建社会,婚姻包办,酿成悲剧,实在可恨。"

"新社会,男女平等,婚姻自由,多好呀。"赵洪才说。

"是的,我们交朋友吧,晚上,到饭店请你吃饭。"冯慧说。

"我请吧,哪有叫女孩子请客吃饭的道理。"赵洪才说。

"你也有封建思想,现在是什么年代了,请客还分男女吗?这餐饭不吃就是看不起我。再说你老家是农村的,母亲和弟弟要用钱,你哪有多少钱呀?"冯慧说。

"调查我家底细,怎么说?"赵洪才问。

"放心,我不是嫌贫爱富之人,不讲究门当户对,看看你家里有没有嫂子,这是真的。"冯慧笑着说。

"我的家庭贫寒,年龄又比你大得多,高攀不上,你不要有什么念头,不过朋友是可以做的,晚上我请你吃饭。"赵洪才认真地说。

"老封建、老思想,古时候朱洪武放牛羊、薛平贵困窑堂,他们都是贫穷汉，后来也能做皇上。俗话说，人不可貌相，海水不可斗量，我爸爸夸你，我也看好你，将来你的前途不可估量。"冯慧说。

赵洪才想到这个女孩对自己有意思，虽是个好姑娘，但年龄不相符、家庭差距大，何况自己有意中人，很难和她走在一起，必须想办法让她自然而然地退场。赵洪才思考了一天，终于想出办法来。

一天，冯慧又来找他，赵洪才对冯慧说："你年纪轻轻，家庭条件又好，应该继续读书，参加高考。"

"以前，我做梦也想上大学，两次参加高考，差几分落榜，哪里还有信心。"冯慧说。

"我有一套高考复习辅导资料，帮你制订系统的复习计划，每个星期天辅导你复习，明年再考一次，圆你大学梦。如果你考上能为厂里所用的粮食专业院校，还可以带薪上学。"赵洪才说。

"算了吧，已经参加工作了，不想再读书。"冯慧说。

"我还在上学呢，你才十九岁，风华正茂，如此志向短小，谁喜欢你呀？你是个聪明的女孩子，作文获过奖还被编入书，考上大学还是有希望的。如果你考上大学，我们的关系可以更进一步。"赵洪才认真地说。

在赵洪才的鼓励下，冯慧重新树立起考大学的信心。她想想说："听你的，明天写信告诉我爸爸，把高考复习资料送来，请爸爸到学校打个招呼，高考再冲刺一次。"

赵洪才给冯慧制订了详细的高考复习计划。星期天，冯慧到赵洪才宿舍学习到深夜，同宿舍的同学都回家了，冯慧就睡在赵洪才的宿舍里，赵洪才像哥哥照顾妹妹那样，给她盖被子，保证她学习好、休息好。

三月份，冯慧化验学习班结束，回到学校参加高考复习。高考中冯慧发挥正常，成绩终于达到了大专院校录取分数线，被一所粮食轻工学院录取，带薪读书。

赵洪才帮助冯慧考上了大学，实现了冯慧的大学梦，那颗悬着的心终于放下来。不久，赵洪才以优异的成绩从省党校毕业回到厂里。厂部办公室冯主任退休了，厂领导研究决定由赵洪才担任厂部办公室主任。

厂部办公室是全厂的牵头科室，负责全厂工作的上传下达、日常事务处理。赵洪才担任主任后，对下面请示的事情，大事汇报，按照厂领导意见处理。小事经过思考后，果断答复处理。全厂工作在他的协调下顺利地运转起来。厂领导不会因为鸡毛蒜皮的事情缠身，全身心投入到厂里生产经营工作。赵洪才认真抓全厂各项管理工作，整顿劳动纪律，建立上下班签到考核制度，全厂工作秩序井然。此外，还整顿厂区环境，修道路、建花池，栽树种花，保持厂区清洁卫生，把厂区建成了花园式工厂。

赵洪才当办公室主任的工作能力在厂领导班子心中留下了很好的印象。不久，负责工厂经营工作的副厂长调离单位，经厂领导研究提名，报送市粮食局考察批准，赵洪才被提升为副厂长。

厂党委书记陈德明和赵洪才谈话。问他说："你三十出头了，为什么个人婚姻问题不解决呢？"

"我有个对象，是高中同学，现在外地煤矿上班，分居两地，如何结婚？"赵洪才如实说。

"听说你和冯厂长女儿谈恋爱,有这事吗?"陈书记问。

"我和冯慧年龄差距大,现在她上了大学,来信告诉我,已经有了意中人。"赵洪才说。

"如果把你的对象调回来,你会结婚吗?"陈书记问。

"当然结婚,我们等这一天呢。"赵洪才说。

"你安心工作,个人的问题等我请示了上级再说。"陈书记说。

国营工厂进出一个人,要经过层层级级的批准。赵洪才走后,陈书记打电话给市粮食局人事科蒋科长,请示赵洪才未婚妻的工作调动问题。蒋科长答复说:"这件事情办起来不容易,一要看女方单位放不放人,二要看局长同不同意接收人,三要看市劳动局能不能批准。现在的工作可以这样做,你厂打报告请示局领导批准接收人,女方打报告请示调动工作,市劳动局我去请示办理。"

"聪明人办事就是叫人明白,事情虽复杂,但有目标方向努力。"陈书记高兴地对蒋科长说。

陈书记把情况告诉了赵洪才,赵洪才立即给杨明珠写信,告诉她自己担任了副厂长的事情,叫她说服领导同意调动工作。杨明珠很快来信告知,煤矿领导同意她调动工作,有接收单位送上报告即可办理。

再说市粮食局蒋科长收到东风面粉厂请求赵洪才未婚妻杨明珠调动工作的报告,向局长请示。局长沉思片刻说:"科级干部是局管干部,应该帮助他解决后顾之忧,你在局务会上说明情况,与上级劳动部门通融,把他的未婚妻调到东风面粉厂工作。"

蒋科长打电话告诉陈书记,关于赵洪才未婚妻调动工作的问题,局领导同意了,请尽快办理他未婚妻工作调动的手续。

第三章 凤凰桥

不到一个月时间，杨明珠从煤矿调到东风面粉厂，安排在工会担任财务干事。

牛郎织女终于相会，两人为了庆祝团聚，手牵手到电影院看了场电影。电影放映后，杨明珠只看了十几分钟，头枕在赵洪才肩上睡着了，口水滴在赵洪才的手背上，睡得是那么香、那么甜，好像什么心思也没有似的，直到电影结束散场了，赵洪才轻轻地叫醒她。杨明珠像大梦初醒一样，"啊"的一声站起来。赵洪才把手臂上的口水给她看。杨明珠红着脸说："对不起，出洋相了。"

"出洋相，才开始呢。"赵洪才说着，在杨明珠脸上亲了一下。

"真是的，公共场所人多广众的，难为情死了。"杨明珠低声责怪他说。

"你看看，哪里还有人？"赵洪才说。

杨明珠抬头往四周一看，剧场空无一人，急忙拉着赵洪才的手，走出电影院。

万事俱备，只欠东风。赵洪才和杨明珠只等走进婚姻殿堂。赵洪才当上副厂长后，分到三室一厅平房，配有厨房间。春节临近，两人准备在春节期间办婚事。新房要粉刷装修，结婚要办几桌酒席，男女要购买一套结婚礼服。钱呢？赵洪才平时用钱大手大脚，钱到手，饭到口，在结婚需要用钱的关键时刻，手中拿不出钱，心里着急。

车到山前必有路，船到桥头自然直。赵洪才想到在部队工作的大哥大嫂，立即写信求援。

大哥大嫂：见信如面，为弟在地方几年打拼，现在担任了东风面粉厂副厂长，对象杨明珠由于领导照顾，从煤矿调到厂里上班，我和她准备春节结婚。实话实说，办婚事我手头没钱，向哥哥嫂嫂求援，日后定当厚报。

赵洪才写好信，放入信封，刚走出办公室，看到秘书宋匡华和杨明珠走过来。宋秘书说："厂领导开会，请赵厂长到会议室。"赵洪才把信交给杨明珠说："把我的信寄出去。"说着，赵洪才和宋秘书走进会议室。

杨明珠拿着信到邮电局买了八分钱邮票贴上，看到信没有封口，顺便拿出来看看，看到信上的内容愣住了，想把信留下来，心里犹豫了一会儿，还是把信寄了出去。

李忠新收到赵洪才的来信，对王兰说："我这个老弟，做事敢冲敢闯，用钱大手大脚，关键时刻两手空空。"李忠新和王兰协商后，把家里全部积蓄一百五十元钱寄给了赵洪才。

赵洪才收到李忠新寄来的钱，松了一口气，把钱从邮电局取出来，交给杨明珠说："这钱结婚用的，省点儿花，就这么多，我的夫人。"

"谁是你的夫人，结婚当铁公鸡——一毛不拔，像话吗？"杨明珠说。

"这不是钱吗？"赵洪才说。

"借的钱，不还吗？"杨明珠说。

"你是怎么知道的？"赵洪才疑惑地问。

"信，我看了，这钱是向大哥李忠新借的。"杨明珠说。

"好呀！偷看私人信件犯错啦，现在你已经知道我是个穷光蛋，后悔还来得及，说声再见，找个有钱的吧。"赵洪才装个鬼脸说。

第三章　凤凰桥

"亏你说得出口，我是为了钱才嫁给你的吗？工会主席和我说了，这段时间叫我不要上班了，在家里准备婚事，你把精力放在工作上，也不要为结婚用钱的事情操心，有我呢。"杨明珠说。

"谢谢你，有你支持我，我会大干一场的，你等着瞧吧。"赵洪才说。

杨明珠参加工作五年时间，父母不要她的钱，她平时又节省，手头余钱三千多元，房子装修、结婚花费绰绰有余。

杨明珠请人粉刷好新房，再从家具买起，锅碗瓢勺铲、酱麻油盐醋，配齐了家庭日用品，又购买两套沙发放在客厅，便于接待来客，两人各买了一套结婚礼服。

春节到了，赵洪才、杨明珠在工厂食堂办了五桌酒席，简简单单办了婚礼。结婚后，夫妻俩恩恩爱爱，生活过得和和美美。杨明珠为人厚道，说话和气，孝敬婆婆。星期天，婆婆带小叔赵洪前到城里来，杨明珠买鱼买肉，热情招待。婆婆看到儿媳长得俊俏，嘴乖人勤快，"妈妈""妈妈"地喊，心里像吃了蜜似的甜。就对人说："我家儿子不知哪世修来的福，找个贤惠媳妇。"当年底，杨明珠的儿子出生，起名赵阳，婆婆更是笑得合不拢嘴，夸赵洪才的家庭幸福美满。

东风面粉厂的生产经营在国家计划下进行，原粮按国家计划收购，面粉产品按国家计划调出，工厂盈利留转下年，亏损国家财政补贴，生产车间半年开车、半年停车，经营工作四平八稳，职工每月有固定的工资收入。

赵洪才担任副厂长后，对工厂内部和外部经营销售状况进行调查研究，生产车间有年产四万五千吨面粉的生产能力，而现在每

| 凤凰记 |

年只生产两万吨面粉，还有大部分的生产潜力没有发挥出来，当地农民种的小麦，国家公粮收购后，手中仍有余粮卖不出去，外地有人带着货款到厂里采购面粉，因为没有议价计划，工厂不敢卖，有钱不敢赚。面对这种情况，赵洪才产生收购议价小麦，生产销售议价面粉的构想。他把想法向陈书记做了汇报，陈书记很赞赏眼前这个不安于现状、敢想敢干敢于创新的年轻人，决定支持他试一试。统一工厂领导班子思想后，向市粮食局打了收购议价小麦、生产销售议价面粉的报告。上级批准后，从银行贷款一千万元，从农民手中收购余粮，组织生产及出售议价面粉。同时按照国家面粉生产标准，设计样品，按照样品生产特制一等粉、特制二等粉、标准粉，并供应市场。另外，还申请了产品商标，建立起产品品牌。工厂组建了市场销售队伍，到南方、北方推销面粉产品。自从工厂开始自营业务，赵洪才的工作忙了，客户迎来送往，每天眼睛一睁，忙到熄灯。经过三个多月的努力，工厂销售了三千多吨议价面粉，收回货款，经过财务核算，实现利润三十多万元，第一次尝到了议价面粉销售的甜头。

市场议价面粉销售成功后，赵洪才的工作积极性更高了。他带领经营人员到南方市场调查研究，推销厂里议价面粉产品。他在调查中发现南方市场议价面粉大幅度涨价，每袋五十斤面粉涨价八元，立即把这一情况向厂领导报告。冯厂长决定停止向市场发货。仓库因面粉成品满了，生产车间停车。赵洪才从南方市场调查回来，看到工厂车间停车，全厂静悄悄的，于是，他立即找陈书记问怎么回事。陈书记对他说："市场议价面粉涨价，不能轻易发货，等你回来做主张。"

第三章 凤凰桥

赵洪才立即召开经营人员会议,收集情况,统计签订议价面粉合同的数量。有的经营人员说:"市场议价面粉涨价,客户签了合同,工厂不发货,很不高兴,说我厂不讲信誉。"赵洪才对大家说:"客户签合同的议价面粉,该发的一定要发,等待厂里决定。"

第二天,工厂召开了厂领导班子会议,赵洪才报告了南方市场调查情况,明确指出市场议价面粉涨价,对工厂议价经营工作是个机遇,他谈了目前工厂议价销售的意见。合同已经签订,货款已经到账的一千六百吨面粉,按合同发货。已签合同的,货款没有到账的,和客户协商,每袋面粉涨四元发货。新确立的客户,仍然以适当的让价发货。这样做的目的,既能保证客户销售工厂面粉有利可图,又能维护工厂的信誉,为明年工厂议价面粉销售打基础,争取更大的销售市场和更大的销量。

厂领导班子经过讨论,同意了赵洪才的意见,生产车间、码头又热闹起来。陈书记从心里夸奖赵洪才是个有魄力、有决策能力的年轻领导干部。

经过全厂干部职工的积极努力,东风面粉厂全年生产销售面粉三万多吨,自营生产销售面粉一万五千吨,实现利润九十八万元。产量、利润均创历史纪录,干部职工第一次发了年终奖金。

年底,市财政局刘科长来到东风面粉厂,在领导班子会议上,刘科长对全年工厂实现利润近百万元表示祝贺。他说:"目前市财政收支还是赤字,今年你厂要做贡献,上缴利润五十万元。"

"过去我厂有利润转下年,财政是不收的,为什么今年要上交这么多呢?"赵洪才问。

"粮食供应是关系到民生的大事情,为了保证粮食市场稳定,你厂执行的是计划生产、计划供应政策，因此，有利润留存下年，亏损国家财政补贴。现在粮食政策有松动迹象，今年你厂自营面粉业务利润达到近百万元，为地方财政做出了贡献，有宝宝才抱个宝宝，没宝宝抱什么呢？你们是国营工厂，应该为国家财政收入多做贡献。"刘科长解释说。

听了刘科长讲话后，厂领导班子成员面面相觑。陈书记说："既然是上级领导决定的，我们执行，今后厂里有困难还要靠政府财政支持的。"

赵洪才接着说："只要市政府支持我厂开展自营面粉销售业务，我厂将会有更多的利润产生，保证'财神爷'每年抱个金元宝回去。"

"我一定向市政府领导汇报，大力支持你厂开展自营面粉销售业务。"刘科长说。

随着经济改革浪潮扑面而来，工厂实行厂长负责制，干部实行聘任制，企业干部职工统称为职工，东风面粉厂被确定为全市实行厂长负责制试点单位。

经过三个多月的酝酿，市政府、市粮食局到东风面粉厂竞争招标厂长，为全市工厂实行厂长负责制提供经验。

参加竞争招标面粉厂厂长的有七人，经过几轮比拼，最后剩下两人，原厂长冯明、副厂长赵洪才。

冯明，五十六岁，初中文化，现任厂长。

赵洪才，三十三岁，大专文化，现任副厂长。

招标厂长按四个程序角逐。

一是理论考试，由工作组出题笔试。

二是群众评议，推选工厂优秀公正的职工代表，为参加竞争招标的厂长打分。

三是工作组提问题，招标厂长现场解答，按答题的准确性打分。

四是负责招标的工作组成员对招标厂长综合评分，打印象分。

冯明的优势是年富力强，又是现任厂长，群众评议，工作组成员打印象分占优。

赵洪才年轻有为，有学历，工作有魄力，现场问题解答和理论考试占优，两人在竞争招标中将遇良才，棋逢对手，出演了一场精彩的好戏。

在企业管理理论考试中，赵洪才在省党校学的专业是企业管理知识，当然有优势，现场问题解答中对赵洪才提的问题是买方市场与卖方市场，也是党校学习过的内容，赵洪才现场回答后，工作组成员频频点头。

经过三天的激烈竞争，工作组公布招标结果，赵洪才以零点零五分的优势胜出，成为东风面粉厂实行厂长负责制的第一任厂长。

宣布赵洪才担任厂长的当天晚上，厂党委书记陈德明和赵洪才谈心。陈书记说："你年纪轻轻挑起全厂工作的重担，是上级对你的信任。应该组成一个团结有力的领导班子，一把手才能当得好、当得稳。我提点建议供你参考。今年过年后，我年满六十周岁准备退休，建议你把冯厂长调整到我的位置上来，担任厂党委副书记，负责党务工作。两位副厂长能用则用，如果不用，建议粮食局调整工作。工厂中层干部由你择优录用。"

赵洪才采纳了陈书记的意见，厂领导班子组成上报，市粮食局立即批准。中层干部五十五周岁以上除技术人员外全部退下来，聘任一批年轻、有文化的职工担任中层干部。全厂干部职工全部实行聘任制，聘任期为一年。各科室、车间人员重新组合，招标上岗，能者上、庸者下，全厂经过优化组合，产生富余人员二十二人。工厂成立劳动服务公司，聘用两名因年龄偏大、工作责任心强的中层干部担任正、副经理，下设粮油配件门市部，面粉袋间两个单位，对内对外自主经营，自己找饭吃，消化了厂里富余人员。

东风面粉厂实行厂长承包负责制后，全厂职工通过竞争上岗，优化组合，层层落实承包责任制，工作积极性、主动性、创造性充分调动起来。正如赵洪才在职工大会上说："全厂工作是舞台，我们每个职工是演员，无论角色大小，都要珍惜每次出场的机会和表现，不忘初心，不忘梦想，上下一条心，全厂一盘棋，必定有精彩纷呈的演出，必定能干出一番惊人的事业，必定有激动人心的成果。"

俗话说：新官上任三把火。赵洪才担任了东风面粉厂一把手，终于有了大显身手的机会，有了实现自己雄心壮志的战场。他决心甩开膀子，撸起袖子，大干一场，逐步扩大工厂生产规模，大力开拓市场，使工厂成为有竞争力的面粉加工企业，成为市内创利大户之一。但在第一次领导班子扩大会议上，商讨新年度经营策略和任务时出现了激烈的争论。

老厂长一方仍然要求保持稳扎稳打的经营方针，国家计划调拨为主，市场议价销售为辅，吃国家财政补贴的饭，没有风险。赵洪才一方坚持以市场议价销售为主，计划调拨为辅的经营方针，大力开拓市场，发挥车间的生产能力，把工厂产品推到市场上去，争取工厂获得更大的经济效益。

行政厂长胡文说："过去我厂计划进，计划出，盈利上缴，亏损补贴,捧的是'铁饭碗',过的是安稳日子,现在把产品推向市场是有风险的,货款收不回来,工人工资发不出去怎么办?放着安稳日子不过,何必冒险呢?"

销售厂长王开明说:"目前国家粮食收购有逐步放开的趋势,我厂虽然有国家计划调拨任务,但计划数量一年比一年少,现在全年只有一万多吨面粉调拨任务,而车间有四万五千吨的生产能力,产能没有充分发挥出来。上级允许我厂开展自营业务,应该抓住机遇开足车,把产品推向市场,为工厂创造更多的经济效益。"

会上,保守和创新两种意见争论不休,赵洪才在充分听取大家意见的基础上做了总结发言。

赵洪才说:"随着全国粮食生产连年获得丰收,粮食市场放开为时不远,工厂产品走向市场成大趋势。如果我们不审时度势,抓住机遇,把工厂产品推向市场,在市场占领一席之地,形成知名度,就会处于被动。等到粮食市场全面放开了,工厂产品再去找市场,将会失去机会。那时候国家没有调拨计划,失去财政支持,市场上又没有客户,工厂产品推不出去,工厂生存才是最大的危机。因此,当前把工厂产品推向市场势在必行,必须加大市场开拓力度,争取生产车间满负荷开车。大家要认清形势,统一思想,坚定信心。道路是人走出来的,奇迹是靠人创造出来的。现在我宣布今年的目标任务:"全年生产销售面粉四万吨,一万五千吨用于国家计划调拨,二万五千吨推向市场,全厂各行各业都要围绕这个目标努力开展工作。"

新年度目标任务确定后,赵洪才选拔厂里精明能干的职工组成南、北两支市场销售队伍,他带领销售人员先后到辽宁、黑龙江、浙江、江西、湖南、福建、广东、海南等地考察调研市场，确定以粮食部门为主，有货款支付能力的二十多家客户，使工厂生产的面粉源源不断地向外地发运。当年除国家计划调拨外，自营生产销售面粉二万五千吨，实现自营利润一百五十多万元，年底上缴财政利润一百万元。职工除发工资外，每月兑现奖金，职工收益明显提高。

第二年，赵洪才加大市场开辟力度，工厂生产车间实行满负荷开车，全年生产销售面粉四万五千吨，自营利润达到二百多万元，厂里生产的面粉产品在市场上供不应求，成为市内创利大户之一，赵洪才被省、市评为劳动模范。

赵洪才大胆开辟面粉市场，议价销售取得圆满成功。他的头脑中产生了更大的设想，筹建新制粉车间，扩大生产规模，生产优质产品满足市场需求，进一步增强市场竞争力。他首先召开领导班子扩大会议，征求采用国产先进设备，新建年产四万吨等级粉新车间的意见。

筹建新制粉车间，会上有人赞成，有人反对。

财务科长说："现在收购议价小麦占有银行大量资金，贷款数额巨大，还本利息已经有压力，筹建新车间需要巨额资金，风险太大，需要慎重。"

采购厂长说："随着工厂产量增加，原粮、成品库容紧张，再建新车间，库容是大问题。"

党委副书记冯明说："新车间选用国产先进设备，框框算算，需要资金一千五百万元，这不是个小数目。新车间投产需要招工增员，增加企业负担，应该做好充分的论证工作，防止风险产生。"

销售厂长说:"我厂产品逐步打开了市场,有了知名度,销售势头正旺,去年底客户带款到厂里也提不到货,扩大生产规模,增加产量,时机已经成熟。"

质量监督科科长说:"市场客户对产品质量要求越来越高。我厂生产设备陈旧,产品质量达不到客户要求,应该新建国内制粉先进设备车间,生产优质产品,满足市场客户需求,增强市场竞争力。"

赵洪才听取了各方面的意见,给大家讲了筹建新制粉车间的有利条件。

首先,我厂新建制粉车间,有现成的地皮,不用征地。

其次,能争取上级部门资金支持。打个比方说,儿子创业,老子总该给点本钱吧,何况我厂是国营企业。

最后,市粮食局有国家扩大粮食储存仓容的计划,能够争取四幢原粮收储仓库,解决我厂库容紧张的问题。

当前农民已经出现了"卖粮难"的问题,原粮收购不成问题,产品销售有市场,有钱赚的事情何乐而不为呢?因此,筹建新车间,扩大生产规模是最好的时机。我们要争取市政府立项,筹建新车间,生产优质产品,参与市场竞争。今后,我厂将有更大的生存空间、更广阔的发展前景。

赵洪才的分析得到了与会人员的赞同,打消了大家的思想顾虑。会后,他写好新项目申请报告,送市政府、市粮食局。市政府批准立项后,市粮食局局长和赵洪才到省粮食局争取到了项目拨款五百万元,市粮食局拨款五百万元,工厂向银行申请项目贷款五百万元。厂成立筹建班子,新制粉车间开工建设。同时在社会上招收八十名新工人进厂培训，为新制粉车间投产做好准备工作。

经过两年的努力，新制粉车间正式投入生产，全厂生产能力达到八万五千吨，当年计划调拨和市场议价销售七万吨面粉，实现利润三百多万元，赵洪才被市政府树为改革家。

赵洪才风华正茂，事业有成，杨明珠相夫教子，家庭幸福。一天，杨明珠提醒赵洪才说："我们结婚的时候，你借大哥的一百五十元钱应该还他了。"赵洪才说："这件事情忙忘了，你把钱寄给他，写信谢谢他。"

"大哥借钱给你，还钱时应该你写信谢他，不能借钱的时候是一个脸，还钱的时候是另一个脸，这是人品问题。"杨明珠说。

"说得对，我写信。"赵洪才说。

李忠新收到赵洪才的信和钱，知道他担任了东风面粉厂厂长，事业有成，高兴地对王兰说："二弟本来就才华横溢，雄心勃勃，做事有胆有识，现在终于有了成绩。"

"这是个好事情，他在地方上干得好，将来你转业回地方工作也有帮助。"王兰说。

"我也是这样想的，祝愿他的工作越做越好。"李忠新说。

再说李忠新担任团宣传股股长后，为了有针对性地搞好全团思想政治教育工作，他深入连队调查研究，摸清楚干部战士的思想现状。连队大多数驻守在海岛前沿偏僻的山沟里，眼前看到的是波涛滚滚的大海，脚下走的是高低不平的山路，条件艰苦，生活单调枯燥。如何活跃连队的文化生活，教育干部战士树立以苦为荣、以岛为家的思想，做到苦中有乐、安心服役，这是摆在思想教育者面前必须思考和解决的问题。

这时上级拨下一笔在连队开展文化活动的经费，李忠新眼前一亮，感到这是雪中送炭，决定用这笔钱筹办连队俱乐部。他构思好在连队办俱乐部的设想，安排会写会画的文体干事到海岛前沿连队办俱乐部。设墙报栏、图书室、棋类室、乒乓球室，修建连队篮球场。同时在全团开展学文化活动，要求连队干部战士文化水平上一个台阶，文盲战士达到初小文化水平，初小水平达到高小水平，高小水平达到初中文化水平。高中毕业的战士由团统一发一套教材和辅助材料，组织复习，参加每年军校招生考试。全团每年组织连队俱乐部评比活动，评出先进，连队俱乐部给予奖励。团每年举办一次连队文艺会演，举办一次篮球、乒乓球、拔河比赛，前三名发奖状、奖品。连队俱乐部和学文化活动，丰富了海岛干部战士的业余生活，陶冶了思想情操。他们在海岛艰苦的环境中苦中寻乐，感到虽苦犹荣。年底，师在李忠新团召开连队办俱乐部现场会，军政治部转发了李忠新团办俱乐部的经验材料。团宣传股记集体三等功一次，李忠新记三等功一次。

正当李忠新宣传教育工作开展得有声有色之时，团政委找李忠新谈话，全师推选他到政治院校深造，学制两年。晚上，李忠新下班回家有了心思，不声不响。王兰忙给他倒茶，拉他坐下来说："工作辛苦了，给你捶捶背。"

"你能天天给我捶背吗？"李忠新问。

"有敌情，战备形势紧吗？我怎么没听说过？"王兰问。

"政委和我谈话，安排我到部队政治院校学习两年，我现在不想离开部队、离开家、离开你。"李忠新说。

"喜事！喜事！我家又有一件天大的喜事！我记得你因为没有

参加高考而苦恼过,上大学是你的梦想,现在机会来了,梦想成真,你说说,这是多好的事情呀。"王兰高兴地说。

"照顾孩子的责任又留给你了。"李忠新说。

"相夫教子是我的责任,工厂上的是常日班,儿子、女儿已经上学了。好照看,放心去圆你的大学梦吧。"王兰说。

"宣传股的工作刚摸到路子,心里真的留念。"李忠新说。

"学习是为了今后更好地工作,领导对你有更高的期望,你要好好地珍惜这个机会。"王兰说。

"一家人生活在一起多幸福,又分开我会想念孩子、想念你的。"李忠新说。

王兰望着李忠新说:"想我,假的吧?"

"真的。"李忠新说。

"傻瓜,快老夫老妻了,放在心里想吧,上学有暑假、寒假,又不是三年五载不见面。"王兰说。

"从火热的军营生活到平静的学校里读书,不知道能不能适应呢?"李忠新说。

"你从农村孩子考到城里读高中,从社会青年到部队当干部,哪件事情不是你干出来的。现在你到军校深造,我相信你一定会取得好成绩的。"王兰说。

"对我有信心?"李忠新问。

"是的。"王兰回答。

李忠新到部队政治学院报到,学校很大,师生很多。这次学校在全军招收六个班,名称是"团职政治工作干部训练班"。学习课程共八门:马克思主义哲学、政治经济学、科学社会主义、党史、军队政治思想工作、军事常识，还有语言学、逻辑学两门副课。

在理论学习中，李忠新轻车熟路，学一门考一门，均取得了优秀成绩。在军事知识学习中，从识图用图学起，夜行军、森林行军、地形勘察、目标测距、绘图制图、敌情研究、敌情处置、战前战中动员、战后总结、团作战预案制订、团进攻和防御等战术模拟演练。虽然军事知识考核中李忠新的团作战预案作为范本公布在墙上，但综合成绩评定为良好。经过两年在政治学院的学习，李忠新六门主课取得五门优秀、一门良好的成绩，在校刊上发表三篇论文，被学校评为"优秀学员"。

李忠新从学校毕业回到部队，部队干部变化很大，原来团里领导干部大部分调到师部任职，团部任命了新的宣传股长。李忠新回到部队的第三天，接到通知，任命他为师政治部宣传科科长。

李忠新、王兰整理好行李，办好了王兰的工作调动，以及女儿李敏、儿子李军的转学手续，师部派来登陆艇接李忠新一家到师部报到。

李忠新安好家，带着王兰到师部服装厂报到。师服装厂缪厂长问李忠新："你是新任宣传科科长吧？"

"是。"李忠新回答。

"你家属缝纫机手艺怎么样？"缪厂长问。

"一般。"李忠新说。

"我们服装厂是接受上海服装厂来料加工业务的，质量要求高，而且是流水作业，缝纫手艺必须熟练。如果你家属想挑选工作，必须先答应我一个条件。"缪厂长说。

"你说，什么条件？"李忠新问。

"过去，师部礼堂唱戏、放电影发给服装厂的票，看戏在后排，看电影在前排，你当科长把发票位置稍微调一调，每次发八张位置好一些的票，家属工作岗位随你选。"缪厂长说。

"明天答复你。"李忠新说。

晚上李忠新和老宣传科科长见面，老科长已经转业，等李忠新来交班。李忠新请教科里的工作和人员情况，顺便问了礼堂发票问题。

"礼堂演戏、放电影发票，科长有权留几张票吗？"李忠新问。

"平时可以，春节地方慰问团演出发票时，师政治部主任是参加分配的。"老科长说。

"师服装厂什么工种容易些？"李忠新问。

"裁剪间呀，上午理好一百二十件布，电剪刀开一刀，下午一刀，完成任务。"老科长说。

李忠新到服装厂对缪厂长说："平时礼堂八张票由我家属带给你，把我家属安排在裁剪间工作。"

"喂，李科长……"缪厂长想说什么，李忠新走了，回头补充了一句："家属明天上午来上班。"

王兰到服装厂上班，被安排在裁剪间工作。

李忠新安排好王兰的工作，以及李敏、李军的上学事情，立即到宣传科开始工作。

宣传科共有八名干事，在办公室各人做各人的事情。看到新科长李忠新到任，一一站起来向科长李忠新敬礼。不一会儿，师政治部主任和老科长来了。老科长从腰间拿出一串钥匙交给李忠新说："现在和你到仓库去交班。"

宣传科的仓库在山坡上，一共有八间，仓库前山坡地上堆满单杠、双杠、篮球架等体育器材。仓库里书籍占四间，文体器材占四间，老科长交完班，李忠新正式开始工作。

李忠新首先和师政委、政治部主任研究布置了新年度全师思想政治宣传教育工作和任务，决定在全师开展创先进连队、争当优秀战士的活动。大力开展军地两用人才的培养，积极开展文体活动。十月份举行文艺会演，篮球、乒乓球比赛。布置好全师宣传教育任务后，李忠新和科里干事分别谈话，明确分工。理论干事、新闻干事、内勤干事工作不变，确定两名宣传干事、两名文体干事、一名放映干事。要求科里人员每月轮流下连队调查研究不少于七天，写一篇连队干部战士思想状况的调查报告，供师领导做思想教育参考。李忠新把老科长交下的仓库钥匙分别交给文体干事和宣传干事，放映器材移交电影队保管使用。交代科里人员在十五天内将仓库器材、书籍登记造册，等待处理。

四名干事加上科里人员协助，用了十天时间，把仓库器材清点完毕，登记在册，把账册放在李忠新办公桌上。李忠新翻开账册，看到库存器材有：篮球一百四十只，排球五十只，乒乓球和球拍各十箱，新到锣鼓乐器箱五十套，小说八千册，军地两用人才培训书籍四千八百套，其他书籍一万五千册，篮球架十五副，单双杠各二十副。李忠新看到这么多器材和书籍放在仓库里闲着，立即给文体干事布置任务，统计全师部队文体器材缺损情况，将库存器材除留下比赛使用外，全部补充到连队。师部将组织工作组检查全师连队文体器材完好和使用状况。同时建立师部文体器材接收和发放登记制度，确保文体器材及时发送到连队。

李忠新看到师部礼堂前面三层楼空闲着，请示政治部主任同意以后，筹建师部俱乐部，设阅览室、图书室、棋类室、乒乓室，把仓库内的小说等书籍移到俱乐部图书室，供干部战士借阅。俱乐部正式开放时，师领导干部参加活动，相互之间打了乒乓球，夸俱乐部办得好。

李忠新针对师部所在海岛文化生活枯燥、交通不畅的情况，想方设法活跃海岛军民的文化生活。利用师部一千二百个座位的礼堂，除免费放映外，在渔民回港休息时间，到地方租片在礼堂放映，每周放两场，既满足了海岛军民的文化生活，又有一百多元的经济收入。一年下来，积余三万多元资金，经师部领导批准，用这笔钱购买一部投影机回来，用于偏僻渔村渔民捕鱼回港录像慰问放映，宣传党中央的方针政策，活跃渔村文化生活，进一步密切了军民关系。同时，投影机用于政治、军事幻灯教学，提高了学习训练效果。

宣传科在李忠新组织领导下分工明确、各司其职，工作做得有声有色。一位老干事说："新科长是个会动脑筋、会安排做事的人，过去拿一个篮球也是科长的事，现在科长不管这些鸡毛蒜皮的事了，集中精力考虑全师的思想宣传教育的大事，我们有事干了。"

随着国际国内形势的发展变化，师政委王文才感到师机关一些干部基础理论水平低，有些干部缺乏理想信念，工作安于现状，墨守成规，思想跟不上形势发展。师政委王文才决定采取措施，改变现状，提高机关干部理论水平和政治素质。他带头给机关干部讲国际国内形势，讲党中央的方针政策，安排李忠新利用政治学院学到的理论基础知识,对师部机关干部进行系统的马克思主义基础理论教育。李忠新购买了有关理论书籍和教材发给机关干部认真学习,利用一年的时间给师部机关干部讲了马克思主义哲学、政治经济学、科学社会主义基本原理、军队政治思想工作基本经验、中国共产党党史知识、机关干部应该具备的基本素质,共十二讲。机关干部经过理论学习、讨论和测验,思想素质、理论水平明显提高,树立了新的人生价值观,思想有方向,工作有斗志,机关的工作面貌焕然一新。

李忠新以坚定的理想信念,活跃在部队思想战线上,无论是在机关还是在连队,满怀激情地给干部战士上课,讲形势,讲传统,讲理论,讲信仰,传播正能量。师政委王文才说:"李忠新文像个秀才,武像个兵,既有理论水平,又有经济头脑,将来无论在什么地方、什么环境下,都会有自我生存的本领,做出一番事业来的。"

一年过去了,李忠新开始思考新年度部队思想宣传教育的工作计划,和师政委王文才下海岛前沿连队进行调查研究,写了一篇新形势下干部战士思想出现的新情况、新特点的调查报告,被军政治部转发。新年度全师思想政治宣传教育意见,刚经过师政委王文才的批准,准备印发。接到上级通知,撤销师部,成立团部,任命李忠新为新建团副政治委员,先挂职,留在师部担任善后办政工组组长,利用三年时间负责全师九百多名干部培训和转业工作。

李忠新把师部和所属部队干部集中起来,设立五个初中班、五个高中班补习文化。从地方聘请十五名初中、高中退休教师担任教员,转业的干部通过文化培训,全部达到初中或高中文化水平,然后分批转业到地方工作。三年善后办工作结束,李忠新准备到团部任职时,团部又被撤销。上级领导找李忠新谈话,征求他的意见,提出到省军区工作和到地方工作两种选择。李忠新再三权衡,选择到地方工作。

晚上回家,李忠新把转业到地方工作的事情告诉了王兰,心事重重地说:"我热爱火热的军营生活,愿意穿着军装在部队干一辈子,但是,铁打的营盘,流水的兵,现在只有转业回地方工作了,地方工作能不能适应,心里没底。"

"到什么山,砍什么柴,我们回家乡对父母尽尽孝,有苦同吃,有福同享,是穷是富,是祸是福,一起面对,一起承担,相信你会在地方扎下根的。"王兰说。

"回地方工作,和家人是团聚了,但工作难度大了。我这种直来直去的当兵脾气性格,到地方容易得罪人,引来是非。"李忠新说。

"我们凭劳动挣钱吃饭,公归公,私归私,自食其力,甘苦共尝,不义之财不要,伤害人的事不做。外边你勤奋工作,家里我勤俭持家,全家在一起,只要过得平安幸福,甘愿吃青菜萝卜。"王兰说。

"是呀,社会永远是个大课堂,我永远是个学生,时刻面临着新的考验,成功与失败,欢乐与痛苦,伴随着人的一生。要享受人生幸福,应该老老实实做事、干干净净做人。"李忠新说。

"今后我站在你的身后,把关你平平安安过一辈子。"王兰说。

"有你把关鼓励,我有信心接受新的考验,度过从军队到地方工作转换的磨合期,继续打胜仗。"李忠新说。

第三章 凤凰桥

李忠新写信告诉赵洪才,今年转业回到地方工作,请他帮忙联系工作单位,赵洪才收到李忠新的信,心里很高兴,想到和李忠新从小兄弟一场,现在又重逢,这是一件大喜事。考虑到李忠新是副团级干部、思想政治工作人才,又是笔杆子,首先联系广播电视局,但因没有编制而放弃。部队有位老领导在税务局当局长,请他安排李忠新到税务部门工作,这位领导同意接收,安排李忠新到一个乡镇上当税务所长,李忠新觉得家属工作不好安排,孩子读书不方便,没有同意。于是,赵洪才写信给李忠新叫他转业到市粮食局工作,计划经济下的粮食部门职工吃的是"皇粮",捧的是"铁饭碗"。家属可以到东风面粉厂上班,小孩读书在城里,本人可以在市粮食局工作,也可以到厂里工作,住房问题厂里给予解决。

李忠新转业到地方工作最担心的是住房问题、小孩读书的问题、家属工作安排问题,既然这三件事全部解决了,自己在哪里工作是无所谓的事情。于是,李忠新写信告知,同意赵洪才的意见。

李忠新含着热泪脱去身上穿了二十年的军装,一家四口到市粮食局报到。市粮食局领导和他谈话,告诉他一家人先到东风面粉厂安家,等局里有位置调他到局里工作,于是李忠新先到东风面粉厂担任纪检书记。

李忠新一家到东风面粉厂报到,春节临近,厂里工会把统一购买的职工福利年货发给职工,过年的味道浓浓的。赵洪才为了迎接李忠新到东风面粉厂工作,在厂里食堂办了三桌饭,集中全厂中层以上干部和李忠新见面,为他一家到厂里工作接风洗尘。开饭前,赵洪才给大家介绍说:"李忠新同志是祖国边防前线回来的团级领导干部,打过仗、立过功,今后是我厂的领导干部之一,真诚欢迎他回地方和我们一起工作。"赵洪才讲完话，餐厅里响起了热烈的掌声。

赵洪才接着说："现在我宣布，把分给我的一号楼三室一厅新房转交给李忠新一家住，春节职工发放的福利按厂里职工待遇发放，祝他全家回地方和我们一起过个幸福愉快的新年。"

李忠新站起来说："谢谢大家，分给赵厂长的房子，我不能接受。"

"我习惯了住平房，总不能让你回地方工作，租房子住吧，你一男一女两个孩子也大了，这个房子正好适合你一家住，也是我厂对海防前线军人的慰问，大家说对不对？"赵洪才的话又引起了一阵热烈的掌声。当场，赵洪才叫总务科科长把新房钥匙交到李忠新的手上。

李忠新、王兰带着厂里发的双职工福利，十公斤猪肉，十公斤鱼，两只鸡，两只鸭，两个糖果大礼包，五十公斤面粉，一家人回到凤凰村家乡和母亲过团圆年。

李忠新回到阔别二十年的家乡，看到母亲老态龙钟，头发斑白染霜，脸上布满沧桑的皱纹，心里伤感。他拉着母亲的手说："妈妈辛苦了一辈子，现在我们陪在你身边过日子，不用愁吃，不用愁穿，享享福吧。"

母亲望望李忠新，看看王兰，摸摸孙女、孙子的头，心里高兴，满脸笑容，颤颤巍巍地向厨房走去。王兰拉住她说："妈妈歇歇吧，城里带菜来的，中午饭我准备，你和儿子、孙女、孙子说说话吧。"

吃过中午饭，李忠新一家人又到外公外婆家里探望。看到岳父岳母也成了老人，李忠新心里感叹不已。

看过岳父岳母，王兰拉着李忠新的手说："我们去看看吴海吧。"

吴海住在村西边的小河边上，李忠新和王兰走在村庄的路上，过去的泥土路改成砖块路，村庄的房子多由过去的土墙草盖房变成了砖墙瓦盖房，土墙草盖房少了。俩人走到村西小河边路上，看到吴海家仍然是土墙草盖房子。走进屋里一看，屋中间放着一张小桌子、几张凳子，桌上碗里盛的是半碗咸菜。一个驼着背的老人看到李忠新、王兰，抬头望望，好像不认识。李忠新走过去说："吴老伯，不认识我了吗？"

"你是谁呀？"吴茂问。

"李忠新呀！"李忠新说。

"是你呀，回来啦？"吴茂问。

"是。"李忠新回答。

"吴大爷，吴海呢？"王兰问。

"他奶奶在桥上等他呢，你们看看，在路上的不是吗？"吴茂指着河边路上说。只见小河边路上，一个青年小伙子扶着一位老奶奶，慢慢地向家里走来。

王兰迎上去拉着吴海的手上下看看，说："长成男子汉了，认识我吗？"吴海望望王兰，摇摇头。

"喊过我妈妈呢，如何不认识？"王兰问。

"读高中了，成绩上不了台面，考大学没指望，看起来也是种田的料。"吴茂说。

王兰在吴海家里家外望望，家徒四壁，一贫如洗，只有三个放粮食的土罐子，心里难过，对李忠新说："今后你得想想办法，帮帮这一家子。"

"会的。"李忠新说。

"大哥大嫂回来了,怎么不到我家去呢?"丰田、周秀芳夫妻俩跑过来,大老远地喊道。李忠新看到丰田高兴地拥抱在一起,王兰和周秀芳手拉手,两对夫妻高兴得像个孩子似的。

"你这个当村主任的,怎么不关心吴海一家子呢?你看这家子穷得叮当响,成什么样子。"李忠新说。

"关照着呢,过去集体种地时,口粮按照军属照顾分的,分田到户后,这家子老的老,小的小,田怎么种呀?是我动员左邻右舍相帮的。每年春节国家发困难救济款是按三百元最高标准给的,我能做到的只是这些事。"丰田说。

"吴海家怎么这样困难呢?至今还住在土墙草盖房子里,看来成了村上的困难户。"李忠新说。

"哎,吴海这个孩子可以说是个讨债鬼,自从你们送他回来后,三天两头生病,按理说你们带回来二千块钱,后来余海波、夏雪儿夫妻俩又寄来一千块钱,说是店铺和房子处理的钱。三千块钱不是个小数目,砖墙瓦盖房子也能建成,但吴海这孩子三病四灾的,几次住院治疗,三千块钱花光了,病也好了。你说倒灶不倒灶①,这孩子养这么大,把大人的心都操碎了。"丰田说了一大堆倒苦水的话。

李忠新、王兰听了,深深地叹了一口气。

"大哥大嫂回来被安排在哪里工作?"丰田问。

"东风面粉厂。"李忠新说。

---

① 方言。

"二哥的厂里吗?他现在是个红人,路越走越顺,工厂规模越来越大,钱越赚越多,确实有本事。广播里经常听到他的名字,企业家、改革家、劳动模范,名声很大,光环不少。我希望他出人头地,更希望他谨慎做人,人怕出名,猪怕壮嘛。"丰田信口开河地说。

"当村主任的人了,说话还是夹巷里扛木头——直来直去,二哥听到会不高兴的。"李忠新说。

"我是个粗人,说话有口无心,他是我二哥,兄弟们谁不望谁好,说着玩玩的。我家养猪常到厂里请他帮忙,弄些下脚料回来当猪食呢。"丰田说。

"你们夫妻俩有时间到我家去玩。"王兰说。

"大哥回来太好了,将来找你们的事情肯定多,不要嫌烦。大年初二晚上,请大哥一家到我家吃饭,为大哥大嫂回来接风洗尘。"丰田说。

"谢谢。"李忠新说。

话说赵洪才正月初八参加市政府企业家座谈会,赵洪才会上讲了工厂近十年来的变化,从一个车间发展成三个车间,工人从两百多人增加到五百多人,面粉产量从两万吨增加到八万吨,企业从财政补贴到年创利润三百多万元的过程,还谈了自己对今后工作的设想。他在会上说:"本地区年产小麦二十五万吨,留下种子粮、饲料粮五万吨,有二十万吨小麦需要消化,如果从国外引进一套年产五万吨等级粉生产线,不但能消化当地的小麦,解决当地农民卖粮难的问题,而且能提高面粉质量,增强市场竞争力,提高企业的经济效益,同时能解决城市一百多名待业青年的就业问题。"

赵洪才的发言引起了杨副市长的重视，当场表态，要赵洪才把引进五万吨等级粉生产线的报告和可行性论证报告送上来，由市领导班子讨论研究决定。

李忠新一家在乡下陪母亲过了年，正月初八回厂里上班。东风面粉厂纪律检查委员会是新设的部门，一间办公室。李忠新上班后，到车间码头走走看看，觉得什么事也插不上手，只得回办公室喝喝茶、看看报纸。一天，赵洪才来到办公室问："年过得好吗，工作适应吗？"

"年过得很好，家乡过年比过去更热闹、更丰富了，不过上班没事做，闲得慌。"李忠新说。

"从部队到地方工作有个适应磨合的过程。慢慢来嘛，会有事给你做的，而且你是个有能力做大事的人。"赵洪才说。

"少开玩笑，你才是干大事的人，而且干得很好。"李忠新说。

"兄弟之间用不着客套，我确有一件重要的事情需要交给你去做。"赵洪才说。

"什么事，我能做吗？"李忠新问。

"能，工厂要在邻居前进村征地三十亩，你去谈判，资金限在一百万元之内，包括十六户群众拆迁搬家费用。"赵洪才说。

"几个人去？"李忠新问。

"一个人，厂里开委托书给你，我与村里许书记已经通过电话，你和村干部谈成条款文字，最后由我到场签字。"赵洪才说。

"征这么多地做什么用？"李忠新问。

"市里同意我厂筹建进口等级粉车间项目，有余地建职工宿舍，解决职工住房难的问题。现在还是保密阶段，你在两个月内必须完成征地任务。"赵洪才说。

"家属工作还没有安排呢。"李忠新说。

"你看厂里哪个岗位适合嫂子，选好后，我交代人事科办理。"赵洪才说。

"我这个人平时在家里不大喜欢煮饭、洗衣服、做家务事。你把她安排在职工食堂当个捡菜工吧，捡完菜回家烧饭，让我回家有现成的饭吃。"李忠新说。

"不委屈嫂子吗？"赵洪才问。

"她会同意的。"李忠新说。

"好办。"赵洪才说。

正月十五元宵节过后，李忠新带着赵洪才的全权委托书来到前进村。前进村许书记看了委托书，把李忠新迎进会议室，两人拉起家常，然后言归正传谈工厂征地的问题。

许书记说："赵厂长和我已经交换过几次意见，工厂筹建国家项目，从村里征地三十亩，没有问题，每亩征地费三万元，每户拆迁费两万元，不算贵。村里通往城里的一条路，逢到雨天泥泞难走，你厂锅炉烧的煤渣能不能给村里铺铺路？"

"这件事情我可以答应你，厂里锅炉煤渣三年无偿提供给村里铺路，自己运。"李忠新说。

"你厂是国营大厂，又是我村的邻居，征地筹建的是国家项目，资金有国家支持。目前我们村人多地少，寸土寸金，我们出的价格是合理的。"许书记说。

"有价格就好说。我厂虽然筹建的是国家项目，但国家的每分钱必须用在刀刃上，精打细算，细水长流，一次上百万元的资金支出必须慎重对待。许书记在价格上再考虑考虑,能让再让些,定在双方能够接受的合理范围内。"李忠新说。

两个小时过去了,各说各的理由,没有理出个头绪。太阳快落山了,李忠新起身告辞。许书记说:"李书记初来,晚上我安排个便饭,把村里干部叫来,和你见见面。这件事在村里不是件小事情,要谈成功,还要看看全体村干部的态度,听听他们的意见。"李忠新看到许书记诚心诚意留人,停下脚步。许书记派人通知村干部到惠民饭店集合。

晚上,前进村村主任、副村主任、会计、妇女主任、民兵营长、建筑队队长共八人,饭店端上八大碗菜,李忠新和村干部边吃边拉家常。村主任问:"听说李书记是从部队转业回来的,官不小吧?"

"李书记在部队是团级干部,今年才转业到地方工作的。"许书记说。

"部队团级干部相当于地方县级干部。"村主任说。村里干部也相互议论着。

"厂里征地筹建国家项目是件好事,新项目建成能在村里招一些富余劳动力进厂做工,价格好说些。我家小儿子高中毕业后,闲在家里一年多了,也找不到合适的事做。"村主任说。

"谈征地有段时间了,雷声大,雨点小,到现在也没个说法,三个村办厂缺少流动资金,等米下锅,签合同越早越好。"村会计说。

说者无意,听者有心。李忠新在桌上边敬酒边听村干部议论。村民兵营长当过兵,和李忠新谈得很投缘。李忠新在酒桌上只字不提征地的事情，因为喝过酒说的话是不算数的。

酒足饭饱后，许书记送李忠新回厂，又回到饭店对大家说："李书记是工厂谈征地的全权代表，你们说话注意点。"

"再来谈，许书记答应送他一块宅基地或者村民待遇三间两橱平房，听听他的口气。他刚从部队回地方工作，住房一定困难，反正羊毛出在羊身上。"村主任说。

"我看他是有备而来，而且是一个人，可能是赵厂长信得过的。"许书记说。

"唉，一个人更好，弄不好给什么要什么，哪有猫子不吃腥的，干脆给他一个折扣，看他动心不动心。"副村主任说。

"试试看吧。"许书记说。

李忠新第二天上班，赵洪才到办公室问："谈得怎么样，有眉目吗？"

"谈成一件事。"李忠新说。

"哪件事？"赵洪才问。

"要求我厂锅炉房烧的煤渣，给村里铺路，我答应三年无偿奉送，自己来运。"李忠新说。

"抓紧谈正事，急呢。"赵洪才说。

"心急吃不了热豆腐，想要个合理的价格，'热'问题必须'冷'处理。摸清底细，形成他急我不急，才能谈出个合理的价格。"李忠新说。

"局长、市长对这个项目很重视，项目报告打印好了，准备上报，你得抓紧呀。"赵洪才说。

"项目报告能不能给我看看？"李忠新问。

"当然可以，你笔杆子比我强，提提修改意见。"赵洪才说着去办公室拿来报告。

李忠新认真看过报告说："报告写得不错，没有什么修改的，不过我想增加一条。"

"增加什么内容？"赵洪才问。

"在前进村征地三十亩，在村里招收十五名初、高中毕业生进厂当工人。"李忠新说。

"我厂是国营工厂，招工对象是城市定量户口，农村户口招工，劳动部门能同意吗？"赵洪才问。

"新项目建成也要在社会上招工，前进村土地被征用了，村里的富余劳动力应该想办法给予出路。我们做事应该时刻想到群众的利益，招工有市政府批文，劳动部门应该执行的。"李忠新说。

"你写上去，我重新打印，送粮食局、市领导过目，看看上级的意见。"赵洪才说。

"有了这一条，征地价格好谈得多。"李忠新说。

"村干部对你热情吗？"赵洪才问。

"许书记留我吃了晚饭，村干部全部到场的。"李忠新说。

"下次再谈，你请他们吃饭，礼尚往来，增加感情嘛，发票我来签报。"赵洪才说。

又过了几天，前进村许书记打电话给李忠新，说有时间谈谈。李忠新如约而至。许书记把李忠新带到他家里，参观他的住房。

"我的住房怎么样？"许书记问。

"很好。"李忠新回答。

"你想不想有这么一套房子？我给你想办法。"许书记说。

"谢谢许书记，我在厂里分到房子了，不需要。"李忠新说。

"征地合同谈成后给你个折扣，我会看着办的。"许书记说。

"我受赵厂长委托，是为国家项目谈征地的，认识许书记想和你交个朋友，不是来拿好处费的。"李忠新认真地说。

"到地方工作，头脑要灵活些。"许书记说。

"我做事既有灵活性，又有原则性，国家项目征地不应该损害农民群众的利益，村里实际存在的困难，我们也在想办法解决，请你放心。"李忠新说。

"今天在我家里吃便饭，我们边吃边谈，好吗？"许书记问。

"今天我请客，把村干部请来再熟悉熟悉。"李忠新说。

"好吧。"许书记说着和李忠新来到惠民饭店。

晚上，李忠新招待村干部吃饭时，不谈征地的事，谈村里劳动力情况，群众家庭收入情况，子女就业情况，边吃边拉家常，深夜才回到厂里。

李忠新走后，村主任问许书记私下和李忠新谈话的情况。许书记说："这位领导同志头脑清醒，说话坚决，有备而来，针插不进，水泼不进。"

"怎么办呀？"村主任问。

"走一步看一步吧。"许书记说。

李忠新上班，赵洪才照常到他办公室问征地谈判情况，李忠新从口袋里拿出一张发票，说："事情没有办成，发票一张。"赵洪才接过发票看也没有看，在发票上签了个'报'字，问："谈判有收获吗？"

"有，许书记试探给我回扣呢。"李忠新说。

"你怎么说?"赵洪才问。

"谢绝。"李忠新说。

"我知道你会这样做的。"赵洪才说。

"你信任我?"李忠新说。

"用人不疑,疑人不用。告诉你一个好消息,上级同意征地后在前进村招收十五名工人。"赵洪才说。

"确实是个好消息,征地价格会降下来。"李忠新说。

又过几天,李忠新约许书记谈谈,村里在亩田价格上,住户群众拆迁补偿费用上,没有实质性的松动。吃饭前,李忠新问在座的村干部子女就业情况,七名村干部有五人子女初、高中毕业后在家闲着,全村有十多名初、高中毕业生找不到事做。李忠新从包里拿出表格交给陈会计说:"请你统计一下村里十八至二十三周岁初、高中毕业生没有就业的人数情况,下次谈判带来。"

"难道工厂想在村里招工吗?"村主任问。

"村里土地被征用了,富余劳动力应该给予出路,我们会尽力帮助解决的。"李忠新说。

"如果把村里待业青年招工进厂当工人,征地价格好说。"村主任说。

经过七八次谈判,时间过去一个多月。前进村干部对"马拉松"式的谈判有些不耐烦,加上村办企业需要资金周转,心里有些着急。李忠新感到时机已经成熟,在谈判桌上宣布,在前进村征地三十亩,招收村里十五名初、高中毕业生进厂当工人。李忠新给村干部算了一笔账,一名工人在工厂一年的经济收入相当于两亩田的经济收入,要求村干部在征地补偿费上重新考虑。

第三章　凤凰桥

村干部听到征地后在村里招收十五名工人，这是天大的喜事，人人高兴。陈会计说："李书记是个大干部，见多识广，你说个意见我们讨论，认为合理就签合同。"

"我是当兵的性格，说话直爽，还是许书记说吧。"李忠新说。

"李书记说吧，我们讨论，有差距，再协商。"许书记说。

"那我说了，征地三十亩，每亩补偿一万元，共计三十万元。十六户拆迁费，每户补偿两万元，共计三十二万元。征地后在前进村招收十五名工人，条件是十八周岁至二十三周岁初、高中毕业生。工厂锅炉煤渣三年无偿提供给村里铺路。合同签订后，六十二万元资金一周内打到村银行账户上，三十亩地由村划定范围，十五日内交给厂方，由厂方砌围墙。上述意见三日内答复。如果同意，我和赵厂长前来签合同。"说完，李忠新告辞回厂。

晚上，赵洪才回厂，看到李忠新办公室的灯还亮着，推门进来问征地谈判情况。李忠新把打印好的征地合同递给赵洪才说："这是合同书，请你审查。"

赵洪才坐在沙发上，拿着合同书看着站起来说："这是真的吗？大哥毕竟是大哥，办事漂亮，太好了。"

"征地价格不算是太便宜，征地后招收十五名工人，解决了村里待业青年就业问题，又增加了村民家庭经济收入，十六户村民拆迁补偿费没有减少，因为关系到村民切身利益，今后我们做任何事情都要把维护群众利益放在第一位，拆迁村民由村建筑队重建住房，两万元一户费用绰绰有余。"李忠新说。

"工作做到家了，考虑又周到，才谈成这个合同，我对结果很满意。"赵洪才说。

"合同什么时候签？"赵洪才问。

"不出意外，明天晚上完成。"李忠新说。

"现在厂里有人无事生非，知道你到前进村谈判征地合同，说你是个外行，谈不成。谈成肯定有名堂，你听了别往心里去。"赵洪才说。

"我只想把你交办的事情做得好些，谁想说什么就说什么吧，身正不怕影子斜，真金不怕火炼，流言蜚语随便讲，日后总要见太阳。谈这个合同是个肥差，有私心的人是不能去谈的。"李忠新说。

"说实话，带着私心去谈，不会有现在这样的征地合同。"赵洪才说。

李忠新听后，欣慰地笑了。

第二天下午，李忠新接到许书记电话，同意签合同。

晚上，赵洪才、李忠新来到前进村村部，许书记迎着说："不是村里等着钱用，李书记说话做事真诚，这份合同我还是不想签的。大家都为公，公事应该办好。你厂是我村的邻居，邻里好，赛如宝，今后相互合作的事情多着呢。"

"谢谢许书记对我厂工作的支持，今后村里有难事，我厂一定相帮。"赵洪才说。

东风面粉厂与前进村签订了征地合同，赵洪才在饭店招待了前进村村干部。

完成征地合同后，赵洪才把项目报告送到上级批准立项。项目资金从省粮食局、市粮食局、东风面粉厂三方面筹集，并安排技术人员到欧洲考察，引进了一套先进的五万吨等级粉设备生产线。工厂引进的设备生产车间正式开始施工建设。

李忠新完成赵洪才交给的征地任务后，回家整理部队带回来的书籍时，发现有一箱《射雕英雄传》等录像带，一共四十盘，是部队撤销处理时每盘十元价格购买的。他看到工厂工人每月只看一场电影，文化生活枯燥，有些职工热衷于打麻将、打扑克赌钱，屡禁不止，引起不少家庭矛盾。厂里大礼堂闲着，应该在礼堂放录像、放电影，丰富职工的文化生活。想到这里，李忠新到工会找杨明珠说："我有四十盘录像带，是部队撤销时处理的，现在送给工会，工会买一部投影机放在礼堂，每晚放录像给职工看，丰富一下职工的文化生活。"

杨明珠把李忠新送录像带给工会的事情告诉赵洪才。赵洪才说："工会收下录像带，这么远的路，带回来不容易，按双倍的价格给钱，工会买投影机在礼堂给职工放映。"并交代杨明珠，以后李书记到工会交办什么事情，必须照办，他是部队思想教育工作者，这方面经验比我强。

杨明珠向工会主席报告了这件事情，工会主席听到是赵厂长交办的，当然同意。杨明珠告诉李忠新，把录像带送到工会。

李忠新送来录像带，杨明珠问多少钱一部。李忠新说："不要钱。"

"不行，你千里迢迢带回来不容易，不收钱，不接收。"杨明珠说。

李忠新看到杨明珠说话态度坚决，说："十元钱一部买的，只有收据。"

"你把收据给我。"杨明珠说。

第二天，杨明珠把八百元钱送到李忠新办公室。李忠新看到多出四百元钱，立即追上杨明珠，把多余的钱退还给她。

杨明珠把李忠新录像带交工会不肯多收钱的事情告诉赵洪才，赵洪才笑着说："他这个人就是这样，丁是丁，卯是卯，做事太顶真。"

"看来你这个兄长做事三分钱摆两处，一是一，二是二，是个正派人。"杨明珠说。

又过几天，工会买回投影机，在李忠新的指导下放映成功。工会把投影机放在礼堂，首先放电视连续剧《射雕英雄传》一至四集给中层干部看，大家从来没有看过这样精彩的电视剧，一致要求放给职工和职工家属看，闹到厂长室。赵洪才笑着对大家说："全厂职工和职工家属全部能看到这部电视剧，而且是免费的，由工会统一安排。"

工会根据生产班次，每天晚上安排两个车间工人和家属看录像放映，投影录像在礼堂反反复复放映半年时间。录像带放完，李忠新对工会主席说："可以租片继续放映，建议工会买部放映机在厂礼堂放电影，到电影院买票给职工看电影，一次要三四百元钱，租一部电影在礼堂放映只要一百元钱，而且礼堂有一千个座位，职工家属也能看上电影。"

"这件事情可以考虑，我请示赵厂长同意后办理。"工会主席说。

"这是好事，按照李书记说的做吧。"杨明珠说。

工会主席听到厂长夫人这么说，立即改口说："工会照办。"

工会买回放映机，安排工会宣传干事到电影院学习放映技术。李忠新在部队放过电影，有放映证。当晚租一部电影，发票给全厂职工和职工家属，李忠新在礼堂放映成功。

李忠新指导工会在全厂开展文体活动，活跃了职工的文化生活。赵洪才看在眼里，喜在心里。心想，明年工会主席退休，让李忠新兼任工厂工会主席，他是做思想工作的行家，相信全厂职工会同意的。

又过了一年，工会主席退休。经赵洪才提名，职工代表大会通过，李忠新兼任东风面粉厂工会主席。

李忠新担任工会主席后，参照部队思想宣传教育的经验，每年给职工上思想教育课，讲职业道德、企业精神、理想信仰，积极开展文体活动。把工厂礼堂前面三层楼清理出来，建立职工俱乐部，设乒乓球、棋类室、图书阅览室，对全厂职工开放。购买一副新篮球架，建立规范的篮球场。每年举办篮球、乒乓球、拔河、棋类比赛，前三名发奖品和奖状。工厂成立文娱宣传队，自编自演文娱节目，不但在厂里演出，还到友邻工厂演出，参加上级会演，还获了奖。

工厂丰富的文化体育活动，积极的思想宣传教育工作，陶冶了干部职工的思想情操，职工打麻将、打扑克赌钱的现象少了，精神面貌焕然一新，生产经营工作蒸蒸日上。

李忠新经常深入车间、码头向工人边学习边调查研究。听到有职工反映码头上收购原粮的化验员、司磅员、站工，有的接受运粮船民的钱物、收人情粮的问题。在领导班子会议上，李忠新提议，码头原粮收购人员，每三个月轮换一次，抽调思想过硬的职工到码头负责原粮收购。赵洪才采纳了李忠新的提议。原粮化验员和成品化验员定期换岗。司磅员和财会人员一起监督司磅，机关人员和码头站工一起监督码头原粮收购，有效地解决了收人情粮的问题。李忠新还在全厂开展争当先进车间、先进班组、先进工作者活动，每年评选一次，在召开职工代表大会上表彰，给予精神和物质奖励。积极指导全厂开展增产节约、增收节支活动，解决跑、冒、滴、漏的问题，进一步提高了企业的经济效益。

经过两年多时间的筹建，东风面粉厂进口等级粉生产线投产，吨粉电耗下降，毛麦出率提高，产品质量更上一个台阶。工厂一个产品被评为部级优质产品，两个产品被评为省级优质产品，产品质量适应了市场需求，工厂年生产销售面粉十万吨，形成面粉生产规模企业，产品销往全国二十二个省市和地区，出口三个国家，年利润保持在三百五十万元以上。赵洪才经常在电视上露面，光彩照人，如日中天。

又到一年的春节，李忠新、王兰带着儿女到凤凰村和母亲一起过团圆年，顺便到吴海家看看。王兰看到吴海一家仍然住在土墙草盖房子里，穷困潦倒。吴海高中毕业后，帮爷爷奶奶种田。吴海的奶奶身上穿着补丁摞补丁的衣服。过年了，桌上碗里盛的是咸菜。王兰看到这样的情景，心酸难过，心里想到这一家子有多少苦、多少愁呀？她从口袋里拿出两百元钱，塞到吴海手里说："明天，我回家把不穿的衣服整理好，送到你家里来。"王兰难过地对李忠新说："吴江是你的兄弟，吴海喊过我妈妈，喊过你爸爸，你做大哥的，看看这家房子快倒了，过年吃咸菜，应该想想办法帮帮这一家子。"

李忠新进城把吴江父母家庭困难情况告诉赵洪才，并说："吴江和我们兄弟加战友一场，现在他父母还住在土墙草盖房子里，墙烂壁倒，家徒四壁，生活困难，真叫人看不下去，怎么办呀？"赵洪才听后，爽快地说："我出五百元，你出五百元，送到他家里。"

"一千元钱无法改变这个家庭的生活现状。"李忠新说。

赵洪才想了想说："过几天不是有个战友聚会吗，我俩是这次聚会的东道主，每人交的一百元份子钱由你收，三桌饭菜钱由我来签报，收的份子钱全部资助吴海一家子。"

"这样做行吗？"李忠新问。

"扶贫，没关系的。从厂里拿钱不是我一个人说了算的。不然自己掏腰包，你掏得起吗？"赵洪才说。

"为了资助贫困的战友家庭，做一次违心的事，下不为例。"李忠新说。

在战友聚会上，李忠新共收到三千三百元份子钱。有了钱并不能立即改变吴海家房子现状。在计划经济时代，建房的砖、瓦、水泥、石灰、木材是计划供应的。要跑断腿、说破嘴，请人帮忙解决。李忠新首先请在砖瓦厂当副厂长的战友帮忙，求他批三间两厨的砖、瓦。这位战友和李忠新交情不错，听到砖瓦是扶贫战友家庭的，叫李忠新交一千两百元钱给他，由他负责把砖、瓦运送到吴老汉家里。李忠新又找到水泥、石灰厂当销售科长的战友，请他帮忙批两吨水泥、两吨石灰，这位战友收了四百元钱，把水泥、石灰送到吴老汉家里。李忠新又找到在木材公司工作的战友，交了四百元钱，请他批了七根木材，送到吴老汉家里。这些难办的事，听到是扶贫困难战友家庭的，没想到是一路绿灯。李忠新深深地感到：人间自有真情在。

吴老汉建新房子万事俱备，只欠东风。李忠新喊来厂里负责房屋、道路维修的包工头蔡继兴，把剩余的一千三百元钱交给他。

交代说:"这是我和赵厂长帮助贫困战友家庭建房用的钱,是工钱和购买小物件的费用,钱不够找我拿。这是扶贫房子,拜托你把事情办好,如果我发现出现差错,查你在厂里十年维修的账,叫你走人。"蔡继兴听到李忠新说出这样的话,满脸堆笑地说:"李书记放心,你的话是'圣旨',这事办不好,我提头来见你。"

"少说废话,我要的是结果,房子建好,通知我和赵厂长去验收。"李忠新说。

"遵命。"蔡继兴接过钱,点头哈腰地说。

半个月后,蔡继兴和李忠新说:"明天早晨五点房子上梁,糖果、糕点准备好了,请李书记到场祝贺。"

"上梁由你负责好了,要我去干什么?"李忠新说。

"李书记到场,吉星高照,这家子今后会兴旺发达的。"蔡继兴说。

"我是神仙吗?去看看吧。"李忠新说。

天蒙蒙亮,李忠新来到吴老汉家里,看到新建房的门口贴着对联,写着:"上梁正逢黄道日,竖柱巧遇紫徽星。"横批:"吉星高照。"五点钟,放鞭炮,一名木匠手拿斧头在上面敲着木梁,上面喊一句,下面应一句。

"高举银爷喜上梁。"

"好呀!"

"府上今日建华堂。"

"好呀!"

"四周安的碧玉柱。"

"好呀!"

"堂中上的紫金梁。"

"好呀！"

"芝麻开花节节高。"

"好呀！"

"幸福生活万年长。"

"好呀！"

木匠喊出对房主的祝福，对幸福生活的向往。李忠新给前来看热闹的乡亲、儿童分了糖果、糕点。

一个月后，蔡继兴到李忠新办公室说："房子建成了，请李书记、赵厂长去验收。"

李忠新到厂长室对赵洪才说："吴老汉新房建成了，星期天和我一起去看看吧。"

赵洪才想想说："通知机修车间派电工去，把新房电灯装起来。"李忠新听了很高兴，立即告诉厂部办公室主任，叫机修车间派电工带电线、电灯泡、开关，把蔡继兴建的新房电灯装起来，明天赵厂长去验收。

星期天下午三点多钟，赵洪才、李忠新乘厂里轿车，行驶到凤凰村外公路旁停下来，两人步行到吴海家，吴海的爷爷、奶奶看到赵洪才、李忠新来了，步履蹒跚地迎出来，要跪下感谢，赵洪才、李忠新连忙上前拉住。吴海长成一米七的个头，过来亲切地喊："大叔、二叔好。"

李忠新看看建成的新房，砖墙瓦盖，外墙拾缝，房间地坪用砖块铺成，门堂间地坪用水泥浇灌。蔡继兴跟在后面问："李书记，还满意吗？"

李忠新心里满意，嘴上说："马马虎虎，厨房间的烧饭灶为什么不砌好，难道还要吴老汉再请瓦工吗？"

"疏忽，明天保证完成。"蔡继兴说。

"工钱够了吗？"李忠新问。

"够了，小结余。"蔡继兴回答。

"明天把灶砌好，修一条通往河边的路和用水码头，有余钱奖你。"李忠新说。

"照办。"蔡继兴点头哈腰地说。

电灯装好了，赵洪才拉开开关，屋里通亮，满意地点点头。

这时候，突然听到外面人声吵嚷，赵洪才、李忠新走出来一看，丰田带了一大趟人，大声说："大哥、二哥大驾光临，也不打声招呼，今天我把村干部都喊来了，双方见见面。"丰田一边说一边介绍："村书记徐明清，会计陈金，妇女主任刘英，民兵营长丁万全。"徐明清握住赵洪才的手说："大企业家回家扶贫，了不起，我们看到你的轿车停在公路边，才知道你来了，这次为村里做了件大好事，我代表全村群众，谢谢你。"

"家乡人，别客气，这件事是他做的，要谢你谢他吧。"赵洪才指着李忠新说。

"哎呀，听说你在部队是个大官，这是我们凤凰村出的贵人，是全村的光荣。"徐书记又握住李忠新的手说。

"我不是什么大官，你是我们的父母官，才大呢，我们这些乡民，今后还望你多多关照。"李忠新说。

"好说，好说，吴老汉家的好事是你做的，谢谢你啦。"徐明清说。

"吴江是我和赵厂长的发小兄弟,又是战友,帮帮他父母是应该的,今后吴老汉一家还望村领导多多关照。"李忠新说。

"照顾着呢,吴老汉家是村里的扶贫对象。"徐书记想想又说,"吴老汉的孙子高中毕业后,一直在家里种田,两位领导能不能帮帮忙,在城里找个事给他做做,这样才能从根本上改变他家的经济状况,不然,三亩薄田,只能糊口,何时才能翻身呀?"

"吴海做工,家里的田谁种呀?"李忠新问。

"好办,到一季请人帮忙。"徐明清说。

"唉,光顾说话,请二位领导到寒舍坐坐,略备薄酒,不成敬意。"丰田说。

"不客气,我还有事,下次吧。"赵洪才说。

"乖乖隆地咚①,当上大官啦,看不起乡下的穷兄弟了。难道你忘记啦,我们是光着屁股一块儿长大的,在祖国前沿小岛上蹲在一个战壕里。怪不得有人说:门前拴的高头马,不是亲来也是亲;门前戗个讨饭棍,骨肉之亲不上门。做人哪能这样呢?"丰田不高兴地说。

"穷活万代,你请客当然去,我们还要看看弟媳妇,尝尝她做的藕爽子和糯米甜藕片呢。"李忠新笑着说。

"见笑见笑,我那个媳妇难上台面,正儿八经的农村妇女,不中看。哪像嫂子生得像天仙一样,漂亮能干,上得厅堂,下得厨房。"丰田笑着说。

"少说几句,没人把你当哑巴,前面带路走吧。"李忠新笑着说。

一趟人有说有笑,赵洪才、李忠新和村干部一起来到丰田

---

① 方言。

家里。

丰田爱人周秀芳，腰扎围裙，看到一趟人来到门口，连忙迎出来笑着说："怪不得早上喜鹊枝头喳喳叫，原来有贵客上门来，欢迎，欢迎。"

"打扰弟媳妇了。"李忠新说。

"磕头作揖还请不来呢，丰田常常念叨你们，请坐吧。"周秀芳说。

大家走进堂屋，在四方桌旁坐下来，赵洪才坐一席，徐明清书记陪着，李忠新坐对席，丰田村主任陪着。丰田给每人斟上酒，边吃边谈，家乡风俗菜八大碗，一碗一碗地上，丰田爱人在厨房里忙着，只听到锅里噼里啪啦的油炸声，灶膛里乒乒乓乓燃烧的柴火声。

"今天想吃弟媳妇做的藕夹子和糯米甜藕片，有没有呀？"李忠新不客气地问。

"有，如果早做了，少了口味，现做现吃香，马上就好。"周秀芳说。

丰田家住在倒沟塘边上，鸡头、菱角、藕，土生土长，食材丰富，吃藕是家常便饭，小时候能吃上一块藕夹子和一片糯米甜藕片，那是人间美味。

不一会儿，周秀芳端上一盘热乎乎的藕夹子和一盘糯米甜藕片，大家品尝后，色香味俱全，赞不绝口。

丰田媳妇周秀芳做的藕夹子和糯米甜藕片是祖传下来的手艺。她做藕夹子时，先选好藕，不粗不细，洁白无斑，洗干净，削去节疤，切成藕夹子，再把韭菜切碎和面粉放进盆子里，调成糊糊状,把猪肉剁成肉泥,放在盆子里,打几个鸡蛋,适量放盐、酱油、葱、姜等佐料,用筷子搅拌均匀做成馅,然后用调羹把馅放在藕夹子里。生藕夹子做成后,把锅里的油烧热,把藕夹子放在油锅里炸。新出锅的藕夹子,外脆里嫩,黄灿灿的。特别香,一口咬下去,葱、姜香味四溢,百吃不厌。

做糯米糖藕片是件简单的事,选择肉质又脆又嫩的藕,削皮清洗干净,将一段藕切开露出藕孔,藕孔越大越好,把糯米浸泡后,放些冰糖或白糖,和糯米拌均匀后灌入藕孔中。然后用牙签把切开的藕两头重新固定好,放在锅里用大火蒸煮一个小时。蒸煮时可以放上一张荷叶,蒸出的藕品带有荷叶清香味,把蒸好的糯米糖藕切成片,浇上汤汁,吃起来又甜又爽口。

李忠新吃着周秀芳做的藕夹子和糯米糖藕片称赞说:"丰田媳妇的手艺是个无价之宝,到哪里都会有饭吃的。"

"土特产、土手艺也值钱?卖给你好了,你说值多少钱?"丰田笑着说。

"买不起,留给你自己吧,一辈子不愁饭吃的,荒年辰饿不死手艺人嘛。"李忠新说。

当晚的桌上,除了有特色的藕夹子和糯米甜藕片外,还端上了有乡村特色的"八大碗"菜。

第一碗:虾米烧肉膘;

第二碗:糯米肉圆;

第三碗:慈姑红烧肉;

第四碗:青椒炒猪肝;

第五碗:乌贼鱼烧萝卜丝;

第六碗：大鸡抱小鸡，即鸡肉丝加煮鸡蛋；

第七碗：羹；

第八碗：红烧河鲫鱼；

最后是青菜豆腐汤。

农村"八大碗"，丰富多彩，大家吃得高高兴兴。酒过三巡，菜过五味，徐书记对赵洪才说："我在广播里、电视上经常听到、看到你的消息，你是我们村里出的企业家、名人，也是我们村的光荣。虽然村里比过去有变化，有饭吃、有衣穿，住上了砖墙瓦盖房，但村里通往外界的路还是砖渣子泥土路，两座桥是用两块水泥板子担的，下雨天走人，骑自行车过桥，又滑又危险，很不方便。我们也想改变现状，但心有余力不足，村里拿不出钱来，赵厂长能不能帮帮忙，给村里增增光，留点儿纪念在家乡。"

"市里开会，不是要求村村通公路吗？"赵洪才说。

"要致富，先修路，话说得不错，钱从哪里来呀？"徐明清说。

"这样吧，村里写个报告给我，财政局我有个熟人，通融通融看看。"赵洪才说。

"太好了，这件事如果办成了，我请二位领导到村里鱼塘里钓鱼。"徐明清说。

晚饭后，徐明清、丰田送赵洪才、李忠新到公路旁的轿车处。赵洪才、李忠新上车前回头看看凤凰村，灯光点点。凤凰村经过五十多年的变迁，土墙草盖房变成了砖墙瓦盖房，土路变成砖头路，村里有了电灯、电话，村民吃得饱、穿得暖，生活一天比一天好了起来。过去住土墙草盖房，吃不饱、穿不暖，晚上点煤油灯的日子一去不复返了，家乡的面貌正在发生变化。

第三章 凤凰桥

轿车慢慢地向城里驶去，车上李忠新问赵洪才，回家乡有什么感想。赵洪才说："你呀，没事找事来做，惹上事有得烦呢，等着瞧吧，我哪有闲工夫管这些事呀？"

"树高千尺，叶落归根，甜不甜家乡水，亲不亲家乡人，那里有我们的父老乡亲。无论你走多远，当官还是做民，衣胞之地怎能忘记？我们现在有点儿出息，家乡父老乡亲有困难能不帮吗？让群众住上好房子、过上好日子，不是我们的梦想吗？财富来自社会，应该反馈给社会，你是企业家，更应该做做扶贫的公益事情。今后我俩如果有能力，要像老一辈革命家解放全国人民那样坚定，全力帮助家乡父老挖掉穷根，脱贫致富，让村民过上幸福的生活，这也是我们的责任和义务。"李忠新的一席话，说得赵洪才默默无语。

凤凰村把修桥修路申请资金的报告送给赵洪才，赵洪才当天到财政局找局长王金国，王金国是他高中时的同班同学，看到赵洪才送上一份家乡修桥修路、请求解决资金八万元的报告，笑着说："赵厂长，开什么玩笑，你身上拔根毛不就解决问题啦，何必舍近求远呀？"

"大有大的难处，支出这样的钱要在领导班子会上通气呢，那么烦神，还不如请你大笔一挥，公事公办好。"赵洪才说。

"你以为我是金笔头子，财政上一分钱恨不能掰成两半花，哪能随便批呀？放着吧。"王金国说。

"放着？等于我白来找你一趟，老同学，你说得过去吗？我已经答应村里了，你不批，我如何面对江东父老？给个面子好不好，以后你有事找我，我也会照办的。"赵洪才说。

王金国又拿起报告看看说："这样吧，八万元，我解决四万元，你解决四万元。"不容赵洪才分说,拿起笔在报告上一挥说:"我要开会,星期天到凤凰村钓鱼喊我去。"王金国说着夹着公文包走了。

赵洪才从财政局回来,把报告递给李忠新说:"你从工会费中支出四万元,转给凤凰村修路修桥,年底工会费不足,打报告给我,批给你。"

"赵厂长,这笔钱还是从厂财务支出好。"李忠新说。

"事情是你惹的,工会你有权支出这笔费用,省得我求爷爷告奶奶的,引起不必要的误会。"赵洪才说。

凤凰村很快收到八万元修路修桥的资金,全村动员,挑路基,购桥桩,建成五米宽、两公里长的水泥路,架起了两座能走机动车的水泥桥。

路和桥快完工时,凤凰村书记徐明清到东风面粉厂找赵洪才说:"两座水泥桥建成了,没有起名字,村里人建议叫洪才桥、忠新桥,你说好吗?"

"说什么呢,我们是多大的人物吗?叫凤凰村桥吧。"赵洪才说。

"请赵厂长题个字吧。"徐明清说。

"我没那个雅兴,找李忠新写吧。"赵洪才刚说完话,有事被人喊走了。

徐明清到工会,李忠新听了很乐意,研墨铺纸,"凤凰村桥"四个大字一挥而就,墨干后,徐明清高高兴兴地拿走了。

又过一段时间,凤凰村书记徐明清来找李忠新,问吴海到厂里做工的事情。李忠新和赵洪才协商,能不能照顾吴海到厂里做工。赵洪才说:"不是城市户口,没有上级批文,想通过招工进厂比登天还难,想也别想,谈也别谈,这个情况你是知道的,要么到厂里做做临时工吧。"

"凤凰村有渔民定量户口，把吴海的地退给村里，将其户口转为渔民定量户口，是不是可以招工？"李忠新问。

"你找人事科长向上级咨询一下，看看行不行？"赵洪才说。

厂人事科科长请示劳动局，答复渔民定量户口可以招工。

李忠新通知徐明清把吴海的地退回村里，把他的农村户口转为渔民定量户口，并把吴海的档案材料送到工厂人事科。赵洪才、李忠新请市粮食局人事科科长、劳动局劳资科科长吃饭，跑了一趟又一趟，求爷爷告奶奶，好容易把吴海的招工名额批下来了，先安排吴海到粮食学校学习原粮成品化验技术，学成后回厂当原粮成品化验员。

赵洪才、李忠新帮助吴海家建好住房，把吴海招工进厂当了工人，两人终于松了一口气。李忠新回家把吴海的事情告诉王兰，王兰说："吴江、林赛飞夫妻俩在天上看到了一定会高兴，一定会保佑你们平安的。"

吴海通过招工进厂没多长时间，丰田也来找赵洪才说："儿子丰收高中毕业后也闲在家里没事做，我把他的田退回村里了，转为渔民定量户口，请二哥帮忙照顾我儿子进厂当工人。"

赵洪才说："厂里临时招工手续是很难办的，今后如果有招工计划，一定照顾你儿子进厂当工人，这件事情我放在心上。"

丰田见赵洪才软回他，心有不甘，又到赵洪才家里，看到二嫂杨明珠在家里陪儿子赵阳做作业，丰田上前送给赵阳一个红包说："叔叔给你的压岁钱，零花花①。"杨明珠赶快拿过红包说："三

---

① 方言。

叔别客气,快把红包收起来。"看到杨明珠要把红包还回来,丰田急忙走出门,回头说:"嫂子,给二哥说说,帮忙把我儿子招工进厂当工人,万分感谢。"杨明珠拿着红包追到门口,丰田已经走远了。

晚上,杨明珠把丰田的一千元红包交给赵洪才。第二天,赵洪才把红包交给李忠新说:"丰田儿子也要进厂当工人,我告诉他等机会,你把红包退给他。"

"红包是送给你的,先放着,现在退回去容易伤兄弟感情,能想办法的事情还得想办法,厂里不是缺员吗?"李忠新说。

"工厂报招工计划上级是欢迎的,现在厂里没有上项目,暂时不增员。临时招工一个人,得开口求那么多人,这是何苦呢,等等再说吧。"赵洪才说。

一个多月过去了,丰田托赵洪才把儿子招工的事情,一点儿动静也没有,心里着急。星期天,丰田和周秀芳带着自己地里长的青菜、萝卜、豆角来到李忠新家里,李忠新、王兰热情接待,收下新鲜蔬菜。丰田看到李忠新儿子李军在做作业,走过去说:"过年叔叔还没有给压岁钱呢。"说着拿出一个红包往李军手里塞。李忠新看见了,立即制止说:"兄弟有话明说,你这是做什么,快把红包收起来。上次你送红包给二哥儿子,他准备退给你呢。"

"哎,这年头请人办事情,哪有不送礼的道理,不送礼事情能办成吗?"丰田说。

"我就不吃这一套,你敢把钱丢下来,什么话、什么事别向我开口,你这样做,还把我当成大哥吗?"李忠新语气重重地说。

王兰听到李忠新说话的口气真有点儿生气了,连忙过来打圆场,对丰田说:"你还不知道你大哥的脾气?你春送蔬菜,秋送菱角藕，他吃得多开心，常常夸你呢！兄弟们，有事情明说，送钱来做什么，难道农村苦钱①比城里还容易？这不是把石头往山里背嘛！快把钱收起来，别惹你大哥不高兴。"丰田只得把红包放进口袋。周秀芳过来拉着王兰的手说："还不是为了我那个宝贝儿子，他也想进厂当工人，丰田找过二哥，二哥说等等，一个多月过去了，也没个消息，我们只得来求大哥大嫂帮帮忙。"

"吴海不是你们帮忙招工进厂的吗，多招一个人进厂有那么难吗？你帮帮吧。"王兰对李忠新说。

"说得轻巧，我们是国营工厂，招工一个人进厂要经过上级好几个部门批准。二弟已经告诉我这件事情了，他是厂里一把手，说等等，我总不能驳他的面子，说不行。这种事情，他不点头，谁能办得成功？你们夫妻俩也太心急了，有机会我会帮的。"李忠新说。

"有大哥这句话，就放心了，我们回去吧。"周秀芳说。

"今天是星期天，吃过饭再回吧。"李忠新口气缓和下来说。

王兰拉着周秀芳的手说："我们到厨房去，他们兄弟说他们的话、做他们的事。"

一天，赵洪才告诉李忠新说："粮食局副局长亲戚要进厂做工，我只得同意。"李忠新提醒赵洪才说："丰田儿子想招工进厂，你也考虑考虑。"

"这些鸡毛蒜皮的事情，搞得我头都大了，烦死人，厂里的事情够忙的，哪有时间跑这些小事呀？"赵洪才生气地说。

"丰田儿子进厂做工在你眼中是件小事，在他家中可是件大事，说不定丰田夫妻俩日思夜想睡不着觉呢。"李忠新说。

---

① 方言。

"上次吴海招工是特殊情况特殊照顾的,为了他跑了多少路、求了多少人、说了多少好话才办成的。"赵洪才说。

"丰田和我们兄弟一场、战友一场,这件事指望着你和我呢。"李忠新说。

"难办。"赵洪才说。

"有你出面,什么事情办不成?"李忠新说。

赵洪才听到这话朝李忠新看了看,想了想说:"叫丰田把他儿子档案材料送到厂人事科吧,粮食局、劳动局我找机会打招呼,你和人事科科长一起去办,辛苦些。"

"应该的。"李忠新说。

为了把丰田儿子招工进厂,李忠新和人事科科长到粮食局跑了三趟才盖到章。最后一关是劳动局,赵洪才两次请劳资科科长吃饭,看到劳资科科长抽烟,赵洪才把丰田送的一千元红包钱交给厂人事科科长,买香烟送他,好话说尽,劳资科科长才点头同意盖章。

丰田儿子丰收招工终于批下来了,厂里安排他去学习汽车驾驶技术,学成回厂当驾驶员。

东风面粉厂生产经营红红火火,赵洪才的工作越来越忙,每天码头上车水马龙,热闹非凡。全年进出货量达到二十万吨以上,上下货经常出现扯皮问题,影响工厂生产经营工作。为了解决这个问题,赵洪才干脆把全厂码头上下货的任务,全部承包给前进村装卸站,按吨位计酬,双方签了协议,确保码头上货物进出顺畅通行。

前进村承包了东风面粉厂全部货物装卸任务,村里富余劳动力有事做了,村民和村里增加了经济收益,村干部对赵洪才心存感激，把他的弟弟、母亲的户口迁到前进村，按照村民待遇，安排两块宅墩基，村建筑队砌了两幢三间两橱平房，给赵洪前一家和赵洪才的母亲居住。同时，聘任赵洪前担任村装卸站结算会计。

东风面粉厂虽然经济效益越来越好，但职工住房条件很差。全厂近七百个工人，除一幢四层住宅楼外，其余全部是平房，一部分还是工棚。青年职工想结婚，因为厂里分不到房子而干着急，赵洪才下决心要解决职工住房困难的问题。利用厂里二十亩闲地，打报告到市粮食局，请求批准建职工住宅楼。

新上任的市粮食局局长是个务实的领导，看到东风面粉厂的建房报告后，亲自到厂里调查，了解到工厂住房确实简陋困难，大多数是平房、工棚。工厂有二十亩地闲着，有建房的条件。于是，召开局务会，决定由粮食局出资三千五百万元，在东风面粉厂二十亩闲地和拆除的平房、工棚的土地上，建十六幢六层职工住宅楼。住宅楼筹建由东风面粉厂负责，建成后十幢在东风面粉厂职工中分配，六幢在市粮食局系统职工中分配，按成本价全部出售给粮食局系统职工，收回粮食局出资的成本。

赵洪才为了完成市粮食局交给的职工宿舍楼筹建任务，每天迎来送往，最后确定三家有资质水平的施工单位。另外，道路、下水道、绿化基础建设工程，承包给前进村建筑队。

三个建筑公司负责职工宿舍楼施工的工头，分别是黄山、王武、王陆，他们勾结在一起，轮流吃请赵洪才，赵洪才过上了醉生梦死的日子。工头都有通天的本领，每天围在赵洪才身边阿谀奉承，投其所好，把他哄得团团转，不能自拔。赵洪才的儿子高中毕业后，不知哪个工头找的门路，把他儿子送到国外去读书。厂里职

| 凤凰记 |

工开始对赵洪才有些议论,李忠新也听到一些风言风语,在厂里很少看到赵洪才,就问杨明珠:"赵厂长这段时间哪里去了?"杨明珠说:"我也很少见到他,常常夜不归宿。"李忠新回到家里,王兰对她说:"有人对二哥有耳察①,你做大哥的提醒提醒他,不能让二哥的威信受到影响。"李忠新叹口气说:"现在社会上有股吃请送拿的坏风气,正在腐蚀我们的一些领导干部,这些人迟早要出事的,我说的话他能不能听进去,是很难说的。"李忠新心中犹豫,但还是决定找赵洪才谈谈心。

星期六,李忠新找到赵洪才,对他说:"明天休息,我们到凤凰村钓鱼去。"

"萝卜青菜,各有所爱,我对钓鱼没兴趣,另外有约,车子你用,你去吧。"赵洪才说。

"不行,除非上级开会和领导找你,其余应酬全部推掉,和我钓次鱼也请不动你,你眼中还有我这个大哥吗?"李忠新不客气地说。

赵洪才听到李忠新说出这样的话来,愣一愣说:"天地良心,谁不把你放在眼里了,手捂心口想一想,你说的事情,有哪件没帮你办好。还要我怎么做?"

"没有特殊情况,明天和我一起去钓鱼,我们谈谈心。"李忠新说。

"去就去,生气做什么?"赵洪才刚说完话,大哥大响了,他接通电话说:"明天有事,你们玩吧。"说完,就挂上电话。

第二天,赵洪才、李忠新一起来到凤凰村钓鱼。

凤凰村徐明清书记、丰田村主任看到赵洪才、李忠新前来钓

---

① 方言。

第三章　凤凰桥

鱼，既欢迎又高兴，俩人陪同赵洪才、李忠新参观了新建的水泥路和两座水泥桥。看到李忠新写的"凤凰村桥"四个大字很醒目，赵洪才笑着说："字写得不错嘛！"

"请你写，你说忙，我写了，又笑我，什么意思？"李忠新问。

"你写的字本来就比我好嘛，谁笑你呀？"赵洪才说。

"建成村里的路和桥全靠两位领导帮忙，今天光临，我会好好招待，保证两位领导高兴而来，满意而归。"徐明清说。

"帮助家乡铺路修桥是我们应该做的，不用感谢，今天我们钓的鱼按价收钱，不收钱，麻虾子也不要。"赵洪才说。

"好的，赵厂长怎么吩咐，我们怎么做。"徐明清说。

赵洪才、李忠新参观过路和桥回来，丰田在鱼塘边放上凳子，准备好鱼竿、鱼饵。丰田说："懂鱼的人都知道，静水鲤鱼流水鲫，青鱼沉底鲢鱼浮，想钓大鱼到深水处。"

李忠新向丰田摆摆手，丰田会意走开。赵洪才把渔线全部放下来，使劲地把鱼钩甩到远处。李忠新看到问："为什么把鱼钩甩那么远？"

"放长线，钓大鱼嘛！"赵洪才说。

"最近，我听到有些议论，想和你交换交换意见。"李忠新说。

"说什么了？"赵洪才问。

"听说你在前进村建了房子，有这件事吗？"李忠新问。

"我母亲、弟弟户口迁到了前进村，前进村为我母亲和弟弟各建了三间两厨平房，这是前进村村民的待遇，房子的价格是便宜些，但按村里规定付钱的，弟弟那里有前进村的收款收据，你可以去查。"赵洪才说。

"你儿子出国读书需要几十万元的费用，你哪里来的头路，哪里来的那么多钱呀？"李忠新问。

"儿子出国读书是朋友帮忙的，读书费用嘛，十五万元是借的，其余的钱是家里节省下来的，借的钱是要还的。"赵洪才说。

"听说你和工地的工头常常混在一起吃喝玩乐、夜不归宿，有这样的事吗？"李忠新问。

"市粮食局把筹建十六幢职工宿舍楼的任务交给我，我能不负责任吗？不和这些工头打好交道，能保证质量和进度吗？我哪愿意和他们一起吃喝，这是没有办法的事呀。这样吧，下次他们请客，我带你一起去。"赵洪才说。

"我不是要吃的，也不是叫你不参加必要的吃请，问题是现在社会上有股吃请送拿的不良风气正在腐蚀我们的干部，你要小心些。人活在世上不是有钱就有一切的。"李忠新说。

"人穷处处被人看轻，一分钱难倒英雄汉，有钱不是个坏事情，我看今后谁有钱谁是大爷，没有钱谁理你呀！我们奋斗了几十年，过着苦行僧的日子，也到了改变改变的时候了。该我拿的钱，不拿白不拿；不该我拿的钱，一分也不要，你放心。"赵洪才说。

"为党的事业奋斗的人，一定要洁身自爱，艰苦创业的精神永远不能丢，把维护职工的利益永远放在第一位。"李忠新说。

"十几年来，我做的事情对得起上也对得起下，工厂从年产两万吨面粉到现在达到年产十万吨面粉，工人从二百多人增加到七百多人。工人每月按时拿工资、拿奖金；很快大部分职工能分到一套新房。你说说，我是不是在维护职工利益，为国家创造了财富。"

赵洪才说。

"你艰苦创业，做出的成绩是有目共睹的，有人对你有看法也许是爱护你、关心你，有则改之，无则加勉。水能载舟，也能覆舟，做事要谨慎，防止惹祸上身。"李忠新说。

"人是有红眼病的、小人心的，看不惯我这么多年来做出来的成绩才说三道四。地方工作路有多长、水有多深，你还不知道。你从部队回来，两袖清风，一身正气，到前进村谈成征地合同，还是有人说你拿了好处费，向上级打了小报告。上级派人来调查时，要不是我力排众议、前进村许书记证明你为人正派，否则，你跳进黄河也洗不清。"赵洪才说。

"我厂的生产经营形势虽然比较好，但你要不断分析市场，集中精力，把心思放在生产经营工作上，千万不能掉以轻心。"李忠新说。

"这些事情不用你操心，工厂的生产经营工作会议不是我组织召开的吗？任务不是我布置的吗？我厂已经走上了正常的经营轨道，该怎么做，我心中有数。"赵洪才说。

"我是宣传干部出身，对全国粮食形势发展比较敏感，中央每年发一号关于农业问题的文件，粮食生产连年获得丰收，心里好像有放开肚皮、吃饱饭的感觉，一旦粮食供应取消计划，走向市场，风险和机遇共存，这是关系到企业生死存亡的大问题，关系到全厂七百多个工人的生存问题，你肩上的担子重呢，思想上要有所警惕和准备。"李忠新说。

"把我们这么大的国营粮食加工企业推向市场，政府不管了，交给个人去经营，这是痴人说梦话，杞人忧天吧，你的思想也太超

| 凤凰记 |

前了。不过你放心,我会适应形势,顺势而为的。"赵洪才刚说完话,看到钩线浮子连动三下,他提钩怎么也拉不动,一个浪头向塘中冲去,杆线把赵洪才从椅子上拉站起来,上钩的鱼在塘中窜来窜去,翻滚着浪花。李忠新喊来丰田,拿来捞鱼网兜,网兜放在鱼下面快速提起来,一条大青鱼在网兜里挣扎,拖上岸一称十八斤重。

"乖乖隆地咚①,大领导就会钓大鱼,这么大的青鱼,今年看到的是第一条,二哥真是钓大鱼、干大事的人。"丰田说。

"净说肉麻的话,中午吃它。"赵洪才说着,走到李忠新身边看看,斤把重的鲫鱼也钓了三条。

"中午、青鱼咸②、鲫鱼汤,钓鱼结束,我们到倒沟塘堆围上看看。"赵洪才提议说。

赵洪才、李忠新、丰田三人沿着倒沟塘边走了一圈。看到倒沟塘里芦苇随风翻绿波,翠鸟声声鸣婉转,塘水清清鱼可数,白鹅引颈放高歌,蛙声满塘迎客欢,野鸭戏水成双对,塘边长满鸡头菱角藕,风景依然美如画。爬上冈沟河堆围,南北望去,看不见一部风车、洋车,河中看不到一条风帆船,只见带着轰鸣声的机船南来北往,螺旋桨在船后面翻起的阵阵浪花向船的两边分去。冈沟河对岸看不到嬉笑打闹的孩童,儿时到倒沟塘边吃烧烤、在塘中捞鱼摸虾的情景依然浮现在眼前,转眼间日月交替,斗转星移,物是人非。李忠新想到儿时兄弟四人,如今只有三人,今日又在倒沟塘堆围上相聚,思绪万千,心潮难平,抚今追昔,百感奔流。如今年过半百,两鬓染霜,事业未成,壮志未酬。他沉思了一会儿说:"下次我们再来,带王兰、杨明珠一起来,让她们也散散心,看看家乡

---

①② 方言。

的风光。"

吃过中饭,赵洪才无心钓鱼。徐明清书记说:"两位领导没有见过鱼塘捕鱼吧,拖一网给你们看看吧。"徐书记叫丰田喊来渔民,扛来渔网。在鱼塘一头下网,沿着塘两边向塘的另一头慢慢拉去,当渔网到塘边收拢的时候,大大小小的鱼儿在网中互相撞击,有的蹦、有的跳,浪花飞溅,十分壮观,似乎看到了鲤鱼跳龙门的情景。徐明清说:"两位领导来一趟不容易,要鱼在渔网里挑吧。"

"一人二十斤的鲫鱼和鲲子。"赵洪才说。

"一人三十斤,我付钱。"李忠新说。

"我先说付钱的,不算数吗?一人三十斤。"赵洪才说。

李忠新把三十斤鱼分成三份,十斤送母亲,十斤送岳父母家,十斤带回城里。

李忠新把十斤鱼送给母亲。母亲住在姐姐家,由姐姐照顾,他看到母亲头发斑白,脸上皱纹道道,十分苍老。母亲看到李忠新来了,颤颤巍巍地从椅子上站起来,显然很吃力,李忠新赶忙叫母亲坐下来,问姐姐:"妈妈生病了吗?"

母亲听懂了李忠新的话,说:"老了,就这样子,忙你的工作,没事的。"

母亲老态龙钟、风烛残年,李忠新心里难过。请母亲上街和他一起过,她说住楼上不习惯,要她上医院检查身体,她说没病不麻烦。李忠新只得叮嘱姐姐好好照顾母亲,有事及时联系。他和赵洪才一起回到城里。

赵洪才负责筹建的职工住宅楼竣工,有关部门验收合格后,东风面粉厂职工开始分房。李忠新兼任工会主席,是全厂职工分房的主要负责人。他成立分房领导小组，制定分房标准。按工龄、业绩打分，按分值、按次序交款、交钥匙。少数职工有意见，李忠新一个一个谈话，耐心做好解释和调整工作，尽量做到让分到新房的职工满意。职工搬进新房，高兴地说："幸亏到东风面粉厂工作，这么快分到了新房，这是天大的喜事。"

李忠新完成职工分房的工作后，赵洪才到李忠新办公室说："告诉你一个好消息，我厂技改项目还欠银行贷款的五百万元，局长同意由粮食局出资还清。今晚写好报告，明天我和局长到市政府排队，让管工业的副市长批准就行了，这样厂里的负债轻松些。你是笔杆子，请你起草报告。"李忠新立即动笔，半个小时写好报告，赵洪才、李忠新、秘书宋匡华三人集思广益，逐句逐字地读下去，修改几个字，打印成文，盖好章后，交给赵洪才。李忠新忙到深夜一点钟，才回家休息。

第二天早上，李忠新接到姐姐李忠秀打来的电话，说母亲病危。李忠新、王兰匆匆请假回乡。九点钟到达家里，听到姐姐的哭声，村卫生所医生拿着听诊器对李忠新摇摇头。李忠新看到母亲走了，伏在母亲身上放声痛哭起来，边哭边喊："妈妈回来，妈妈你回来，我对不起你，儿子送你到医院……"李忠新怎么摇母亲，怎么喊母亲，母亲一动也不动，千呼万唤也唤不回母亲的声音。李忠新心里明白：从今往后，再也不会有母亲的叮咛了，永远失去了母亲关爱的目光。看着母亲消瘦失去生命的脸庞，越想越悲伤。养儿应知报娘恩，只因父亲去世得早，长长岁月由母亲操劳，靠种几亩薄田过日子，省吃俭用，一口一口把儿女喂养成人，一生辛劳。集体种田时，母亲把稻田、麦田收割时掉下来的稻穗、麦穗捡起来，送到集体的打谷场上，年底，被生产队评为先进个人，拿回一条毛巾和一张奖状，高高兴兴地给子女们看。母亲是儿女的老师，一辈子虽然没有给儿女留下什么家业，但留给儿女的，是做人的榜样，这笔宝贵财富够儿女们受用一生的。

李忠新哭诉着，丰田把他拉起来说："人死不能复生，你是儿子，要赶快拿主张，安排后事要紧。"

"从今往后我没有母亲了，母亲在旧社会讨饭营生，在新社会为我们成人操心劳碌，现在有饭吃了、有衣穿了，刚享享儿女福，怎么说走就走了呢？"李忠新说着，又伏在母亲的身上哭起来，边哭边说，"我上初中的时候，学校离家远，母亲为了让我能按时到校上课，鸡叫头遍就起床煮粥，粥太热，她用两只碗对倒，不冷不热后叫我起床，吃饱上学校。有妈在就有家在，母亲最懂儿子的心。我结婚后，母亲和王兰住在一起，母亲天天在田里忙活，回家和王兰抢着做家务，对人说：'媳妇比自己的姑娘重要，都是我的心头肉，我和媳妇亲如母女，媳妇说什么我都愿意听，婆媳和睦，儿子在部队才能安心工作。'这样知我懂我的母亲，怎能说走就走了呢？我如果有来生，还做母亲的儿子，捧出孝顺母亲的一片心，报答母亲的养育之恩。"

丰田看到李忠新越哭越伤心，干脆把他拉到屋外边，对他说："现在伤心，能把你母亲哭回来吗？你是儿子，把你母亲风风光光送走才是孝子，今天发丧，三天内要把丧事办完，赶快拿主张吧。"

李忠新止住哭声，把王兰喊出来商议，对丰田说："母亲丧事全托内弟主持打理，入乡随俗。喊个好的家宴师傅来，母亲丧事后，我请庄邻吃餐饭，答谢他们对我的养育之恩、对我母亲的照顾之情。"

李忠新母亲去世的消息传到赵洪才耳里,赵洪才立即喊厂部办公室主任和杨明珠来交代说:"李忠新是个孝子,母亲突然去世肯定伤心,夫妻俩在厂里是双职工,工会按双职工待遇送一千元慰问金。厂部和工会送花圈,各科室、车间派代表,明天上午和我一起前往吊唁。"

丰田周密安排李忠新母亲的丧事,对李忠新说:"你母亲是八十六岁高龄走的,可以说是个福人,丧事要当作喜事办,应该请班吹鼓手热闹一番,人生一世,草木一秋,如果不请吹鼓手,悄无声息地把你母亲送走,庄邻是要议论的。"

李忠新同意丰田的意见,请来一班吹鼓手。吹鼓手中有吹唢呐的、吹长号的、打鼓的、拍镲的,相互配合默契,每当有人前来吊唁时,唢呐声声,鼓乐齐鸣,哀乐不绝,高潮迭起。

第二天上午九时,赵洪才和厂里职工代表乘大客车前来吊唁,车上坐满了人,大客车在凤凰村村前的路上停下来,前面花圈开路,赵洪才带领长长的吊唁队伍,慢慢地向李忠新母亲灵堂走来。李忠新、王兰带着儿女身穿孝服在门前路上跪迎。赵洪才快步走过来,扶起李忠新说:"大哥节哀顺变。"工厂前来吊唁的人依次排队,轮流在李忠新母亲灵前三鞠躬,然后在外面临时搭的棚里坐下来,赵洪才喝了几口茶,安慰了李忠新几句,告辞回厂。

李忠新披麻戴孝,接待前来吊唁母亲的亲朋好友、左邻右舍。迎来送往忙了两天。第三天,李忠新在公墓安葬了母亲,带着妻子、儿女在母亲墓前磕了三个头,深情地说:"母亲安息吧,但愿儿子与你在梦中相会。"

第三章 凤凰桥

晚上，李忠新在门前搭的敞棚里摆上酒席，村庄上每户请了两个人。酒席上李忠新向庄邻鞠躬说："感谢父老乡亲对我母亲的照顾，感谢对我的养育之恩。滴水之恩，应当以涌泉相报，我永远不会忘记生我养我的家乡、关心教育我成人的家乡父老乡亲。"

李忠新办完母亲的丧事，回到家里，王兰看到他一脸倦色，忙放下床上被子，让他躺下休息。他刚躺下，厂部办公室秘书跑来喊："李书记，赵厂长请你去开紧急会议。"

李忠新立即穿好衣服，来到会议室，看到会议室集中了全厂中层以上干部，李忠新刚坐下，赵洪才宣布开会。

"今天向大家宣布一个消息，市政府决定对我厂进行改制，实行股份制，成立股份有限公司。国家持百分之六十股份，职工持百分之四十股份，明天市政府和粮食局组成的工作组到我厂清产核资，请大家回去大力宣传，踊跃入股，职工五万元一股，中层以上干部八万元一股。"

一石激起千层浪，东风面粉厂实行股份制，在干部职工中引起强烈的反响，大家议论纷纷。赵洪才对李忠新说："形势发展证实了你的预见，市粮食局局长告诉我，粮食供应市场全面放开，粮食加工企业推向市场，实行股份制，在市场经济改革的大潮中自我发展、自负盈亏。"

"粮食加工企业失去国家政策支持，自我生存的风险很大，一着不慎，全盘皆输，今后你肩上的担子更重了，要谨慎小心地掌舵，做到信息灵、测价准、应变快。"李忠新提醒说。

"难道你不入股，不和我风雨同舟吗？"赵洪才问。

"母亲刚刚去世，花去我部分积蓄，一下子拿出八万元钱入股，确实有点儿困难。"李忠新说。

"入股的钱，我帮你解决。"赵洪才说。

"借钱入股，何必打肿脸充胖子，我的性格喜欢看菜吃饭，有多少钱办多少事。王兰今年五十岁，先给她办理退休手续，我不是股东，你随便给我安排个工作，有工资拿就行了。"李忠新说。

"工厂实行股份制，成立东风面粉股份有限公司，企业自主经营、自我发展的空间更大了，今后我还想大干一场，扩大面粉深加工产业，筹建淀粉车间、面条车间、食品车间，成立企业集团，你和我放开手脚干一场吧。"赵洪才说。

"粮食加工企业从计划生产到全面走向市场，风险是很大的。今后企业上新项目，上级不可能有资金支持了，手中没有足够的资金，不要盲目扩大生产规模，守住摊子，维持现状，保证正常的生产经营，职工有事做，有工资拿，站稳脚跟，慢慢地积累资本，看清楚前面的路再发展。"李忠新告诫说。

工厂清产核资后，资产和债务相抵，余额三百万元，留给大股东持百分之六十股份，职工交款二百万元持公司百分之四十股份，成立股份有限公司，设立董事会，推选赵洪才为董事长。李忠新没有交钱入股，没有进入董事会，留任工会主席，并给王兰办了退休手续。

实行股份制第一年，公司运行平稳，生产经营正常，不过赵洪才的权力越来越大，遇事一个人说了算，独揽大权，无人说他，无人管他，无人提醒他。失去别人监督的他，身边常常有一批酒肉朋友前呼后拥，吃喝玩乐，八面威风，然而，危机正一步步向他、向公司袭来。

第三章 凤凰桥

第二年,粮食市场全面放开,公司迎来前所未有的市场考验,风险接踵而来。原来信誉客户成风险客户,将近两千万元外债无法收回,市粮食局取消公司一万吨原粮收购计划,每年不再有二百万元资金补贴,国家取消公司两万吨面粉调拨计划,公司生产的面粉产品全靠市场销售。银行银根收紧,原来七千万元贷款规模缩小为三千万元,而且实行先还后贷。

屋漏偏遭连阴雨,船破又遇顶头风。这一年,夏季小麦快成熟时,遇上连天阴雨,农民苦等晴天收麦,等来等去,老天就是不睁眼,看着麦田成熟的小麦开始发芽发霉,农民只得冒雨下田抢收,收上来的小麦不是赤霉麦就是芽麦,不但农民经济收益受到损失,受过灾的小麦给公司的面粉生产带来灾难性的后果。

东风面粉股份有限公司为了维持车间正常的面粉生产,降低价格从农民手中收购了五万吨受灾后的小麦,生产的面粉产品发往市场后,因面筋力达不到标准要求,客户纷纷要求退货和赔偿经济损失,损害了公司的信誉,造成了重大的经济损失。

面对这种困境,赵洪才找到市粮食局局长请求帮助,局长看在赵洪才多年来在发展地方面粉加工业有贡献的份上,同意在各粮库协调三万吨陈小麦,按照市场价格调拨,先付款后交货,与新粮搭配加工,维持公司车间正常生产。

随着粮食市场全面放开,市场上面粉销售客户重新洗牌,市场销售客户以个体户为主,新客户鱼目混珠。面对市场变化,赵洪才缺少充分的调查研究,对销售人员缺乏正确的指导,任凭他们选择客户。有的客户签订合同后,承诺货到付款,等货到再去收款时,人去楼空,公司前后被骗货款一千多万元。虽然通过公安部门抓回来几个骗子，但是这些骗子宁愿坐牢，也不愿意还款，浪费人力财力。面对天灾人祸，公司元气大伤，资金链开始断裂，银行贷款到期还不了，公司职工的工资发不出去。赵洪才求天无门、求地不应，束手无策，过去的雄心壮志，荡然无存，无法筹集到巨额资金来挽救公司的危机。在走投无路、内外交困的情况下，他索性一不做，二不休，关掉手机，躲在外面和一批酒肉朋友吃喝玩乐，过着醉生梦死、逍遥自在的日子。

沉沦下去的赵洪才，心情闷闷不乐、郁郁寡欢。原来搞基建房地产的黄山、王武、王陆几个工头，看到赵洪才心情不好，想方设法给他找乐子，让他开心。黄山出面，三个人凑份子合伙买个小套间，找了一个外地妹子，把喝醉的赵洪才送到小套间，由外地妹子服侍照顾他。

赵洪才第二天早上醒来，看到自己赤身露体和一个年轻的姑娘睡在一起，大吃一惊问："这是怎么回事？"

这个外地姑娘起床，穿好衣服，笑着说："我叫香妹子，是你的几个朋友安排的，你问他们去。"

"这几个杀千刀的害我，我有老婆、孩子，这可怎么办？"赵洪才苦恼地说。

"赵老板，这有什么担心的，你娶我也行，不娶我也罢，你高兴就来，不来我也不去找你，尽管放心。"香妹子说。

赵洪才心里想：社会上传说的"二奶"，难道临到我的头上了？就问香妹子："你住的房子是哪里来的？"

"是你几个朋友送我的。"香妹子说。

赵洪才穿好衣服，立即出门，香妹子送到门口说："赵老板，常来噢！"

赵洪才来到宾馆房间，一批酒肉朋友等在那里，看到赵洪才来了，捂着嘴笑。赵洪才指着骂道："你们这些王八蛋，杀千刀的，不得好死。"

"人一死，黄土一堆，活一天，快活一天，在世争名又夺利，眼睛一闭谁是谁，争来争去，竹篮子打水一场空，管那么多干啥？"黄山说。

"来来来，集中思想玩几圈牌，什么烦恼都会忘记的。"王武说着洗好牌，几个人陪着赵洪才玩起牌来。

晚上，赵洪才自觉不自觉地到香妹子住处过夜。

杨明珠看到赵洪才夜不归宿，十天半个月才回来一次，换过的衬衣上有浓浓的香水味道。他原来是不喜欢香水的，心中起疑。明察暗访，终于摸清他在外面有个家。

赵洪才又一次回家，杨明珠气不打一处来，说："我们结婚二十多年了，你一天到晚忙于工作，我对你没有一句怨言，常常为有这样干事业的丈夫而自豪。现在公司的生产岌岌可危，你放着不管，任其船沉。躲在外面胡作非为，偷鸡摸狗。人心都是肉做的，你变成这个样子，对得起我吗？对得起公司的职工吗？"

"我做了什么，说话这么难听，胡闹什么？"赵洪才说。

"是我胡闹，还是你胡闹？要想人不知，除非己莫为，你在外边有个家，以为我不知道吗？"杨明珠说。

赵洪才听了一愣说："你知道也好，不知道也罢，现在这种事在社会上是平常的事，逢场作戏而已，用不着大惊小怪的，你操哪门子心呀？"

杨明珠听到赵洪才说出这样轻描淡写的话来，想不到曾经同床共枕的恩爱夫妻，如今丈夫却做出背叛自己的事来，还自我陶醉，感觉不错。过去丈夫敢说敢干、人见人夸的高大形象，一下子变成了低级趣味的小人。她愤怒地说："赵洪才，你做出这样丢人的事，不以为耻，不思悔改，反而若无其事，我们的夫妻缘分到头了，从今往后，你过你的，我过我的。"

"放安稳些，不要把事情闹大了，我现在已经是一个头两个大，焦头烂额了，这种事情传出去对你我都没有好处，还有事。"赵洪才说着甩手关门走了。

第二天早上，李忠新上班，看到杨明珠眼睛红红的，走过去关心地问："身体不舒服吗，哭过似的？"

杨明珠听到李忠新问她，失声痛哭起来，李忠新大吃一惊，连忙安慰她说："弟妹，天塌下来由大哥撑着，不管什么事告诉我，我为你做主。"

杨明珠止住哭声，把赵洪才在外面有个家，想和赵洪才离婚的事告诉了李忠新。

李忠新听后，愤怒至极，一拳砸在桌子上，轰隆一声，桌上的茶杯都跳了起来。冷静下来沉思了一会儿，对杨明珠说："你先沉住气，不要声张。赵洪才现在是内外交困，逃避现实，陷入贪图享乐、寻求世外桃源的泥潭里，你和我一起想办法把他拉回来。"

星期天，心中惆怅的李忠新请来丰田，丰田按照李忠新告诉他的地址，找到了赵洪才。丰田对他说："大哥找你，我们兄弟聚聚谈谈心，晚上安排在醉月酒楼五号厅。"

"你和他聚吧，我还有事。"赵洪才说。

第三章 凤凰桥

"不行,大哥说了,如果你不去,我们的兄弟情谊到此为止。"丰田认真地说。

赵洪才听到丰田说话的语气重重的,似乎感觉到了什么,答应丰田晚上相见。

晚饭开始后,李忠新端起酒杯喝了一杯酒,直接问赵洪才:"听说你外面有个家,有这种事吗?"

"听谁说的?"赵洪才问。

"为人不做亏心事,半夜敲门心不惊,杨明珠告诉我的,你解释清楚,这是怎么回事?"李忠新厉声地问。

"我知道这样做是错的,也是被人拖下水的,出门在外,身不由己。"赵洪才说。

"人心都是肉做的,你做出这样的事,杨明珠如何受得了,你害得她号啕大哭,于心何忍?她是你身边最亲的人了,今天不珍惜,等失去了才感到重要,那就迟了,你知道吗?"李忠新厉声说。

丰田看到气氛紧张,打岔说:"喝酒、喝酒,常言道:堂前当众可训子,房中无人再劝妻,媳妇生气你当儿戏,媳妇撒娇你笑嘻嘻,清官难断家务事。现在改革开放了,男人在外面拈点花、惹点草,没有必要大惊小怪的。"

"改革开放、发展经济,目的是改变贫穷落后的面貌,强国富民,不是趁机捞好处、发横财、腐化堕落。赵洪才你身为领导干部,这点儿道理不懂吗?这点儿风浪也经受不住吗?过去你干事业的雄心壮志哪里去了?"李忠新说。

"我有过雄心,也有过壮志,没有创造过辉煌吗?如今把这么大的摊子甩给我,遇到这么大的困难,无人问津,这段时间我活得多累?心里有多痛苦?难道你不知道吗?"赵洪才委屈地说。

"不错,公司确实遇到了困难,你应该面对现实,群策群力想办法解决,度过危机。而你却躲在外面花天酒地,逍遥自在,失去自我,失去尊严,失去做人的良知,你的钱是从哪里来的?你这是在犯错误,站在悬崖边上了,危险呀,我的兄弟!"李忠新正告说。

"眼不见,心不烦,得过且过,在外边躲一天是一天,快活一天是一天了。"赵洪才说。

"你躲得过初一,躲不过十五,你是公司法人代表,没有人代替你决策,你甩手了,家里兔子刨塘越刨越深,公司的生存越来越危险。你这样不负责任是绝不允许的。我限你现在就清除掉外面不正当的关系,回去向杨明珠认错道歉,求得她原谅。明天回公司面对现实,解决问题,七百多人等你给他们饭吃呢,你怎能忍心丢下这么多职工独自躲在外面享乐,你的使命感、责任心到哪里去了?"李忠新责问说。

"我现在是四面楚歌,叫天天不应,叫地地不灵,走投无路了,你以为我愿意这样做吗?"赵洪才委屈地带着哭声说。

"商场如战场,战场上就是打了败仗,也要与阵地共存亡,当逃兵是要被枪毙的。"李忠新吼道。

"听你的,是死是活,明天回公司。"赵洪才说着起身走了。

丰田目睹大哥、二哥惊心动魄的谈话,一句话也不敢插。赵洪才走了好一会儿,他看看李忠新说:"大哥过去说话和风细雨的,让人心服口服,今天是吃老虎肉啦!二哥今年遇到了烂麦场,对生产面粉公司来说是拦卵子一脚,要命的事情。再说不好色的男人是白痴，死了不如小公鸡，如今开放了，你何必计较这些事情呢。"

"你就会胡说八道，分不清是非。一个人活在世上丧失了人格很容易走向反面，你看社会上贪、赌、嫖、毒的人，几个有好下场的？社会倡导的是文明，为人倡导的是正派。"李忠新说。

"哎，世上哪有风平浪静的时候，雾里看花谁能看得清呀？现在的社会撑死胆大的，饿死胆小的，贪官污吏从小吃小拿发展到大吃大拿，甚至到了借债吃借债拿的地步，而且活得很潇洒。上面的人到村里钓鱼，又吃又喝又拿，分文不付，脸不变色心不跳。我村过去虽然贫穷些，但内外不欠一分钱债务，现在背上了七八万元的外债，拿什么还呀？只有卖土地，土地是农民的命根子，饭碗哪能随便卖呢？我这个村主任这届当满，不想再干下去了，外出随便找个事做做，赚点钱养家糊口，心里踏实安稳些。"丰田像念经似的，向李忠新倾诉社会上的不良现象。

李忠新听了说："回望古今多少人，成由勤俭败由奢，我们的干部历来是为群众谋利益的，只有这样才能立于不败之地，那些利用改革开放、发展市场经济，趁机捞好处、发横财的贪官污吏，迟早会有人收拾他们的，吃进去的吐出来，逃到天外也要抓回来绳之以法。贪婪一时，改造一世。物质是不变的，历史是螺旋式前进的，相信现在的社会是正义的天下，公道自在人心。贪污腐败、腐化堕落、无法无天是没有出路的，社会向前发展的步伐谁也阻挡不了。"

"一个人发脾气是人的本能，控制住脾气是人的本事，你还是心平气和地与二哥交交心，一句话能把人说笑起来，一句话也能把人说跳起来。今天你的态度过啦，二哥面子上是挂不住的。"丰田说。

| 凤凰记 |

"良药苦口利于病,忠言逆耳利于行,公司的船要沉了,家庭让他毁了,失去信仰,失去自我,迷恋金钱美女,越陷越深,不能自拔。我恨不得给他两个耳光,把他打醒。我真为他担心,这样下去是非常危险的,当兄长的怎么办呀?不过今天的事你放在心里,不要在外面传。"李忠新心事重重地说。

"家丑不可外扬,兄弟们的事情哪里说哪里了。"丰田说。

再说,赵洪才回到宾馆,一帮酒肉朋友看到他脸色铁青难看,停下手中的牌问:"发生什么事了?"

赵洪才坐在床沿上,双手捧着头,一声不吭。

"是不是李忠新那尊菩萨又找你麻烦了,平时他人物尊尊[①]的,一本正经的样子,既不识时务,做人又死板,脑子一根筋,我就看不惯他。"工头王陆说。

"他劝我回公司面对现实,怎么办呀?"赵洪才苦恼地说。

"公司遇到生存危机,解决也不是很难的事情。现在不是兴下岗吗?负担不起就裁员下岗。我二舅负责的企业,原来有五六百人,资金周转不灵,工人工资发不出去,一下子裁员下岗三百多人,卖掉工厂一块地皮,资金用来还清债务,兑现职工下岗费用,企业又轻装上阵,正常开工生产运行了。"工头王武说。

"上级没有文件,国营企业职工如何下岗呀?"赵洪才问。

"听我二舅说让五十五周岁以上的男职工、四十五周岁以上的女职工下岗,工厂退养,每月发生活费,其余的竞争招标上岗,富余职工全部下岗,下岗职工按工龄每年计发一个月工资,回社会重新找工作。"王武说。

---

① 方言。

工头王陆对赵洪才说:"利用下岗洗洗牌,把碍手碍脚、头脑古板的老家伙清除清除,用上自己人,做事顺心顺手些。"

赵洪才一夜未眠,想定主意,早上回到家里,看到杨明珠一脸不高兴地说:"你把我的事情告诉大哥,脸上有光啦?"

"我在哪里给你丢脸了?你也听听他的劝告,你的一帮狐群狗党,迟早会把你害死的。"杨明珠说。

"我死了,你一定高兴。"赵洪才说。

"我不和你说多少,从今往后你最好别回这个家,我们分开过,各不相关,不同锅,不同灶,不同船,不同道。"杨明珠生气地说。

"想离婚?"赵洪才问。

"是的。"杨明珠说。

"你提条件,我签字。"赵洪才说着甩手关门走了。

赵洪才回到办公室,机关干部奔走相告:"董事长回来了。"部门经理立即到董事长办公室汇报工作。

销售经理说:"又有三笔货款被骗,损失二百多万元。"

采购经理说:"公司原粮只够车间十天生产,没钱收不到粮。"

财务经理说:"公司资金链断裂,银行派人住在公司,收货款还贷款,职工三个月不发工资了。"

赵洪才对销售经理说:"通知所有客户,从今天起实行款到发货。"又对厂部办公室主任说:"通知所有董事和中层以上干部到会议室开会。"

公司开会人员到齐后,赵洪才严肃地宣布:"除进口车间每天开一班应付市场销售外,其余的车间全部停产。公司优化组合二百人,其余人员全部退养和下岗,各级领导回去动员职工踊跃报名下岗,为公司分忧,具体实施办法明天上午发到大家手中。"

赵洪才回到公司后,黄山、王武、王陆密谋。王武说:"李忠新查赵老板儿子出国费用的来源,已经犯了大忌。我们看他是大哥大的份上,放了他一马。现在又来找我们大哥的麻烦,这样目中无人,太不像话,欺人太甚了。找人教训他一顿,给他点颜色瞧瞧,让他长长记性,识相些,看他还摆不摆谱。"

黄山说:"李忠新是赵老板的发小兄弟,不能把事情做大做绝了。找两个混混弄伤他的腿子或膀子,给他个警告就行了,不能伤他的性命,弄出事来,大哥知道是不会放过我们的。"

王陆说:"这件事我来办,每人出一千元钱。"

王陆找了社会上两个小混混,先给每人五百元钱,交代说:"你们用棍子打伤东风面粉有限公司工会主席李忠新的腿子或膀子,不准伤他性命,事成后,再给你们一人一千元。"

一天,李忠新到上级开会晚上回来,走进一条灯光阴暗的胡同时,两个混混拿着棍子尾随在后,在灯光阴暗处,一个混混挥舞棍子,突然打向李忠新的腿子。李忠新听到棍子呼风声,棍子已经打在腿上,痛到心里。他回头一看,两个歹徒舞着棍子对他行凶,大喝一声:"放下武器,缴枪不杀。"两个歹徒吓了一大跳,另一个混混愣一愣神,又舞起棍子打向李忠新膀子,李忠新一闪身子,让过棍子,顺势一拳打在歹徒脸上,歹徒丢掉棍子,双手捂着脸,疼得直叫唤。另一个歹徒又舞起棍子打向李忠新腿子,李忠新迅速移动脚步,让过棍子,顺势来个扫堂腿,把歹徒踢倒在地上摔了个狗吃屎。两个歹徒见势不妙,爬起身来,拔腿就逃。李忠新想追上去，感到腿部疼痛，眼看着歹徒逃之夭夭。

两个混混找到王陆，王陆问事情办得怎么样？一个混混说："我们打伤了他的一条腿。这个人是个不怕死的人，人高马大，我们两根棍子乱舞，他一点儿也不惧怕，而且身手不凡，我们不要他的命，他差点要了我们的命，幸亏逃得快，险些被他抓住。我的脸被他打肿了，他的腿被他踢瘸了，我们两个人不是他的对手，好厉害。"

"他当过兵，打过仗。"王陆说。

"我的妈呀，这不是找死吗？早知道他是这样的人，打死我们也不敢惹他，好险呀！"一个混混说。

王陆把两千元钱给了混混，叫他们到外面去躲一躲，警告混混今后谁也不准再提这件事，谁敢说出来就叫谁去坐牢。

李忠新回到家里，王兰看他走路一瘸一拐的，连忙问怎么回事？李忠新告诉她，路上被歹徒暗算，挨了一棍子。王兰捞起李忠新的裤管，看到一大块青紫，赶紧拿来药箱敷上药。问李忠新要不要到医院去看看。李忠新说："不碍事，不要大惊小怪的。"

"你到地方工作没有得罪什么人，是谁这么大胆，对你下毒手？"王兰问。

"歹徒没有袭击我的头部，看来不像是要我的命，有人在警告、恐吓我。"李忠新说。

"赶快报警吧。"王兰说。

"小打小闹的混混，不是我的对手，我会处理的。"李忠新说。

夜里，李忠新想了很多。第二天，李忠新告诉赵洪才昨天晚上遭到歹徒袭击的事情，赵洪才听了吃惊地说："报警吧。"

"歹徒是晚上在阴暗处袭击我的，很难破案的，白花力气和时间，不是大不了的事情。不过歹徒也没有占我多大的便宜，我当过兵，面对歹徒不会惧怕，绝不会手软，一有机会就抓住他们绳之以法。不过歹徒袭击我很蹊跷，我到地方工作得罪人不多，你和我一起明察暗访，弄个水落石出。"李忠新说。

赵洪才听出李忠新话语中的意思，他晚上和一帮酒肉朋友见面问："昨天晚上我大哥李忠新遭遇歹徒袭击，是不是你们派人干的？"黄山、王武、王陆面面相觑，支支吾吾。王陆说："没有呀，没有你发话，我们哪敢动他，伤得重不重，要不要我们去看望看望，慰问慰问？"

"我现在是内外交困，焦头烂额，你们不帮我还胡来，惹是生非，节外生枝，分明是给我添堵，这样不够朋友吧？"赵洪才说。

"你是我们的大哥，才向着你，李忠新算哪根葱呀？"王武说。

"过去我告诉过你们，李忠新是我的结拜兄弟，我从小听他的，得罪他就是得罪我。今后你们对他放尊重些，谁再敢动他一根毫毛，我知道了，决不手软，决不轻饶！"赵洪才认真地说。

"大哥哎，你怎么说，我们怎么做，听你的，不敢乱来的。李忠新和我们无冤无仇，我们何必吃饱了撑的，没事找事做冤大头呢？如果李忠新以后敢得罪大哥，只要你说句话，我们一定摆平他，替你出口气。"王陆说。

东风面粉有限公司停产三个车间，动员职工下岗，吵闹的、痛哭的，让人揪心。赵洪才、李忠新合力做职工的思想安抚工作。经过两个多月的努力，公司人员安定下来。赵洪才把停产的三个车间地皮出售给房地产开发商，收款三千六百万元，偿还了银行到期的贷款，补发了拖欠职工的工资，兑现了承诺给下岗职工和退养人员的费用。

公司还欠银行一千二百万元贷款，眼看要到期。赵洪才找到银行负责人协商延长还款期限，再贷部分资金用于公司生产经营周转。银行负责人对赵洪才说："你们公司的信誉今非昔比，现在是自负盈亏，出了风险谁承担？再贷款是不可能的，快到期的一千二百万元贷款是必须还的，不然我行派人住在你公司收货款还贷款，你公司还是无法运转的。"

赵洪才没有办法，只得找一个投资商，将进口面粉车间百分之四十五的股份转让，筹资一千五百万元，归还银行到期贷款，余额三百万元留在公司周转。

公司安定下来后，赵洪才对李忠新说："你今年五十五周岁，和我同甘共苦还是退养？想清楚告诉我，如果退养我给你一笔安抚费。"

"安抚费多少？"李忠新问。

"三十万元。"赵洪才说。

"这件事情让我想想再答复你。"李忠新说。

晚上，李忠新回到家里告诉王兰说："如果现在我从公司退养，二弟答应给三十万元安抚费。"

王兰想想说："钱是一个好东西，人见人爱，不过不是你的最好不要拿，公司其他退养人员没有安抚费，给你这么大的一笔钱，你敢要吗？横财不富穷人命，拿这笔钱不但烫手，而且睡觉也不安稳，这是何苦呢？现在吃不愁、穿不愁，我想过过安稳日子，你说呢？"

"我也是这样想的，公司几百个工人下岗，如果他们找不到工作,吃饭都成问题,我拿这笔钱既不合理也不合法,哪能心安理得呢?我赞成你的想法,钱财是身外之物,不该拿的不要拿,干干净净地退养,清清白白地做人。"李忠新说。

"我同意你这样做,日子过得虽穷些,但心里踏实。不过你才五十五岁,没有到退休年龄,能否给上级领导说说,重新安排个工作再干几年?"王兰说。

李忠新想想说:"一群炮弹落下来,战友倒下一片,如今我还活着,这是多幸运呀,现在有饭吃、有衣穿,应该满足,国家培养我多年,有困难时应该勇敢面对,没有必要提要求麻烦领导,退下来有生活费,看看情况静静心再说,有机会再做些力所能及的事情。"

李忠新拿定主意,告诉赵洪才,办理退养手续,安抚费不要。

赵洪才说:"人各有志,不能勉强。"公司给李忠新办了退养手续,每月发给他五百三十元生活费。

晚上,李忠新回家对王兰说:"退养手续办下来了,每月有五百三十元生活费。"王兰听了吃惊地问:"为什么钱这么少?"

"企业现在没有干部编制了,全部是职工,我当然也是职工,享受职工待遇。"李忠新说。

"你当兵前是当老师参军的,前几天接你班的卞老师退休了,每月拿三千多元退休金呢。你当了二十年兵,现在退下来拿这点儿钱,你不计较吗?"王兰问。

"计较这些,我就没有穿过军装。党培养我几十年,从农村青年成为团级干部,有双手,应该能苦到饭吃的①。公司几百个工人下岗找饭吃,我作为领导干部无力相帮,还拿生活费,心中很愧

① 方言。

疚，今后我得想办法让身边的人有事做、有饭吃，还要帮他们富起来，这是我的心愿和使命。不过，我的工资不是比你多三十元吗，计较什么呢？"李忠新笑着说，

"你呀，总是心宽宽、坦荡荡，今后你能找到事做吗？凭你一个人的力量能改变现状吗？"王兰说。

"市场经济，只要用心，遍地黄金。一个人的力量是微不足道的，只能做做平凡的事情，千千万万的人都这样做，什么不平凡的事情都有可能发生。"李忠新说。

再说赵洪才千方百计让公司摆脱了困境、渡过难关，仍然担任董事长。好了伤疤忘了痛，仍然每天夜不归宿，吃喝玩乐依旧。杨明珠无法忍受，和赵洪才签了离婚协议，她从公司办了退休手续。

东风面粉股份有限公司一些下岗的干部职工不服气，联名状告赵洪才，上访市政府，告他贪污腐化，把好端端的企业搞垮了。上级派人来翻过几次账，结果不了了之。政府换届选举后，一位新检察长上任，公司上访人员把有凭有据的材料放在新检察长面前，新检察长是个铁面无私的"包公"，看了揭发材料拍案而起，对告发人员说："如果材料属实，我会给你们一个公道的答复。"

新检察长将东风面粉股份有限公司改制前后的十年账册送到县公安局，请四位财务专家审计。一周后赵洪才被抓，公安人员抄了杨明珠的家，仅翻到一千六百元现金。公安人员赶到香妹子住处，人已经溜走，房子也换了主人。在赵洪才的个人银行账户上封存了七百九十万元资金，经过六个月的审查，赵洪才犯贪污罪被判刑十六年。

李忠新回家告诉王兰赵洪才服刑的事。王兰说:"冬瓜有毛,茄子有刺,丈夫有权,妻子有势,好多有权的丈夫坏在贪财的老婆手里,杨明珠忠厚老实,金钱面前从不伸手,为什么二弟会犯罪呢?"

"改革开放,发展市场经济是一场革命,也是一次大浪淘沙,理想信仰丧失、革命意志薄弱者倒在黎明前是正常的事,社会变革是最考验人的。"李忠新说。

李忠新夫妻俩决定去看守所看望即将服刑的赵洪才,劝说杨明珠一起去。杨明珠说:"雪怕太阳情怕伤,他那样伤我,我还去看他做什么?"李忠新说:"他无情,你不能无义,看在过去夫妻的情分上去看看他吧。"经过李忠新耐心劝说,杨明珠只得把赵洪才春、夏、秋、冬的衣服打成一个包袱,和李忠新、王兰一起到看守所探视室。赵洪才隔着玻璃看到李忠新、王兰、杨明珠来了,声泪俱下。赵洪才在电话机里对李忠新说:"我成长的道路遇到很多挫折,胸怀大志,想干一番事业,功成名就之后,好大喜功,对头顶上的光环沾沾自喜,经不起社会变革的考验,麻痹大意,自以为是,在困难面前又不愿再奋斗,自甘堕落,贪钱、贪色、贪玩,对大哥的忠告当耳边风,漠视法律,结果毁了公司、毁了家庭、毁了自己。"赵洪才边说边流下了悔恨的泪水。

李忠新说:"你醒了、明白了就好,我做大哥的也有责任,站在岸边望船沉,没有全力拉你上岸,害你身陷囹圄,事到如今只有接受改造,争取早日回来,我们哥俩聚聚谈谈心。"

"兄弟一场,真心相待。今后能不能和你一起回趟老家,做一件好事,钓一次鱼,看看家乡的变化,恐怕成了梦想。"赵洪才叹了口气说。

第三章 凤凰桥

"别难过,今后的路还很长,有兄弟相会的时候。"李忠新说着,眼睛里眼泪忍不住流,回头对杨明珠说:"弟媳妇,和二弟说两句吧。"杨明珠不肯,王兰拉她到玻璃窗前,把话筒交给她。杨明珠看到赵洪才又瘦又黑,憔悴苍老,顿觉肝胆俱裂,泪湿衣衫,本不该理睬这负心汉,实在难舍过去非同一般的夫妻情。还是赵洪才先说话:"人家说夫妻本是同林鸟,大难临头各自飞,你是我的好妻子,是我辜负了你,如果有来世,再做夫妻,我一定珍惜。"

"过去的事不要说了,你的衣服交到上面去了,儿子那边我会照顾的,你多保重。"杨明珠刚说完话,听到一声"探视时间到"。王兰对着电话机说:"二哥,争取早点回来,我做红烧河鲫鱼给你吃。"赵洪才向王兰点点头,眼泪像线一样流下来。

赵洪才被狱警押着走进去了,李忠新、王兰、杨明珠望着他的背影,难忍心酸,泪流满面,差点儿哭出声来。

丰田听到赵洪才判刑送监狱的消息,连忙赶到城里,李忠新告诉他说:"二弟昨天送监狱服刑了。"

丰田听了叹口气说:"人生如梦,世事难料。二哥一生奋斗,曾经光彩照人,吃不焦,穿不愁,走得动,行得开,人面子上的人。没想到今天成了贪污犯、阶下囚,他这辈子真是英雄行干净①。一个人活在世上,吃、喝、拉、撒是一样的,生、老、病、死谁也躲不过,金钱生不带来、死不带去,何苦捞那么多呢?是社会上的不良风气害了二哥。现在贪官污吏太多了,台上说的比唱的好听,暗底下到处伸黑手捞钱,东山老虎吃人,西山老虎也吃人,画龙画虎难画骨,知人知面不知心。这些贪官污吏个个是虎,张着

---

① 方言。

血盆大口，吃人不吐骨头。我儿子在招工时，二哥收我一千元红包，心中就有不祥之兆，不想现在应验了。"

"你不要这样看社会，也不要这样说二哥。二哥没有收你的红包钱，你的一千元红包，在你儿子招工时招待人用了，我亲眼所见。我们对待犯罪的人，不能墙倒众人推、落井下石。二哥曾经为他人、为社会做了不少有益的事，对你对我，他是真心的。"李忠新说。

"实在对不起，错怪二哥了。"丰田懊悔地说。

随着粮食市场全面放开，李忠新在粮食部门工作的儿子、儿媳、女儿、女婿全部下岗，闷闷不乐地蹲在家里，大眼瞪着小眼，闲着没事做。王兰每天在家里一边照看孙子、孙女、外孙女，一边买菜烧饭做家务，保证全家一日三餐有饭吃。

一天晚上，全家吃完饭后，王兰边收拾碗筷边说："开门七件事，柴米油盐酱醋茶，缺一样都不行。儿女们下岗吃饭是不成问题的，我和你爸爸每月有一千多元退休金，老百姓吃的鸡、鱼、肉、蛋，每天有一样上桌，豆腐、卜叶、青菜、萝卜随便吃，一日三餐大米饭、大米粥是不上计划的，我会勤俭持家过日子。不过俗话说：吃不穷、穿不穷，不会算计一世穷。儿女们年纪轻轻，闲在家里不是个事，应该想想办法，动动脑筋找点儿事情做做才好。"

"真是世事难料，原来说到粮食部门工作有前途，是'铁饭碗'，眼一眨，黄母鸡变雄鸭，下岗没事做了。这么大的变化谁能想得通呀？"儿子李军说。

李忠新看看下岗的儿女们说："不要被眼前的困境所烦恼，时代一旦被推上高速发展的列车，新制度产生，旧制度被废除，许多人将会改变命运。国家放开粮食市场，受到冲击最大的是粮食部门职工。粮食计划供应时，粮食职工国家给饭吃，粮食市场放开了，大部分粮食部门职工将会下岗自己找饭吃。从另一方面看，粮食市场放开，说明我国粮食供应充裕，我们不再凭粮票买粮、买米，不再有吃不饱饭的日子了，这是千古以来没有过的大好事呀！"

"像你这样说，粮食市场放开倒是件好事了，可是，我们都下岗了，今后的生活怎么办呀？"李军问。

"生活对每个人来说都是公平的，不会因为你贫穷而放弃你，也不会因为你富有而讨好你。人生嘛，是有起有伏的，总会有挫折的时候，有挫折更能激发你的斗志，下岗了，并不可怕，每个人要勇敢地站出来面对现实，想办法创造自己的未来。"李忠新说。

"这么多人下岗，创业、就业，面临的困难大着呢。"女儿李敏说。

"困在家里，想到的、看到的全部是困难，走出去看一看、闯一闯，也许能够找到出路。市场经济，自主择业，更有活力，我们要走出去找到适合自己的事干，勇敢地闯出属于自己的一片天地，只要努力，成功也许就在明天。"李忠新说。

"过去我们做粮食供应工作心里还是有个底的，眼前找个什么事做呢？重新创业能行吗？今后的路怎么走呀？"李军问。

"事业可以开创，道路可以开辟，三十六行，行行出状元，有志者事竟成，人要找事干，有事干生命才有意义，时间不等人，机遇也不等人。我今年五十五岁，可以说年富力强，还是奋斗的年龄，心里也不愿意闲着，重新找个事做做，体现一下自我价值。你们是年轻人，朝气蓬勃，社会生活刚刚开始，应该找机会实现自我价值。我们一起努力，寻出路，找事做，苦饭吃，①你们说这样做好吗？"李忠新说。

"爸爸带头，我们跟着你干，你叫干啥就干啥。"李军说，一家人也全部响应。

"好，你们这样说，我心中就有底气，你们下岗的四人中，一个人是大专文化，三个人是中专文化，本身是一笔财富和本钱，相信你们每个人身上都有无穷无尽的潜能，把你们每个人的潜能发挥出来，会出现意想不到的成果。我领个头，带你们找事做，不要名利、不计报酬，把你们领上路，算是我为家庭、为社会贡献余力了。"李忠新说。

李忠新给下岗的子女上了一堂重新创业的动员课，又深思熟虑了几天，召开家庭会议，决定开粮油门市，做粮油生意，当个体户。他告诉大家：粮油生意是我们每个人的老本行，虽然赚不了大钱，但风险小，少走弯路，我们有了事做，赚点钱养家糊口是不成问题的。再说，粮食市场放开，城市居民还是要吃饭的，粮油供应还必须有人来做。民以食为天，我国人口多，吃饭问题永远是个头等大事，手中有粮，心中不慌，人人有饭吃，才有条件发展经济、富民强国。粮食职工下岗做粮油个体生意，重操旧业，轻车熟路，也许是个机遇。

于是，李忠新把子女下岗的补贴费集中起来，加上王兰平时节省下来的钱，一共凑齐十万元，既当本钱，又当股金，投入粮油门市生意。一家人明确分工。李忠新为掌门人，儿子、女婿为采购员、推销员，女儿、媳妇为门市营业员，王兰负责家中后勤保障，

---

① 方言。

保证一日三餐，分工不分家，全家一盘棋。

人不是有梦想吗？有梦想就有奔头，人不是想致富吗？那就自己动手，勤劳致富。嘴动不如行动，一家人积极筹备开粮油个体门市。李忠新找到市粮油贸易有限公司董事长宋荣华，和他协商开粮油门市、做粮油生意的事宜。宋荣华是李忠新高中读书时的同学，他对老同学李忠新来租门市创业既欢迎又支持。把公司连在一起的大门面房两间，以每间每月四百元租金和市场内五间闲置的小门面房，以每间每月五十元的租金，出租给李忠新，双方签订十年租赁合同，房租半年结清一次。为支持李忠新开粮油个体门市，宋荣华赠送一套售油器，二十只装三百七十斤的食用油桶给李忠新门市周转使用。

李忠新租好门市，办齐营业执照，正式开业。他带领儿女们从小本生意起步，经营粮油为主，一心一意为民服务，先做米、面、油、糖、烟、酒零售生意。刚开始门市生意清淡，顾客少，一天下来两个门市营业额只有千把元，赚的钱只够交房租费。儿女们心里着急，李忠新开导说："万事开头难，路要一步一步地走，饭要一口一口地吃，钱要一分一分地赚，现在赚点钱够交房租算是成功了，你们有事做了，慢慢积累做生意的经验，只要真诚对待客户，会有回头客的，我们会有钱赚的。"

李忠新为了把门市生意做起来，一面坚持质量第一、诚信至上、优质服务的原则，一面请老战友、老同学帮助宣传，介绍客户。带领儿子、女婿到饭店、小粮油店推销粮油商品。门市的客户渐渐增多，生意越来越好，李忠新又租赁连在一起的两间大门市，一共四间门市，一间卖食用油，一间卖大米，一间卖面粉，一间卖五谷杂粮。四间门市坚持价廉物美，薄利多销，一厘一分地赚钱。一年生意做下来，盘家底，实现利润五万多元，补交了儿女们下岗后的医疗、劳动保险费，余额两万多元，投入新年度生意。

　　李忠新带领儿女勤勤恳恳、稳扎稳打做了三年粮油门市生意，手中积累了五十多万元资金，尝到了甜头，摸到了路子，增添了信心。他决定增大生意量，他知道粮油买卖是微利生意，想多赚钱，除在市场上做到信息灵、测价准、应变快，在诚信、质量、价格上占优外，必须有一定的销量，在市场上有知名度和占有一定的份额，把粮油生意做大做活才能创造更多的利润。于是，李忠新开始做批零兼营的生意。增加粮油销售量必须有储存粮油的周转仓库。李忠新看到市粮油贸易有限公司有十亩空地闲着，找到老同学宋荣华协商，以五万元一年的租金，租用十年，按年付租金。李忠新在租用的土地上，砌了十幢平板活动房，做粮油仓库，浇灌一块平整的水泥场地，作为粮油货车上下货的场地。先后签订一个食用油厂、一个面粉厂、两个米厂产品专销合同，获得销售权。食用油销售以品牌包装油为主，大米销售以本地粳米、东北米为主，杂粮销售以花生米、玉米、芝麻、大麦糁子、豆类为主，同时在本市七个县设立粮油代理批发点，直接把货发到代理批发点批发。李忠新的粮油生意越做越大，生意越做越远，各种粮油产品日销量达到三四十吨。经过五年打拼，粮油销量形成规模，积累了三百多万元利润。

　　李忠新带领儿女们自主创业，做粮油个体生意取得了很好的成绩，市政府有关部门组织工作组检查了李忠新创业的粮油门市，表扬了李忠新坚持质量第一、信誉至上、诚信为民服务的精神，肯定了他为稳定全市群众粮油供应做出的贡献。在报刊、电视上宣扬了他的创业精神，开的粮油店被列为市政府惠民工程，授予"放心粮油店"牌子，李忠新被市政府评为军转干部创业模范。

李忠新开的粮油店受到市政府的肯定和表彰，生意更红火，粮油批发市场每天车水马龙，客户踊跃前来批米、面、油、杂粮，粮油批发市场成为当地驻军、学校食堂、饭店的专供粮油店，是全市粮油供应集散地之一。

李忠新做粮油生意脚踏实地，稳字当头，适应市场需求采购货物，测准价格在市场销售，在真诚为群众服务中赚取微利。他说："资本积累是个长期的过程，有多大的资本做多大的生意，冒险的事不做，无把握之仗不打。"到进货旺季有时候资金不足，女儿建议到银行贷款补充，李忠新不同意。他说："生意本身是有风险的，特别是粮油生意，它是微利买卖，从银行贷款必须偿付利息，用贷款采购的粮油要周转多少次才能把银行贷款利息赚回来呀？自有资金，出了风险好承担，大不了从头再来，银行的钱出了风险用什么还呀？冒风险的事不要做。"他坚持用自有资金做买卖，一步一个脚印往前走。

李忠新带领儿女们经过七年稳扎稳打、艰苦创业，手中终于积累了一千五百万元资金。有人对他说："有钱投入房地产开发市场中去，容易赚大钱。"李忠新说："隔行如隔山，摸不着路掉进河里会淹死的。"有人劝他投资高利贷，赚钱来得快。李忠新笑着说："我做粮油生意周转十多次，利润也赚不到百分之十，有人用高达百分之十，甚至百分之十以上的高利吸储，钱是从天上掉下来的？高利吸储是吸人眼球的，钱落到这样的人手里搞不好连本钱也拿不回来，这种事情敢碰吗？"

李忠新把积累的资金全部存在银行里，看准机会再投资。一个投资机会终于摆在李忠新面前，市粮油贸易有限公司董事长宋荣华即将退休，但公司欠外债六百多万元，天天有人在公司催债，公司无钱偿还。宋荣华请示粮食局，答复欠债还钱自己解决，如出售公司股份和资产，前提是先归还市粮食局两百万元股本，收购单位必须承担公司一切债务，接收公司所有股东和职工。

宋荣华无法筹钱还债，找老同学李忠新协商。李忠新答应收购他公司全部股份，接收全部职工，偿还全部债务。收购合同经粮食局同意后，李忠新替宋荣华偿还了六百多万元债务，偿还了市粮食局两百万元股本，十名股东股本以现金方式兑现收购，二十二名职工全部留在公司工作。原市场五名管理人员位置不变，仍然负责管理市场。六名女工安排在杂粮小包装工作间上班，包装杂粮小包装。儿子李军利用互联网，在网上建立杂粮小包装销售平台，每天按订单发货上千件，把五谷杂粮小包装销往全国各地，生意越做越好、越做越大，让李忠新看到了网络销售的力量和前景。他推选五名年纪比较大、有责任心的职工当仓库保管员，负责收发仓库物资。其余职工当公司推销员，除发基本工资外，推销的产品利润按百分之二十兑现给个人。

一夜春雨草返青，成事全凭有心人。李忠新成功收购了市粮油贸易有限公司全部股份和财产，公司名称不变，他出任董事长。李忠新、王兰共同持有百分之六十股份，四个儿女各持百分之十股份，李忠新终于有了一片奋斗的天地，从此粮油市场生意兴隆通四海，财源茂盛达三江，市粮油贸易股份有限公司焕发出新的青春活力。

　　公司共有十八间大门面房、四十八间小门面房、占地十亩的平板房仓库。门面房除了留给公司经营，其余门市全部出租给个体粮油经营户，市场从业人达到一百多人。公司聘用农民工八人，主要负责公司运粮油货物货车下货、上货，按吨位计酬。每天李忠新早早来到公司上班，检查公司运行情况。在公司停车场上，工人忙着上货下货，货车一到，将有的货物直接下到另一辆车上，直接发给客户或批发点，有的货物下到仓库，按调拨单发给客户。从早到晚，粮油市场上车水马龙，人来人往，川流不息，生意红火，秩序井然。偶尔有商务，李忠新认真接待，把客户请到办公室，端上茶，耐心听取客户意见，提出解决办法，直到客户满意为止，诚心诚意为客户服务。随着公司粮油经营量越来越大，经营效益越来越好，李忠新关心公司职工的收益。原来公司职工每月工资只有一千八百元，现在按三千元发，每月按照业绩兑现奖金，定期缴纳劳动保险费用。销售人员每月收入达到四千多元，农民工多劳多得，旺季月收入达到五千余元，月月兑现。

　　粮油市场越来越红火，李忠新注意加强市场职工管理和职业道德教育，教育从业人员做生意诚信为本、质量第一，严禁粮油质量以次充好、包装无计量的问题出现。无论富有和贫穷，永远保持艰苦奋斗的精神，远离赌博、吸毒、高利贷等有害的东西，靠勤奋劳动赚钱致富，督促检查粮油市场从业人员全部参加劳动保险，让市场每个家庭过得幸福美满和年老了退休生活有保障。李忠新在粮油市场建立党支部，每年发展十多名优秀个体粮食职工入党，让党员活跃在粮油市场上，发挥先锋模范作用。李忠新带头做好样子，

| 凤凰记 |

公司越来越富有，但他一点儿也不像有钱的老板，平平淡淡地过日子，简简单单地生活。早上一碗粥，一个黄烧饼，萝卜干子咸①。中午一碗饭，一条红烧鲫鱼或慈姑红烧肉、青菜豆腐汤。晚上一碗杂粮粥，两只馒头，一碟咸菜。有时王兰叫他吃点儿好的，他说："人的生活应该简单些，好的吃多了，身体会发福发胖的，有钱难买老来瘦嘛，好东西应该给细小的吃，孩子正是长身体的时候。我吃得饱、穿得暖就满足了。"李忠新用艰苦奋斗、勤俭节约的精神，一步一个脚印、一厘一分地积累财富，他并不把钱看成是个人私有的，他个人从不在公司拿报酬。他说："我的工作和努力是为身边的人有事做、有饭吃、富起来的，钱来自社会应该反馈给社会，应该用来发展事业，为民造福的。雁过留声，人过留名，留点美好在人间。"

一天，市文东区政府主任蒋友成找李忠新协商利用公司十亩地和周围零散地建居民廉租房事宜，二人一谈就合，双方共同出资，在这块土地上建六幢六层住宅楼，第一层为门面房，二至六层为住宅楼。靠公司路边建一座十六层宾馆酒店，在地下建停车场。住宅楼竣工后，酒店和门市为公司所有，住宅楼中的五幢由文东区政府出租，一幢由公司出租，项目筹建由李忠新公司负责。

酒店、廉租房的设计图纸经上级批准后，李忠新请在第三建筑公司当经理的侄子李明来，对他交代说："我把工程项目委托给你公司筹建，由你全权负责，不搞招标、不收回扣，如果有权钱交易、请吃送礼，我发现一次查处一次，严肃处理。我要的是质量、速度、合理的价格。你把图纸拿回去，方案要包含建筑内外装潢测算价格、项目开工日期、竣工日期，十五天内把方案交给我，如果

---

① 方言。

审计合理,我和你公司签订施工合同。"李明表态说:"叔叔把这么大的工程项目交给我,我一定尽心尽责、保质保量完成任务。"

十五天后,李明把造价、开工、交付日期送来,总造价六千五百万元。李忠新请专家审计后签字同意,对李明说:"我预付工程款六千万元,专设账户,专款专用,一次性支出超十万元,双方签字生效,每年支出审计一次,工程竣工验收合格后再付五百万元。"双方董事长出面,签订了施工合同。

李明接到工程项目后,调集公司精兵强将进场施工,并担任项目负责人。他知道叔叔是个说话算数、办事认真的人,如果被他发现差错,吃不了兜着走。工程项目资金在专用账户上,施工不用公司到银行贷款垫付资金、增加费用,踏破铁鞋也难找到这样的施工项目。关键时刻,李明吃住在工地,督促检查施工质量和进度。经过两年三个月的施工,全部工程竣工,经有关部门验收合格后,李忠新付清了五百万元工程余款。

大酒店建成后,李忠新题写了"凤凰大酒店"招牌,酒店具备办五十桌中档宴席的规模,宾馆有一百二十张客人床位。李忠新以一百三十万总年薪聘请了地方特色菜师傅承包厨房全部操作,以办中低档酒宴为主。凤凰大酒店聘请会计师事务所承担财务审计工作。聘请消防部门给大酒店当参谋,配齐消防设施,建立健全安全制度。聘请保安担任大酒店治安工作。调整公司领导班子,聘任儿子李军为公司副董事长,女儿李敏为财务总监,女婿为市场部经理,儿媳为宾馆部经理。

随着凤凰大酒店开业,公司从业人员紧张,缺员严重,李忠新头脑中第一次出现招工概念,决定招收宾馆、饭店女服务员八名。公司贴出招工广告，招工条件是十八周岁至二十二周岁高中毕业的女青年，品貌端正，体检合格即录用为公司正式职工。广告贴出后，报名二十八人，经过目测体检，留下十六人，由董事长目测选用。

有的女青年看到招工待遇优厚，打听董事长的爱好。有人开玩笑说："董事长当然喜欢漂亮的女孩子。"选用目测这一天，有两位姑娘专门到化妆店化妆，描眉毛、涂口红、染指甲，把头发染成灰色，打扮得漂漂亮亮地到公司应聘。

董事长李忠新目测录用结束，六名穿着朴素的农村姑娘被录用，其中有一名是大专生，城里两名没有化妆的姑娘被录用。两名化浓妆的姑娘落选后不服气，找董事长李忠新讨说法。

李忠新热情地接待了两位姑娘。一位姑娘说："我为了到公司大酒店工作，化妆费用去一千多元，董事长为什么看不上眼呢？"李忠新说："从招工报名表照片上来看，两位姑娘品貌端庄，当宾馆、酒店服务员是没有问题的。你们应该明白宾馆、酒店服务员基本的要求是身体健康、自然美，工作时手上不允许佩带金饰品的，而你们把头发染成灰色，描眉毛、涂口红、染指甲，用了这么多化妆品，能当服务员吗？"

"董事长，现在化妆不是时尚吗？"另一位姑娘说。

"时尚是社会的新生事物，应该体现在人的富足和幸福上，当然化妆也是时尚。爱美之心人皆有之，何况你们年轻的姑娘，打扮打扮，显得精神漂亮，无可厚非。但过分地化浓妆，是当模特还是当演员呀？你俩化了妆，我真不知道原来的你们是什么样子了。中国人有中国人的形象和美，用不着假装。保持自然美、内在美是很重要的，姑娘们懂吗？"李忠新说。

"我们做得有些过分，如果不化妆，董事长能不能录用？"一位姑娘说。

"对不起，这次招工的录用名单已经公布了，公司以后还要招工，如果你们能听懂我的话前来应聘，我会优先考虑录用的。"李忠新说着走出接待室。

一天，吴海带着一位姑娘来到李忠新家里，王兰看到后高兴地招呼俩人坐下来，吴海给王兰介绍说："伯母，她叫陈萍，是我的高中同学，也是我的女朋友。"王兰拉着陈萍的手，上下打量，看到端庄稳重的样子，心里满意。问："姑娘在哪里工作呀？"吴海接过话说："我刚下岗，到驾校学习了汽车驾驶技术，拿到了驾驶执照。陈萍在一家超市做临时工。"

"你们到了谈婚论嫁的年龄，什么时候结婚啊？"王兰问。

"陈萍妈妈还没有点头同意呢，爷爷奶奶去世了，说我家提亲的人也没有。"吴海说。

"谁说你没有亲人了，伯父伯母不是你的亲人吗？你从小还喊过我妈妈呢。"王兰说。

"我知道伯父伯母是我的再生父母，所以想请伯父伯母为我提亲。"吴海说。

王兰想想说："中午你们在这里吃饭，我和你伯父商量看看，能不能把你们调到公司来上班，先解决工作问题，再谈婚姻大事。"

"当然好。"吴海说。

中午，李忠新回家吃饭，看到吴海、陈萍来了，也很高兴。王兰对李忠新说："吴海下岗，考了驾照，陈萍在超市做临时工，请你帮帮忙,把他们俩调进公司,安排个事做做,有个稳定的工作,行吗?"

"行呀,明天把档案材料送到公司来,俩人到公司上班,吴海在宾馆部当驾驶员,陈萍到市场部当收银员。"李忠新说。

王兰对吴海说:"你到公司,主要当大伯的驾驶员。伯父年纪大了,又有高血压,你在他身边工作,好好照顾他。如果你每天回家路远,上下班不方便,叫伯父安排一套廉租房给你,以后也可以做结婚新房用。"

吴海点头同意。

王兰问李忠新:"和你商量商量,能不能照顾吴海一套廉租房呀?"

"你说了算。"李忠新说。

"喂,不是我说了算的,公司的事情要你点头才有用呢。"王兰说。

"我不是同意了嘛,你说的事哪件没有照办呀,夫人!"李忠新说。

"夫人?多大点官似的,不敢当,我还是在这个家里当当用人吧。"王兰笑着说。

"你在家里当用人,我在外面当仆人,一起为家庭谋幸福,为社会谋安定。我有今天的成绩,有你一半的功劳。"李忠新说。

"罢罢罢,少给我戴高帽子,嘴皮子磨不过你。吴海也是我们的孩子,你把吴海小两口的事办好,说明我在你的心目中还有点儿分量。"王兰说。

第二天,吴海被安排在宾馆当轿车驾驶员,陈萍被安排在市场部当收银员。李忠新有事外出由吴海开车接送。

第三章 凤凰桥

一个星期天，李忠新、王兰备好礼品，叫陈萍回家告诉她父母，他们要亲自到她家提亲。陈萍父母已经知道吴海、陈萍被大伯父公司招为正式工，分到一套廉租房，心里很满意。看到李忠新夫妇开着轿车、带着礼品上门提亲，高高兴兴地答应了亲事。婚期定在下月十六日，办婚宴由李忠新负责安排，在凤凰大酒店举办，叫陈萍父母把来客名单提供给大酒店，李忠新请酒店员工帮忙，布置好结婚新房，王兰给新房买齐家具，配齐日用品，方便小两口日常生活。在吴海、陈萍的婚礼上，李忠新、王兰以父亲母亲的身份送上祝福，热热闹闹办了喜事。当王兰把小两口送进新房后，站在新房楼下，拉着李忠新的手，望着天上眨眼的星星说："吴江、林赛飞天上听着，你们的儿子成家立业了，他们是你们的儿子、儿媳，也是我们的儿子、儿媳，你们同意吗？高兴吗？"

粮油市场和凤凰大酒店的生意走上正常的轨道，李忠新每天上班处理日常事务，到市场、酒店检查工作。一天，李忠新到酒店检查工作时，每到一处，员工都恭敬地起身致礼问候，唯有一人坐在柜台内没有起身打招呼。吴海把这个情况告诉了李军，李军立即召集酒店全体人员开会，对大家说："今后董事长到酒店来检查工作，任何人都要站起来致礼答话，如果有人做出不礼貌的事情，轻则处分，重则走人。我告诉大家，公司的每一分钱都是在董事长的领导下挣来的，董事长是从部队转业到地方来工作的，从开小店起家，经过十多年的努力才一步一步发展到今天的规模，这一切归功于董事长的聪明才智、无私奉献。董事长十多年来，个人没有在公司拿过一分钱报酬。过去，董事长从企业退下来，每月工资五百三十元，和我母亲退休工资五百元，养活一家人，现在董事长有政策补助,每月工资有六千多元,无论他有钱无钱,始终保持普通一兵的本色,每天辛勤劳动,不求自己富有,而求我们这一代人有个稳定的工作和生活,让我们一天一天地富起来。请问大家,这样的长者,我们要不要尊重?"

"要!"全体职工一起回答。

李军到董事长办公室向李忠新报告说:"你到大酒店检查工作,有职工不站起来致礼,我对全体职工进行了教育。"

李忠新说:"对职工进行思想政治教育是必要的,物质文明和精神文明是相辅相成的,要教育职工树立社会主义核心价值观,爱党、爱国、爱企业、爱本职,学会做事、做人、做关心社会的公民。我到酒店检查工作,那位职工没有站起来问候我,我也注意到了。据我了解,这位职工平时对工作是很负责任的,或许他在处理什么要紧的事,没有问候我,这不等于不尊重我。作为领导干部为人做事应该宽宏大度,学会饶恕人,宰相肚里能撑船嘛。不是原则问题,忍一忍风平浪静,退一步海阔天高。"

又有一天,李忠新到酒店检查工作,职工们纷纷站起来问候:"董事长好!"李忠新发现一名女职工眼睛红红的,就问:"你叫什么名字?"

"谢汉芬。"女职工回答。

李忠新回到办公室,对李军说:"把酒店职工谢汉芬叫来。"

李军领着谢汉芬来到董事长办公室。李忠新走出来,示意李军、谢汉芬在沙发上坐下来。

"小谢,发生什么事了吗?"李忠新问。

"董事长,我没事呀。"谢汉芬回答。

第三章　凤凰桥

"眼睛红红的，好像哭过，什么原因可以告诉我吗？"李忠新问。

谢汉芬愣愣地说："妈妈病了，要住院开刀。"说着流下了眼泪。

"你母亲住院，经济有困难是吗？"李忠新问。

"医院通知要预交一万元，家里连五千元也凑不起来。"谢汉芬哭着说。

李忠新想想说："你母亲看病的钱，先由公司垫付，每月从你工资里扣除一部分，工会在职工困难补助中救济你五百元，你看行不行？"

谢汉芬听到后站起来，要在李忠新面前跪下来。李忠新拉住她说："你是公司职工，有特殊困难，公司帮助你是应该的。"

"谢谢董事长，谢谢董事长。"谢汉芬哽咽着连连躬身。

"李军，你在医院不是有个同学吗？把小谢母亲住院开刀的事办妥。今后职工有特殊困难，你要搭把手、帮一帮，知道吗？"李忠新说。

"我会按照你的吩咐做的。"李军说。

后来，谢汉芬在大酒店工作中积极肯干，对工作认真负责，表现突出，年终被公司评为先进工作者。在表彰大会上，董事长李忠新把先进工作者证书和三千元奖金发到谢汉芬手中。

表彰大会后，李忠新问李军："谢汉芬工作表现为什么那么优秀？"

"董事长帮助她解决了母亲的住院费用，治好了她母亲的病，她心存感激。"李军说。

"有这方面的原因，根本的原因我们要明白企业的追求始终是与社会进步和造福于民相联系的,尊重职工,爱护职工,职工才尊重你,忠于职守,爱护企业,企业才能强大,这是企业的文化和企业精神。你是党员,根本宗旨是带领大家共同致富,这样职工才能把企业当成家。"李忠新说。

"今后,我一定做好职工利益的维护工作和服务工作。"李军说。

"对!"李忠新说。

再说丰田在凤凰村村主任换届选举中,五十八岁的他,放弃了新一届村主任的选举,到城乡接合部一个砂石场上当了管理员。

砂石场是城里房地产开发商大老板办的,委托一个中年妇女在砂石场当经理。砂石场的砂石除了供应城里大老板建筑工地使用,平时对外也做零售生意。

当经理的中年妇女名叫张凤,年近四十,身材丰满,大眼睛,浓眉毛,见人笑嘻嘻,做人大方,做事精明,是个女强人。

张凤在砂石场是个忙人,一边向城里工地发货,一边对外做零售生意,每天不是进货就是出货,过磅、记账、收款、上银行,忙里忙外,难以分身。在砂石场上有十多个农民工负责上货下货,忙起来砂石场上乱糟糟的。自从丰田到砂石场当管理员后,张凤身上的担子轻松了很多。丰田当过兵,做过村主任,砂石场的这摊事是能够安排妥当的。他在农民工中选出队长,每天由队长安排上货下货。丰田负责司磅,张凤负责开票、收款、上银行。晚上,张凤回到城里,丰田留在砂石场上做看夜人。

丰田每天和张凤一同工作,中午吃饭后,俩人分别在两个小房间里午休。张凤虽然年近四十,但她丰满漂亮,丰田和她相处在一起,日久生情。俗话说:男女搭配,干活不累。丰田对张凤唯命

第三章 凤凰桥

是从,做事勤勤恳恳,尽心尽力,浑身有使不完的劲,把砂石场管理得忙而不乱,秩序井然。

张凤看在眼里,喜在心里。丰田年富力强,有他在砂石场管理,省了不少心。砂石场进出货量越来越大,生意也越做越红火,收益明显增加,张凤对丰田的工作越来越满意。

张凤对丰田说:"我不知道你家里有多少积蓄,如果有余钱拿来放在砂石场入股,年终分红,利息肯定比银行高得多。"

"不瞒你说,我的全部积蓄有十万元,留给儿子结婚用的,明天拿来放在砂石场入股。"丰田说。

第二天,丰田把家里的十万元现金拿到砂石场,交给张凤入股,由于对张凤信任,收据也没有要。

丰田垂涎张凤的天生丽质,打听张凤的底细,得知张凤有丈夫,是个"妻管严",只要张凤不嫌弃他,妻子在外面做什么,丈夫也不过问。最令人吃惊的是张凤与砂石场大老板有暧昧关系,城里宾馆有专门房间,大老板一有电话,张凤立马赶去相会。丰田知道张凤与大老板有这层关系,心里凉了半截,每天只能"望梅止渴"。

再说张凤看到丰田勤快能干,对自己百依百顺,又送来十万元现金到砂石场入股,心里高兴。丰田是农村人,但他当过兵,当过村干部,做事会动脑筋,而且负责任。丰田身子板硬朗,是个像模像样的男子汉,平时是个嘻嘻哈哈的乐天派,迎合张凤开心。张凤对他越来越有好感,刮目相看。

一日两,两日三,丰田和张凤朝朝暮暮在一起,日久生情。盛夏的一个晚上,生意特别忙,天气又热,张凤把一天的营业款送到银行,又回到砂石场帮丰田向城里建筑工地发送十卡车砂石,发完砂石到了十点多钟，农民工下班走了，工地上只有丰田、张凤两人。张凤的衣服被汗水湿透了，她叫丰田把冲石子的自来水软管拉过来，到洗石间冲凉，换上粉红色衬衣，坐在小房间床上吹电风扇。丰田看到张凤艳丽动人，心里像小鹿阵阵闯心房，火烧一样，不由自主地走进张凤的房间，慢慢向张凤靠去。

"身上尽是臭汗，到洗石间冲冲干净。"张凤推开丰田说。

于是，丰田脱去衣服，到洗石间洗澡回来，看到张凤仍开着门，坐在床上吹电风扇。丰田走进房间关上门，拉掉电灯，像饿狼扑食一样抱住张凤，张凤半推半就两下，任凭丰田风里来，雨里去。俩人正在云里雾里时，张凤的手机响了，是城里大老板打来的。张凤慌忙起身穿好衣服，理理头发，急匆匆地出门开车进城里去了。丰田三魂吓掉两魂，不知所措，气喘吁吁地瘫坐在床上，心脏"扑通扑通"直跳。

第二天早上，丰田像往常一样，安排砂石场工人上货下货，张凤拎着包，穿着飘逸的衣服，像往常一样到砂石场来上班，走进办公室开票、发货、收款，好像什么事情都没有发生一样。日子一天一天地过去，上班下班，丰田把张凤放在心里喜欢，再也不敢轻举妄动。偶尔遇到高兴的事，只是赔赔笑脸。丰田心里明白：人不能忘乎所以，色胆包天，抢老虎嘴里的肉吃，不是闹着玩的。出门赚钱是为了养家糊口的，胆大妄为会招来横祸，后果是吃不了兜着走。聪明的做法是安安稳稳做事，老老实实做人。张凤也不主动搭理丰田，丰田慢慢地死了心，和张凤保持正常的上下级关系，每天做他该做的事，砂石场上风平浪静，相安无事，砂石生意越做越红火。

第三章 凤凰桥

天有不测风云，人有旦夕之祸。人生常常与悲欢离合相伴。一天早上，城里大老板的建筑工地上急需石子，大卡车在砂石场上装石子，丰田看到卡车上有个挡板插销没有插好，站在下面又插不进去。于是，他爬到卡车上去插。无巧不成书，扒石子的吊车司机没有注意到卡车上有人，扒了一吨多石子的扒斗转到卡车上空时，突然发现车上有人，一个急刹车，扒斗的一根钢丝绳断了，一吨多石子从空中倾泻在丰田身上，把他从卡车上砸到地面上，石子很快将丰田埋住。当工人把丰田从石子中扒出来时，他浑身血肉模糊，一一〇、一二〇急救车赶到砂石场，医生检查了丰田状况，摇摇头，已经无力回天。

砂石场突然发生了伤亡事故，城里大老板和张凤立即赶到砂石场。看到丰田已经死亡，张凤吓得瘫坐在地上。大老板沉思了片刻后，立刻派人找丰田家人来协商，主动提出结清丰田在砂石厂的工资一万多元，补偿两万元。丰田儿子丰收不接受这个条件，大老板又加五千元，从银行取出四万元现金和丰田遗体一起送到丰田家里，大老板送上花圈和另外一千元礼金。

李忠新接到丰田意外身亡的电话，立即赶到丰田家里。周秀芳看到李忠新，跪在他面前痛哭说："丰田冤死，求大哥为他申冤。我在清理他的遗物时，原来家里有十多万元钱是他保管的，现在只有一万多元了。他曾经和我说过要在砂石场投资入股的，我提出这件事情，大老板和砂石场经理不承认，我又找不到凭证，这可怎么办呀？"

李忠新扶起周秀芳说："丰田不是冤死，是意外事故造成的。至于入股的事情，无凭无据，也无法要钱，让我静一静、想一想。"

李忠新思考了一会儿，叫周秀芳和丰田儿子丰收过来。李忠新对丰收说："你到砂石场找大老板，说父亲是因公而死的，要求赔偿三十万元，不同意就打官司。"接着交代说："丰田的丧事按照农村风俗办，不准派人去砂石场闹事，依法办事，我到城里找人来帮助你们。"李忠新说完上车进城。

李忠新回到公司，立即请公司聘用的董律师来。李忠新告诉他丰田意外身亡的事情，赔偿问题请他出主意，如何处理。董律师想想说："这位老板我认识，企业摊子大，经济实力雄厚，丰田因公死亡，企业赔偿也是应该的，我有个同学也是律师，请他出面解决这件事情。"

"如果需要费用，我来出。"李忠新说。

"就是有费用，也不用你拿。"董律师说着走了。

董律师找到在市律师事务所工作的同学洪律师，两人到周秀芳家里了解情况，写了丰田因公死亡索赔三十万元的状子告到法院，法院向张凤的大老板发出传票。

张凤的大老板孙洪权不想把事情闹大，请求庭外协商解决，这个要求也正合李忠新的意。庭外解决这一天，李忠新带着董律师、办公室主任宋成清前往。他到法院调解室坐下来向对方一看，李忠新愣住了，原来张凤的大老板是市第三建筑公司的孙董事长，也是侄子当经理的单位老板。李忠新和孙董事长本来就熟悉，张凤也认识李忠新，曾经在张凤家里吃过饭。

张凤看到李忠新，站起来和他握手说："李书记，还记得我吗？在我家吃过饭的。"

"现在李书记是市粮油贸易有限公司董事长，军转干部创业模范，您和丰田是什么关系？"孙董事长边介绍边问。

"我和丰田是家乡人，一起当过兵，丰田儿子丰收请我来协商解决问题的。"李忠新回答。

"自家人，事情更好商量。"主持人说。

在协商会上，有人说赔偿三十万元，有人说赔偿十万元，也有人说这是个人责任，不应该赔偿。公说公有理，婆说婆有理，争论不休。孙董事长说："请李董事长说个意见，如果合理，双方签协议。有差距，再商量。"

李忠新接过孙董事长的话说："既然孙董事长这样看得起我，我说个意见，供大家参考，已经赔付的两万五千元不计账内，一次性再赔偿二十万元。这事情结案。"

李忠新说完话，会场上鸦雀无声。好一会儿，孙董事长的律师要讲话，孙董事长摆摆手制止说："同意李董事长的意见。"

"好，现在签协议。"主持人说。

签好协议，孙董事长立即叫张凤和丰田儿子丰收到银行，把二十万元赔偿款打到丰收的银行账户上。

孙董事长坚持留李忠新一行人，到饭店招待了中午饭。

李忠新和同来的人在回公司的路上，办公室宋主任说："孙董事长是个大老板，财大气粗，再加五万元也会给的，不给咱就打官司。"

"企业家的钱也不是好赚的，推倒龙床，跌倒太子，总有个了时，任何事情应该见好就收。"李忠新说。

"不是还有十万元入股的钱吗？应该要回来。"宋主任说。

"无凭无据，如何要钱？从孙董事长说话的口气，恐怕他真的不知道有这回事情。以他的为人不至于把小股东的钱吞了，这样没水准，能成就这么大的企业吗？入股应该有凭证，丰田和砂石场经理张凤之间究竟发生了什么事情，只有天晓得。"李忠新说。

孙董事长送走李忠新一行人后，聘用律师抱怨说："董事长怎能这样痛快，答应赔付这么多钱呢？"

"你不知道李忠新的为人呢，他是部队团级干部转业到地方工作的，是个说话算数、做事有水准的人。公司曾经承建他负责的大酒店和廉租房工程，六千五百万元工程款没差一分钱，而且他没有收一分钱回扣，没有吃过一顿饭。他说的话、做的事是经过头脑深思熟虑过的。如果不同意他的意见，把官司打下去，形成'马拉松'，不但费时费力，影响不好，恐怕三十万元也赔不住，今天的事情，他是对方的主角，你没有看出来吗？"孙董事长的一席话，说得律师不再出声。

周秀芳在李忠新的帮助下，顺利拿到丰田意外伤亡的赔偿款，带着儿子和未过门的儿媳妇来到李忠新家里，感谢他的帮助。周秀芳告诉李忠新："凤凰村被列入政府拆迁范围，这个地块成为市高新技术开发区。儿子下岗，未过门的媳妇还没有找到工作。拆迁虽然有补偿款，现在家里有些钱了，但坐吃山空不是个事儿，我不知道怎么办才好了，心里愁着呢？"

"不用担心，李忠新会帮你的。"王兰说。

李忠新想想说："你一家子不愁没事做、没饭吃的，我也不安排你儿子、媳妇到公司来上班，而安排一间门面房和一套廉租房给你们。村里房子拆迁后，你一家子搬到粮油市场来。你有做藕爽子和糯米甜藕片的手艺，这是无价之宝，到公司粮油市场开个藕品门市，把你的手艺传给儿子、儿媳妇，一家人有了事做，不愁苦不到饭吃①的,每天做的藕爽子和糯米甜藕片,除满足凤凰大酒店宴席用外,余下的门市零售。开门市的手续公司我帮你办全,器具、食材自己买,十天内把家搬过来,住进廉租房,争取门市早开业,早做生意,早有收益。"

周秀芳同意李忠新的安排,和儿子、媳妇一起回去搬家。周秀芳回到村里,把李忠新安排他一家进城住廉租房开藕品门市的事,告诉了村书记徐明清。徐明清眼前一亮,心里想道:村民拆迁离开土地,没有事做,应该请李忠新帮忙给村民找出路。

徐明清进城对李忠新说:"这次国家征地拆迁,每户补偿资金六十万元,三十万元留在村里新建居民小区,三十万元补偿给村民,用于新房装饰和日常生活。"

李忠新高兴地说:"国家征地拆迁是凤凰村村民脱贫致富的最好机会,你这个当家的一定要抓住机遇,把村民变为居民,带领全村群众走上致富的道路。"

"凤凰村拆迁后,将筹建新的居民小区,村里已经请有关部门设计。"徐明清说。

"新建居民小区要有超前意识,往长远着想,小区要设计成花园式小区,建地下车库。"李忠新说。

"为什么要建地下车库?"徐明清问。

"城里居民已经有人购买私人轿车了,家有轿车是今后的发展趋势,住户至少有一个地下车位,既能停车,又能防空。小区设计应该有花园、草坪、休闲地,舒适的住房,优美的环境,花园式的小区,也是今后发展的趋势。"李忠新说。

---

① 方言。

"居民小区设计图纸审查时,请董事长参加,提提建议。"徐明清说。

"当参谋。"李忠新说。

徐明清告诉李忠新,村里征地拆迁后,村民没地种、没房住、没事干,闲在家里,坐吃山空不是个事儿,请李董事长想想办法,帮助解决村里劳动力出路问题和廉租房问题。

李忠新对徐明清说:"国家征地拆迁,你应该动员村民八仙过海,各显神通找出路。当然,帮助家乡村民找事做、走上致富路,也是我义不容辞的责任。"李忠新说。

为了帮助凤凰村村民解决临时住房、就业问题,李忠新采取了一系列措施。他给凤凰村十名招工名额,招收初、高中毕业生,身体健康,十八周岁至二十三周岁青年进公司工作。提供六十间门面房,分配给村民自主做生意,或在公司指导下做生意,安排四十套廉租房,给无房村民居住,廉租房不够,李忠新又到区政府协调了三十套,供村民分配,大部分失去土地的凤凰村村民在李忠新粮油市场内住进了廉租房,开了门市,做生意赚钱养家。

凤凰村村民在李忠新的大力帮扶下,逐步从农村农民转变为城市居民,慢慢地融入了城市生活,村民在粮油市场经营的门市生意,一年下来都有三至五万元收入。周秀芳经营的藕品门市,月收入达到万元,她带领家人做的藕爽子和糯米甜藕片成为凤凰大酒店的特色菜,生意越做越好,声誉越传越远,在节假日做的藕品供不应求。

三年后,凤凰村新的居民小区建成,每户分到一套三室一厅住房和一辆轿车停车位。徐明清请李忠新题写新村名:"凤凰居委会。"原凤凰村的村民开着轿车住进了花园式的小区楼房,原来土墙草房的贫苦村民,经过几十年的努力,终于过上了楼上楼下、有电灯电话、出门坐轿车的幸福生活。村里的老人说:"我们凤凰村村民走上富裕之路,是党的富民政策好,也和村里的贵人李忠新的大力支持分不开。"

随着凤凰大酒店正常营业和粮油市场扩大经营,市场酒店从业人员达到三百多人,成为全市粮油供应的集散地之一。李忠新重视建立健全酒店、市场管理制度,定期对从业人员进行职业道德教育,依法经营、诚信经营。李忠新开创的事业越来越兴旺。他对王兰说:"从无到有、从小到大,形成今天的规模。这么多人有事做,自食其力,我终于做成了一件有益于家庭、有益于社会的事情。我的心血没有白费,梦想终于实现了。"

年复年,岁复岁,寒来暑往,又到了数九冬天。李忠新想到在狱中服刑的二弟赵洪才,对儿子李军说:"我想去看看你二叔,上次去看他,见他瘦了,给他加餐的钱可能用完了,家里的事情你要全面负责,特别是大酒店,晚上住宿就餐的人多,你一定要把好安全关,只要还有一个客人在就餐,当领导的就不能离开,要有高度的责任心和事业心,安全工作一点不能马虎,时刻不能松懈。"

"爸爸放心,我会认真做好的。"李军说。

李忠新又和管理公司财务工作的女儿李敏谈心,对她说:"你是负责公司用钱的掌柜、当家人,知道柴米油盐贵,每一分钱都要用在合理的地方。多年来,你的财务工作做得很好,今后要保持这样做下去,月、年财务报表要细致准确,对公司每一笔钱支出都要认真思考是否合理合规,发现不妥之处,不管谁批准的,你有权拒绝支付,并提出交董事会讨论决定,防止出现决策失误漏洞,造成公司经济损失。"

李敏说:"我一定按照财务纪律把关公司财务收入支出,守住爸爸艰苦开创的事业成果。"

第二天早上,王兰收拾好李忠新外出的行李,一定要吴海开车送他去。王兰对吴海说:"董事长年纪大了,一路上要好好照顾他。军大衣放在轿车后备厢里,天冷时给他穿上,按时给他服高血压药。董事长到哪里,你到哪里。"吴海点头答应。

过去,李忠新外出习惯买票坐车,他现在不再说省钱不省钱的话了。人上了岁数,容易力不从心,王兰也不放心,有车方便些,这是人之常情。人嘛,少要时髦老要乖,老伴关心体贴,又想得周到,还说什么呢?

王兰把李忠新送上吴海的车子,又叮嘱了几句。吴海开车上路。一路上车开得不快也不慢,李忠新坐在轿车里,时而闭目养神,时而望着窗外风景。时处隆冬,天色渐渐暗下来,慢慢地下起了小雨,接着刮起了北风,飘起了片片雪花。

中午停车吃饭,吴海从后备箱里拿出军用呢子大衣,这是李忠新在部队发的唯一一件呢子服大衣,平时挂在衣柜里舍不得穿的。现在外面寒风瑟瑟,吴海把大衣披在他的肩上。李忠新披上绿色呢子服大衣,一个老军人的形象又展现在人们的面前。吴海点了一荤一素一汤,李忠新又叫服务员来,加点了慈姑红烧肉,对吴海说:"你开车辛苦,多吃点肉有精神,我沾光吃慈姑。"吴海笑着说:"忘记了董事长喜欢吃慈姑。"

李忠新对吴海说:"赵洪才是你二叔,对你是有恩的。现在虽然在服刑,但你应该尊重他,过去他曾经是敢想敢做的人,对社会做过贡献。后来他由于受到社会不良风气的影响，奋斗意志衰退，个人私欲膨胀，迷失信仰方向，贪财、贪色、贪玩，害自己、害家庭、害企业，毁掉前程，这是人们永远不能忘记的深刻教训。去年我去看他，减了半年刑，人也瘦了，我替他交了一年的加餐费，让他吃得好一点。他每天糊二百个纸盒，也有八元钱奖励。"

下午三点多钟，轿车停在赵洪才服刑的监狱门口。李忠新穿着军大衣，在监狱门岗办了探视登记手续。这时天阴沉沉的，像铁锅倒扣下来似的。数九寒冬，北风呼呼，鹅毛大雪铺天盖地地飞舞，地上的积雪越来越厚，一片白茫茫。吴海扶着李忠新迎着寒风飞雪，深一脚浅一脚地向监狱探视室走去，在探视室玻璃外边的椅子上坐下来。等了好一会儿，狱警扶着一位老人走出来。只见老人脸色清瘦，有气无力，在探视室玻璃窗里面的椅子上坐下来。吴海抢先拿起话筒说："二叔，您好，认识我吗？我是吴海呀。"

赵洪才用迟疑的眼光看看说："吴海呀，您好吗？"

"好，结婚成家了，和大伯父一起来看望您，您多保重。"吴海说着把话筒递给李忠新。

李忠新拿着话筒，隔着玻璃细看看赵洪才问："你是不是生病了？脸呈灰色，没有精神的样子。"

"没有大碍吧，上了年纪，头晕没有力气，胸闷疼痛。"赵洪才说。

"看样子是生病了，而且病得不轻。我带你去医院查查，有病赶快治疗。"李忠新说。

"现在监狱照顾我，不参加劳动了，过一天算一天吧，你少操心。"赵洪才说。

"听我的,我去找领导。"李忠新说完放下话筒,来到监狱长办公室。

监狱长姓耿,看到一位穿着呢子服军大衣的长者来到办公室,很客气地请李忠新坐下来问:"老同志,原来是哪个部队的?"

"海岛守备部队的,请求领导允许犯人赵洪才到医院检查身体。"李忠新说。

"看来我们是同一个部队的。赵洪才检查身体的事情,我来安排吧,明天联系医院,结果会告诉你的。"耿监狱长说。

"我坐车子来的,明天用我的车子去医院吧,费用由我付。"李忠新说。

"老同志,这是我们的事情,你耐心地等着吧。"耿监狱长说。

李忠新只得到招待所住下来。第二天下午三点钟。耿监狱长通知李忠新过来说:"检查结果不是很好。"耿院长把医院诊断书递给李忠新,李忠新看到诊断书上写着:"肝癌晚期"。

李忠新站起来说:"耿监狱长,请你办手续,批准赵洪才保外就医,尽快住院治疗吧。"

"你说保外就医就保外就医啦,现在严着呢。"耿监狱长说。

"我们党的政策历来是实事求是的,既不能让犯罪的人无病逍遥法外,也不能对有病的人不给予治疗。"李忠新说。

"看你这个老同志,和他是战友吧,心情是可以理解的,这样行不行?明天我带他到省城医院复查,如果病情确诊,报批保外就医;如果是误诊,还是要收监的。"耿监狱长说。

"这样做好,我和你带他一起到省医院吧。"李忠新说。

"耐心等结果吧,我会公事公办的。"耿监狱长说。

第三章　凤凰桥

直到第三天，耿监狱长才从省城把赵洪才带回来，告诉李忠新说："上级批准赵洪才保外就医，你办手续带回去吧。"

李忠新带着赵洪才回来，立即送进医院，替他交了医药费。

市医院对赵洪才的身体进行了全面检查，结果令人失望，肝癌确诊，活着靠药物维持，不过是挨日子。

李忠新告诉杨明珠赵洪才保外就医的事情，请她去看看。杨明珠听了，流着眼泪说："桥归桥、路归路、他归他、我归我，我和他没有关系了，那个小尼姑为什么不去照顾他呢？"

"你说的是香妹子吧，她听到赵洪才出事了，早早卖掉房子，溜之大吉，从人间蒸发了。"李忠新说。

经过李忠新耐心劝说，杨明珠点头同意了。

杨明珠来到医院，轻轻走近赵洪才的病房。看到赵洪才挂着水，迷迷糊糊地睡着，显得老态龙钟、面容憔悴，不忍相看。杨明珠想起他过去威武的身材，讲话做事的大将风度，夫妻俩心心相印的日子，肝胆俱裂，泪湿衣衫，真是三十年河东，三十年河西。

赵洪才在睡梦中听到有人抽泣，慢慢地睁开眼睛，看到白发苍苍的杨明珠，坐在他的床边低声哭泣，想挣扎起来，又无力起身。杨明珠抱住他，让他躺下。赵洪才喘息一会儿，感到心头滴血，流着眼泪悲伤地说："只有失去了才知道珍贵，我对不起你，不值得你伤心流泪。"

"不要说了，安心养病，早日好起来。"杨明珠流着眼泪说。

"多亏大哥帮忙，不然还不能到医院来。"赵洪才说。

"人家为你奔波好多天了，这样的情谊怎么还呀？"杨明珠说。

"大哥是个真性情的人，对人真诚，今生与他做兄弟，值了。"

赵洪才说完，停了一会儿问："儿子赵阳情况好吗？"

"在国外参加工作了，他说过得很好。"杨明珠说。

"不知道找对象结婚没有？"赵洪才问。

"他什么话也不愿意说，什么事情也不告诉我。"杨明珠说。

"面粉公司还在生产吗？"赵洪才问。

"大股东把股份全部收购了，卖的钱留在粮食局，给逐步退休的职工补交劳动保险金、办理退休手续。面粉公司每天开一个班生产。"杨明珠说。

"粮食市场开放，粮食加工企业推向市场。我缺乏风险意识，掉以轻心，贪钱贪玩。公司出现危机，不采取果断措施，任其发展，好端端的企业毁在我的手里，造成那么多的职工下岗，我是个罪人。"赵洪才说着流下悔恨的眼泪。

"过去的事情就让它过去吧，眼前最要紧的是安心养病。"杨明珠说。

李忠新打听到医院有药能止痛，两百元一支。李忠新托医生开十支放着，根据赵洪才病情发展情况使用。赵洪才每天挂六瓶药水，杨明珠日夜守候在身边照料。住院一段时间，病情似乎好了许多，有时候下床走走，还想到面粉公司看看，医院没有同意。有时李忠新、王兰夫妇来看他，王兰带着她加工的红烧河鲫鱼给他吃了，偶尔也能听到爽朗的笑声。

时间一天一天漫不经心地过去，日落日出，又迎来新的一天。赵洪才看上去精神好些。下午，李忠新叫吴海把公司的轿车开过来，把赵洪才扶上车，上街兜兜风。轿车在南北东西高架桥上转一圈，然后在开放大道上慢慢前行。路两边高楼大厦林立，六车道上排满车辆有序而行。临近黄昏，大街上华灯齐放，霓虹灯闪烁，高耸亮丽的大厦一幢一幢展现在赵洪才面前。他的思绪和大道上的车辆一起流动，感叹地说："变化真大呀！"

"是呀，改革开放，经济快速发展，人富了，城市美了。"李忠新说。

"沉舟侧畔千帆过，病树面前万木春。如果我当初不贪不玩，思想警钟长鸣不迷糊，果断处置危机，公司可能会渡过难关，跟上时代步伐，干出一番事业来的，可惜倒在改革开放市场经济发展的潮头，真后悔。"赵洪才心潮起伏，感慨万千地说。

"你曾经创造过辉煌，人们是不会忘记的。经过严寒的冬天，春天总会到来。"李忠新说。

"我这枯木难逢春天了，春天留给有坚定信仰的人吧。"赵洪才说。

天气晴朗的时候，李忠新陪同赵洪才在医院小公园内走走看看。赵洪才望着公园内的树木花草，蔚蓝色的天空，自由自在飞翔的小鸟，呼吸着新鲜空气，叹口气说："人生短暂。要好好珍惜，珍惜自己，珍惜身边的人，否则一失足成千古恨，留下的是一辈子痛苦。"

"你曾经做过很多有益的事情，给身边的人带来过欢乐。"李忠新安慰说。

深秋天气到了，秋风萧瑟，落叶憔悴，赵洪才的病情越来越重，疼痛的次数也越来越频繁，间隔的时间也越来越短。入院六个多月时间，精神状态每况愈下，靠打止疼针维持生命。主治医生对李忠新说，赵洪才这么重的病，活了六个多月时间，可以说是奇迹，估计日子不会多了，继续住院治疗还是回家，由病人家属决定。

李忠新说:"还是继续住院治疗吧,请你尽力减轻他临终时的痛苦。"

"我会尽力的,不过我儿子结婚,在你大酒店办婚宴,董事长要给优惠。"

"保证。"李忠新回答。

一天早上,杨明珠喊赵洪才洗脸,怎么叫他不醒,推他也不答应。值班医生检查说:"病人处于昏迷状态。"

过了很长时间,赵洪才睁开眼睛,醒过来对杨明珠说:"做梦了,像是去了很远的地方,快请大哥李忠新来,我有话对他说。"

"说什么?"杨明珠问。

"治病花掉大哥很多的钱,前进村母亲留下的三间房子说好给我的,卖掉房子,把钱还给大哥。"赵洪才喘着气说。

"别说房子的事了,母亲去世后,你弟弟早把房子产权过继到他儿子名下,你就当没有这个房子。"杨明珠说。

"哎,亲兄弟不如把兄弟。怪得赵洪前到现在也没有来看看我。"赵洪才叹口气说。

其实,他弟弟赵洪前因病去世一年了,担心赵洪才心里难过,所以没有告诉他。

李忠新接到赵洪才陷入昏迷的电话后匆匆赶到医院病房,问赵洪才:"兄弟,哪里不舒服?"

"没事的,做梦了。我治病花费你很多的钱,今生难以偿还了,只有来世再还了,大哥!"赵洪才动情地握住李忠新的手,流着眼泪说。

第三章 凤凰桥

"人活在世上哪有吃了五谷不生病的，难免有三病四灾，我是兄长，帮助你是应该的，你要多保重活下去，我的兄弟！"李忠新也动情地握住他的手，安慰他说。

"你说话总是有理，做事令人……"赵洪才流着眼泪，声音越说越小，人越来越迷糊，又陷入昏迷。

深夜一点多钟，李忠新接到医院电话，告知赵洪才病危。李忠新赶到医院，病房里站满了医生护士，主治医生喊李忠新出来说："赵洪才肝部肿瘤破裂出血，挨不到今天晚上，准备后事吧。"

李忠新含着眼泪把杨明珠喊出来，问清楚儿子赵阳的地址，一封加急电报发往国外。

天亮后，赵洪才仍然昏迷不醒，偶尔嘴里念叨着，听不清楚说什么，喊他又不答应，好像在梦里。

下午四时四十分，赵洪才停止了呼吸，杨明珠放声痛哭。

李忠新把杨明珠劝出病房外，问："赵洪才穿什么衣服上路？"杨明珠突然想起来说："他告诉过我，留有一套部队军装，说要穿这套军装走。"李忠新立即派车送杨明珠回家，拿来军装给赵洪才穿上，把他的遗体移到杨明珠家里，停灵三日，等赵洪才儿子赵阳回来奔丧。

杨明珠接到儿子电报告知，有事无法回家，请同学前来处理父亲的丧事。

果然，第二天中午，一辆轿车在杨明珠住宅前停下，一个青年走进灵堂，在赵洪才灵前行了三鞠躬。

第二天，李忠新在儿子李军的陪同下，护送赵洪才遗体到火葬场。当赵洪才遗体推进火化炉时，李忠新握着拳头，身体颤抖。

李军扶着他说:"爸爸,你保重。"

地上,寒风阵阵折残荷;天上,泪雨纷纷流成珠。李忠新流着眼泪说:"赵洪才是个风云人物,却演绎了一曲悲歌,如果他不生贪念,不迷恋金钱,坚定理想信念走正道,奋斗到今天,一定成就一番事业。在他思想迷路、事业生死存亡的时候,我无力帮他,望着船沉,真的对不起他。"

"爸爸对他情深义重,一直关心帮助他。"李军安慰说。

"我做的这点事算什么呀?我刚从部队回到地方工作的时候,人生地不熟,如何安顿一家人的生活使我心中焦虑,他毫不犹豫地把分给自己的一套新房让给咱一家人住,自己和家人仍然住在平房里。你可知道军转干部转业到地方工作住房有多困难吗?这是何等的兄弟情谊!他把进口制粉项目征地任务交给我一个人去谈,又是何等地信任我。征地谈判完成后,厂里有私心的人没有捞到征地好处对我说三道四,他在会上理直气壮地说:'李书记谈成的征地合同,为工厂节省了六十万元资金,谁去谈都难做到。'表明态度维护我的威信。我到地方工作没有挑担子,在他身边工作轻松自在,我说的事情,他都想办法解决好。在他失去监督、迷路的时候,我没有全力帮他走上正道,看他越走越远,以致身陷囹圄。"李忠新边说边流下眼泪。

"爸爸保重身体,公司还要靠你掌舵呢。"李军说。

李忠新望望儿子,看到他已经成人懂事,说:"我这段时间身心疲惫,想休息一段时间,公司的事全权交给你负责,做出样子给我看看。"

"我会尽力做好公司的管理工作,确保其正常运行。公司的大事决策还是等你回来决定。"李军说。

"公司目前已经形成一定的规模，走上了正常的经营轨道，守住有事做、有饭吃，今后创新发展，只要手中有足够的资金、项目有前景，决策也是你的事。"李忠新说。

"开创新项目，我还没有这个本事，只想把现成的事做好些。"李军说。

"创业难，守业更难。可以说你现在是富二代了，人家说富不过三代，我希望这种事不要发生在你的身上，学会稳重，做事看准。风险大的事不要做，赚高利、盲目担保、给没有诚信的人借钱不要做，走捷径赚钱不要信。根老地实地做生意赚钱，积累资本，看准了方向再发展。"李忠新说。

"我会珍惜爸爸打下的基业，努力做出更好的成绩。"李军说。

"我们经过几十年的艰苦奋斗，实现了脱贫致富。要实现共同富裕，任重道远，还需要一代又一代的努力。你是党员，应该把财富看成是社会的，时刻不能忘记肩上的使命。"李忠新说。

"我会继续发扬艰苦奋斗的精神，不忘初心，牢记使命，努力工作，做出成绩，带领大家共同致富，共同过上美好的生活。"李军说。

"这样想、这样做，我就放心了。"李忠新说。

"爸爸妈妈为我们过上好日子，辛辛苦苦工作几十年，建议你们外出旅游一次，歇一歇，散散心。"李军说。

"出去旅游也是一件疲劳的事情，这些年来，城市乡镇发展变化很大，我还没有时间去看呢，先看看眼前的风景吧。"李忠新说。

"爸爸妈妈自由活动。"李军说。

| 凤凰记 |

　　李忠新和李军来到杨明珠家里,看到来帮助处理赵洪才丧事的青年也在。这位青年问杨明珠还有什么事、有什么话对赵阳要说的。李忠新接过话头说:"请你转告赵阳,国外的工作好做就做下去,不好做就回到祖国,叫他不要忘记报效祖国、孝敬父母,请他记住还有个老妈妈活在这个世上,谢谢你来帮忙。"这个青年听后,点点头走了。

　　李忠新对杨明珠说:"你在家里闲着寂寞,不如吃住在我的酒店,在后勤照应照应,做做事,热闹些,好不好?"

　　"我想静一静,过段时间再说吧。"杨明珠说。

　　"有事找我,多保重。"李忠新说着告辞回公司。

　　车上,李军对李忠新说:"董事长对那个青年说的话似乎重了些。"

　　"我就是想让他转告赵阳,他老子挖空心思把他送到国外去读书,望子成龙,老子死了也不回来见一面,又不是上战场打仗报国,忠孝不能两全,这样的子孙不把养育他的父母放在心上,心里想的是什么?"李忠新说。

　　杨明珠送走赵洪才后,心中郁闷,日思夜想儿子赵阳。儿子赵阳出国花开花落十几春,现在长成人,白天倚门将儿盼,夜里唤儿一声声。思儿盼儿难相会,常思常想泪纷纷。终于思念成疾,一病不起,临死也没有和儿子赵阳相见。

　　近几年来,城市发展变化很快,道路宽了,楼房高了,市区新建了四座新公园,李忠新、王兰都没有时间去看过。星期天,孙子李东在家里做作业,老夫妻俩带着五岁的孙女来到新建的儿童公园。公园内绿树成荫、路路相通,小路两旁立着熊猫、丹顶鹤、山羊等模型动物,看上去栩栩如生。在一座曲径通幽的假山面前,有一排排石碑,李忠新带着孙女李芳看石碑上刻着的名人名著名诗,边看边介绍。第一部名著《三国演义》,是元末明初的作品,作者是罗贯中。第二部《西游记》,是明朝时期的作品,作者是吴承恩。第三部是《水浒传》,是明朝时期的作品,作者是施耐庵。第四部《红楼梦》,是清朝时期的作品,前八十回是曹雪芹写的,后四十回是高鹗续写的。

李忠新在家最喜欢的是孙女李芳,每天他下班回家的时候,李芳总是站在门口等着,看到李忠新回来了,立即告诉奶奶王兰,说爷爷回来了。然后又跑到门口,张开双臂让爷爷抱一抱、亲一亲才罢休。李忠新给孙女介绍完四大名著后,又一起看唐诗碑。李忠新对孙女李芳说:"唐诗宋词是我国的优秀文化遗产,熟读唐诗三百首,不会作诗也会吼,这是一首写鹅的诗,会背吗?"

"鹅,鹅,鹅,曲项向天歌。白毛浮绿水,红掌拨清波。"李芳熟练地背出诗。

"知道这首诗是谁写的吗?"李忠新问。

"不知道。"李芳说。

"唐朝骆宾王八岁时的作品,你在动物园内看过河中的鹅和诗中描写的,像吗?"李忠新问。

"像。"李芳回答。

"这首是爱惜粮食的诗,会背吗?"李忠新问。

"锄禾日当午,汗滴禾下土。谁知盘中餐,粒粒皆辛苦。"李芳背出诗来。

李忠新告诉李芳说:"这首诗是唐朝李钟写的,意思是农民辛苦耕种土地,汗水滴在禾苗的泥土上,谁知盘中吃的饭食,每一粒都是农民的辛苦。粮食来之不易,平时爷爷叫你把碗里的饭粒吃干净,就是这个道理。"李芳听了似懂非懂地点了点头。

"这首是唐代诗人孟浩然写的《春晓》,会背吗?"李忠新问。

"春眠不觉晓,处处闻啼鸟。夜来风雨声,花落知多少。"爷孙俩一起背诗,琅琅有声。李忠新告诉李芳:"这首诗的意思是春天里人们容易睡觉,不知不觉天亮了,一觉醒来,听到小鸟的叫声,夜里有风声雨声,正在开放的花儿不知落了多少。"

"孩子还小呢,说这些有用吗?"王兰说。

"学知识和做生意赚钱是一样的道理。拾芝麻装斗,慢慢积累,小孩子在没有压力的情况下潜移默化,能学多少算多少,学点知识也是有好处的,这些知识说不定将来她考大学的时候还能用到呢。"李忠新说。

"真是的,大学试卷是你出的吗?芳芳,今天的知识就学到这里,爷爷、奶奶带你去游乐场玩转转车、滑滑梯好吗?"王兰说。

"好。"李芳说着拉着爷爷奶奶的手,一路上要爷爷奶奶把她提起来又放下来、提起来又放下来,蹦着跳着向游乐场走去,一直玩到日落西山才回到家里。

星期一,王兰送孙女李芳上幼儿园,李忠新送孙子李东上学校。老两口乘车到凤凰村老家看看。王兰对李忠新说:"市场上的家乡人告诉我,他们家家住进了楼房,户户有轿车,过上了吃着甘蔗上楼梯的日子,步步高节节甜,家乡人真的富了。"

"家乡是生我养我的地方,无论家乡贫穷还是富裕都是我魂牵梦绕的地方,那里有我难忘的思念。"李忠新说。

第三章　凤凰桥

李忠新、王兰在老家下了车。原来的村庄和田野不见了，眼前出现的是一座座工厂，工厂里的工人进进出出，车水马龙，一片繁忙的景象。两人向前走了好长一段路，到达新街居民小区，门楼上李忠新题写的"凤凰居委会"五个铜字闪闪发光。门岗老陈认识李忠新夫妇，迎着说："欢迎李老夫妇回家乡，我叫陈书记来吧？"李忠新摆摆手说："我是来随便看看家乡新小区的。"于是，老陈陪着李忠新夫妇边参观边介绍小区情况。小区有十二幢住宅楼，每幢有四十八户人家。小区有地下车库、凉亭、广场。住宅楼间有小公园，周围矮冬青树围着，公园内长着各种树木花草。每户有一个轿车车位，家家有轿车。耳听为虚，眼见为实。李忠新看着一幢幢楼房、一排排路灯，整洁漂亮的花园式小区，高兴地说："党的富民政策让家乡父老乡亲住的房子变大了、小区变美了，真的过上了好日子，我一生追求的梦想终于实现了。"老陈说："没有共产党就没有新中国。没有共产党就没有新生活。"

李忠新夫妻俩告别老陈，走出小区，来到靠冈沟河堆围的倒沟塘。倒沟塘依然存在，不过塘的四周砌了石驳岸，塘边也修了水泥路、砖块路，把塘边上一处又一处的小花园连接起来，成了人们休闲的风景区。倒沟塘水面上的白鹅引颈高歌，芦苇荡中的翠鸟声声叫唤，鸡头、菱角、荷叶莲花藕遍布塘的四周，景色美丽依旧。几十年过去了，老去的是旧村庄、不老的是岁月；老去的是容颜，不老的是思念。真心相爱的人永远在身边，过去的情景又在眼前浮现，那份爱、那份情，时时留在心里，从未忘记走远。李忠新、王兰在倒沟塘芦苇旁边的休闲椅上坐了下来，看着随风起伏的芦苇，听着芦苇丛中的鸟叫蛙鸣，心中荡漾着年轻时的往事。李忠新说：

"还记得吗？我和你一起下芦苇荡柴沟里摸鱼虾，替你捉掉一条蚂蟥。"

王兰听了羞恼地在李忠新后背上轻轻打了一下，说："还好意思说呢，都是你害的，叫我跟着你，你做的事情真坏，弄得我难为情死了。"

"是你愿意跟着我的，我愿意做的事情，你跟着我做；我不会做的事情，你教我做。前头后头，今天明天，把我的心一点点掏去了，还说我害你。"李忠新说。

"就说是我愿意跟着你的吧，你人好心也好，真情对我，和我终身相伴。不过话要说明白，你也是我在这里千呼万唤感天动地喊回来的。你上战场那会儿，我天天在这倒沟塘边上，手扶地，脸朝天，大声呼喊你，一句句一声声喊着你的名字，求天拜地保佑你平安。你在炮火连天的战场上听到没有呀？"王兰难过地说。

"明白了，我负伤出血的那阵子，几次昏死过去，耳边总有人喊我的名字，死去活来，活来死去的，好几次在危急时刻总有人喊我回来，原来是你拼命地叫我、喊我。呼唤我，不让我走，谢谢你了。"李忠新说着深情地搂着王兰，在椅子上相依相偎地坐着。一会儿，李忠新突然站起来说："我和你心心相印，祸福与共，生死相依一辈子。现在我们一起到芦苇荡柴沟里去摸鱼，敢不敢？"

"找死呀，七十多岁的人了，还像个孩子似的，以为你还年青？"王兰说。

"我老吗？怎么不觉得，好像每天还有很多事要做呢。生命在于运动，活动活动，少病少痛。"李忠新说。

"老了就是老了，不要不承认，人老了，不要为事业过度操心，把公司的事情交给儿女，回到真实的自己。你一生中该做的事都做了，应该没有多少遗憾，往后的日子轻轻松松地过着、开开心心地老去，这也是一件美好的事情。"王兰说。

"花开总有花落，草荣总有草枯，哪有人老变少年的。我离开公司一段时间，考验考验儿子的管理能力，公司交班的事情，我会看着办的，你放心吧。"李忠新说。

"少年夫妻老来伴，我们从小在一起，相互信任、相互扶持，共同经历了人生的苦和乐、悲和喜。虽然一路走过来不是那么容易，但我们还是手牵手、肩并肩地走过来了。现在你是我千金不换的老头子，我是你那个忠贞不渝的老太婆，外面事业有成，家里儿孙满堂，这是福呀，我们年轻时的梦想成真了。"王兰说。

"是呀，人生应该是有梦想的。老一辈革命家有梦想，经过艰苦卓绝的斗争，建立了新中国，中国人民站起来了。我们这一代人有梦想，改变贫穷落后的面貌，经过艰苦奋斗，人民群众正在走上致富的道路。人生梦想与自己相爱的人终身相伴，不离不弃，老了相互搀扶，走过每一天的黎明和黄昏。回过头来看看，风风雨雨几十年，苍天不负有心人，我们相敬相爱到老的梦想也成真了。"李忠新说。

李忠新、王兰夫妻俩边说边站起来，慢慢地爬到倒沟塘的堆围上，看到冈沟河两岸绿树成荫，整齐的道路，繁花似锦的花池。冈沟河的河面上既没帆船，也没有机船。水清清、天蓝蓝、鸟语花香，人们真的开始走进了环境优美、生活富裕的时代。

晚上回来，夫妻俩路过粮油市场周秀芳的藕品门市。周秀芳看到李忠新、王兰来了，赶快出门拦住了，一定要两人品尝藕爽子和糯米甜藕片。夫妻俩在门市内小方桌旁相对坐下,李忠新问:"生意好吗?"

"托你的福,说得过去。"周秀芳回答。

"好,尝尝弟媳妇做的藕品手艺,看看有进步没有,多少钱一盘,王兰付账。"李忠新说。

"大哥、大嫂上门,请都请不来呢,免费品尝,提提宝贵意见。"周秀芳说。

李忠新各品尝了一片藕品,说:"好,家乡的味道还在,更甜更香了。"

"这是儿子、媳妇的手艺。"周秀芳说。

"恭喜你,你的手艺有传人了。"李忠新说。

王兰对周秀芳的儿子、媳妇说:"你们的妈妈年纪大了,你夫妻俩辛苦些,让她好好歇歇吧。"

"我们叫她休息,叫她放手,她就是不放心,每天到店里转转看看、尝尝说说,生怕我们做不出她的味道来,影响大酒店的生意。"儿子丰收说。

"我相信你们会把妈妈的味道传下来的。"李忠新说。

"董事长放心,我们会努力的。"丰收回答。

李忠新、王兰吃过藕品,告别周秀芳一家,散步到公园广场上。临近傍晚,广场上热热闹闹,很多人在跳舞。有青年男女手挽着手,有丈夫拥着妻子。舞场上,有人认识李忠新夫妇。慢四步舞曲响起,李忠新夫妇被拉进舞场,相拥跳一曲,夫妻两人跳得那么和谐、那么轻松、那么开心。

两周的休息时间结束了,李忠新回到市粮油贸易市场有限公司上班。他习惯性地到粮油市场、大酒店走走看看，一切如常，心宽了许多。到大酒店门口左右看看，发现大酒店门前西边他常种的一块地，上面的青菜、葱、蒜等蔬菜被清除了，改成花池，种上了花草。李忠新通知公司中层以上干部到原来的菜地前集中开会。

下午三点，公司干部排队站在花池前。李忠新问："这块地是谁叫种花草的呀？"

"董事长，是我安排的，大酒店门前种蔬菜不雅观，适合种花草。"李军说。

"你们有谁知道我为什么留这块地种菜呀？"李忠新问。

"不知道。"大家异口同声地说。

"好，今天给大家讲讲一块地的故事。我出生在农村，从小失去父亲，和母亲相依为命，和土地打交道，家有三亩多薄地，靠母亲种田养家糊口。我从小跟着母亲来到田间劳动，八岁开始读书，初中、高中连着读，后来田归集体种了，家里有一块自留地，节假日和母亲在家里的自留地上种菜。母亲告诉我李家祖祖辈辈读书的人少，算我书读得多，担心我长大后郎不郎、秀不秀的，叫我学会种田。母亲的话我记在心里，节假日，除参加生产队集体劳动外，我经常和母亲在家里的自留地里种菜、施肥、除草，收获各种蔬菜，母亲夸我有出息，长大能种田。高中毕业后，我当了六个月村小学老师，然后到部队当兵，在祖国前沿波涛汹涌的小岛上站岗放哨。刚开始上岛时，岛上淡水贵如油，部队驻地面朝大海，寸草不长。台风季节与大陆十天八日断航，蔬菜送不上岛，干部战士用酱油汤下饭。连队干部号召大家从家乡寄来蔬菜种子，在部队驻地的后山腰里开出一块块土地，种上蔬菜。把洗脸水都积存起来，用来浇菜。在山沟里挖深井找出淡水，保证各种蔬菜在海岛上扎下根。经过几年努力，解决了连队吃菜难的问题。后来，我在部队提了干部，调到营部当书记员，和营部两名通信员分到一块土地。我利用各连队文书到营部传送文件的机会，请他们从家乡寄来各种蔬菜种子，在那块土地上种上了山东的大萝卜，苏州的四季青，湖南的红辣椒，浙江的紫茄子，长势喜人。营里召开连长、指导员会议，营长组织他们到我种的菜地上参观，种菜经验向全营推广。我到连队担任政治指导员，组织连队干部战士在荒山沟里开荒种地，种植十亩蔬菜、十亩果园，全团闻名。后来我调到团部机关工作，忙里偷闲把宿舍区一块荒地开垦出来，种上葱、蒜、香菜、青菜，部队干部家属临时来部队探亲，烧饭不方便时，就到我的菜地里选用。家属随军后，每调到一个单位，总要开垦种植一块菜地，长的蔬菜吃不完，送给邻居吃，无偿送给战士食堂。从部队转业到东风面粉厂工作后，我同样开垦一块荒地，种上青菜。夜班工人下班常常从我的菜地上拔棵青菜，下碗青菜面条，吃过休息。我问大家，为什么我到哪里都喜欢找块地种菜呀？"李忠新问。

"董事长爱好。"一位干部说。李忠新听了，没有说话。

"珍惜土地。"又一位干部说。

"这是一个方面，土地是人们赖以生存的条件。一分耕耘，一分收获，寸土寸金，我们人类对土地要珍惜，珍惜再珍惜，还有没有答案？"李忠新问。

会场上鸦雀无声，一会儿，李军说："保持劳动人民艰苦奋斗的本色。"

"说得对，我家祖祖辈辈都是种地的，工作再忙也要找块地种种，目的是时时刻刻提醒自己，不要忘记劳动人民艰苦奋斗的本色。中华人民共和国成立后，经过几十年的艰苦创业，才换来今天我们有事做，有饭吃，富起来。但距离强大起来、共同富裕，还有一段很长的路要走。社会发展道路是曲折的，前途是光明的。个人再富，不能忘记勤俭节约；金钱再多，不能忘记艰苦奋斗。由俭到奢易，由奢到俭难。勤能致富，俭能养德，我们每个人要坚持艰苦奋斗，勤奋劳动，认真做事，我们的事业才能兴旺发达，我们的国家才能强大起来。现在我宣布一件事，公司董事长由李军担任，副董事长兼财务总监由李敏担任，我当顾问。我的这块地种菜也行，种花也好，但我要求公司全体干部每月下到基层劳动一天。满受损，谦受益，靠自身榜样、洁身之爱的奋斗精神，开创公司未来的新局面。"

李忠新的讲话，公司干部报以热烈的掌声。也许讲话的时间长了，李忠新讲完话，迈开步子，有些踉跄。王兰赶紧上前扶住他说："不要当顾问了，该放手时就放手，儿孙自有儿孙福。"

"我哪里想当顾问，只想把他们扶上马，再送一程。"李忠新说。

"你呀，做事情总是那么谨慎小心。"王兰说。

"小心使得万年船。你不知道市场风险有多大，一招不慎，满盘皆输，我亲身经历过。东风面粉股份有限公司如果当初果断处置风险，不给市场骗子机会，熬过烂麦场，公司不至于落到今天的地步。市区四海大酒店老板贪图人家两百万回扣，给开发商担保六千万元银行贷款。开发商经营不善走人，两百万回扣在四海大酒店老板头上砸了个大窟窿，银行把四海大酒店拍卖掉了，酒店老板还欠了一屁股债。"李忠新说。

"儿子考试不是合格了吗？还不放心。"王兰说。

"嘴上没毛,做事不牢。儿子还年轻,社会风浪经的少。公司的日常工作我不再管了,但每月的工作例会我要参加,听听他们对重大事情的处理办法。头上有压力,身上才有动力。我当顾问,不要钱、不要权,只是压压阵,为他们站好最后一班岗,他们哪天处理公司重大事情老练了,有了应变能力,我自然会放手的。"李忠新说。

"交班就该交权,以后你还是省省心、歇歇吧,少管公司的事。我们到凤凰桥看夕阳吧。"王兰说。

天色临近傍晚,晚霞染红了西边半边天,霞光中似有一队凤凰鸟在飞舞,美丽动人。李忠新看着晚霞说:"夕阳无限好,只是近黄昏。"

"人的一生说长也长,说短也短,每个人都会走进人生的黄昏,回头看看,这一生没有走错路,为家庭、为社会尽力了,也就应该满足了。"王兰说。

"老了,今后走不动路怎么办呀?"李忠新说。

"放心,我会护着你、搀着你平安走完人生。"王兰说。

"妻贤夫祸少,你是我的无价之宝。"李忠新深情地望着王兰说。

这时,夜幕降临,华灯初上,王兰挽着李忠新的胳膊,慢慢地向灯火辉煌的凤凰桥走去。

后 记

新中国成立七十多年了，我和新中国是同龄人，如今退休在家，每月有退休工资，饭吃得饱，衣穿得暖，住在三室一厅的楼房里，过着充满满满幸福感的生活。眼见得城乡建设日新月异，高高的楼房，宽阔的马路，美丽的乡村，一道道靓丽的风景线展现在眼前，回想起当年我们这代人艰苦创业的日子，心潮澎湃，百感奔流，盛世面前有话要说，赶紧拿起笔来写下那代人身上发生的故事，于是，有了《凤凰记》这本书。

《凤凰记》写的是1949年后一个村庄的变迁和村庄里一代人成长的故事。1949年后的凤凰村处在社会主义的初级阶段，村庄虽然四季分明，风景优美，但贫穷落后，百废待兴，村民靠政府分给的人均一亩多地，辛勤地耕耘。遇上灾年，仍然喝稀饭、吃野菜、穿破衣过日子。共产党组织领导群众战天斗地、兴修水利，一天一天、一年一年地改变贫困落后的面貌，经过几十年的艰苦奋斗，终于摆脱贫困，解决了温饱问题，逐步走上了富裕之路。村民住房由土墙草盖房到砖墙瓦盖房，如今过上了楼上楼下、电灯电话、出门开轿车的日子。新中国成立后在凤凰村出生的一代人，虽然生活艰苦，但是，走进了新时代，在党的阳光雨露哺育下健康成长，是幸福的一代人。他们长大后，参军保卫祖国，保卫胜利果实，满腔热情地参加社会主义建设，吃的是粗茶淡饭，干的是重活累活，默默地为社会主义大厦添砖加瓦。书中写了这代人生活中的幸福快乐，酸甜苦辣，悲欢离合。特别是书中的主人翁李忠新，他在艰苦的环境中磨练成长，参军、入党、上战场，忠于党，忠于国家，忠于人民。保卫祖国，不怕流血牺牲，保卫海防，尽心尽责，转业回到地方工作，牢记全心全意为人民服务的宗旨，拒腐蚀，一身正气，两袖清风，面对社会上的不正之风，勇于斗争，面对生活中的困惑，不计较名利得失，不屈不挠组织带领群众创业，为社会谋福利，艰苦奋斗一辈子，成为军转干部创业模范，谱写了一曲共产党员先锋模范作用的赞歌。正是因为有李忠新这样的共产党员，坚定信念，无私奉献，艰苦奋斗，我们的国家才能从贫穷走向富裕，我们的人民才能过上美好生活。

《凤凰记》从一个侧面反映了一个时代的面貌。笔者记得什么写什么、经历什么写什么，就是把那时候的景、那时候的事、那时候的情、那时候普通人的生活记下来。书中的故事情节没有惊涛骇浪，也不太激动人心。虽然这些故事拿到现在来看，不可思议，难以理解。但是，人们不能忘记那是毛泽东的时代、是充满希望的时代、是激情燃烧的时代、是甘愿做奉献的时代、是值得怀念的时代。正如我们常说的没有革命先烈打下的江山，就没有我们今天的幸福生活，没有新中国成立后一代人打下的基础，就没有今天的高楼大厦。当然，《凤凰记》是本小说，源于生活又高于生活，我把书中的主人翁比喻为四对凤凰鸟，意思是把吉祥、如意、美丽、幸福带给人间，写这本书的目的是不忘过去，继往开来。

  一代人有一代人的使命，一代人有一代人的梦想，实干成就未来，奋斗创造历史。人生想有成绩、有意义，唯有艰苦奋斗。要听党话、跟党走，为党的事业而奋斗。站起来，富起来，强起来，需要几代人的艰苦奋斗才能实现。新中国成立后的一代人，经过几十年的艰苦奋斗创业，实现了温饱、脱贫致富的梦想。我们不能满足于眼前的成绩，还有更长的路要走。实现强大起来、共同富裕的目标，仍任重道远，仍然需要我们共产党人发挥社会主义制度的优越性，组织带领广大群众披荆斩棘，上下求索，一代又一代继续艰苦奋斗创业，去迎接更伟大的时代到来，去讲更多精彩的故事。

李照红
2022 年元旦